老北京

皇城旧影

景 灏 ◎编

泰山出版社·济南·

图书在版编目（CIP）数据

皇城旧影：老北京 / 景灏编 . -- 济南：泰山出版
社 , 2023.1
（老城趣闻系列丛书）
ISBN 978-7-5519-0749-1

Ⅰ . ①皇… Ⅱ . ①景… Ⅲ . ①散文集—中国—当代
Ⅳ . ① I267

中国版本图书馆 CIP 数据核字（2022）第 258340 号

HUANGCHENG JIUYING：LAO BEIJING

皇城旧影：老北京

编　者	景　灏
责任编辑	池　骋
特约编辑	史俊南
装帧设计	蔡海东

出版发行	泰山出版社
社　　址	济南市泺源大街 2 号　邮编　250014
电　　话	综 合 部（0531）82023579　82022566
	市场营销部（0531）82025510　82020455
网　　址	www.tscbs.com
电子信箱	tscbs@sohu.com
印　　刷	山东华立印务有限公司
成品尺寸	160 毫米 × 235 毫米　16 开
印　　张	25.25
字　　数	310 千字
版　　次	2023 年 1 月第 1 版
印　　次	2023 年 1 月第 1 次印刷
标准书号	ISBN 978-7-5519-0749-1
定　　价	72.00 元

目　录

北　平 ···齐如山 001

前　言 ··001

北平的沿革和形势 ·······························003

前清上朝的情形 ·································006

前清皇帝的生活 ·································014

北平街道与管理 ·································020

北平城内的名胜 ·································030

北平城外的名胜 ·································045

北平的建筑 ······································056

北平的商业 ······································063

北平的工艺 ······································072

北平为中国文化中心 ···························083

北平怀旧 ···齐如山 092

炎夏苦忆旧京华 ·································092

一年将尽夜　万里未归人 ·····················101

欣逢春节话故都 ·································106

饺　子 ··114

元宵花市灯如昼 ·································119

北平小掌故……………………………………齐如山　123

　　灯前谈往………………………………………123

北平的饭馆子…………………………………齐如山　155

五月的北平……………………………………张恨水　164

北平的春天……………………………………张恨水　168

　　一………………………………………………168

　　二………………………………………………169

北平情调………………………………………张恨水　171

天安门的黄叶…………………………………张恨水　173

北平的马路……………………………………张恨水　175

天　　坛………………………………………张恨水　177

　　上………………………………………………177

　　下………………………………………………178

逛故宫杂感……………………………………张恨水　181

天　　桥………………………………………张恨水　183

游中山公园……………………………………张恨水　185

　　上………………………………………………185

　　下………………………………………………186

陶然亭…………………………………………张恨水　188

荣宝斋的木版水印画…………………………张恨水　192

风飘果市香……………………………………张恨水　194

听鸦叹夕阳……………………………………张恨水　196

风檐尝烤肉……………………………………张恨水　198

黄花梦旧庐……………………………………张恨水　200

影树月成图……………………………………张恨水　202

年味儿忆燕都…………………………………张恨水　204

冰雪北海………………………………………张恨水　206

市声拾趣……………………………………张恨水　208

想北平……………………………………………老　舍　210

北京的春节………………………………………老　舍　214

我热爱新北京……………………………………老　舍　219

北　京……………………………………………老　舍　223

上景山……………………………………………许地山　227

先农坛……………………………………………许地山　232

忆卢沟桥…………………………………………许地山　235

京城漫记…………………………………………杨　朔　239

香山红叶…………………………………………杨　朔　244

永定河纪行………………………………………杨　朔　247

十月的北京城……………………………………杨　朔　255

北京的茶食………………………………………周作人　260

北大的支路………………………………………周作人　262

北平的春天………………………………………周作人　265

炒栗子……………………………………………周作人　269

雨的感想…………………………………………周作人　273

潭柘寺　戒坛寺…………………………………朱自清　277

初到清华记………………………………………朱自清　281

北平沦陷那一天…………………………………朱自清　284

北平通信…………………………………………废　名　287

故都的秋…………………………………………郁达夫　292

北平的四季………………………………………郁达夫　295

谈北京的几个文物建筑…………………………林徽因　301

　　天安门前广场和千步廊的制度…………………302

　　团城——古代台的实例…………………………307

　　北海琼华岛白塔的前身…………………………308

我们的首都···林徽因　311

　　中山堂···311

　　北京市劳动人民文化宫·······································313

　　故宫三大殿···314

　　北海公园···316

　　天　坛···318

　　颐和园···319

　　天宁寺塔···323

　　北京近郊的三座"金刚宝座塔"·······························324

　　鼓楼、钟楼和什刹海···326

　　雍和宫···329

　　故　宫···330

北京菜···金受申　333

　　日常菜···334

　　小　吃···336

　　年节及犒劳菜···337

银鱼紫蟹···金受申　338

鸡鸣馆　虾米居··金受申　340

　　鸡鸣馆···340

　　虾米居···341

北平的"味儿"···纪果庵　343

北平的豆汁儿之类···纪果庵　348

春饼庆新春···陈鸿年　354

黄花儿鱼···陈鸿年　356

北京饮馔···黄　濬　358

北京之河鲜儿···冰　盦　361

中秋节近的北平的"吃"···杨荫杭　369

燕都小食品杂咏三十首·······················张次溪 372

　羊头肉··372

　羊腱子··373

　硬面饽饽···373

　糖呷面··373

　棉花糖··374

　猪头肉··374

　牛奶酪··375

　羊肚汤··375

　驴打滚··375

　甑儿糕··376

　粳米粥··376

　煮豌豆··377

　汤爆肚··377

　酸梅汤··377

　烤羊肉··378

　煎灌肠··378

　凉　粉··379

　槟榔膏··379

　扒　糕··379

　爱窝窝··380

　杏仁茶··380

　炒　肝··381

　豌豆黄··381

　抓梨膏··382

　果子干··382

　豆汁粥··382

冰糖子 ·· 383

蒸芸豆 ·· 383

豆渣糕 ·· 384

苏造肉 ·· 384

由乳酪谈到杏酪 ······················ 傅芸子　385

因喝豆汁再谈御膳房 ·················· 崇　璋　389

北京之饮食店 ······················ 穆儒丐　393

北　平

齐如山

前　言

　　友人嘱写写北平的情形，按北平建都七八百年，各省人都有，是人人知道的，不必介绍；不过自民国十七年，政府迁到南京之后，往北平的人渐渐减少，于是真知道北平的人，当然也就日见其少。照这样说，是应该写写的。不过未写之前，须先声明一句，这里并非考古，若想考古，则有金、元、明等朝的正史，及各种志书在，里边记载的都很详细，不必我再饶舌。现在只把我几十年来，耳所闻、目所睹的实在情形来谈谈，不过谈起来话也很长，若想详细地写写，则非几十万字，乃至百万字才成。倘写那许多的字数，则不但非此文所能允许，且恐读者因嫌太长，根本就不愿看了，所以只能简单着写写。但简单只管简单，可以说都是紧要的事情，而且都是史书志书中不载的事情，如此则于读者，方能感到兴趣，而或者有益。若大量的把史书志书抄来，则大家自可看原书，何必看抄的这个呢？是不但于读者无益，而且令识者齿冷。还有一层，我手下一本书也没有，又从何处抄起呢？

　　提起北平来，确是一个使人留恋不忘的大城，吾国人无论南方人、北方人，凡在北平居住过的，都认为他是全国最好的一个城。就是各国人之到过北平者，对于他也都是刻不去怀的思念。我在瑞士国看到一位瑞士的小姑娘，才十七岁，她在北平住过十年，她回到本国之后，时时念及北平，后来渐渐忘却，但有人一提北平她就要哭。又有一位美国人，他已六十余岁，他说世界上最好的地方，莫过于北平。我问他，北平什么事情最好？他说都好，有一件事情，我可以对您谈谈："我前者回到美国，到了家乡，看到我的儿子孙子，自然很高兴。一次小孙子淘气，我打了他脊背一下，我的儿妇，登时不高兴，问我，你什么资格打我的孩子呢？我听到这句话，我真是立刻就想回北平，永远不再回美国。在北平是什么都好，就只说家庭的情形，那真是人生的热情，家庭的温暖，永远是甜蜜的。爷爷、儿子、儿媳妇、孙子、孙女，住在一起，每日工作回来，儿媳妇接大衣，给倒茶，问长问短，吃饭的时候，给你盛饭。小孙子前来管爷爷要钱，买糖果吃，你就是没有钱，你也愿意给他。一家子熙熙融融，多有意思。最有意味的，是小孙子偶尔淘气，妈妈说他，他不听，妈妈便说，再不听话，爷爷就要打了。听到这句话，心中不但高兴，而且舒服。这些情形，在西洋各国一定没有，美国就更不必说了。美国家庭的情形，仿佛永远和在法庭上一样，是讲法律的。父母到儿子媳妇家中，就是客人，其实客人二字就等于路人，于是就暗含着都讲合法。就像我不过摸了小孩子一下，他妈妈就问我凭什么资格打他的孩子，这岂不是讲法律！这种风气，离血统人情太远，所以永远愿居住北平。"他这一套话，虽然是有感而言，但也确系实情。我对他说："中国的礼教都是如此，各处皆然，不止北平。"他说固然如此，但其他的城池就不成，如台湾就差的很多。按北平这个城中，优良的风俗，确是很多，第一是纯朴，虽然做了七八百年的都城，但浮华的风气总很少，不像上海，做码头不过百余年耳，其浮华叫嚣之风，已令人不能暂且忍受。北平则绝无机巧奸诈，斗心眼，坑陷人之情事；就是商家，也多是规规矩矩地做生意，绝没有投机倒把，买空卖空等等的情形。真可以说是融融、和和，承平世界。总之要想写北平的情形，是可以写或该写的都太多，写不胜写，现在只把较为有趣味的事情，大家不容易听到的事情写写，然而即此已经够写的了。

北平的沿革和形势

北平是古代禹贡冀州的地方，在颛顼时代名幽陵，帝尧时代名幽都，帝舜时代名幽州，夏、商都名冀州，周代也名幽州。春秋、战国时代为燕国，秦为上谷、渔阳二郡。汉代初为燕国，又分置涿郡，到了元凤初年，改燕国为广阳郡，本始初年，改为广阳国。三国魏改为燕郡，晋名燕国。以后苻坚、慕容垂、慕容隽，曾在此地建都，后魏也为燕都。隋初废郡，仍名幽州，大业初年，改名涿郡。唐初又名幽州，天宝初年名范阳郡，唐末为刘仁恭据有，后唐也名幽州。石（敬瑭）晋初年，归于契丹，改名南京幽都府，又改为燕京析津府。宋宣和初年，改为燕山府，金仍名燕京析津府。废主亮改为中都大兴府。蒙古初为燕京路，至元初年，名大都。明代初年名北平府，永乐初年建北京，七年改为顺天府。

北平有险峻的关山，有流通的川泽，形势雄强，号为天府。周代的召公初封于此，享受国祚八百年，开辟千里的国境。汉代以后，幽燕都是国家的重镇，东汉光武借幽燕的兵力，恢复汉业。

后来慕容隽窃据此地，便兼并河北。唐代中季，渔阳鼙鼓，藩镇叛乱，一直和唐代相终始。石晋以燕云十六州，奉与契丹，跟着便有出帝之祸。宋代虽然有意恢复燕云，但是力量不够，靖康的耻辱，又和石晋相像。自从契丹、女真，以及蒙古，前后建都燕京，而中原受其控制达数百年之久。金代梁襄曾说：

> 燕都地处雄要，北倚山险，南压区夏，若坐堂皇，而俯视庭宇也。又居庸、古北、松亭诸关，东西千里，险峻相连，近在京畿，据守尤易。

元代木华黎之孙霸突鲁又说：

> 幽燕之地，形势雄伟，南控江淮，北连朔漠。……驻跸之所，非燕不可。

所以从明成祖就在燕都建藩，就凭借这一地理形势而统一全国。或者有人说：燕都北方有边防要塞，南方和齐赵相通，固然成为用兵之地，但飞刍挽粟，非跋涉数千里之外不为功，似乎不是万全之计。元代虞集曾说：

> 京师之东，濒海数千里，北极达海，南连青齐，萑苇之场也。而海潮日至，淤为沃壤，宜用浙人法，筑堤捍水为田，听富民欲官者以万夫耕，命为万夫长，以千夫耕，命为千夫长，三年而征其税，如是，则东南数万，可以卫京师，可以防岛夷，可以省海运矣。

后来至正初年，脱脱做宰相，就用此一策略，立分司农司，西面从西山起，一直到南方的保定、河间，北面到檀、顺，东面到迁民镇，都设法开垦和屯兵，后来又停顿了。明代徐贞明说：

> 京东诸州邑，皆负山控海，负山则泉深而土泽，
> 控海则潮淤而壤沃；自密云以东至蓟州永平之境，河
> 泉流注，疏渠溉田，为力甚易。而丰润境内濒海之
> 田，几二百里，与吴越沃区相埒，国家据上游以控六
> 合，而远资东南数千里难致之饷，近弃可耕之田为污
> 莱沮泽，岂计之得者乎？

现代的北平，是辽、金、元以来的故都。旧志：

> 辽太宗耶律德光升幽州为南京，亦曰燕京，改
> 筑都城，其地在城西南内为皇城——金废主完颜亮改
> 燕京为中都，命增广都城——至元初，于旧城东北改
> 筑都城，亦建皇城于其中。明永乐初，建为北京，四
> 年，营建宫殿，百度维新。嘉靖二十三年，又筑重城
> 包京城南面，转抱东西角楼；四十二年，又增修各门
> 瓮城，是后以时修治，所谓京邑翼翼，四方之极也。

北平是我国故都中，最近海而足以供吐故纳新的都会，
它的铁道，四通八达，平津间二三小时即到，虽不滨海而几等
于滨海。纵使大沽口冬天成为冻港，然另外有一秦皇岛的不冻
港，也是北宁路所经过的所在。

国父《实业计划》，尝以青河口和滦河口距离渤海深水线
比较近，要在此两口间筑一个北方大港，如果实行，那么秦皇
岛离北平更近了。

以上所说的是北平的历史沿革和地理形势。从前曾和友人
谈到北平，我说："北平实在太美了，中西合璧，贫富咸宜，

各安所安，各乐所乐的社会环境；宫阙嵯峨、湖山明秀、园林整洁、寺观幽深的地理环境，有很多为别处找不到的特色。"友人的看法，则又不同，当时他说："你这些都是一种消闲享乐的看法，北平实在没有一点蓬勃的生机，而充满了深沉的暮气，笼罩着偌大的城池。在中国历史上不知埋葬了多少的青年志士。我看它只是葬送历代皇朝的坟墓，而不是创业垂统的源泉。雄丽的皇宫，虽值着欣赏，而沦落的皇子王孙，尤令人悲悯不已。煤山的柏树，是缢死崇祯的工具；南海的瀛台，是囚死光绪的监牢。历史上的悲剧，很多都是从那里演出，残渣剩滓，有何值得赞美和留恋呢？"友人这番说法，不无有多少愤激的成分，然而就中国地势而论，北平的重要，是不能忽视的，他是控制东北数省，以及热河、察哈尔、绥远、外蒙，对内对外军事交通的枢纽，是国防上的重镇。同时河北省境内，储有相当富厚的铁和煤；四邻各省，无论矿产和农产，都以北平为集散地。所以在经济方面，也是适宜于建设轻重工业的区域。因此我对于北平，不是重视它的陈旧静止的历史，而是重视它重新创造的将来。……北平，我们既珍惜它的往史，更重视它的形势，自应该将它好好地重建，使之在我国国防上和文化上更具有优越的地位。

三　前清上朝的情形

谈起前清皇帝每日上朝办公来，说庄严是非常地庄严，说腐败也非常地腐败。按皇帝在便殿，与群臣随便宴聚的时候，有如家人父子，师生朋友一个样，是很随便的，例如大家常传说纪文达公晓岚，呼乾隆皇帝为老头子等等，是往往有的事情，但这些事都未见过正式的记载，不必详谈；但如尹文端公继善给自己的姨太太作赞语一事，有两三种正式的笔记都载过，实事如下：乾隆因西域凯旋，画功臣于紫光阁，与群臣在便殿中吃饭并商议此事，尹继善当然亦在座，因尹之妾所生女，指为皇子之妃，于是封其妾为三品；又其妾手纹，系十指九斗，俗传此为贵相，于是各功臣同他开玩笑，乾隆大乐，因命尹代其妾作赞语。尹即席作成曰：继善小妾，侍臣最久，貌虽不都，亦不甚丑，恰有贵相，十指九斗，上相簪花，元戎进酒，同画凌烟，一齐不朽。（是否还多，但我只记得这几句。）类似这种的记载还有，不必多举，即此数句，在皇帝面前，拿姨太太同宰相功臣开玩笑，岂非不敬吗，但在宴私之际如此，亦颇显出君臣的融洽，还没什么使不得的，若在正式朝堂上，则是万万不可；可是在朝会的时候，也有些不规矩的事情，那就不能不说他是腐败了。现在先谈谈他的庄重，再谈腐败。

紫禁城全景

庄重一方面，先由外边说起。清朝不像明朝，明朝内外城没有分别，前清则内城只许旗人居住，八旗分地面把守，所以洋文管此叫做满洲城。汉人之平民及做买卖当差役之人还许住，若官员则非皇帝特赐者不许。所有官员都在宣武门外，每日夜间起来进前门上朝，所以前门夜间一点钟就准开门，伺候官员们进出。其他的门都是天亮才开，只有前门如此，管门的兵役人等，还得站班伺候，遇有堂官如中堂、尚书等经过，还得打招呼，请看这有多庄重。各官员，除王公亲贵等，由神武门出入外，其余都由东华门进出，到东华门外下轿下马。门外边立有一高约一丈之石碑，上刻官员人等至此下马，此即名曰"下马碑"。这种碑在宫殿或庄严祠庙门外多有之，不过有的写官员人等，有的写军民人等。东华门外之碑，现在还有没有，不大理会，然午门前左右阙门外之碑，尚仍存在。所谓下马者，不必是进东华门之人，无论何人行到这个地方，就得下车下马。如午门左右阙门，不是不许通过，但必须下了车跟着车步行过去、若骑着马下了马拉着马走过去，过去再上车上马前行。请看这有多庄严。进东华门者，如大臣中有蒙皇帝特赏在紫禁城内骑马的，则可以骑马，这个俗名叫做"穿朝马"；有蒙赏在紫禁城内乘二人肩舆的，则可坐肩舆，肩舆者多是四个人抬着一把椅子，这个俗名叫做"穿朝轿"。除这种外，其余无论多大的官，也得步行，进东华门时，有兵丁差役站班，且每逢人进门，都得嚷一声曰"哦"，此名曰"喝道"，不过堂官经过，喊的声音长，司官声音短，有人说这就是宋朝的唱喏，乃由宋朝传下来的，但未深考。再者前边谈的穿朝马舆，在外边可以借给人，在西华门内则不许，因为外边谁都可以骑马，在西华门内，则非赏者不许乘骑，因为赏是指定的某人，未经赏者万不许乘骑，所以不许借与人。从前有一年迈大臣，在东华门内，偶病不能行走，同僚某大臣，把自己的二人肩

舆，借给他坐出西华门，才换轿回家。这本是极仁德的事情，但
事后有御史参了他一本，说他把皇上赏他的肩舆，擅借人乘，虽
无违旨之心，而有违旨之实。幸而皇帝把该摺奏留中，未曾发
表，事遂过去。按这件事情，在皇帝也很难处理：彼大臣虽有
病，但未经皇帝特赏，实不应该坐；把肩舆借与人之大臣，实无
权使他人在禁中乘肩舆。此事总算不懂国家的典章，实在可以说
是有罪，然这点小事，又具有仁人之心，随便就降以罪，也似可
不必，所以该摺非留中不可。然此更可见宫院之庄严。再往里到
乾清门就更庄重了。乾清门外，东边朝东的门，名曰隆宗门。平
常上朝的司员，都在此门外，倘无公事，不必说不进乾清门，连
隆宗门都不肯随便进去的。由西华门内，到隆宗门外，路相当
远，人人须有灯笼。进，堂官则有人持大灯笼前导，此灯笼即在
外边轿前之灯，司员则自己手持，玻璃、纸灯均可。惟隆宗门，
则必须玻璃灯，纸灯不许通过，防火灾也。中堂、军机大臣等之
蒙赏二人肩舆者，大多数都是隆宗门外下来，步行进隆宗门，
非有大风大雨，谁也不肯坐肩舆进此门。蒙赏穿朝马者，则都
在此门外下马，绝对没有人骑着马进此门者；名为穿朝，实事是
不能穿朝也。这里附带着再说说皇帝驻苑。驻苑者即是驻三海，
上朝则在勤政殿。各避暑之骊宫之中，多数都有"勤政殿"这个
名词。三海之勤政殿，在中海大木板桥之西不远，然西苑只东边
有一门正对西华门，此门即名曰"西苑门"。所有官员上朝，都
是在西苑门外下车下马。然由西苑门到勤政殿，这段路约有二里
之遥，且系土道，平常已很难走，稍有雨便泥泞不堪。六七十岁
的老头子，每日走这一大段路，实在是一虐政，所以从前年高之
堂官，多特旨赏在西苑门内乘二人肩舆，武将则赏骑马。但是赏
在紫禁城内乘舆骑马者，可以在西苑门内乘骑；赏在西苑门内乘
舆骑马者，不许在紫禁城内乘骑，因为紫禁城比西苑森严得多，

要想乘骑，还得等另赏。以上乃是隆宗门外的情形。到了乾清门，就又森严多了。其他的门都是由步军统领（俗称九门提督）衙门的兵丁把守，乾清门则用侍卫监察。侍卫这个差使，从前有武科举的时候，有的由武进士提升，有的由旗门中大员子弟提升，后来则都是大员子弟了。在乾清门者，名曰乾清门侍卫，可以算是冷差使，然可以提升到御前侍卫。御前侍卫于每日上朝时，则站立于御座之后，虽然没有什么权势，但天天可以看到皇帝，有时也可以同皇帝说几句话，而且是皇帝到什么地方，总有他们跟随，是同皇帝最亲近的一种差使。所以亲贵子弟，也恒当此差。每日早晨三点钟就得上朝，皇帝入座之后，永远先召见军机大臣，官场说话，名曰"叫起儿"。第一起召军机说话后，才召见其他的大臣。外省督抚或大将进京，先上摺请安，皇帝即有上谕曰，某日预备召见，则于该日召见。司员们无论京内京外，有事见皇帝，须由各有关系之部派部员带领引见。皇帝每晨都是办这些事，召见者可以自己上殿，引见者则必须有人带领。各部中带领引见的官员，都是熟手，于各种仪注都极在行。蒙引见的官员，都得预先到部中，由引见官领导，把所有上朝的礼节排练纯熟，次日方能引见。因为引见时，倘有失仪之处，则带领引见之官须受罚也。在同皇帝说话的时候，必须得跪着，这是人人知道的。平常的官员，说话时短，还没什么要紧；若军机大臣奏对，往往一次就说一个多钟头，膝盖当然是受不了，虽然殿中有厚的褥垫，也无济于事。所以军机大臣等，都得有自备之护膝，乃用丝绵制，厚约一寸，每日上朝之前，绑于膝上，否则跪那样大的工夫，就疼得站不起来了。以上说的都是皇帝与群臣当面说话的情形，至于交代公事，则多由太监办理。比方昨日以前，所收到的奏摺，经皇帝阅览后，或准或驳，由皇帝批好，有的由皇帝当面交军机大臣，有的各部的奏摺，则仍直交各部，这种便由太监转交。这种太监，就叫捧摺太监，亦曰奏事太监，每早晨由皇帝处，把各部之奏摺领下，拿到乾清门，在门限里面嚷一声：各部官员领奏摺。各部院都有捧摺官，又备有奏摺匣。每日的奏摺，装在匣中，由奏摺官捧到乾清门，单有收摺之官。交上奏摺之后，就在乾清门外，阶下等候，遇落雨则可到门檐下，然绝对不许过门限。听到太监一嚷，则都向前把摺取回。好在都是熟手，自己部中之摺匣自己都认识，所以交接都很快。该太监对这些人，大致也都认识。以上每日上朝之庄重情形也。

再谈谈他腐败的情形，也由外边说起。各官员到东华门外，都要吃一点东西，因为都是一点多钟就起床，匆匆出门，自己家中预备吃者很少，所以在此都要吃点。中下级的官员，都在大街饭摊上吃，无非是馄饨、老豆腐、大米粥等等。堂官则在小饭铺中，也无非是吃些甜浆粥、小油炸果，等等。我随先君上朝过两次，都是在大街上吃的，一次吃的格豆，乃用绿豆面所制，亦颇适口，此食只北平有之；一次吃的烧饼馄饨。请看上朝的高中级的官员很多，且是一年三百六十次，又是极重要的公务，朝廷总应该预备若干房屋，及相应的设备吧，但是一点也没有，任凭大家黑更半夜，风里雪里，东跑西跑。吃这么些东西，既不雅观，又不卫生。都是全体的靴帽袍褂，蹲在大街吃东西，已经不大方便，到万寿或大庆典之期，都穿蟒袍——按国家的规定，万寿节前后十天，无论上朝或办公，都得穿"花衣"，花衣就是蟒袍。这个名词，叫做花衣期内，一切不吉利事情，都不许做，如问斩行刑，都绝对不许。按规矩自然都应穿花衣，但贫穷没有，也只好将就。然上朝非穿不可，且须挂朝珠。请问穿戴着顶子、花翎、蟒袍、补褂、朝珠等等，蹲在大街上吃东西，这像一件事情吗？然而有清二百多年，永远如此，这已经够腐败的了。我随先君进东华门时，刚到门洞内，忽听"喝"的一声，吓了我一跳，前后左右一看都无人，不知此声果从何处而来，因黑夜看不真。细一看门洞内，地下躺着十几个人，他们都是把门的兵丁差役。他们本应该站班，有时候还要盘查，就是不盘查，也要详细地审察审察。但他们怕冷，都不起来，就躺在被窝里，在枕头上喊这么一声。这岂非笑谈？倘我不是亲眼得见，若只听人说，我一定不会相信的。进了东华门，到隆宗门这一段路，约有二里之遥，倒都是城砖墁地。不过年久失修，有许多砖已坏，路是高低不平。倘沿路有灯尚可，可是一个灯也没有。黑夜之间，若再赶上大雨，几至无法可走。虽自己有小提灯，也无济于事，所以常常有人跌倒。如安设几个路灯，花钱也有限，但二百多年的工夫，也始终未曾安设，这岂非怪事吗？先君是在户部当差，到大内当然先到户部朝房。户部朝房在隆宗门外，两间小西屋，长宽不过丈余。户部堂官当然在九卿朝房坐落（九卿朝房在乾清门外迤东，说见前），司官们则都聚在这两小间屋中，只有一张桌，两条板凳，更无水喝。皇帝登殿，召见官员说话时，当然很严肃；当前班被召之官已退，后班未来时，当然闲暇，斯时御前侍卫，站在皇帝后边，也常常说笑话，或开玩笑。一次有一很胖的官员走进乾清门，按乾清门离乾清殿很远，这条甬路相当长，该员走路因胖很慢。有一侍卫说：豫王他们大爷来了。乾隆也大乐，因豫王也是一个胖子也。此事见《啸亭杂录》，是否豫王，记不清了。宫中不许穿雨靴雨鞋，下多大雨，也得穿平常缎靴。长在宫里，或天天进内当差官员之稍贫者，有时将靴底上油，但仍须白色，且靴面则绝对不许上油。汉官或引见官员，则绝无油靴底者。靴皆皮底，殿前甬路是汉白玉所铺，平常就很滑，遇雨更滑，往往有官员滑倒。其实这是常有的事情，滑倒者不必惊惶，皇帝虽然看见，也佯

为未见，不能算失仪，绝对不会怪罪的。但不是常上朝的人，
遇此则多惊惶失措。一次一位引见官，滑倒起来时，因自己踩
住衣襟，又躺下一次，殿中侍卫说，这位官员要爬着进殿，光
绪大乐。此段故事，乃津五爷告我者。津五爷乃惇王之子，行
五，名载津，为御前侍卫，天天上朝，常见到这种事情。他跟
我说的还有几件，兹不多赘了，总之都是在庄严朝会中，不应
该有的事情。此外尚有一种令人意想不到而极为腐败的事情，
就是南书房前面廊下之酱缸。这种酱缸，是怎样一个来历呢？
说来话也太长，然不可不简单着说一说。宫中每遇节日，或各
皇帝后妃之忌辰，当然都要上供祭祀，满洲人之供品，与汉人
不同，他们总是用一桌点心。北方管点心叫做饽饽，此即名曰
“饽饽桌子”。满清的章程，是中国礼就用中国旧仪注，为祭
天祭孔等等，则所有供献之食品，都是仍用周朝的旧式；若他
的家祭，则用满洲的旧式，所以宫中祭祀，都用此饽饽桌子。
这种桌子，都是用点心摆成，宫中是用各样的点心，外边如亲
友家有丧事，亦恒送此桌子，但点心只一种，名曰“点子”。
桌子约长三尺余，宽约二尺，最矮者摆点心三层，高者二十一
层，每层约需点心二百余块。宫中所用的点心都是大内饽饽房
所造，祭完之后，分与各妃嫔、宫女、太监等，此名曰“克
食”。大家都吃不了这许多，有太监收买这些点心，收买了
来，用以造酱。因点心中都是高面、白糖、奶油等等，造出酱
来味道很好，太监便把此酱，送与亲贵王公及大臣等等。当然
不能白送，送五斤酱，至少也得赏他十两银子，这乃是造酱太
监的一大笔收入。因为这种酱，味道比外边的好，且又难得，
有许多人以得到此酱为荣。内务府的官员，多与这些太监熟
识，所以常买了他们的来，另送朋友。以上乃造酱的所由来。
这种酱，一造就是十缸八缸，且是常造，这许多缸无处摆放。

因为南书房这个地方，从前虽为诸王子及亲王之子等读书之所，因为咸丰之后，只有一个儿子，就在宫中读书，此处遂闲置无用，于是太监遂把酱缸摆在此处。此处离乾清宫虽远，然气味闻得也很真，偶有东南风，更是满院难闻。这还不要紧，最失体统的，是光绪庚子以后，外国使臣常有觐见的规定，外国使臣虽然不必照中国官员早到伺候，但也须在皇帝升殿之前到达，当然须有一个地方坐着等候。斯时南书房正空闲无用，且地点也正合式，于是遂请外国人在此坐落，外国人到此，人人掩鼻。外交部带领引见之官员，回明外交部堂官，请与军机大臣商议，设法把此缸搬搬家。但是迁延了十几年的工夫，总没有办到。盖太监都是西太后一方面的人，官员恐怕得罪了他们，他们随时可以在西太后面前说坏话。所以一直到了宣统年间，此缸也没有移动。从前外交部人员，提起此事来，就感觉头疼。这种情形，可以说是腐败到家了吧。从前一个外国人说过一句笑话：说就以酱缸这件事情说，清朝就非亡不可。他这句话，虽是笑谈，也确系至理。这一件极轻而易举的事情，还不能改良，则其他政治如何，便可知其一定不能更改了。类似这样的情形很多，但不必多写了。

四　前清皇帝的生活

世界上的人，当然都以为做皇帝是最愉快的事情，尤其是前清这种政府，皇帝有至高无上的权力，自己想做什么，就做什么，当然更是万事如意的人了。其实这话得分两面来谈：若是一个坏皇帝当然是任意而行，自古暴虐胡为的皇帝多得很，大家都知道，不必多谈，现在只说一说规矩的皇帝。清朝的皇帝，说起来都不算坏，可以说除了西太后一人外，都比明朝皇帝较好。好的皇帝，一定要照国家的规定行事，固然不能完全按照规矩，但不能离开大格。现在把宫中的规矩大略谈一谈。

先说饮食。宫中的章程，所有席面、碗盘的件数，都是按品级规定的。

皇帝的菜品是一百零八种；

皇太后的菜品也是一百零八种；

皇后是九十六样；

皇贵妃是六十四样。

以下妃、嫔、皇太子、皇子等等，都有准的数目。吃饭的时候，都是各人吃各人的，不但各做各吃，连买菜的时候，都是由御膳房买来，把肉菜等等原料，分给各宫。每日某人应分多少，如猪肉几斤、豆腐几块、鸡蛋多少个、白菜若干斤等等，都有详细的规定，每日照单往各宫分送。按一家人吃饭，都是各人吃各人的，这话乍听，或者有人不相信。但是请想，宫中的规矩，当然都是每人单住一宫，每人应有太监若干，宫女若干，也有规定。若人太多了，也实在不能住到一起。此宫到彼宫，远者有二三里之遥，近者连出门进门转弯等等，也不在一里地之内，过几个院落，风风雨雨，也真难在一起吃饭；再者二人不能同住一宫，规定也相当严重，所以皇帝的儿子，到了岁数，离开母亲，就得单住。更有老辈的妃嫔，比方在光绪年间，同治、咸丰甚至道光的妃嫔，都有存在的，这些人更不能住在一起，所以都得各住各吃。就说皇帝的一百零八样，不必说一个人吃不了，而且端到桌上也非凉不可。但他们另有办法，吃饭前就都把菜做好，盛在黄砂碗内，摆在一大铁板上，碗上都有盖，盖上再放一大铁板，下边上边都有炭火，烤得碗中总扑哧扑哧冒泡，听到一声传膳——外边曰开饭，宫中曰传膳，把大铁板掀至旁边，把所有的菜，由砂碗中倒到细磁碗内，人多，倒菜的倒菜，擦碗的擦碗，有几分钟，就可把所有的菜端到桌上去。当然也有些样留以现炒之菜。按这种办法本算不错，但是口味，不会太高妙的。这还不要紧，最不舒服的是，只许一个人独吃，虽皇帝也是一样，不能再找别人。比方皇帝想找皇后或心爱的妃子来陪着他吃饭，那是很不容易的。不是不可以，但是相当费事，他得预先告知敬事房。敬事房者，乃伺候皇帝的太监之办公的处所。敬事房把此事登录簿记，然后传知皇后或妃嫔之敬事房（每宫都有敬事房）。该敬事房禀知皇后或妃嫔，一切事情，也得登记。皇后或妃嫔，这才妆饰打扮，预备一切，到时候传知舆夫预备肩舆，才乘舆到皇帝宫中。进门先得叩头，侍膳入座前，又得一叩首。这种礼节，不但妃嫔见皇帝如此，就是皇帝陪皇太后吃饭也是如此，赏第一杯酒第一样菜时，也都得叩头，以后就可以随便吃，但吃完了还得叩头谢宴。请看这有多么麻烦。吃饭之前，已经费了许多的手续；吃饭的时候，又得郑重其事。旁边一大群太监宫女伺候，想说一句爱情话，都不能说，这样的规矩，就是把心爱的找来，又有什么意思呢？但这是皇帝家的礼制，不能随便，所以皇帝也就不找人来陪了。但若在骊宫中吃饭，则可随便得多，此层容后边再谈。

再谈到起居。皇帝于办公之外，闲暇之时，自然可以传妃嫔来谈天消遣，但也相当麻烦，和传来侍膳也差不了多少，也得走敬事房的公事手续。皇帝若亲身到各宫中，似较省事，然事后敬事房也得补行纪录。而且也得预先派人口头传知，因为皇帝进门，她们还得迎接，皇后则在房屋门外，妃嫔则须在宫院门内跪接。到宫中有许多宫女、太监围随，说话也很不方便，这有什么意思呢？夜晚睡觉，也是一人独睡，床前紧靠着床有一窄矮凳，乃太监睡处，以备夜里伺候。民国初年宫中旧有陈设，有许多御榻前还有此凳，后来就都移动了。到睡觉之时，想找一妃来陪，也得传旨敬事房，告知该妃预备。装扮好后，用肩舆抬来，在另一屋换衣服，由太监抱到皇帝床上，才能同睡。恐身带暗器有行刺之心，故须在另一屋中换好衣服。此事更须详细登记，因为将来该妃倘有了孕，则日期须与此相符，倘日期不符，那就成了大问题了。所以该妃被召之前，必须声明，月经如何，是前几天过去的；倘正在经期，亦须预先声报。这固然是一件极平凡的事情，但必须形诸笔墨，则未免显着麻烦。然体制如此，登录帐簿，是万不能通融的！这就等于殿庭的起居注。也可以说是御史起居注官，是专记外边的事情，太监则专录宫掖的事情。

按以上饮食起居两种事情，乃是历朝宫掖的体制，清朝也仿而行之，当然比前朝也有点出入，但也不多。各皇帝对此当然免不了通融的时候，规矩皇帝则多是不会过分逾越的。比方清朝西太后是破坏她家法最厉害的一个人，至于她的起居，这里不必谈，只说她的饮食。御膳房的菜品，多是官样文章，且吃久了，也腻了，她便另找厨子，组织了一个小厨房，但对御膳房，她不敢公然就废掉，所以每日也照旧伺候。因为这种种的不方便，所以皇帝都愿住骊宫。骊宫就是行宫，皇帝就随便多了。吃饭的时候，可以随便传人来侍奉，得意的妃嫔一次传十位八位，也随他的便。行宫的房屋，也比宫中住着舒服得多。宫中都是呆板的四合房，或三合，院落都不够大，且不够敞亮，因为有好几层城墙（紫禁城内之宫墙也相当高），更不通风，夏天尤热。行宫之房子，虽然有许多已经毁掉，但颐和园尚相当齐整，请大家看看，便知道所有房屋，比宫中敞亮的多。各处行宫，名目上虽然都是避暑的性质，但皇帝每年住彼的日期，总是七八个月以上，多者可以住十一个月。年底则非回宫不可，一则预备过年，元旦日在太和殿受朝贺；二则各老少妃嫔人等，也得当面给皇帝贺节；三则也有许多年底年初例行的公事，所以必须回城。兹把几处行宫，也大略附带着说一说。按各行宫，虽然不在北京城内，但与北平也有离不开的关系，故也应该谈谈。

南苑。南苑在北平永定门外，又名南海子，在明朝就为皇帝狩猎之所。周围一百二十来里，近东北角处，有行宫一所，近东南角有阅兵处，名曰"晾甲台"。清朝进关，亦在此狩猎，又建行宫两处，较大者在西北边，地名"怀坊"，小者曰"围河"。于是怀坊之宫曰新宫，前明建者为旧宫。在光绪十五年（1889年）前，苑中黄羊子、鹿、四不像子等兽还很多，因永定河决口，苑墙完全冲倒，所有兽类都跑到西山去了。在光绪庚子后，因西后想在西苑中海建两座洋楼，即所谓怀仁堂、居仁堂者，无款可筹，将南苑之地，卖与民人耕种，遂都变成农田了。康熙帝每年在此，总住几个月，怀坊之宫，即康熙年间所建，此为康熙年间皇帝惟一的避暑之所。

圆明园。在现在颐和园之东北。在康熙年间，是赏雍王的花园。雍王即位，改称雍正，雍正者雍王正位也。他把此园，大加扩充修建，于是他就永驻此园，不再往南苑了。乾隆年间，又增建了若干处，东北有很大一部分，乃仿义大利的建筑造成。从此圆明园便为清皇室中最大的一所避暑宫殿。以后的皇帝，永远驻此，一直到咸丰。咸丰在此便有四位很美的妃嫔，都是南方人，且都是纤足，每位各住一宫，每一宫中所有人员宫女的妆饰衣服，都是同样颜色，一宫一样，各不相同。此事见过几种记载，但手下无书，该记载都是何名，我不记得了。然在光绪年间，问过许多旗门中的老辈，他们都在圆明园当过差，都是亲眼见过，他们说确是如此。咸丰年间，英法联军进京，把西山几处行宫，都给烧毁，圆明园烧的最厉害，可以说是一间房也没有了。从此以后，皇帝便无行宫可驻，同治及光绪初年只把西苑中海扩充一下，将就着住住而已。

烧毁的圆明园

颐和园。西后用建设海军的款，才把颐和园又修建起来。最初他本想重修圆明园，因为地面大，用款太多修不起，才改意重建颐和园。然只算是修了一个前面，后半总算没动，到如今还破落如故。自此以后，西后就永远驻此了。

以上乃清朝皇帝平常所驻的避暑之宫，此外尚有热河之行宫，名曰避暑山庄，也是从前皇帝要去的地方。但此虽特别名曰避暑，其实并非避暑而另有作用，这里也可以附带着说几句。前清入关的时候，系分两路进兵，一是由山海关，一是由热河，最重要的还是热河这路。后来他虽然得了中国，建都北京，但他终归要惦记。前明有人有大规模反动攻击，他必需预备一条回去的道路，好进退有据，而山海关一路，为通行大道，果真用兵时，此路恐怕难保，于是他竭力经营这条路之安全，便在热河建设了一处大规模的行宫，并驻有重兵，以备万一。而且暗中有特别规定皇帝每年都要去一次，虽然名曰狩猎，但原义确是为保此路之精神。乾隆年间，《四库全书》修成，特置一部于此，名曰文津阁，即是由北京到奉天的津梁之义；奉天亦置一部，曰文溯阁，即溯祖泽之义。乾隆在此处驻的时间最多，他永远在此过生日，他的生日在秋天，也就趁此在此行秋狝之礼。所以从前有一付对联，上联是："八十君王，处处十八公道旁献寿。"十八公指松字也，因彼处松树最多故云。下联是："九重天子，年年重九日塞上称觞。"上联为彭文勤公元瑞所拟，自己对不上下联，乃请纪文达公昀所对者也。

北平街道与管理

北平的街道

北平城之宏大、壮丽、齐整，谈起来真可以说是惊人。到过北平的人，当然都知道，未到过的可实在应该前去看一看。我说这话，实不是故作惊人之谈，兹在下边略谈谈此话的理由。

北平之城，当然是世界中惟一特殊的一个城。在各国之都城，比他大的当然很有几处，但没有这样齐齐整整的城墙。中国的城，虽然都有城墙，但没有这样大，有一两处或比此略大，如南京等处，但没有这样四方四角的方正，街道更没有这样的平直这样的宽阔，建设没有这样的完备，地基也没有这样平坦。

城墙之方正

各国都没有城墙，只有莫斯科尚有元人所筑之城，但极小；法国巴黎有城，而是只与地平。各省、府、州、县都有城墙者，只有中国一国。而全国所有的城，又都不及北平的方正。北平的城是四方四角，前边三个门，其余三面，各有两门，距离都是一样，只西北角略缺，乃风水的关系。后来又添筑外城，亦极方正南面三门，东西各一，北面左右各一，全国之城，没有可与此比拟者。再进一步说，是保存得还很齐全。全国之城，大致多有损坏。有的年久失修，又经硝碱侵蚀，全部倒塌，或局部毁坏者；有的因开辟市场，重新建筑，特别拆除者；有的数十年来，经炮火毁坏者，总之像北平这样完整者，实不多见。诸君若想知道祖国的建筑，及千八百年以来的文化等等，只有到北平还可看到完全的情形，其他地方的城池，大致都有缺点了。

街道之平直宽阔

世界城池中之街道，划的较为平直者，美国较多，如纽约等处，都有这种街道，但都是新城市。若五六百年以前之旧城，而能划的这样齐整者，以北平为最。内城建筑较早，固都是直的街道，外城乃后来补筑，亦多直街。无论内外城，倘有一街巷稍斜，则必特加一斜字，标名曰某斜街，内城如东西斜街、烟袋斜街，外城如李铁拐斜街、樱桃斜街，等等皆是。因为都是正街，所以北平说方向，永远不像外国说左右，他永远说南北东西。比方鼓楼东大街某胡同内路东或路西，他永远是如此说法，他绝对不说鼓楼左大街某胡同左边或右边——你若同北京人这样说法，他要讥笑你的，他说你说的可笑而不准确：比方前门大街，由北往南走，则东边是左；由南往北走，则西边是左，所以他以为你的说法，无法明了。这种情形，北方多是如此，长在国外的人，是不可不说。说到街道的宽阔，更是大家意想不到的。他原建筑规定的尺寸，我虽不记得，但原来的大街之宽，可以并行十辆汽车，这是毫无疑义的，所以北京从前有一付对联曰：

自街东望街西，恍若无，恍若见；
由城南往城北，朝而出，暮而归。

这确系实在情形，所谓朝出暮归者，实因彼时只有骡车，若汽车当然就不会如此了，由此可以知道他的宽阔。后来几百年的工夫，经商家屡屡侵占，街道便窄了许多，商业越发达的地方，街道便越窄。然有些地方还存在着原样，如朝阳门大街、东直门大街，等等稍冷静的地方，都还很宽。按被侵占最多的地方，是前门外大街。最初五间牌楼之东西，尚有很宽阔的地方，后来东西两边又各添了许多房，两边房之后，即是原来之街面，后来又起了两个名字，东边名曰"肉市"，西边名曰"珠宝市"，则大街焉得不窄呢？他虽然窄，而在全国城池中，还得算很宽的街道。例如，南方城池的街，只能平行两乘二人小轿便足，北方则必须能平行两辆大车，所以永远较宽。能并行十辆汽车的街道，在西洋各国改建的都市中，是很算不了什么的，而在中国之古老的城池中能如此，恐怕是很稀少的，就这一层，诸君就应该去看一看。

建设之完备

北平一切的建设，不但完备而且美丽。所谓完备者，如河道、桥梁、地沟等等的建设都远胜他处。所谓美丽者，如各街道之商号门面房，等等都很讲究。

先说河道。城内河道，都加人工，多数都用大石块砌成河岸，非常宽大而齐整，南方城池中之河，也有用石砌成者，但绝对没有这样宽阔。

桥梁。中国桥工，多数不讲究，惟独北平则所有桥都是石质，而且非常坚固，尤以天安门外之外金水桥，太和门外之内金水桥，尤为美观。其设计之美，比巴黎之铜质桥，有过之而无不及。再如平西之卢沟桥，看去好像很平常，但几百年来，几十次大水，而该桥则毫无伤损，其建筑之坚固，雕刻之精致，实所罕见。桥两旁石栏之柱，每柱头都刻有小狮子几个。相传有人打赌，数此小狮，共有若干，向来没有人能数清者。按此实在要数，则当然没有什么数不清，但其数之多，设计之繁，则可想而知。

再谈到地沟。世界中的下水道，以巴黎为出名。而北平的地沟，也相当宽大，宽高各五六尺，每年淘沟，都是人进去淘；西洋之下水道，乃污粪等水，北平则只为雨水而设。此在吾国各城中是没有的，而北平在六七百年以前，便有此设备，这也可以说是令人意想不到的事情。

再谈铺面房。铺面房三个字，是北平的通语，是指的商家做买卖临街的门面房，有许多家都是金碧辉煌，雕镂精绝。在前清时代，凡外国人之到北京者，都要把这些铺子照相留影。诸君不要以为照一张相片，算不了什么，值不得一提，须要知道，彼时的照相器，还没有现在之发达，照一片相，相当费事。我曾看到过一次照相，现在想起来，几几乎是一件笑谈。东城灯市口路东，有一家大点心铺，名曰合芳斋，九间门面，都是木质雕镂，非常辉煌。有一次一外国人，想摄此景，工作了一个多钟头，才照了去，为什么这样费事呢？他用三足架把照像器架好，自己蒙上一块黑布，看好大半天。这还不要紧，彼时人看见过照相的还很少，大家看此不懂，而极以为新奇，于是围了几百人，围的风雨不透，彼时人民还不怕外国人，与庚子以后情形不大相同。因有这些人围聚，外国人不但不能照相，且不能对光，但他赶不走这些人，他作揖请安，闹了一个多钟头才照了去。

以上这些情形还在其次，最优美的情形，是北平的房矮，因为北平不许盖楼房，所以都是一层房。住房固然都是一层，铺面房也只是一层。繁华街道，地皮贵房不够用，亦可多盖上一层，但上层屋高不得过五尺，只可存些物器，或夜间睡觉。白天因为在屋中直不起腰来，所以屋中不能做事，且盖此楼于报建筑时，只名曰"重檐"，不得叫做楼。因为房屋都矮，于居民生活，可就舒服多：各家都有院落不算外，大街或小巷都很宽，房屋再矮，空气是流动的，太阳光是充足的。世界上最坏的城池是纽约、伦敦等处，一年见不到几次太阳，每日见太阳的时间不过一两个钟头，其余时间都被高楼遮住。尤其是空气最不流通，倘无大风，则街巷中之空气，可以说一天也改换不了一次。若北平则太阳一出地平便可看到，因为中国最讲究这个，所谓"向阳门第春无限"者是也。至于空气之流动，更是无比，房矮街宽，没有阻挡空气流动的建筑，所以稍有微风，则空气便可全部改换。这些地方，于人类当然都是大有益处的。尤其下雪下雨，更美观。在宽阔无垠的平地上，盖上一层雪，自是极为壮观，一大片房屋上盖上雪也很好看，一片大树林上盖上雪尤为美丽；这三种固然都美观，但若凑到一起，大地、房屋、树木，同时看到，则另有一种风景。可是这非在北平看不到，因为西洋大城中，看到房则看不到树，更见不着平地。再说下雨，每逢落雨你立在房上一看，真是一个大树林，其中露出许多房脊，一层一层，像波浪一样，栉比鳞次其间，更是绝好的风景。比方唐诗中之"天街小雨润如酥，草色遥看近却无……绝胜烟柳满皇都"及"雨中春树万人家"等等这些诗句的景致，亦只有北平能看到，他处则不易得。因为中国城池多是房多树少，败落的古城，如几十年前之南京等，则虽有平地树木，而房屋不够了。再者西洋各城，虽也有树木，但除公园外，只有大街两旁之行树，这种为数太少；北平则大户人家，院中都有几株老树，所以树木特别显多，景致美丽。

街道之平坦

北平地面之平，在大城中亦不多见，全城街巷高矮差不了几尺，所以所有的街道，都是宽而平。重要交通之处，都有大方块厚尺余之石板墁路。例如，由前门到永定门、北小街，朝阳门到通州，广安门到大宫等处，因为运官粮、运民粮，都有几十里长之石路。这在六七百年以前，也是不容易的。所以西洋人之到北平者，都赞成北平之平。民国成立之后，改建柏油路，才把这些石路，尽行拆去，如今则又是一番景象了。再者我国城池中改建柏油路，若想加宽，则非拆房不可，惟独北平，建筑了这些条宽大马路，而没有拆过房屋。目下虽有稍窄之处，亦可将就行车，此足可证旧有街道之宽阔了。

无论中外人士，凡在北平居住过一年以上者，无不想念北平，都有恋恋不舍之意，其原因就是因为上边谈的这些情形，使人怀念不置。

北平的管理

在前清时代，北平没有巡警，内城归旗人管理，外城归御史管理。因为前清初到北平，占据内城，所驻都是旗人，汉人中之工商人等，尚可在偏僻地方居住，若稍有地位或稍有知识之人，是不许的。若汉人中之大臣，则经皇帝特赏，乃可在内城居住，但此非亲信之人是得不到的。内城完全是旗人的地界，西洋人管此叫做满洲城者即是因此。管地面之堂官，名曰"步军统领"，通称"九门提督"，下边又分左、右两翼，名曰左右翼总兵，一驻东城，一驻西城。一切治安民事诉讼等等，都归他们管理。各大街每段都有官厅，高级者名曰协尉官厅。每一胡同中，都有一间房，此名曰"堆子"，为兵丁所住，遇胡同中有窃盗、火灾、斗殴等等的事情，都归他们管；完结不了，便到厅上；再完不了，便到协尉官厅；倘步军统领衙门再不了结，则归大理院或刑部。此已往之情形，现在各胡同中，还有存留着的这种堆子，大家都不知道他是作何事用的了。他们每日办公的情形，是由步军统领或左、右总兵，乘车到各大街巡查两次，各官厅官员，届时都在各该厅门口站班等候。后来一创办巡警，这些官厅虽依然存在，但治安权就归巡警了。

前清还有一件事情，值得谈一谈，也是多数人不知道的，就是所谓"杆儿上的"，关于这件事情，我曾写过一篇文字，兹只简单的谈谈就是了。

"杆儿上的"这个名词，在前清北平城内，是无人不知的，如今知道的人是很少了，只有《红鸾禧》戏中，还有这个名词，如金松老丈便是杆儿上的，亦名曰"团头"。按"团头"这个名词，来源却是很远，至晚在宋朝已经风行，如《水浒传》中之何九叔便是"团头"，不过彼时之"团头"，与北平清朝之"团头"，性质不一样就是了。而"杆儿上的"这个名词，确自前清才有之，我为这件事情，也考查过几年的工夫，问过许多旗人中的老辈，才知道他的来历。在前清进关时，当然跟随来的人很多，初到北京，还无法安置，即是同来人，多少有点关系，既恐其流落，又恐其滋生事端，乃特别设立了一个机关，专门管理安插这些人员，管吃管住，有机会便给他们安插工作，法至善也。这笔款项，便出自各商家，大的商号每月或出三四两银子；平常铺子，每月不过大个钱六吊，折合银元约三角上下。且此款不白出，倘以后有人在门口打搅捣乱，或乞丐来麻烦，该机关都管保护。各商家因出款不多，而减少许多麻烦，所以也乐意捐输。该机关收到了款，即分给闲散游民，俾其得安定生活，但严禁其滋生事端。此机关组织之初，因其非官衙公式的组织，可是负的治安责任很大，且与官场时有接触，非一位大有权威之人不足担当，最初是一贝勒为总首领。清初的贝勒，就等于王爵，以后永远如此，到了光绪年间，最末一位乃是皇五子醇亲王，为咸丰之亲弟兄。从前因为他们办理的好，皇帝特赐一根木杖，凡不遵命令者即用杖责打，打死勿论。从前所谓打死勿论者，乃打死之后，不必再动公事，是完全不管法律，对法律不负责任之义，请看他权势有多大？此杖永远用黄绒绳缠绕，黄布包裹，供于该机关之正堂上，名曰"大梁"，俗名"杆儿"。凡在此机关有职分吃钱粮之人，见此杖必须行一跪三叩首大礼，乞丐见之也是如此。此名曰"拜大梁"，俗话就叫做"拜杆儿"。总首领呼为总管，东西城有两分处，各有副首领一人。光绪年间，西城之副首领姓陈，通呼为杆儿陈，我未见过。东城之副首领姓赵，通呼为杆儿赵，住东四牌楼北三条胡同路北。我同他相识，往他家去过两次，后来此房卖与徐中堂郙。因为总首领，都兼有他项公务，所以这个机关的公事，多数归两个副首领管理，总首领不过签字画行而已。两副首领之下，又分几等，最低级为"把儿头"，亦曰"团头"。按"把儿头"这个名词，用的地方很多，不止此处。各大街每段就有一位"把儿头"，《红鸾禧》中金松之"团头"，就是这个阶级，乃直接管乞丐之人。所有款项收进来之后，由两副首领按级发放，所有乞丐，也都得到机关报名也按月领款，所以在街上不许乞讨。有新来之乞丐，尚未报名者，亦不得强要，也先到机关报名，候批准后，便可按月领款；倘若强要，则"把儿头"便可驱逐；倘不服约束，便可拉进机关，用"大梁"责打。所以二三百年以来，北平内城地区一直是很平静的，可以说完全是这个机关的功力。不过日久也有了毛病弊端。第一是克扣钱粮，所以两副首领都发了大财，杆儿陈，杆儿赵，在北平都是出名的富户。第二是他组织了一班唱莲花落的人。打的乍板，比平常之落子乍板长两三寸，特名曰"大板落子"，这个名词在从前也是人人知道的。有新铺号开张，必须给该机关出一笔费用，再规定月出捐若干，这都得预先说妥。开张的那一天，他派人前来照料。倘没有预先说妥，随便开张，则到那一天，他必要派一个唱"大板落子"的来唱；当天再说不妥，则第二天便派两个人来唱，再说不妥便派四人。他明着并不承认是他派来的，但人人知道是他所派。于是便有左近商号出来

说和。这种情形在光绪年间，有时便可看到，这算是
变成虐政了。

以上乃有清一代，"杆儿上的"之始末情形。末后几十年，
虽然有了些毛病，但从前则确帮助市面安静不少，且也可以说
是极好的一种措施。我为什么特别要写这一段事迹呢？一因
他是中国历朝没有的这么一种组织。二是他可以算是平民的机
构，永远没有衙门，没有官场的意味，而于市面治安，确有极
大的益处。三是只北平有之，其他城池，亦未尝不可仿效。

外城的管理

外城归御史管理，由都察院奏派，名曰"巡城御史"，共分
五城。东城、西城、南城、北城、中城，每城两位御史，一正一
副。办公的衙门曰"城上"，下级的办公处名曰"坊上"，一切
治安诉讼等事，都归管理；若捉拿贼盗等等，则另有营讯。巡城
御史，每日巡街两次。巡街时都乘骡车，前头有顶马，再前则差
役四人，二人持板，二人持鞭，一边走一边喊，说巡城老爷过来
了。这种御史权势极大，倘街上有人不规则，或不服指教，便
可按倒在车前街上，打一顿屁股板子。戏馆子中演戏时，倘他
认为有不合法之处，立刻便可命令停演封门。巡城御史这种组
织，是全国最简的组织。别的地方关于诉讼事，是分三四层，
例如内城之厅中到步军统领衙门之后，再不能了结，才到刑
部；各省亦是知县、知府、按察使、总督，才到刑部。此处则
巡城御史审不完，一直就到刑部，中间只一层。

光绪末年创办警察，所有内、外城的治安就全归警察了。
然北京办的警察也特别好。这也是值得谈一谈的事情。从前全

国哪一个城，也没有警察学校，只北平有之，而且办得好，所以各处都管北平要警察，如上海、香港都要过。不但如此，平津、平绥各铁路之警察，亦多由北平警察考来；甚至北平的邮差，也是由北平警察改变的占大多数。

北平城内的名胜

北平的名胜，可以说是世界驰名，不但中国人知道，连外国人知道的也不少，似乎不必再多赘。但这篇文字，是谈整个的北平，若不谈到名胜，也算是一个缺点。而且我所谈的，总是想在大家不大理会的地方来说。其余有些地方，虽然很重要，但大家既是都知道，总以少谈为是。且此文与名胜的专记不同，不必太详尽。或者有人挑眼，说该写的不写，不该写的倒写了许多；但如果写的太详，则另一方面也许有人说，在以前的记载中，已经看过了，何必再写呢？古人说"岂能尽如人意"，还是以稍省篇幅为是。

故　宫

故宫的情形，早就为世人所知，民国开放为博物院，任人游览之后，更为大家所详知，不必多赘，但有清一代，也有许多的变化。例如从前宫中大规模庆贺的场所，是寿安宫，后改为寿康宫，在西北角上，其中有三层之戏楼。按三层的戏楼，每处只许有一座，如圆明园（毁于火）、颐和园、热河行宫，及此。后毁于火，便未重建，现为故宫博物院图书馆办公之所。后来修的宁寿宫在最东边，亦有三层戏楼，光绪年间西后即住此。

以上这两处，是大家不易逛到的地方，其实这是宫中规模最宏阔的两处，比长春宫还大得多，其余差不多都是明朝的旧样子。乾清宫曾被焚。光绪年间，太和门也失火，都是又照旧修复，一毫未改。惟太和门之匾额，改为吾高阳王法良（字弼臣）所书。宫中的情形，据理想是应该庄严肃穆，但有些地方的情形，却不如此。

我于童年时，因认识太监，曾经进去过一次；光绪二十六年（1900 年），很进去过几回，所以对于里边情形，看到过一些。在皇上常经过的地方，当然是相当洁净，稍背的地方，也是大堆的炉灰垃圾及茶叶果皮等等。尤其是西北一带靠紫禁城墙的地方，因宫中不用，都是归太监的亲戚本家暂住，里边有小饭铺、小茶馆、鸦片烟馆、赌局，等等，都是全的，盖里边的太监，出来一次很远，多在此处来消遣。皇上看不到，内务府怕得罪太监，又不敢举发，遂腐败到如此。据清官史的记载，一次被皇上知道了，迁出去了两千多人，足见其处闲杂人等之多。最奇怪者，是太和殿等处，也非常之脏。光绪戊戌，我随先君上朝，进东华门一直往北，出来时先君欲带我逛逛，乃由太和殿前经过，出太和门往东，再由东华门出来，在太和殿前月台（丹墀）上看到许多人粪，干脆说就是一个大拉屎场；丹墀下院中，则蓬蒿满院，都有一人多高，几时皇上经过，几时才铲除一次，这也是大家所想不到的。民国以后，却洁净多了。

天 坛

在帝王时代，国家最大的典礼是祭祀，祭祀最重的典礼，莫过于圜丘。天坛即是圜丘，所以在全国之中，是最庄严的地方，在前清时代是不许人随便进去的。但看守天坛之差役，名曰"坛户"，若同坛户认识，则进去也很容易。天坛坛户在光绪年间多为文安、霸县一带之人，因同乡关系，多很熟，所以彼时进去逛过几次。

天坛祈年殿

在光绪二十六年以前，诸处都很齐整，祈年殿前两庑中，存着全份的庙堂用的乐器，十分整齐。二十六年被人抢了去，后来虽然又都补上，但质料就差多了。民国后又失去不少，下余几件现存先农坛殿中，都是不能用的东西了。光绪十几年，经过一次大火，正在大雨之际，忽然燃烧起来。据坛户说，一个大雷就起了火了，这话确很靠得住。全城水会虽然都赶到，但都是现灌水，用人压的激筒，不但彼处无水，就是有水，也无济于事，整个祈年殿被焚。现在所存者，乃光绪年间补建，工程也还不错。北京从前官场救火的规矩，可真是一种笑谈，这里附带着谈几句。前清时代，凡殿庭官房失火，所有官员，都应该前去救火，但不必到着火之处，都是到午门外左边一亭中，投自己一个名片便妥。事后查点，倘无名片，则任凭该员在火场出多大气力，也算没用。光绪年间有三次大火，一是太和门，二是天坛，三是户部，各官员都是这种办法。不过据官场人说，从前可以说非投名片不可；光绪年间就模模糊糊，大多数都不去投了。

前边说国家祀典，最重是圜丘，因为他是祀天之所。皇帝祭时，要乘辇，用卤簿大驾，并派若干亲王、贝勒、公爵等，及许多官员陪祭，又有许多亲王下至公爵等若干人在午门外跪送，回来时还跪接。这里适有《律吕正义后编》一部，其中记载的这种礼节甚详；此书本很难得，本应该全录，以便读者，但字数太多，兹只抄录一段如下，亦可知其大概了。

　　　　每岁冬至，大祀天于圜丘，皇帝亲诣行礼。前期皇帝诣斋宫，卤簿大驾全设，奉辇官进凉步辇，至太和门下祗候。巳刻太常寺堂官一员奏请皇帝乘礼舆出太和门降舆升辇，午门鸣钟，不作乐，不陪祀之王以下各官俱朝服于午门外跪送。驾至南郊，由西天门入，至昭亨门外降辇。前引十大臣，赞引官恭导皇帝入棂星左门升坛，恭视神位。分献大臣分诣神库视笾豆，神厨视牲毕，十大臣、赞引官、对引官，恭导皇帝由御路出至升辇处，升辇诣斋宫。从祀各官俱蟒袍补服分翼排列于斋宫门外祗迎。皇帝降辇升礼舆入斋宫。至日太常寺堂官一员于日出前七刻奏请皇帝御礼服出斋宫升辇，太常寺官二员恭导至铺棕荐处，退；皇帝降辇。前引十大臣、赞引官、对引官，恭导皇帝入更衣幄次，更祭服。俟安奉神位毕，太常寺堂官奏请皇帝行礼。皇帝出幄次盥手毕，赞引官、对引官恭导皇帝入棂星左门升坛正阶，至二成黄幄次拜位前立，鸿胪寺官引王、贝勒等在三成阶上排立，贝子、公等在阶下排立，从坛分献官四员在公后排立。文武各官在棂星门排立。典仪官唱"乐舞生就位，执事官各司其事"，司乐官引武舞生执干戚进；赞引官奏"就位"，皇帝升拜褥上立。典仪官唱"燔柴迎帝神"，炉内燔柴，司香官捧香盒就前向上立。唱乐官唱"迎帝神乐奏《始平》之章"，乐作。赞引官奏"升坛"，司香官进各神位香炉旁跪，赞引官恭导皇帝升坛诣上帝位香案前立；奏"跪"，皇帝跪；奏"上香"，皇帝举炷香上炉内，又三上瓣香，毕，兴。以上不过一段，类似这种礼节，还有几段。还有文舞生的舞，再如进俎，初献礼，献爵，读祝文，上香，献帛，武舞，亚献礼，文舞，终献礼，赐福胙，撤馔，望燎，等等。每次都得跪拜行三跪九叩首礼者几次。不但在上天神位前行礼，连配享的皇帝前，也得各个行礼。礼毕还宫的时候，与来时差不了多少，凡头一天跪送的王公，还得跪接。

我所以要抄这一段者，因为逛天坛的人，都是只注意他的建筑，不管他的用处，大家看过上边一段文字后，对他的用处，也就可以稍稍知道一点了。前边所说至南郊，南郊者，南城外也。凡坛除社稷外，都应该在城外，如地坛、日坛、月坛都是。天坛原亦在城外，后增建外城，就把他圈到城里来了，但仍须曰南郊。

地　坛

地坛在安定门外大街路东，天坛名"圜丘"，地坛名曰"方泽"。其规模虽小于天坛，然重要也差不了许多，皇帝每年夏至要祭祀的。不过其中重要的建筑，天坛都是圆形的，此处都是方形的就是了。到北平的人，都要参观天坛，到地坛去的就很少了。

日 坛

日坛本名朝日坛，在朝阳门外大街路南，规模也很大。皇帝每岁春分日卯时祭大明之神于朝日坛，礼节只次于祭天、地坛，但也极隆重。此处来过的客也不多。

月 坛

月坛本名夕月坛，在阜城门外大街路南，规模与日坛相等。皇帝每年秋分日酉时，祭夜明之神于夕月坛，其规模及礼节与日坛一样。此处因为往西山八大处去游逛的人，都经过此，所以在此参观者较日坛为多。

先农坛

先农坛在永定门内街西。每岁二月或三月吉亥，皇帝举耕藉礼，亲祭先农。此礼周朝即行之，实是敦本劝稿重农祈岁之义，《礼记》所记天子三推，诸侯五推者是也。清朝最初对此礼未十分重视，自雍正始躬亲行之。这种事情知道的也不多，也可以略谈几句。

皇帝祭先农之礼，与祭日、月坛大致相同，惟祭完之后，须行躬耕礼，礼制极为隆重：皇帝穿黄龙袍补服，并有三王九卿从耕，这是周朝诸侯大夫之义。届时把犁、牛等都备妥，皇帝行至地边。鸿胪寺官赞曰"进犁"，户部堂官北向跪进犁，皇帝右手接犁；又赞曰"进鞭"，顺天府府尹北向跪进鞭，皇帝左手持鞭。耆老二人牵牛，农夫二人扶犁。礼部、太常寺、銮仪卫堂官恭导皇帝行耕藉礼。是时有歌禾词者十四名，执杈杞锹帚者二十名，麾五色彩旗者五十名，顺天府耆老三十四名，农夫等三十名，奏乐者几十名，都于皇帝耕藉时，随着奏乐歌舞；顺天府官执着盛种子的箱子，户部堂官随着播种，皇帝三推三返，就算是礼成。鸿胪寺官赞曰"接犁"，户部堂官跪接犁；又赞"接鞭"，顺天府府尹跪接鞭。皇帝耕完后，又到台上（此名观耕台，现尚存在），观看三位王爵五推五返，各用耆老一人牵牛，农夫二人扶犁，顺天府厅官播种；又看九卿九推九返，亦用一人牵牛，二人扶犁，顺天府两县各官随后播种，这才算完。大家又与皇帝行三跪九叩首礼，皇帝又至斋宫，赐所有人员饮茶后还宫。请看这有多么隆重，而且这也就是极简单地写写。好在这所有的礼节，国家都有记载，要想知道，则随时可查也。

太庙

太庙现已开放为公园，原为皇帝家的祖先堂，供的都是祖先的牌位；两庑供的是配享的大臣，凡有大功者，皇帝可命配享太庙。每岁孟春初旬、孟夏、孟秋、孟冬、各朔日皇帝亲来行礼，其礼节与各坛庙，都差不了许多。据说太庙的柏树，有许多是元朝栽种的，也实在粗壮得可观。

社稷坛

社稷坛即现在之中山公园，在午门外之西边，太庙则在东边，古人所谓左宗庙而右社稷者是也。皇帝于每岁春秋仲月戊日祭太社、太稷于此。

民国后即开放为公园，这倒是很好的一件事情。不过凡所谓公园者，应该偏重天然景或野景，中国人多是有《红楼梦》大观园的思想，所以建筑的亭子廊子很多，富丽华贵确是够了，但与公园性质稍差，且花钱太多，似可移到别的地方应用，于人民益处更大。我问过他们，他们说这另有原因。因为园中有一笔存款，彼时军阀最为厉害，这位打进来，那位退出去，他们搜索款项甚急，这笔款若被他们知道，是一定非抢走不可，所以他们想赶快把他花了，一时没有其他用项，就把他修了廊子了。因为有多年的古柏，又有富丽堂皇的建筑，越发吸引游人，所以此园到夏季，差不多天天是人满的，各省人及外客到北平者，无不到此。尤其是此园游客坐落的地方，可以说是分了类，这也是其他公园不多有的现象。例如：坛西卜士馨一带，都是摩登的人员，此处人最多，外号"苍蝇纸"。坛东来今雨轩，则多稍旧之官员。坛北河边一带，多是稍贫好静之人。水榭北小岛之上，则多是名士，如下棋及书画等人。至于真正讲卫生，呼吸新鲜空气之人，则多是清早到太庙了。

文　庙

文庙亦曰圣庙，即是祭孔子的庙堂。皇帝是每岁春秋仲月上丁日必要亲身致祭的，礼节也极隆重，有许多王爷及官员陪祭。仪节与祭各坛差不了许多，不过彼多是用文武二舞，此则只用文舞耳。庙在安定门内西边，与国子监为邻，该处即名曰国子监胡同，惟平常只说国子监，不带胡同两字。国外人之到北平者，无不来观光。庙中之柏树，有元朝栽种者，实在有一种森郁壮严的气象。门内陈列有周朝的石鼓，门限外有乾隆新制的石鼓。外边大院中，有明朝以来历科的进士碑，每次会试、殿试放榜后，照例把此一科进士之名，完全刻于石上，树立院中，也算是洋洋大观。尤其是隔院之"辟雍"，为天子讲学之所，《记》曰："天子曰'辟雍'，诸侯曰'泮宫'"，"辟雍"是圆池，"泮宫"是半圆池。所以除北平有"辟雍"外，其余全国各府各县，都是"泮宫"。这种建筑制度，只有中国有之。

庙中配享的这些人员，也应该略谈几句，这也是中国特有的一种情形。孔子牌位两旁的四位，名曰"四配"，乃颜子、曾子、子思、孟子。颜子是孔子最得意的一个门生，曾子是著过《大学》一书，子思是著过《中庸》一书，孟子是有《孟子》一书，都是于圣教有大帮助，所以特为四配。再下一点为十二哲，也都是孔门的高弟，其中有朱晦庵最晚。院中两庑内，都是历代各朝有功于圣教的学者，学者能够在这里边列上一个牌位，是很难的，名词叫做"入圣庙"，亦曰"从祀孔庙"，简言之曰"配享"，俏皮话曰"吃冷猪肉"。

为什么很难呢？因为条件很多：一要有学问；二要有道德；三要有著作；四要有政绩；五要有功于社会；六要证明没有信其他教门的行为，一点也没有；七总之对于圣教要身体力行。遇有这样的人，他死后，由其同乡或门生等等，详开他的著作、事迹等等的证据，保举到礼部，外省则保举到督抚，由礼部或督抚奏明皇帝，皇帝再交礼部议奏，礼部乃详细审察，总之上边所谈的几种，差一点也不成。记得清朝有一位大员（忘其名），经礼部审查都合格，应该准入圣庙，但有人奏参说该大员父亲死的时候，念过一次和尚经，就这一点就不能入圣庙。后又有人替他辩白，说是他母亲非念不可，他曾反对，当然有切实的证据，才又准其入了圣庙。因为他倘违母命，便算不孝，所以此层可以原谅，请看这有多难。

雍和宫

雍和宫在安定门内东边，乃雍正皇帝当雍王时的王府，后他做了皇帝，便把此府改为喇嘛庙，赐名雍和宫。雍正者雍王正位也，雍和者雍王协和也。

雍和宫牌楼

皇帝时代的章程，是皇帝住过的地方，他人万不许再住，比方光绪年间，光绪住在西单牌楼西醇王府内，他一做了皇上，连他父亲也不许再住，就搬到什刹海西北、后海北岸；后来溥仪又做了皇上，他父亲载沣就又搬到集灵囿，即后来的市政府。外国人之到北平者，都要参观雍和宫，因为他是北平城圈内惟一的大喇嘛庙，中有密宗佛像，这种佛像在西藏很容易见到，在中国内地是难得看见的，又有一尊千手千眼佛，乃就一株大松树雕成，亦少见之物，所以大家都要去看看。

先蚕坛

先蚕坛这个名词，多数人都不大理会，他在安定门外迤西。从前国家对于农桑耕织非常重视，故天子祭农于南郊，即现在之先农坛。皇后祭先蚕坛于北郊。清朝雍正以前无此坛，雍正才令建筑，但皇后也没有去过；乾隆年间，才又命建蚕坛于北海，才由皇后亲身行礼，其礼也相当隆重。皇后亲自采桑，亲自喂蚕，缫丝，其仪注与皇帝躬耕，同样的郑重举行。先蚕坛中国人知道的虽然不多，但在光绪年间，外国人去过的却不少。我也去过几次，都是与洋人同去的。坛庙规模很小，没什么可看，洋人所以都要看看者，因为彼处后来为蒙古人利用，做了火葬之所。

东岳庙

东岳庙在朝阳门外，大街路北。北平除公家之坛庙外，以此为规模最大，两庑为七十二间，塑像都极生动。正殿神像，为明朝塑像大名家刘兰所塑，有几种记载，都是这样说法。这在雕塑界，是极应保存的物品。洋人去过的也很多。

白塔寺

白塔寺在西城。乃元朝的建筑。在北平城内，西藏式的建筑物，除北海白塔外，此是最大的一所。亦是喇嘛的住所，从前可以与雍和宫之喇嘛数目相抗衡。

东岳庙

隔湖远望白塔

西　苑

西苑又名三海。金鳌玉𬭚桥以北为北海，往南到大木板桥为中海，再往南为南海，兹先由南边说起。

南海。最南头的建筑为现在之新华门，在前清此楼名曰望乡楼，亦曰望家楼，乃香妃望家之所。楼之南边，长安街南有一楼，乃黑琉璃瓦所建，正对望乡楼，有人云香妃之母亦同到京，即住此处，每月定期，香妃登楼望母。此事不见记载，只父老传说。但南边之黑琉璃瓦楼，光绪年间，尚很完整，下边一片，名曰回子营，都是当年同来之回回所住；我是常去的地方，现在改为市政府的工程处所了。民国元年，把皇城墙拆了一段，往里稍移，便利用望乡楼做了新华门。往北为瀛台，四面是水，只北边有一桥通北岸，西后因光绪于瀛台时，把此桥拆去，另设浮板，至今尚是如此。在从前说瀛台是全宫中最好的地方，台北之翔鸾阁，高而爽朗，四望最远，可以说是眼亮，闻乾隆最喜此阁。庚子年德国皇帝特派人把此阁详细绘去，我同该画工颇熟，他画的风景自然很多，但他最注意此处。台之东面，用石建成一天然式的山环，设计颇美，上有井届时可以使之流水。台之中央，正殿名曰宸香殿，即光绪被囚时的住所；在庚子年，他的床位等等，还照原样存在。南海中的宫殿，很有几所，不必详谈。最北为流水音，从前为皇帝赐群臣游燕饮咏之处，有流杯亭，即古人"引以为流觞曲水"：此处乃靠南海之北墙，墙北即中海，此处有闸，中海之水，稍高于南海，故此处可以引水为流觞；迤西即丰泽园，乃皇上赐群臣饮宴之处，亦常观剧于此，然门在南海，而宫殿则在中海界内了。西南角坡上，有小小一所殿宫，地与皇城一样，面对西长安街与府右街，乃皇帝与民同乐之所：灯节皇帝有时到此看放烟花，外边观者，亦人山人海，虽欢呼如雷，不之禁也。

南海瀛台

中海。中海的中心为瀛秀园，从前为皇帝所住，光绪年间则为西后所住。院中尽水，所有游廊都是桥的性质。光绪庚子，德国瓦德西统帅即住此。往南东为勤政殿，为皇帝上朝之处；北为紫光阁，乃图画功臣之处，从前有武会试之时，皇帝在此看马步箭。靠海边为迎春堂，皇帝往往在此饮春酒。对海一道长廊，很美观。长廊外靠海岸，在光绪年间修过一条小铁路由瀛秀园门口，往北到北海之小西天为止，为西后所乘坐，民国以后即拆去。

北海。最南为金鳌玉𬨎桥，此桥在前清平常时，人民戴一官帽，便可通过；倘皇帝驻苑，就非有差使之人不能通行了。稍东为团城，殿内陈一玉缸，此缸明末即流落到外边，在一庙中为和尚腌菜所用，经人发现才又移至此。此为世界用玉石制造物之最大者。或云非玉，然石质亦可观。北为琼岛，"琼岛春阴"为北平八景之一。相传此岛上之白塔宫殿，为辽后梳妆之处，后边往下有两个山洞，直通漪澜堂之后院。此山洞之设计建筑，久已为人称道，与南海之山环齐名，为人造假山石之最有趣者。岛西面有一长廊，为《三希堂法帖》刻石所存之处。漪澜堂为皇帝观看滑冰之所。从前皇帝观看滑冰，非为游艺，因为清朝一次在西北用兵，正在危急之际，骑马求援已来不及，适有一人能滑冰，由河路滑到大营搬得兵来，因而获得大胜，皇帝由此便极重视滑冰，命各营都各练滑冰之技。所以皇帝每年要观几次，而滑冰者且都是靴帽袍褂俱全。到西后看溜冰，就全是玩的性质了。北岸有"九龙壁"，乃仿照大同府城内之龙壁所建，全用琉璃砖瓦烧成，形式花样，皆极有研究。

九龙壁

三海现已全行开放，任人游览，此处不必多写了。

此外尚有广渠门外之架松，门内之夕照寺；南下洼之陶然亭、龙爪槐、万牲园等等名胜尚多，亦不必多赘了。

北平城外的名胜

前篇写的都是北平城内的名胜，城外者也都是关厢之内，只南苑、圆明园等处稍远，因与宫廷有关联，所以也带着写在首篇。兹再把北平城外的略谈一谈，虽然不在北平城池范围以内，但也都与北平有关，而且也是这些年来所有谈北平者都要连带及之的。

三贝子花园

园在西直门外，规模很大。《品花宝鉴》一书中，所写徐度云的花园，即影射的此处。后门临御河，光绪年间，西后乘船往颐和园时，有时在此靠岸，进园看看。光绪年间，做了动物园，但名为万牲园。最初主持此事者，为农商部司员诚裕如，亦余熟人，他说本想名为动物园，因西后不懂动物二字，才改为万牲园。民国以后，又为农事试验场，然仍有些动物在内。

大钟寺

大钟寺在德胜门外西北约数里，寺庙不大，以大钟出名，西洋人士到北平者，都来看看。因为据西洋人测量，他是世界第二个大钟，第一个在莫斯科。莫斯科存钟之处，我去过三次，其中有十来个大钟，第一个确是很大，但若只凭目力看，则似比此大钟小得多。至于铸造之工，钟上之字，则吾国之钟比俄国之钟，就优美多了。此钟铸成之后，因太重无法悬挂，经乾隆帝出主意，即就钟建一楼，把钟纽穿巨梁，横于楼之梁间，一切建筑稳固之后，再把钟下之土除去，如此则钟虽低，亦是悬起，可散钟声。乾隆所以如此注意者，因此亦是北京厌胜五行之一：东方甲乙木，乃朝阳门外之大木（说见下条）。西方庚辛金即此。北方壬癸水即昆明湖。南方丙丁火，即良乡塔下之红土，俗称此为孟良用火烧红者，故以之当南方之火。中央戊己土即煤山。

皇木厂

皇木厂又名神木厂，在朝阳门外约三里许处，即上条所说之东方甲乙木。乃乾隆年间运来，确是很大，建了二十几间长廊以覆之。据老辈人云，近根之最粗处，两人各骑在马上，站立木之两边，彼此看不见。在光绪年间，已稍腐朽，然仍算完整。旁边有"御碑亭"一座，中有乾隆题诗纪事之碑，每年由地方官致祭。老辈人传说，当年运此木时，相当暴虐：当然有官员押运，号称"神木"，运过一处，稍休息时，运官说"神木"要饮酒，酒店就得以酒泼之，否则不走；倘暗给押官几个钱，便可无事，所以居民都呼为"神木"。此固然是该官可恶，但也足见民智不开。从前洋人来参观者也不少。日本投降之后，我又去看，则被人劈烧，所存无几矣。

黄　寺

黄寺在安定门外约十余里处。此为清朝初年所建，因顶俱用黄琉璃瓦，故名黄寺。乃清朝用以维系蒙古人者，最初喇嘛初到北京者，都住此处，最多时曾住过几千人。活佛初来，也是住此，后则移住城内了。蒙古最信喇嘛教，所以借此联络他们。因为寺中都是密宗的神像，他处不多见，所以外人来此者很多。这里附带着还有一个交易处，凡蒙古人来内地购物者，都住在此；内地人往蒙古经商者，亦以此为起发点。也算是蒙古人会馆，所以名曰外馆。内地人做此项生意者，除北平人外，以深、冀州人为最多，由北平买好了货物，先运到外馆，包装好了，再往北运；由蒙古买回来之货，亦先卸此，再往城里运，此定例也。从前凡做此种生意者，都很发财，此行即名曰"做外馆生意的"，亦曰"外馆行"。自苏俄强占吾库伦后，此行遂解散；然在民初，黄寺外馆之房址，还都存在，因为这是与蒙古来往惟一的机构。所以我去看过几次，近来不知怎么样了。

黑 寺

黑寺在黄寺迤西，屋顶都是黑琉璃瓦，故名，其性质与黄寺没什么分别，只规模较小，然另有风景，很值得一观。

白云观

白云观在西便门外，约数里之遥，亦名长春宫。此为元朝所建，元朝邱处机见元太祖，以不嗜杀人，敬天爱民，清心寡欲，三事为言，太祖深重之，为之建第于此，号曰长春宫。北平道教的庙宇中，以此规模为最大，比东岳庙占地还多。观中道士，到过千人，平常亦有一二百人。观中的首领老道，在光绪年间常有不法的行为，有一段很重要的历史，从前的人都知之，近来大概知道的人很少了。前清时代，北平和尚道士，可以说是都有衙门：和尚的衙门，名曰"僧录司正堂"；道士的衙门，名"道纪司正堂"。这种组织在《红楼梦》第十三回中，便写了一些。这种僧道正堂，都是总管全国和尚道士的机构，势力极大，所以谚语中有两句曰："在京的和尚，出外的官。"这两句话虽然没有说到道士，但道士亦在其中。他们所以有此权势，因为他们专走动王府大家之门路，与太监来往尤密。西后本是一个极糊涂的人，不但迷信，而且相信太监的话，这正是与这两种僧道正堂撑腰的原因，因之两位的声势，就更大了许多。彼时俄国公使，知道了这些情形，因常找太监，是极被人注目的事情；乃想法子与白云观太监来往，当然也给了他们许多甜头，由他介绍了李莲英，通称"皮条李"。他们常常在杨梅竹斜街万福居饭馆接头，永远在东边路北一个小院吃饭。这个院虽然是万福居的雅座，但不卖外座，差不多是白云观道士永远包着，钱则出自俄国使馆。俄使的意思，总可以由莲英传到西后耳朵里头。彼时俄国外交进行比他国顺利，得的便宜也最多者，得力于此一组织的很多。白云观道士，也可以算是卖国的首魁，这确是大家应该知道的一件事情。若专就观中的建筑说也是很值得一看，尤其每年灯节，有大规模的娱乐。观中的灯是出名的，灯是大而多，且画工很好。灯节后十七八日，为会神仙之期，都说每年总有一个人，会到神仙，所以一般迷信之人，都要来参与的。春季的车马赛跑，此处规模也极大，北京王孙公子之养马者，都要来赛一赛。马道两边，有搭的看台看棚，红男绿女，极为热闹。届时北京的人，几乎倾城来观。

汤山温泉

汤山温泉在北平城北。据医学家云，此乃是全国的第二个温泉，水源之大，热度之高，已经很难得了，而它又是拉丢之热，比起硫磺矿泉来又好得多，用此泉水沐浴，可以治疗许多的病症。从前皇帝有在泉旁修建的行宫，规模很大，池沼河流，都可以乘船容与其间。百余年来虽有许多倾毁，但因咸丰年间，英法联军未曾烧到，所以殿阁还都存在。民国后开放为公园，任人游览，又设立了一所旅馆，于人颇称方便。又单引了一股水通墙外，并建房屋浴池，任本地人沐浴，不用花钱。又由北京到此，修了一条马路，虽然只是用石子碎砖所修，然雨季可免泥泞，故外人多来游者。倘再多建房，则外人来住者当然更多，亦该处一项大收入也。

十三陵

十三陵即明朝皇帝之陵，在北平之北，属昌平县所管。明朝皇帝除太祖葬于南京外，其余都葬在此处，一切建筑物，虽然有许多地方失修，但未特意毁坏，故原样尚存。按历朝皇帝陵之在山西、陕西两省者，尚有存在，这也因为是从前陵上无事，所有祭祀等礼节，都在庙中举行之，所以古人之陵，多只是一个大土堆，所谓有陵无寝，即是没有用以祭奠的殿堂房屋，所以也就不容易毁坏。如陕西文王、武王之陵，山西昭君之陵等等皆是。后来除在太庙祭奠外，清明、冬至还要到陵上去祭，于是陵上就都添了殿堂。按此种风俗，本来自国外，欧阳修在《五代史》中，有两句话曰："清明野祭而焚纸钱，戎狄之俗也。"可是自有了殿堂之后，就很难保存了。国亡之后，附近居民，拆砖用木，日久便可变为废墟。尤其元朝西僧，杨琏真珈，把南宋之陵，大小百余处尽行掘毁，更是惨事。所以历代以来，皇陵保存的最完备者要以明陵为最，这也算是清朝的德政。他不但未毁，而且把明朝后人，封为侯爵，世袭罔替，每年春秋两季由他致祭明陵，每去致祭，先上奏摺请训，一直到光绪末年，永是如此。这也是该陵不能毁的一个大原因，后人能得看到从前之皇陵者，也只此处。清朝陵寝，虽然完整，但一在遵化州，号曰东陵；一在易州，号曰西陵，离北平太远，不易去看，所以外人之到北平者，都要到十三陵去看看。未到过北平的人，将来到了北平，这个地方，也是必须去一次的。乘平绥路火车，在南口下车，骑驴到彼，一日可来回。

十三陵

南　口

南口在北平以北，即万里长城居庸关之南口也，现为平绥铁路之要站。出车站往北，不远即是南边之关口，关旁有明朝李凤节之墓，屡经人修理，故犹存在。往北即居庸关，再往北即青龙桥车站，再往北即北边关口，因有万里长城，此本世界驰名之大建筑物，故外人之到北平者，无不来此瞻仰。游者在青龙桥站下车，走不远即上城墙，极为方便。中外人士来参观的很多，因为大家都以为这是秦朝的建筑，有两千多年的历史，所以都要来看看。其实这确是明朝的工程。按战国时燕秦都有长城，秦统一后，更大增建筑，以后历朝都有补建，不过地址屡有变更耳。元朝统一之后，蒙古及内地便变成一家，此亦无用；明朝驱逐蒙古人于蒙古去后，为防北边，才又大修一次，即现在之长城也。之后，这种城也没有国防上的价值，但为保存古迹，也是应该重视的。

曲折蜿蜒的长城

碧云寺

碧云寺在西山之阳，在明朝原为一座庙宇，魏忠贤改为他的专祠，一直到清朝康熙年间，尚仍然存在。经人发现，奏明皇上，说这种祠堂，不应使之存在，经皇帝特旨才把他铲除，仍改为寺庙。此事曾经《啸亭杂录》记载，是否康熙年，却记不清了。民国后中山先生在北京去世，曾暂厝于此，后移葬南京，此处便做了衣冠冢。庙中有一水泉，为西山一带最大之泉。庙后山中杏花极多，每到春季，游人极夥。南边又与香山

之静宜园为邻，园中设有新式饭店却名曰香山饭店，吃住皆很
方便，因之外人来此者，亦不少。

碧云寺

大觉寺

大觉寺还在碧云寺的西北山后，规模极大，杏花极多。在

前清老进士们，每年春季，多到此看杏花，三鼎甲更要来，因为中状元之时，正是杏花开放，所以多要来此一游，以纪念他们登科之日。在这个庙中，曾有一件极重要而伤心的事情，是国民不可不知道的。就是咸丰年间，英法联军到了北京，城下之盟所订的开放南方几个口岸等等的条约，是在此庙中签的字；签字之亭，在庙之右院，昔人有句云："击破金汤是此亭"云云。我因此到庙中去过几次，此亭尚依然存在，大家都应该去看看才是。而且到此庙去的路上，有许多有关史事，或有趣的事情。路间有两个村庄，一村都姓杨，传系杨延昭之后；一村都姓韩，传系韩昌之后。这两姓绝对不能结婚，倘一结婚，必有灾难不祥之事发生，数百年来永是如此。我只往此二村去过一次，详细情形记不清楚，大致是如此就是了。这与朱陈二姓，整反了一个过。有冷泉村、温泉村，温泉村且设有学校，及饭店、宿舍、医院等等，吃住也很方便。有地名"黑楼"者，院中景致颇佳，有涌泉两三处，都喷出地上三四尺高。院内有一楼，传是魏忠贤害人的楼，这等于苏联之集中营，凡大臣得罪了他，他便把大员困于此楼之上，如果降了他，便可得生，否则下楼时，自己不知就落入井中了。因该楼梯下，屋中间有一井，有盖，上楼时不知也，因此名曰"黑楼"。再往北有妙高峰，原为一庙，光绪之父醇亲王葬于此。此为清朝一种特别的陵寝，按皇帝之陵名曰"陵"，陵之制有宝城，有享殿，有宫门，有碑楼，等等。亲王之陵，名曰"圆寝"，只有一个土丘及祭祀之殿堂而已。此则一切都照皇帝陵之制度，而本坟则仍只一土堆，盖因他虽只王爵，而他儿子乃是皇帝。这就是周朝"父为士，子为大夫，葬以士，祭以大夫"之义。坟之右边，有一株大白果松，植物学名曰栝，圆径约六七尺，风水家云，此树为此坟之重要风水，亡者的后人，将来的发达，是不可限量的；但已被西后派人锯倒。这也有一段历史。西后修她自己之菩陀峪——从前皇帝之陵，未葬之前都名曰"峪"，葬后才叫做"陵"——特派其最亲信之醇王为监工大臣，当然以为极可靠了，没想到陵未修成，就倒塌了几处。这当然是偷工减料的毛病，至于醇王使了钱没有，不必断定，但其下人太监等，则当然得钱不少，以致工程极坏。西后闻之大怒，但此时醇王已死，无法出气，乃派太监数人，持手谕，并用黄布包了锯斧等物前去锯倒。本家当然知道，但不能抵抗，至今该树还躺在墙外。再往北为黑山头，公家建筑所用之豆渣石等等，都出在此。由大觉寺往后去，就是往妙峰山一条大道。由以上这种种的关系，则大觉寺是应该去看看的。

妙峰山

所谓妙峰山者，乃是一座庙，在大青山之后，庙并不大，但香火极盛。在前清时代，河北省有两个大香火会场，一是易州后山庙，一即此处。春季之庙会有一个月之久，各处来烧香之人，不计其数，以天津人为最多。由北平到妙峰山，经过大山，极为难走，然有五条路，号称大香道，都是太监所修。各种善会都要前去进香，如高跷、龙灯、五虎、少林、十番、旱船、狮子、扛箱、中幡、戏剧等等，最盛时有二百多档子。

八大处

八大处在北平城西，彼处有新式的饭店，吃、住、沐浴都很方便；共有庙八处故名，最出名者为秘魔岩、龙王堂等。但在从前说，这是小八大处。真正八大处，有西域寺、潭柘寺、戒台寺、碧云寺、上方山（在北京人骨出土的周口店左近，极深邃有趣）、大觉寺，再加秘魔岩，共为八处，号为"京西八大刹"。但其说也不一致，有人说卧佛寺也在内的，但我以为这无关重要，总之都是应该看看的地方。

戒台寺

以上所举不过几处，此外还多，不必尽举，这也是北平做了六七百年都城所必然的事情，不过可看的地方多，则性质就不同了。

> 有的有关政治；有的有关教育；有的有关历史；
> 有的有关文化；有的有关建筑；有的有关美术；
> 有的有关宗教；有的有关风俗。

总之无论为求哪一种的知识，都是应该看看的。全中国关于这些性质最全的名胜，当然以北平为第一。因为从前做过都城的地方，大概都毁了，再古不必说，汉唐的西安，南朝的南京，宋朝的洛阳、开封、杭州等处，大多数都毁掉，有的地方古迹，一点也看不到了。北平虽亦稍毁，但存在的尚很多，所以说实在应该看看，而且也实在应该写写，不过此文因篇幅的关系，不能多写了。

北平的建筑

要谈北平，当然先说到建筑，北平的建筑始自明朝永乐年间，以前金元两朝虽然已经有都城的建设，但原址靠西南，大约离丰台很近，元朝廉文正公希宪的万柳堂花园，就在莲花池跑马场左近。法源寺这座庙元朝在城之东北，现在则在西南角。因都城近丰台，所以彼时丰台为官员人民宴乐之所，清朝初年，阔人还常去；一直到光绪年间，偶尔还有人到丰台观花；民国以后则无人知道了。

北平分内外城，内城共九门，俗说"门见门，三里地"。南面中为正阳门，东为崇文门，西为宣武门；东面北为东直门，南为朝阳门；西面北为西直门，南为阜城门；北面东为安定门，西为德胜门。以上清朝所命之名。清朝虽然都新起了名字，但人民怀旧，仍然还是呼明朝的旧名。比方正阳门则仍叫做前门，崇文门则仍叫做海岱门，宣武门则仍叫做顺治门，朝阳门则仍叫做齐化门，阜城门则仍叫做平则门；外城各门亦然。并且都有简单的说法，如崇文门内外，可写崇内崇外，他门亦然。这种写法，最初邮政局不知，所以不承认；后来在邮局，也很通行了。这种情形，一直到现在，还是如此。固然是习惯使然，不易更改，然看得出人民怀念明朝的情绪。

正阳门

崇文门

安定门

中国若干年来，讲究是九重天子，所以中间之门，自最外到最里，共为九道门；不过这九道门的说法就不一样了。一种说法，是一永定门，二正阳门，三中华门，四天安门，五端门，六午门，七太和门，八乾清门，这便到了宫里；尚短一层门，有人说太和门外，还有一道木栅栏门，也在其内。又有一说：外城是后来增建，永定门，不能算在其内，而前门为两层，因此算是九层。

永定门内，东为天坛，周围十里，皇帝祭天及祈雨，都在此处；西为先农坛，周围六里，皇帝躬耕就在此处，这个礼节，名曰耕藉礼，《礼记》中所谓天子三推，诸侯五推者是也。

往北为天桥。天桥这个地方，在明朝初年，是最美丽的一个处所。河流由西来，到虎坊桥南流，东流过天桥，往东又往北流，到三里河，往北往东出城。所以珠市口以西大街，有虎坊桥、韩家潭，珠市口以东有三里河、南桥湾、北桥湾等等的名目，至今犹然。三里河北往东之草厂头条至七、八条胡同，都是皇家由船中卸草的码头，后来河流淤塞，天桥无水，这一个地方便冷落了多少年。民国后因建筑电车的关系，又热闹了一个时期，因为电车最南头的出发点是天桥：东边一路，北通至北新桥，西边一路西通至西直门。住在后门内外的居民，不但没有看见过电车，而且有许多人，没看见过天桥，因为彼时皇城的南池子、南长街，两豁口未开，住在皇城内东西两面的人，固然可以出东、西安门，住在后门内的，就得出后门，彼时既无马路，又无汽车，坐骡车到天桥，来回就得一整天，所以去过的人很少，尤其是妇女。自电车通后，不但坐电车过瘾，而且来回不过数十分钟，于是后门之居民，人人要逛逛天桥，天桥便兴盛起来。在民国初年，天桥一处，一切杂耍不算外，只戏园子便有五处，茶馆饭馆更不必提了。

前门大街，最初是很宽的，明朝日本人画的查楼（即现在之广和楼），门口还在大街上。后来两边侵占，两边又添了两道小街，东边曰肉市，西边曰珠宝市，则大街焉能不窄呢？不但窄，在前清二百余年，五牌楼南，大街之上都是卖鱼虾的，都是搭的席棚，即名曰鱼棚，中间只有一丈多宽的过路。因为皇帝祭天坛或先农坛，在此经过，必须把棚拆去，否则辇便通不过，皇帝过完再搭上，所以永远未能盖房。光绪末年，因这些鱼棚，不但有碍交通，且有碍观瞻，才把他移到西河沿，特别另建筑了一个市场。这本是一件小事，但搬移鱼棚的时候。却有许多笑话。大家都说："皇帝是龙，前门外所有的鱼虾，是给龙吃的，所以所有的鱼虾都在此处，如今鱼棚一移，龙非饿死不可；龙饿死就是皇帝完了，则清朝必要终了。"大家如此说法，原无足怪，最有意思的，是有几位御史，也据以入奏，说如此一来，则对大清国祚，是有妨害的；不过因为经过庚子以后，西后有点怕外国人，没敢特出主意，此事才算过去。

中华门在前清名曰大清门，因为明朝名曰大明门，所以他改为大清。其实大明门这个名字，乃元朝所命，并非始自明朝，然前清绝对不肯留着"大明"二字，这与民国不用"大清"二字，改为"中华"二字，同一性质。中华门外一大片石墁地，三面汉白玉的栏杆，名曰天街，由此往北，从前便都是禁地了，然戴官帽之人，便可通过，尤其是每早上朝的官员，往往由此进去。每月二十前后，月光正明，月光之下，在此行走，颇有诗味。北平有一景，曰"天街步月"者，即是此处。

天安门为皇城的前门。北为地安门，东为东安门，西为西安门，俗又称后门，或外东华门、外西华门。天安门外东即东长安街，西即西长安街，这本是内城东西城交通惟一的条大街，此外别无可通之街道，但因东、西长安门平常都不许走，所以这一条大街，在前清是等于没有。然戴冠帽之人，尚可通行，所以从前卖水菜的人，往往戴一官帽，倘门丁盘问，即可说是给某机关送水菜。东西城居民之来往，都必须南绕至前门。天安门外，有一河曰玉带河，亦曰金水，河上有五座桥，名曰金水桥，此处通常都呼做外金水桥。民国以后，袁世凯有阅兵等等大典，都在此处行之，因站在天安门上，较为保险也；又因东西电车交通方便，以后大规模的聚会，也都在此处。

端门。有人说当初建设此门或者是因为凑足九重门之数，据我调查询问所得，仍是森严的关系。此门之南，东西有两个大门，即皇帝进太庙及社稷坛之正门，而两旁之厢房又为存放盔甲弓刀之所，都是极重要的地方。可是端门之后，午门之外，乃是平民可以来往的道路，于收藏军装之库房，实不够严密，也可以说是实在有建设一层门，以防匪盗之必要。

午门为紫禁城之南门，北为神武门，东为东华门，西为西华门，在这个城圈之内，就很森严了，除每日上朝的官员外，所有下级差役人员，都得有腰牌，否则便不能进门。午门上边为五座楼，名曰五凤楼，平常所说的"龙楼凤阙"，即是指的此处。民国后开放，改为博物馆，从前菜市口杀人的五把刀，及凌迟人用的各种小刀刑具，也都存在此处任人观看。在前清打了胜仗，皇帝受俘的典礼，永远在此：皇帝在城上观看，下边凯旋大将，将所有俘虏，及各掳获品，均于门前陈列献之，此即名曰献俘礼。再朝廷有大庆贺典礼时，则在此门楼上，陈列钟鼓；门内院中，陈列执事、仪仗、大驾卤簿等等。这些仪仗，并不见得应用，但非陈列不可。在门外东西两边陈列着日晷及嘉量。日晷者测日影定时辰器也。全国的时刻以此为准则名曰"都城顺天府节气时刻"，即指此日晷，亦名日规。在前清时代所颁行宪书，最全者，是各省的二十四节时刻都有；平常所用者，则只有北京的时刻，书中第一行便注明"都城顺天府节气时刻"字样。嘉量者标准量器也，全国的升斗，都以此为准。其实以上这两件事情，只不过有这样的规定，结果谁也不管。他为什么安排在这午门外陈列呢？因为午门外，东西都有阙门，本来人民可以来往，比方皇城东西两边的人，都可以由东华门顺紫禁城墙往南往西：进东阙门，过午门出西阙门；沿紫禁城，往西往北，便是西华门外。这条路是车辆都不许通过，然人民戴上官帽，都可以随便走，不过因地方森严，没有走过的人不敢走就是了。照规定此处是国民可以随便行走的地方，而门内便是禁地，则此门即古人所说之国门，所以将嘉量日晷，陈之国门，以便人人观览。这是大公无私，而且便民的举动。不过行久便成虚设了。

太和门外，也有一道河，名曰金水河，也叫玉带河，河上有五座桥，即名曰金水桥。大家呼天安门外之五座桥，为外金水桥，呼此为内金水桥。门内即太和殿，俗称金銮殿，凡国内有大庆典，都在此处行礼，例如元旦、万寿、大婚、凯旋，以至会试点状元发榜等等的大礼节，皇帝都要坐太和殿受贺或办公。殿前有大月台，此名曰"丹墀"；三层台阶，即名曰"丹陛"。丹墀下就是一个大院，都是三层砖墁地。由丹墀右角起，到院的西南角，由丹墀的左角起，到院之东南角，各墁两条石块。此石块大约每七八步远一块，每块见方尺余，此即名曰"品级石"，亦曰"品极台"。每逢大朝贺时，官员都在此按品级站班，文官站东边，武官站西边，所谓文东武西；所以文官的补服都是鸟类，而鸟首都向右边，武官补服都是兽类，而兽之首都是向左边，这都是头向皇帝之义。太和殿之后，即中和殿，再后即保和殿。照国家的规定，皇帝办公应该在保和殿，后来因皇帝永在乾清宫上朝，于是保和殿，除乡会试之年，在保和复试之外，就没什么许多的用处了。

乾清门在保和殿的后边，门外有不大的一个院落，此处便极森严了，门外台阶以西靠北墙有三间房，此即从前之军机处，门口挂一白油木牌，上写黑字曰"误入军机者斩"，错走进去，就是杀罪，其严可知。在此屋内办公者，只有军机大臣几人，司官人等有事回禀堂官，须站在门外说话，军机大臣命进，才能进去。台阶之东，靠墙有几间北房，名曰"九卿朝房"，乃各衙门堂官上朝时座落之所。院中西南角，有三间南房，名曰"小军机处"，因军机处的司官名曰"小军机"，故此名曰"小军机处"。小军机处亦名军机章京，满洲话曰搭拉密，故内庭说话通称军机搭拉密。总之这个院中，只有这几个机构，其余各衙门中之司官，倘没有公事，谁也不肯进这个院中来了。

乾清门内，就是乾清宫，俗称乾清殿，乃每日皇帝上朝办公之所。门内两边群房，西边为上书房，曰讲起居注官办公之所等等；东边为南书房，皇子皇孙读书之处。乾清门内，只有这几处，官员可以到达，且可以与皇帝会面。再往后便是宫禁，俗名都叫后宫，乃后妃等所住，平常官员就不许进去了。总而言之，是乾清门以外，都是皇帝与官员办国家公事的地方，所以房屋都名曰殿，偏殿或曰阁。门内乃是皇帝私人眷属住的地方，房屋都名曰宫。紫禁城内之宫，平列又分五个圈。民国后开放的故宫博物院，所谓中路、东路、西路、外东路、外西路等等，就是指的这五个圈。自然中间一圈最大，名曰正宫。前门即是乾清门，后门名曰顺贞门，再往北就是紫禁城的后门神武门了。

　　皇宫的情形，大致如此，至于宫内，处所当然还很多，好在逛过故宫博物院之人，都可稍稍明了；没有逛过，全靠写也很难明白的了。不过有一些趣味的事，还可以说一说。宫中关于厌胜的事情，有三十六天罡，七十二地煞。天罡者，即宫中之大金缸，缸罡同音。缸为铜铸，外包以金颇厚。乾隆年间，有人用刀偷刮缸上之金被斩，足见其金之厚。缸面口径约三公尺，原为盛水防火之用，各宫殿前多摆一对，如太和门外，阶左右就有一对。据说宫中共有十八对，以足三十六之数。此外又有铁缸若干对，小于金缸。乃嘉庆年间，籍没和珅家时所抄来者，则不在此数之内。七十二地煞者，宫中各院落内都有井一眼，当然是为用水方便，据说全宫中共有七十二眼，便是地煞。以上不过听到宫中所说，两样我都没有数过，不知果是此数否，然如此传说已有几百年了。

北平的商业

　　前几篇写的都是关于国家公共的事情。而民间社会的事情，也必须要谈谈，因为北平虽然做都城六七百年，但风俗朴厚，人心安静，不似上海等城，做了不过百余年的商埠，便特别的嚣张，道德信用，日见沦丧；商界的行径，更是浮嚣。北平则不然。兹先谈谈北平商家的情形。

提起北平商界道德信用来，可以说是堪为世界商人之模范；他们虽然没有世界商战的知识，但有传统的信义、谦和的行径。比方说：上海、广州等城的商家，对于买主客人，太不客气，尤其是从前广州商人，对买主所说的话，常常惹得买主生气口角，其实若按法律来说，他们说的话，哪一句话，都够起诉的资格。另一面说，像犹太人之做生意，又太客气，往往闹的顾客不好意思不买，这是世人都知道的；日本之商家，也有这种趋向，这固然是好，但也有点毛病。须要知道，所谓不好意思不买者，便是不愿买而必须要买，这也算是一种为难的情形；下次再去，就要斟酌，这也是当然的情形，如此则生意也可以受影响。所以犹太人在西洋做生意，是可以极为发达，因为西洋人对于他们这种客气，并不十分重视。中国人则不然，他人对自己客气，自己更要客气，这是中华民族传统的文化精神。他客气我更要客气，自己觉得不买对不起他。说实话吾人到一铺子里头，不见得一定遇到自己心爱之物；非心所爱也要买，这于内心便有不舒服之处，则下次再去是一定要斟酌了。所以犹太人在西洋的那一套，在中国不一定行的开。北平商家的作风，与上两种都不同。像街道摆地摊之小商人，因未曾在铺中受过训练，他们说话不规则之处还相当多；若真正像一个商业的铺号，则说话非常和气，所以谚语有"买卖和气赚人钱"、"和气生财"等等这些话。这便是商业传统的要素，不但和气，而且规矩，不卑不亢，说的都是买卖范围以内的话；就是驳你回，你也不会不爱听。各行有各行的话，且是都有训练，最讲究的是大的绸缎布店，说话比其他行道，更显规矩而有道德，兹大略举两三种如下。

先谈绸缎布店。比方对他说，你们这儿货较为便宜，如某号某号较贵的多，倘次一点的铺子听到这些话，他一定很高兴，且必要说别家几句闲话，再自夸几句货真价实。但大布铺则不然，他一定说，"也差不了许多"，这就是不肯说同行坏话的道德，此只北平有之他处不见。

买绸缎挑拣颜色，往往时间太久，老拿不定主意，又怕铺中人嫌麻烦，这种情形往往有之。他看出这种情形来，他必说，不必着急，买的时候多费几分钟的工夫，将来穿着永远趁心如意的，稍一含糊，将来永远是别扭的，再说千灰万紫，颜色深一点浅一点，都要随心所欲，不可含糊。请想他说这样的话你心中当然爱听，而且对他一定是有好感的。挑拣许久买不成，临出门他必说货色太多，谁家也不能预备那样齐整，请先到别家看倘不合式，再请回来。

到棺材（寿木）铺说话，就是又一种话了。比方，别的铺子，说客气话，一定说老主顾，不能多算钱，或希望买卖交的长才是主顾呢，等等这些话。但这些话，棺材铺中人万不能说，他必说，您这是百年不遇的事情，怎么能够多算钱呢？

比方吃饭馆子，阔人往往说你们的大师傅（厨役）太差了，他必说，要说比您府上的大师傅，那是比不了，在饭馆子中，我们掌灶的（厨役）也就算很好的了。他这话是驳了你的回，而且你还爱听。

以上这种的话，我从前纪录过几百条，都极有思想而有趣，现只举几条，不必多赘，这可以说是都是世界商人可以为法的。以下再谈谈商家的道德、组织、信用等等，有许多也是世界上少见的。

旧书铺

北平旧书铺的组织法，不但中国其他城池没有，世界各国也是不见的。他除在柜台上售书外，里边屋中总陈列着几张八仙桌，预备人去看书。从前吾国虽有藏书楼的组织，但多系私人所藏，间乎有公共者，然甚少，只有极讲究之书院中，偶或有之，但亦不容易借出，藏书楼中更无供人看书处的设备。则这种旧书铺，颇有现代图书馆的情形，而且比图书馆还方便。想看什么书，他就给送到桌上来。倘自己研究一件事情，记不清应看何书，可以问铺中掌柜的，他便可给你出主意。他铺中没有的书，他可以替你在其他书铺转借。看书时想吸烟，有学徒替你装烟，想喝茶有学徒给你倒茶。你若看书看饿了，他可以代你去买点心；常看书的熟人，有时他不要钱，他还可以请你。这在世界上的图书馆中是没有的吧？不但此，你在家中想看什么书，他可以给你送去。看完了不买，是毫无关系的，比方说自己想做一篇文章，应用的参考书，家中没有，也可以去借；只管说明，我暂作一次参考，你看完了，他便取回。不但此，倘做文章自己一时想不出应用何书参考，也可以直与书铺掌柜商量，他可以代出主意；自己书铺没有，也可以代借，看完了仍旧由他代你送还；他不但由别的商家代借，有难觅之书，他知道某学者家有，他也可以替你去借，因为有该书之家，你不一定相熟，而有书之家，总是常买书，与书铺一定相熟的，所以他去借容易得多。这于学者读书人有多么方便！如果你不认识这种书铺，你可以托朋友介绍，他一样地给你送去，看完了他便取回，也不要钱。

我问过他们，老光看不买岂不赔钱吗？这种旧书铺之掌柜，不但有道德，而且有思想，他说书铺的买卖，道路最窄，平常人不但不买，而且不看。所来往的，只有几个文人，文人多无钱，也应该帮帮他们的忙，而且常看总有买的时候，倘他给介绍一个朋友，做一批大点的买卖，也是往往有的事情，这哪能说是他白看呢？请听他这话，是多么有道德。他不但有道德——且有相当的学问，对于目录之学，比读书人知道的多得多。在前清光绪年间，琉璃厂路南，有一翰文斋，老掌柜姓韩，就知道的很多，缪莲仙、王莲生诸先生都常常问问他。张文襄之洞在他的《书目答问》一书中曾说过，读书人须要常到旧书铺中坐坐，就是这个意思。彼时如张之洞、王莲生、盛伯羲、许叶芬、王闿运等等诸公，都是常去逛书铺子的。

茶馆子

北平的茶馆子，也实在值得谈一谈，他与各大城中之茶馆，虽然相同地方不少，但特别的地方确很多。茶馆子卖茶，自然是他的正业，但北平茶馆可以分两种，一是早晨，一是夜晚。北平人最讲喝茶，尤其早晨更非喝不可，所以早晨遇到熟人，必须要问一句，"您喝了茶咧吗？"大约都是简单着说，"您喝了吗？"若到大街上碰到，则必相约同到茶馆，此定例也。五行八作除有长期工作者外，其余所有工人，大多数都得到茶馆喝茶，一则喝茶，二则也为寻觅工作。北平的规矩，所有承应工作买卖之商家，如泥瓦作、木厂子、搭棚铺、饭庄子、裁缝局子、出赁喜轿铺、杠房等等，答应下工作买卖来，次日一早，便到茶馆中去找工人，所以各行工人也都到茶馆等候。各行工人有各行的茶馆，不能随便进去，因为棚匠若到厨役的茶馆，那坐一天也找不到工作。这个名词叫作"坎子"，哪一个茶馆，是哪一行的坎子，是一定的。而且茶资也极便宜，每人每次不过茶叶钱，大个钱一枚，水钱一枚；倘自备茶叶，则只花水钱一枚便足，任凭你喝几个钟头，也没关系。大个钱一枚，合现大洋不到半分；彼时每一元现洋，约可换大个钱五百枚，请看这有多便宜。这种茶馆就等于人市，有南方之墟、北方之集的性质。有许多商家下市之后，聚谈各种生意，也都是到这种茶馆来谈，这与上海、广州各大城之茶馆，有相同之处。

夜晚的茶馆，则多是书馆。从前生活安定，大多数人夜晚无事，都要到茶馆听说书，所以各茶馆都要特请有名的说书人，前来说书。大约是大茶馆就请大名角，小茶馆就请次路角，每日茶馆门口，也都有大广告牌，写明特请某人说某种故事，以广招徕。因为间有妇人往听，所以说的都是规矩的故事，如《列国演义》《三国演义》《隋唐演义》《说唐》《杨家将》等等旧小说，都是常说。他们的说法也很有好的，在原词之外，总要加添许多有趣的言词，提神的动作，借以吸引听众；听书的人，多数也很入迷，一天不听，心神便无寄托，每天吃过晚饭，就都赶紧往茶馆跑，其入迷程度，比观剧又高得多。从前最盛时代，北平这样的茶馆，约有一千余处。每一大街，总有几处。大一点的胡同中，也是必有的。每天的听众，最少也在二十万人以上，比戏园中的观众要多十倍。倘教育界利用这种书馆，给听众输入些新的知识，则于社会一定有很大的益处，惜乎当年学界没有注意到此。当年中山先生使广东之卖药人，讲演关于革命事情，收效就极大，与这种局面，大致相同。

饭馆子

北平的饭馆，亦与各处不同，极有组织，极有训练。所谓有组织者，是馆子分的种类很多，差不多是各不侵犯，如某种人应该吃某种馆子，可以说是一定，但此非仅是贵贱之分，容下边谈之。所谓有训练者，是堂倌等说话之有分寸，不卑不亢，要使人爱听。堂倌又名跑堂的，亦曰茶房，也叫伙计。兹先谈谈饭馆子之种类，及其组织法。

（一）厨行。这种没有馆子没有铺面，只在其住家处门口，挂上一个小木牌，上写厨行二字，专应大活，总是在办事之家去做，如办喜事、丧事、庆寿等等。在家中，在庙中，用多少桌席，他都可答应，少者一两桌，多者几十桌、几百桌乃至一千余桌，他都能办到。因为他手下，有这种种厨役，且有厨房一切应用的家具；就是没有也不要紧，因为单有出赁这种家具的商号，任凭你用多少桌都可，而且是粗细都有。他所做之菜品，与饭馆子不同，大约总是煨炖之菜最多，做出一锅来，随用随盛，不伤口味；或者做好之后，永在蒸笼内蒸着，随时用随时端，更较方便。须要知道，一顿饭之时间，前后不过两个钟头，要同时开几十桌，或几百桌，非用这种做法之菜不可；若多用炒菜，那就不能吃了，因为炒菜，要紧在火候，每勺至多炒两盘，若每勺炒十盘八盘，那是绝对不会好吃的。所以这种厨行也单有他专门的优点，大规模的红白寿事，多找这种。

（二）饭庄子。饭庄子分两种，一种名曰冷庄子，一种名曰热庄子。冷庄的情形，与厨行相近，但是他有院落房屋，大的有十个八个院子，房屋当然更多，有的且有戏楼，以便办喜庆事之家庆贺演戏之用。从前办红白寿事，多在这种饭庄之内，因其宽阔方便也，同时开几十桌，地方也足够。大家愿意在此办事者，因为在家中，事前事后，都有许多的麻烦，在此则说成之后，即可办事，办完之后，就算完事，没有善后一切之麻烦。这种庄子，平常不生火，所以名曰冷庄子。来吃饭者，必须前一二日规定，定妥之后，届时他便生火预备。办事定几十桌，他自然高兴；随便请客，定一两桌他也欢迎。

所谓热庄子者，是平常就有火，随时可以进去吃饭，所以名曰热庄子。但冷庄子三字是常说的话，热庄子三字则不恒用。这种与冷庄子外表没什么分别，只门口挂有招牌，上写"随意便饭""午用果酌"等字样，冷庄子则无此。至于办红白事大宴会，则一样的欢迎。从前成桌的请客，多数都在此，因为地方方便，吃一桌饭，可以占一个院，至少要占三间房屋，而且若在饭馆子中请客，大家便以不够郑重，大家说起话来，总是说：既请客就应该在饭庄子上。如今金鱼胡同之福寿堂，前门外观音寺之惠丰堂等等，从前都是小饭庄子。再者饭庄子招牌，都是堂号，如愿寿堂、燕喜堂等。

（三）饭馆子。饭馆子的组织法，种类很多，归纳着来说，可以分为三种。大的饭馆，可以零吃，也可以成席，十桌八桌均可，如泰丰楼、丰泽园等皆是。他也外会，每次几十桌也可以，但这是特别的，且与本柜外面虽是一事，内容则是两事，他永远是两本帐。这种大饭馆，若三二人吃，总是不合式的，最少六七人才相宜。

中路的饭馆，只宜于零吃，偶尔也可以做成桌之席，但绝对不会太好吃，如前门外之瑞盛居、春华楼等是。

小饭馆则只能零吃，绝对不能成席。这路最多，如东来顺等，都是如此；只管他生意好，地方大，买卖多，但他确系小饭馆之组织法，而且菜也简单，除炮、涮羊肉等外，可吃的菜不过几种。

（四）饭铺。饭铺与饭馆的分别，现在有许多人不很明了。大概地说，是以各种面食为基本生意者为饭铺，以菜品为基本生意者为饭馆。这种饭铺的种类比饭馆的种类还多，各有各的拿手，各有各的优点，如馅饼周以馅饼出名，耳朵眼以饺子出名，都一处以炸三角出名，荟仙居以火烧炒肝出名，苟不理（在陕西巷）以包子出名，面徐以面条出名，润明楼以褡裢火烧出名。此外尚多，不必尽举。也分大中小三等。大的兼卖菜，且种类较多，如东来顺最初就是饭铺。在这种饭铺中吃饭，是最经济的，不但省钱，而且省时间，因为他食品多是现成的，而且简单，进去就吃，吃完就走，于公务员是最合式的。

饭馆饭铺种类甚多，以上不过大略谈谈，因篇幅的关系，也不能多说了。兹只再把他所谓信用谈一二事，亦非其他城池所有。从前东城隆福寺胡同路北，有一家饭馆名曰宏极轩，专卖素菜，凡认真吃素之人，都往他那儿去吃，买卖异常兴隆，尤其是各王公巨宅之老太太，每逢初一、十五，多系吃素，她们对于自己宅中之厨子信不及，以为他们用的刀勺，常做荤菜不洁净，永远派人到宏极轩去买。所以每逢初一、十五，他门口车马如市，都是来取菜的。为什么大家这样相信他呢？当然也实在可信，每天早晨派人到市上去买菜，掌柜的便坐在门口，买来之菜，他都要详细盘查，不但肉荤等物不许进门，连葱蒜薤韭等物，也绝对不许有；本铺中的人，年之久，连一点葱花都吃不到，这样的作风，安得不使人相信呢？安得不发财呢？

前门外大蒋家胡同路南，有一个宝元馆，他另有一种认真法。掌柜的终日坐在厨房门口，每一菜做出来，他先看一看，才许给客人端去，倘他认为不够好，他便把该菜扣下，使厨房另做；不够水准，不能给客人吃。这样情形去吃饭的人是不会不满意的。但他另有一种作风，他欢迎商界，不欢迎官场。商界每年请同行吃春酒，发行家请门市商，门市商请常主顾，每年每家总要请几十桌，此定例也。彼时每桌光菜钱不过现大洋六七元，不过这是一宗很大的生意，而且商家之钱是方便的。官场人请客，一两月中不见得有一次，而且跟班下人种种勒索，相当麻烦，所以不欢迎。按道理说，他两边的生意都做，岂不很好？但彼时有一种风气，是商人与官员，不能同坐一席，比方我们家有庆贺事，到请来宾入席时，便不能把商人与官员让在一处。不但官员挑眼，商人也绝对不肯坐。因为这种情形，倘该饭馆常有官员请客，则商人便不高兴去。所以不得已，只好得罪官员，不能得罪商家。

以上关于饭馆者只说两件。兹再把商业界的信用，说一件。

从前北平银号，最出名者为"四大恒"，都是由明朝传下来的，所以都在东四牌楼，在明朝东四牌楼是最繁华的地方。同治末年，四恒之一的恒和银号关了门歇了业，但他有许多银票在外边流通着，一时收不回来。彼时没有报纸，无处登广告，只有用梅红纸半张，印明该号已歇业，所有银票，请去兑现等字样，在大道及各城镇中贴出，俾人周知。然仍有许多票子，未能回来，但为信用必须候人来兑，等了一年多，还有许多未回，不得已在四牌西边路北，租了一间门面房，挂上了一个钱幌子，不做生意，专等候人来兑现。如此者等了二十年，光绪庚子才关门。请问现在还有这样的铺子没有？

北平商界，从前优点极多，不过大略谈谈。其余便可想而知了。

北平的工艺

北平的工艺，可真值得谈一谈，而且也应该谈一谈。宋朝在杭州有三百六十行之目，我在北平很下过一番工夫，详细调查过，大约有九百多行。我写过一本书，名曰《北平三百六十行》，书名不过用的现成的名词，其中已列有七百多行，后来又多知道了一百多行，尚未列入。然此还只是工艺，只是商业而无工艺者，尚不在内。这话乍说，或者有人不相信，能有这许多行道？其实若说明了，也就不以为奇怪了。比方说，"木匠"这个名词，简单着说，就是一行，不过木匠而已。若细一分，则行道多了，有的还是相去太远。比方说建筑房屋的木匠，绝对不会造车；造车的木匠，绝对不会造船；至于马鞍、寿木，等等，更是专学。兹把各行之情形，大略谈谈如下：

木匠，平常说木匠，只是盖房、上梁、立柱等。

车铺，大车、轿车、人推单轮小车，又各有专行。

轿铺，人乘之轿及宫车（略似轿而异）单是一行。

船铺，万非其他木工所能造。

柜箱，有时兼做桌椅。

桌椅，粗细种类很多。

棺材，又名寿木，永远是专行。

杠房，抬杠之棺罩，及各种执事，更是专行。

硬木作，专做花梨、紫檀等木器，万非平常桌椅匠所能。

小器作，专做盘架瓶座等等，万非他木匠所能。

旋床，专做旋活，如栏杆，等等。

牙子作，门窗桌椅等等所用的花牙子，另有一行。桌椅匠有时亦能做，但价高而不得样。

点心匣，此亦系特别手艺，一个长尺余、高深各六七寸之木匣，每个不过现大洋半角钱，是以非专行不能造。

圈椅，此为北方一特别手艺，他们讲究只有一把斧子，便可造成一椅，连尺都不用；这也有点故神其说，然实在是极简单。每一把椅售价不过两角钱，然美而轻，且坐着亦极舒适，他省没有。

画轴，裱画行用之上杆下轴，以及轴头，非他行所能造。

算盘，此亦系特行，北平平常造的不及南方，但真精的，则比南方好。

木底，从前女子所穿鞋之木底，亦分两行，纤足之底，与旗下妇人之底，完全两事，都非其他木工所能做。

以上不过只举十几种，此外尚多，如箍桶、蒸笼、木鱼梆子、鞔鼓，等等，不必尽举了。请看一个木行，就又分这些行，其他工艺，可想而知，大概是艺越精，则工越分得细，遂又各成专行了。

北平工艺为什么这样发达，当然是因为做了几百年的都城，有几位皇帝，把各省优美的工艺，都招致了来。兹大致谈谈如下。

锡　器

此种手艺从前北平没有，最精者为广西，因广西之锡矿最佳，故工艺亦优。明朝就招来北京，后来北平的锡器，比广西还优美得多，他省更无论矣。

铜　器

铜器工艺，很分几种，家常所用之杯盘盆盂等，都由湖北汉口来；后来也比汉口优良了。

响　铜

北平单有响铜器铺，简言之曰响器铺，如锣、钹、铙、铃、钟等等的乐器，都是用响铜制成。此为中国特别的发明，西洋各国现还没有。西洋军乐队，初无铜钹，在西元一千九百年时期才添入，通通是由中国买去的，我代他们买的就不少。提起来这件事情很伤心，因为中国商人后来造响器，都搀杂铅质，太不经用，一敲就破，非买旧的不可；只好在乡间或庙中去找，很难得到，后来外国人嫌费事，才自己铸造，现在各国都系自制的了。但是他虽比中国的平滑美观，而声音可就差得大多了。这件事情大家是应该注意而提倡的。

古铜作

这行多数在打磨厂西头路南，专门仿造古代的钟、鼎、彝器。按吾国伪造三代秦汉铜器，自宋朝始有之，可是以前清之手艺为最佳。任凭你定制哪一朝代某种器皿，他都可以答应。大致都有模子，因为铸多了，也极在行，某朝某种之钟鼎，款式如何，文字如何，铜质如何，他都有考究。所做平常零卖的货，当然是成色次而价便宜；好的诸事认真，铜质、工作都讲究，这种几可乱真，收藏家、金石学家都往往上了当。而且他们常仿制了殷朝的铜器，偷偷的埋到河南殷墟左右的地下，埋过几年再刨出来，大家便认为真是殷墟出土，这种当然也实在是制造得精良。按这种伪制，在收藏家、考古家看着自然是很讨厌的，但于我们穷念读的，却有很大的益处。我们想看真的三代铜器是不容易的，有了他仿造的这些器皿，我们便可以随时看到，若形状款式都不错就够了，我们何必问他的真假呢？何况连考古家、金石学家，都能瞒得过去，则为求知识起见，已经是没什么问题的了，所以说这种工艺是应该保存的。因为由他们可以保存古代不少的物器，这于考古的知识，是很有益处的。

亮 铜

本行所谓亮铜活，乃是专指"宣德炉"而言，因为宣德炉之铜，都是亮的，与古代钟鼎相反。

相传明朝宣德年间，内廷宫殿失火，把殿内所存金银铜等器，烧得熔化到一起。皇帝便命把这些混合金类，都铸成了香炉。铸成之后，不但样式古雅，且铜之光彩，于五光十色之中，更饶苍润雅洁之致，赐与大臣者都极宝贵，以得到为乐。社会极为羡慕，于是伪造者便多。

北平单有这种作坊，专造此器，好者亦可乱真，价亦极高；专门收藏此器者亦很多，如叶玉虎先生便是收藏者之一。我在熟人家见到者，约共有千余件之多，真伪我不懂，但都觉光耀夺目，实在是一种雅致的玩器；外国人买的也很多。这也是应该提倡保存的一种艺术。

玉　工

琢磨玉器的艺术，可以说是始自北平。按三代以来，玉器的制造便很发达，而且是孔老夫子最恭维的一种，所以自古便以玉器为重，雕琢也不错。不过彼时之雕磨工，说他雍容大雅，是不错的，若讲玲珑精致，则远不及后来。尤其到了清乾隆年间，皇帝极喜欢玉器，彼时的和阗贡玉，几成一种虐政。最初运来，先运江苏，发交玉工承制；后来又把优良的玉工，招到北京，在内务府造办处工作。所做出来的器皿，无不雅致精美，其形式雕磨工夫，都超过古人甚远。外国人得者亦都极珍重。所以说这种技术，始自北平。到嘉庆帝尚俭，和阗免再供玉，于是玉价一落千丈。然优良的玉工，都留在北平，所以至今还传留着优良的技术。若只按人生说，似乎不是社会中所需要的工作，然在文化中则也是很重要的发明，至今各国仍无这种工作。

汉 玉

中国自古以来就极重视玉器，朋友彼此投赠以玉，两国聘问以玉，所以用玉代表和好，文字中说到打仗就用干戈二字代表，说到和平就用玉帛二字代表。在《礼记·聘义》一篇中，孔子有玉赞。古人又云，君子无故玉不去身，因此自古传到现在，贵家文人都是重玉的。尤其是北平，稍通文墨之人，或官吏，腰间多佩带一块玉，多者数块。大家都说，每一块汉玉，都能救人一种灾难，比方你骑马掉下来，按命理本应受伤或致命，但若腰间携一块汉玉，则一定是这块玉受了伤，或破或碎，而人则无恙，意思是这块玉替代人的伤亡。这话可靠与否，不必认真，但人人这样说法。因为人人有这种思想，则汉玉为人所重，自不待言了；因为人人重视，便人人想有一件，哪有那些真汉玉呢？于是假的就出来了。什么叫做汉玉呢？就是汉朝传留下来的玉。因为孔子他们就那样的重视玉，汉朝的人当然也就重视，不但活人重视，连死人也需要。讣文上常写的"亲视含敛"，"敛"是收敛，穿衣服等等皆是；"含"是身上所有孔洞，都要塞上一件东西，免得血往外流，或他物进去，这种多数都是用玉。如鼻中所塞者名曰"鼻塞"，肛门中所塞者名曰"粪塞"。因为在土中埋了多少年，身中之血，当然要浸入玉内而变红，于是就起了个名词，叫作"血浸"（浸亦作沁）。棺中尚有别的物质，如骨中有石灰质，经骨灰浸入而发白者曰"石灰浸"。入殓时恒用水银，经水银浸入而发黑者曰"水银浸"。如此种种，讲究很多，然总以血浸为最有价值，以其鲜红美观也；于是作假者，总想作成血浸。据云他们都有做法，先把玉照汉朝的手工做成，入沸油炸透，趁热放在死狗肚内，埋于地下，约数年之久，即可成功，因热玉容易浸入也。这种工艺，虽不能说只北平有之，但以北平之技术最高，则是毫无疑义的。

拓 片

此艺大概始自唐朝，《唐书·百官志》"有搨书手笔匠三人"，当即指此，搨亦可写作拓，乃我国最好的一种发明，因为他不晓得保存了多少古碑古器的文字。在照相术未发明以前，这是一种极重要的技术。其拓法是把薄纸水湿铺在碑上，垫以毡或布之垫，用木椎椎之，所以又名曰椎碑。则字画凹处之纸，当然拓下去，乃用布包米糠等物，染墨轻轻在纸上按之，平处着墨，凹处无墨，字即现出。优美技术所拓者，可以丝毫不走样，有万非照相所能及者；且有许多物器不能照相，则更要靠拓片了。百十年来，此技以北平为最精，能将器皿之原形，完全拓出，亦可一丝不走。关于此事，在《主义与国策》半月刊图书馆专号中有苏莹辉先生一篇文章《图书馆藏拓片的编目工作》，言之甚详，此处不必多赘了。

裱 工

裱工又名装潢，俗名裱画铺。北平早已有人，但最好的手艺，乃由江苏苏州传来；已有几百年的历史，可是至今还名曰"苏裱"。按此种工艺，可分为两种：一是专裱新画，一是揭裱旧画。固然彼此都能做，但揭裱旧画的专门人才，则手艺好得多，无论多破多旧，他揭裱出来，总是很齐整的。这种手艺，从前虽有由苏州传来的，但现在则以北平为最佳，这也是应该注意的。

装订书籍

装订亦曰"装衬"，《癸辛杂志》曰"装褙"。这种手艺以北平为最佳，旧书破损，都能补衬，虽补多少层，补处也不显加厚。尤其是"金镶玉"的装法，更见精妙。此种装法，是把残页修补妥当之后，又把整部书，每页之内衬一张粉连纸（两层），此纸比原书页天地约各长一寸上下。如此则所长之处，当然比原书较薄两层；他又在天地两处，各衬两层纸，技艺之妙，出人意外。如此则该书虽再受磨擦，也只能伤所衬之纸，于原书便不会伤损了。由此便可保存许多古本书籍，真是有功于文化、有益于教育的一种工艺。可惜这种手艺，几十年来已经衰微了，这也是大家应该注意的事情。

墨 工

制墨的工艺，中国发明颇早，最初最盛者为河北省之易州，后才传到南方。徽州是很发达的，但北平的技术也很优良。因为乾隆年间，乾隆把明朝所存留墨之碎烂者，发交造办处重新铸造，而造办处向来没有这种工艺，于是把南方极优的墨工手招了来制造；制造得非常之美，遂留落北平，故至今仍有优良的手艺。然已微矣。

砚 工

做砚石的工人，当然以广东之端溪，浙江之歙县为最多而最好。北平不出砚石，何以有造砚石之工人呢？这也有他的原因。从前一个皇帝的砚台，绝对不许后一个皇帝使用，每一个新皇帝登基，内务府便须特制备二十方砚台，以便新皇帝应用，这种砚台都是内务府造办处所制；平常也不断制造或修理，这种工人之技术，比端歙两处还高。现在琉璃厂还有留传着的这种技术。因为北平不出这种石头，所以他们制造新砚的机会很少，但如果有好砚损坏等等，使他修整，则整理出来，往往比旧的原式还好看得多。这也是一种应该保存的工艺。

小器作

这不但是我国的精致手工，而且是世界上一种特殊的工艺。它也是木工之一，但所制造的物器，万非其他木工所能做到。所做的都是极细致的木工活，种类自然很多，但最普通为大家听见到的，是关于瓶炉的架、座等等。这些座、架，大家虽然常见，但对它有研究的人却很少。没有研究过，便不知道它的好处。这种作坊，都有一本图样，什么样的瓶炉，应该配什么样座架，差不多有一定的，配制出来当然也都式样美观。但这是极平常做法，技术优良的工人，则另有技术，也可以说是学问。平常物器无所谓，凡有价值的器皿，如杯、盘、炉、碗、瓶、罐，以至各种钟鼎彝器，送来配座、配架或配提梁等等，他必须要先审察该物之形式，然后再绘图制座。不但物器之形式与座须配合，连器上的花纹，都要顾到。配好之后，要能够给该器皿，增加几倍精神，方为合格，方算优美的手艺。所做的座、架千变万化，其形式姿态，可以说是无一同者，真是神乎技矣。这种工艺可以说只中国有之，也可以说只北平有之，他处虽有，无此精妙。在民国二年的时候，我曾想把这种工艺，开一次展览会。阔人家所收藏的钟鼎彝器等，自然有许多很好的座架，但此不容易看到。有一个时期，我常到琉璃厂各古玩铺中查看，有不同的样式，我便记下，约看到三百几十种，后有他事，就未再接洽，然至今耿耿，常不去怀。我总想倘能把旧有优美的座、架，搜集了来，开一展览会，必能为我国工艺界放一异彩，亦能为国争光。

鸽子哨

鸽子哨全国各处多有之，多数是用旧纸牌圈一筒，两端蒙以纸牌片，留一洞如平常哨，系于鸽尾之根处，飞时迎风作响。北平则讲究，制此者特有专行，工极精致，声亦极清脆，种类样式很多，有葫芦、筒子、三联、五联，等等的名目，约有几十种，声音亦有不同。按此物亦是中国的特产，《宋史·夏国传》中，已有悬哨鸽的记载。哨亦名曰铃，诗中用此者颇多，唐人诗："清脆铃声放鸽天"，即指此。这种哨最重要的条件是要响亮，然更重要的则是体质非轻不可。我很认识几位工人，我用两个荔枝壳，求他们做了一个哨，是轻而响，且颇坚固。我不知他们用什么法子给制了一下，否则荔壳极脆弱也。一次我又用塑胶制的小儿玩的小球，比乒乓球薄而小，制了一个哨，尤轻而响，他们说塑胶制此哨，实为最妙之品，因为它薄而轻，而且严密也。按《宋史》中之悬哨鸽故事，乃为战争而设，预先装一笼鸽，放在路上，对方军队来时，不知其中所装何物，当然要打开一看，笼子一开，群鸽飞出，便知对方军队已到，乃动兵围之打了一个胜仗。如今各国军队中都养鸽，可以传递消息，名曰军用鸽。光绪庚子，联军到北平，各国武官买的都不少，都是送回本国参谋部研究应用者。我国人则未注意及此，至为可惜。若想研究利用，则非北平之工人不可，因为他们已经够了专行，且技术精巧。其余城池中虽也偶有之，但非专行，手艺则相差太多，不可同日而语，这是不可不知道的。

绣货工

中国的绣工，当然以广绣、苏绣、湘绣，为最优美。北平的绣工，没什么名气，所以知道的人很少。但也很发达，大致说可分三种，最粗的专绣棺罩帏、喜轿帏等，中等的专绣戏衣等，最细的则零星杂物，如女绣鞋、荷包、手帕等。虽然都叫绣工，其实种类很多，如：平金、纳锦、堆绫、打子、戳纱等等，都在绣工范围之内，但各有专行，且另有优良的技术。在光绪庚子以前，几百年的工夫，北平送礼，多用活计。活计者乃用一纸盒，装入许多绣货，如扇珞、褡裢、眼镜盒等物，少者四件，多者十二件。倘家中有婚嫁喜事，总要收到大量的这样活计。活计简言之又曰荷包，从前前门两旁有两道小巷，即名曰荷包巷子，因为其中卖此者较多故名。光绪庚子以后，这种买卖就衰落了，然有一种情形，人多不知，就是大的绣工作坊，还有几家，都在崇文门外、广渠门等处，每家总有几十人。民国以后，又有一种特殊的生意：美国人买的中国绣货很多，但他进口税很大，而他为提倡古物进口，所以乾隆以前的绣货进美国不上税。这一来给了中国绣工界莫大的机会，现在是每一工厂，都能假造乾隆以前的绣物，其大本营多在前门外、东珠市口、西湖营内。说起来这种假造也相当的难，若只是仿造乾隆以前绣工之细，那是很容易，只要能多卖钱，便能加工加细；可是美国很认真，除检验绣工细致外，他还用科学的方法，把绸缎、绣线，以至染绸线的颜色，都要化验一番。乾隆以前的绸缎、丝线、颜料等等，与后来的都不一样，一经化验，真假立辨，不能蒙混。于是北平绣货局子专收购乾隆以前的绸缎丝线及颜料，染好再绣，则美国税关便化验不出来，贩运者因能逃得高税，利钱颇厚。所以这路绣货，在北平价值颇高，获利更多，这种生意，很是发财。本来除了绣工之外，其余都是乾隆以前之物，何所谓假呢，这也可以说是异想天开。此行亦只北平有之。

北平这种工艺很多，例如珐琅、雕漆、地毡、纸花、雕刻等，都比别处精致。不必多写，只看上边写的这些种，其余亦可想像而知了。

北平为中国文化中心

北平建都历史悠久，当然便成了文化集中的地点。旧文化、新文化，都比他处高得多。南京作为都城，虽已有二十余年，各种学校虽也设立不少，但比起北平来还相差很多。因为文化不是骤成的，必须有他的环境及悠久的历史。不必谈别的环境，只旧书铺一种，就万非其他城池所能比拟。

先说旧文化。自有科举开科取士以来，以北京办此事为时最久，不知出了多少举人、进士。考进士的场，名曰会试，只在北京行之，他处无有，是进士都出在北京。考举人的场，名曰乡试，是由各省考取，此省之人绝对不许在彼省应试，而北京乡试则各省人都可应考（备有监生执照即可考），所以北京出的举人也特别多。再如翰林院这个衙门，也完全是一个大学的性质，院中的堂官，不名曰堂官，而名曰掌院学士；所有院中的官员，对堂官不称呼堂官，而呼为老师。朝廷一切的文字，都归他们撰拟，这可以说是最高的学府了。

再谈到新的文化。全国的新式学校，亦以北平为最早。总理各国事务衙门（即外交部之前身），为储备训练翻译人才，在同治二年（1863 年），特创立同文馆，中有法英德俄日五国文字，教习必须各该国人，科学有天文、算学、化学等门。我便是同文馆的学生。以后广州也有同文馆，上海又有广方言馆，这两馆之优秀学生，都可保送到北京同文馆深造。在光绪十几年，基督教会又创立了一个汇文大学，在崇文门内迤东，专重英文及科学。光绪二十四年（1898 年），又创立京师大学堂，以孙家鼐为管学大臣，家兄竺山在其中充当两种助教，一是德文，一是体操（彼时尚无体育这个名词）。因其中除中国文一门外，所有正教习都是外国人，所以中国人只能当助教，彼时名曰副教习。因家兄偶有事，我还代理过他几天。光绪二十六年毁于拳匪，二十八年又立起来。管学大臣，就是张百熙了。这就是现在国立北京大学的前身。以后几经改变，才变成现在的局面。

到了民国成立以后，北平的各种文化教育机关更是陆续大量增设。这些年来，一直成为全国文化的中心。现在只能把其中最重要的图书馆，博物院和几所大学，分别略为述说。

国立北平图书馆

清末宣统元年（1909 年），学部筹划设立京师图书馆，到了民国元年（1912 年）才正式开馆。民国十八年又与中华教育文化基金董事会所办的北海图书馆合并，就成为国立北平图书馆。二十年建筑完成的新馆舍，是在西安门内文津街，近邻北海公园，环境优美。全部建筑为宫殿式，上覆琉璃碧瓦，极为壮观。馆内藏书达一百一十余万册，不仅数量在全国图书馆内要首屈一指，其中精品更是美不胜数。我们现在只就该馆所藏善本图书、唐人写经、《四库全书》、工程模型、名人存书的情形，稍加说明，已经可以看出这个图书馆的价值了。

（一）善本图书。在清末京师图书馆筹设的时期，是先以翰林院、国子监、南学及内阁大库存书为基础。内阁大库的存书，可追溯到南宋时代。南宋历朝的藏书，在元兵入杭州时，运至大都，藏于内府。后明太祖灭元，命大将军徐达将大都藏书送至南京。明成祖又增购遗书，并移藏于北京。清初被收入内阁大库，历年虽然各有散失，但是宋、金、元、明、清各代的善本书和抄本还是不少。除此以外，该馆历年又常有购置，善本图书的收藏更为丰富了。

（二）唐人写经。光绪二十六年（1900年），甘肃敦煌千佛洞发现西夏时所藏的古代写本，包括经、史、释、道、摩尼教、袄教的古籍，以及历书、文牒、契约、簿录等凡二万余种。后为英、法、日人取去，并散失不少。到了宣统二年（1910年），甘藩何彦升将所余八千六百五十一种，运送北京，经学部发交京师图书馆存藏。其中以唐人所写经文为多，所以称为唐人写经。这是后来北平图书馆收藏的特品。

（三）《四库全书》。清乾隆时纂修的《四库全书》，共缮七部，分藏北京内府文渊阁、圆明园文源阁、奉天文溯阁、热河行宫文津阁、扬州文汇阁、镇江金山文宗阁、杭州文澜阁。后文源、文汇、文宗皆毁所余以文津阁保存最为完整，于民国四年（1915年）拨归京师图书馆。全书共计一百零八架，六千一百四十四函，三万六千三百本，缮写恭正，经、史、子、集卷帙以绿、红、蓝、灰四色区别。这也是该馆的重要宝藏。

（四）工程模型。明清在平建都，官家有大工程，都是先要绘图烫样，制成模型，然后开工。北平雷氏世掌其业，人呼为"样式雷"家。十九年北平图书馆购得雷氏旧藏建筑模型三十七箱，为圆明园、三海、普陀峪、陵工等。对于研究中国建筑艺术，甚有价值。

（五）名人存书。北平图书馆的建筑坚固，地位重要，所以常有名人学者愿将私有图书寄存该馆。例如梁任公去世时遗嘱，将生平所集图书四万余册、墨迹及未刊稿本、私人信札等，悉数永久寄存该馆。又如费培杰寄存所藏音乐书籍三百余册，乐谱六百余件；瞿兑之寄存藏书二万余册，与图多幅；丁绪贤寄存物理书籍九百余种；又格外增加了该馆收藏的内容。

此外，馆中所藏金石拓片、地方志书、西文整套专门杂志等，也都是极为可贵。

国立故宫博物院

北平建都数百年，历代皇宝文物聚集，精而且多。民国三年内政部将辽、热清行宫所藏珍品二十余万件，运至北平，成立北平古物陈列所，就清宫文华、太和、中和、保和各殿陈列，公开展览。十三年清废帝宣统移出紫禁城故宫，宫内历代宝物又收归国有，就成立了举世闻名的故宫博物院。到了民国三十五年，北平古物陈列所也并入故宫博物院。院中分为古物、图书、文献三馆，现在分别略述如后：

（一）古物馆。所管为磁铜玉器及金石书画。磁器有数十万件之多，历代名窑产品，应有尽有。铜器为散氏盘、新莽嘉量及著名商周彝鼎，就达数百件。玉器如宁寿宫的"寿山福海"及镂刻大禹治河图的"白玉山"，乾清宫的大玉缸及玉马，皆为名贵巨品。其他小品，可以万计。书画大多存放斋宫及钟粹宫两处，共八千余件。其他散在各殿庭的还是很多。如王羲之《快雪时晴》、怀素《自叙》、过庭《书谱》、吴道子画像、宋徽宗《听琴图》、郎世宁《百骏图》等，都是希世的珍品。

（二）图书馆。所存书籍中有文渊阁的《四库全书》，及乾隆时代遗留的《天禄琳琅藏书》和《宛委别藏》等。此外散见于各宫殿的图书，数目也是很多，并且有些孤本和抄本。

（三）文献馆，清宫内所存清代历朝实录、圣训、起居注、朱批谕旨、留中奏摺、内务府档案、军机处档案等，共达千余架。舆图、画像及册宝各千余件。此外舆服、兵器、乐器、模型等，不计其数。所有这些物品，都是研究历史的重要资料。

当"九一八"日本侵略东北事变起时，故宫博物院的贵重珍品，曾有一部分南运，并又转运入川。抗战胜利后，运回南京。民国三十八年（1949 年）又运来台湾。

国立北京大学

以前曾经提到的京师大学堂，到了民国元年（1912 年）五月，就改为北京大学。自元年至五年，严复、何燏时、胡仁源等相继担任校长，时间都是很短。民国五年蔡元培接掌校务，尽力提倡学术研究，延揽新旧人才。在他任内，不但北大本身有了不少的发展，对于全国的思想界也发生很大的影响。当时的新文学运动、新文化运动，以及五四运动，可以说都是由北京大学领导起来的。

在抗战以前，该校内部有很长时期只设文、理、法三个学院。校址在城内景山东街、北河沿、操场大院一带。抗战胜利以后，扩充为文、理、法、工、农、医六个学院，各院并均设有研究所。校舍也分散到城内外二十余处。

国立北平师范大学

清末的京师大学堂在光绪二十八年（1902 年）附设一个师

范馆，后来改为京师优级师范学堂。民国元年又改为北京高等师范学校，民国十二年（1923 年）改称师范大学。在高等师范时代，校中招生采取各省选送办法，所以北京高师的毕业生散布全国，在各省中等教育界很有影响。另外在光绪三十四年成立的京师女子师范学堂，民国八年改为北京女子高等师范，民国十五年改为女子师范大学，民国二十年并入北京师范大学，于是师大的范围格外扩大了。

师大内部分文、理、教育三个学院，并设教育、历史、博物、英文等研究所。还有两所附属中学和两所附属小学，办理成绩优良，在北平是很著名的。校舍分散在厂甸、石驸马大街、辟才胡同及手帕胡同等处。

国立清华大学

清华大学的前身为清华学校，是民国元年（1912 年）设立的。民国前四年，美国决定退还庚子赔款的一部分，借以增进中美两国的友好情谊。清廷政府指定这笔款项专用于教育事业，作为选送学生留美的费用，并且筹设一个预备学校选定北京西部清华园作为校址，也就用"清华"作为校名。因为经费充足，所以校舍建筑如大礼堂、图书馆、科学馆、体育馆等，都是极其现代化。

十四年，清华学校改为国立清华大学。在十四年以前招收的学生，毕业后一律送往国外进修。改大学后，此种办法取消，所节省的经费，每年公开考试，选拔各大学优秀毕业生，资送出国留学。同时清华大学另创办国学研究所，聘梁启超、王国维、赵元任等任导师。虽然仅办三期，但是成绩卓著，为以后一个长时期国内各大学中国文学及史学教师的主要来源。

梁启超、王国维去世后，导师难以为继，这个国学研究所就没能继续下去。所以此后清华大学虽然设有文、理、法、工四个学院，但还是以理、工见长。

清华学堂

私立燕京大学

　　燕京大学是由华北的四个英美教会所设立的五个学校合并而成。这五个学校就是汇文大学、汇文神学院、华北协和大学、华北协和女子大学及华北协和神学院。五校合并的计划，在民国五年，到民国九年间逐渐实现，燕京大学的名称确定于民国八年。当时分男校和女校两部分，男校在东城盔甲厂，女校在东城佟府夹道。民国十五年，城外西郊海淀新校舍建筑落成，男女校同时迁入。海淀和西山、香山、玉泉山、万寿山、昆明湖诸胜迹均相距不远。校舍的建筑又能保持原有园林之一丘一壑，因地构厦，采取我国古代营造法式的美观，而充以现代的实用性。所以燕大校园的优美，其他大学很少能与比拟。

燕京大学里的大理石华表

燕大设文、理、法三学院及各专科，其教学颇能应国家社会的需要而有创作性。如文学院的新闻系，法学院的社会学系，理学院的制革系，开设都是很早，造就了不少实用人才。

北平的文化教育机关，除去以上叙述到的以外，还有很多。高等教育机关如中国大学、辅仁大学、朝阳大学、协和医校等，规模都很宏大；中等教育和初等教育机关，为数更多；图书馆和其他社会教育机关，也不在少数。因为限于篇幅，不能一一加以述说了。

北平怀旧

齐如山

炎夏苦忆旧京华

北平消夏的地方情形大致总是分为两种，甲种，是阔人文人游逛或燕会的地方，文人与阔人虽不见得长在一起，但消夏的地方总相去不远；乙种是民众游逛的地方。现由光绪中叶说起，因为以前的情形，只听见说过，没有亲眼看过，故只得从略了。

先说甲种。我所经过最早的，为广渠门十里铺有一庙，但我只后来去访过一次，已倾坏不堪。不过此处在几种记载中，如王渔洋《池北偶谈》等书亦经道过。后来便是广渠门外之架松，即肃王坟。广渠门内之夕照寺，中有某人在壁间所画之松树，极生动，极有名，但是谁画的，我一时忘记，好在此事知者极多，不必一定我多烦琐了。这两处，都是文人常常燕聚的地方，每到夏季，每天总有几拨人在此赋诗谈天，借消炎夏。此外又有广安门外庙中塔院，此处与白云观遥遥相望，且俯视大块农田，风景亦极佳，所谓"千穗谷花红醋醋，万竿粱叶碧油油"者是也，每到夏季游者亦很多。以上三处，在文人笔记诗集中，往往见到。后来这几处渐归冷落，大家多往陶然亭（江亭）、架槐两处。

架槐在江亭之北，不过半里余，每年夏季，都是文人诗酒流连之所，尤以陶然亭景致较佳。所谓"穿荻小车如泛艇，出林高阁当登山"二语，颇能画出该处之风景来。此两处早已出名，如《品花宝鉴》中，已曾提及，但光绪年间，最为发达。每到夏季，酒宴无虚日；尤其张文襄公之洞，最爱在架槐消夏。

以上这些地方，都是阔人文人消夏的地方，不但庙中的和尚势利眼，且路较远非自己有车不易前去。道路虽然不过几里，但乘骡车，连去带来回，总是一整天的工夫。再远则广安门外莲花池，相传为元朝廉公之万柳堂，在光绪年间，尚有池馆，今则几为废墟矣。再远则八里庄塔院。再远则所谓八大处、龙王堂、秘魔崖等等，但从前此为小八大处，不过大八大处的一处。老辈相传，真正八大处有西域、潭柘、戒台、碧云等寺。以上都是阔人每年消夏之所，去一次，就得两三天以上。再早则为丰台，如毛西河他们每艳称之。毛之姜，即丰台人。丰台之所以盛，乃由元朝传下来的，因彼处乃元朝大都之热闹处也，与所谓万柳堂者，相去不过半里余。在光绪年间，前去寻觅遗迹，似乎还可以见到池台的遗意，然亦不过仿佛似之，今则更不能见矣。再者从前什刹海，也是消夏之所，但只够堂官资格，如军机尚（书）侍（郎）等，方可去。"北门听雨"这四个字，在阔人笔记中，往往见到，所谓听雨者乃雨打什刹海之荷叶声，确是别有声韵，翁文恭公同龢最爱此处。以上都是甲种，大多数的平民都去不起。

再说乙种，因平民多无车马，太远之处即不易去，故各城有各城消夏之所。例如内城，北城则多在后海，即什刹海之上游，从前颇热闹，各种笔记中，往往道及。高庙一处，也为文人宴聚之所。后光绪入承大统，旧府他人不许再住，醇王府即迁往后海之北岸，于是后海游人顿稀，乃移于德胜门内迤西，也还相当热闹。内城东城，则多往泡子河，在东城根，北头顶观象台，南头到城根铁闸。庚子（1900年）印度兵进城，即由此闸进来的。在光绪年间，还有河的形式，夏季因雨水大，所以长流；两岸两行柳树，中间有吕祖堂一所，是最热闹的地方，东城居民多至此乘凉。因我们的同文馆在东城东堂子胡同，离此很近，所以也常去。如今吕祖祠还在，而河形则一些也看不见了。此外在朝阳门外，还有一消夏之所，曰芳草湖，旁有戏馆，曰芳草园。此处到夏天也极热闹，不但城里人去逛，只朝阳门外之人，已不在少数。因从前所有南粮官米，都在此卸船装车，运进各仓，管运管仓的人已经很多，而扛米的工人，约在几万以上。从前商家，有一个齐化门（元朝之名后改朝阳）可以跟前三门抗衡之语。京城亦有"东富西贵"之读，因所有仓库，都在东城，而西城则多王府，故云。城内东北角，有俄国教堂、俄国公墓，亦是左近居民消夏之所。外城，西城，则有黑窑台，俗名窑台，乃从前烧黑琉璃瓦之所，故名。后该窑移于京西房山县琉璃渠，此处遂废。然因地方宽阔，且接近南下洼水塘之岸，夏日雨多，一片芦苇，亦极清爽，实系一好乘凉之所；彼处有几处茶馆，每到夏季，各搭一大凉棚，于是人多到彼消夏，戏界人尤其多。因戏界人多，更能引人注意，所以每逢夏季，总是很热闹的。

东城，则有金鱼池，在天坛之北。夏季亦有搭凉棚之茶馆十几处，一面饮茶，一面看鱼，亦颇饶庄子濠上之乐，所以人争赴之。王渔洋诸公，都有关于此之记载。每到日落之后则争往天桥。彼时由天桥往南，一直到永定门，两旁坛墙之外，毫无建筑，不但无房屋，且不许搭棚，而两旁因当年筑坛墙用土，所以都极洼下，夏季雨多，则变成水塘。坛户私自栽种些荷花，以便出产点钱，因系犯法，不能多种，然总有芦苇，故亦颇饶景致。游人亦甚多，但白天无物遮阳，不能坐落，夕阳西下，则游人如织矣。

以上乃城内之消夏处。此外还有一极要紧之处，即是二闸。运河终点为朝阳门，由朝阳门往下，到东便门，为头道闸，即大通桥；此为第二道闸，简言之为二闸，离东便门有数里之遥。水平，河面亦相当宽，沿河芦苇柳树，荷塘鱼介很多，且有两处庙宇点缀其间，故景致亦颇潇洒雅静，每到夏季，游人极多。这个地方，倒是阔人穷人都可享受。由便门上船，每个人不过大个钱二三十枚，约合现大洋一角，船上且有唱曲说书之人；阔人则自包一船带家眷，或带妓女优伶者，每天必有若干起，至团体自包一船，则更方便了。到二闸，饮食亦很方便，有饭馆、茶馆、饭铺、饭摊、饭棚等等甚多。鸭翅席则可预定，或自带厨役均可。其余如瓜果糖果之类，也很多。亦有杂耍，如说书、唱曲、戏法等等都很全，与宋朝张择端之《清明上河图》相去不远。每年夏季，为该地居民船户等等，一笔极大的收入。此处曾经繁华了几百年，例如《品花宝鉴》中，就很详细地描写过。到了光绪末年，官米由火车输运，粮船告废，此处顿归冷落。然因北京城内无船可乘，只此一条河有之，故每到夏季，还有许多人到此逛逛，第一目的，即是想享受一些坐船的风味。后北海开放，此处便无人问津了。以上乃民国以前，北平人之消夏处所也，如今可以说是都看不见了。

民国后，打破了封建制度，开辟了许多处，任人游览坐落，消夏之所为之一变。例如社稷坛（即公园）、太庙、三海、天桥、天坛、先农坛、什刹海、颐和园、玉泉山、香山等处，总算是给人民添了许多快乐游息的处所。这也可以算是所谓民国的精神。由开放到现在虽然不过几十年的时间，而其中变化，也不小，容在下边来分析着说他一说。

社稷坛，定名中山公园，此处开放最早，在北平的公共事业中，也办理得最好。当开放此处时，朱桂莘先生正长内部，开放时先组织了一个董事会，我也蒙约，每季出大洋五十元，便算董事。我因他故未参加，但也跟着开了两次会。我曾说过，开放此处，固然四季都可游览，但以夏天为最宜。五百多年的古松柏自然难得，但消夏必须有水。大家很以为然，乃利用织女桥之水，并挖了一大池，建一水榭，此为公园最大之工程。水榭自是极雅，但奇热，所以俗名曰开水榭，即沸水之义。因饭馆、茶馆之捐，及门票等等，收入很多，颇有积蓄，遂又建筑了两道长的游廊。我曾讥讽过他们，说你们脑子中，总是只有一个大观园，为什么一个很疏散潇洒的公园，添上这么两条廊子呢？他们说这也有个原故，因为某军已经开进北京，公园中有十几万的积蓄恐怕被他们提去，所以设法赶紧把它花掉，除其他工程用若干外又添建此廊。以后确也屡有进步，游人也一天比一天多，地点又在城之中心，来往也很方便，实为大众最好的消夏之所。日久了，所谓人以类聚，游人便分了派别。大致时髦的人物，都在卜士馨、春明馆一带，因此处有中餐、西餐、热食、冷食，都很齐全，所以顾客总是满的，星期日尤甚。有一个时期，妓女们也恒到此兜揽生意，此处因人多外号叫做"苍蝇纸"。一般官僚绅士派的，则都往来今雨轩；隐士艺术家，则往水榭对过之小岛，尤其书画家，都聚于此。一般规矩，钱少之人，则往北边河沿。后来护城河开放亦可游泳划船。有许多人终嫌公园喧嚣，于是才又开放了太庙。

太庙后亦称太庙公园，原属于故宫博物院，于公园之管理法，未能十分注意，且组织也不够完善，饮食等等也不方便，所以游人总是不多。然地方确是清幽，故一般好静之人，多愿在此休息休息。尤其每日清早，有许多学生来此读书。

三海，按三海只可以说北海。因中南二海，虽然后来也曾开放，但其中有阔人居住，便禁人进入，如无阔人居住，才可任人游览，是"恒开放但不开放"，这是有知识的人，最不满意的事情。所以虽偶开放，游人也不会多。说到北海那确是人民消夏的好地方，且是城内惟一可以乘船划船的处所，无论阔人穷人，都是可以享受的。阔人在仿膳斋、漪澜堂大吃大喝，中西冷热饮食，都是齐全的；打算盘的人，在漪澜堂、五龙亭等处，喝点茶，吃些点心，也很方便。幽雅一点的人，往往自带冷食，在琼岛阴处大吃大嚼，也别饶风趣。不过后来也慢慢的不及开始的时候了。当最初开放的时候，一片净水，乘一小舟，容与其间，固然有趣，多人乘一大船，各处瞻眺，也更有味。后来许多地方栽了稻子，许多地方种了荷花，只剩下由漪澜堂到五龙亭的一片水还可划船，往南到金鳌玉蝀桥之路，也就等于一条小巷，其余的地方，都可以算是禁止通行了。管理机关只贪图些微一点税收，闹的人不愉快，这真是大煞风景的事情。按湖沼有些荷花点缀，自然是非常之美观，在从前北方十二连桥赵北口等处，每到夏天，往往约定十位八位的好友，包一小船，棹到荷花荡中，备好鱼虾酒菜，临时现采莲蓬鲜藕，酒则注于一荷叶中，各人一荷梗吸饮之，边饮边谈，实在是一种极幽雅极潇洒的消夏聚会；在北海中，亦未尝不可照此行之。再按新的情形说法，情侣二人，划一小艇，到荷花深处，甜蜜地谈心，更是幽静的消夏办法。但以上办法在此都不适用，因为荷地旁边，这里牵着绳，那里栽着桩，这边写着"游船止棹"，那边写着"不许通行"，这岂不是大煞风景呢！北海的作用，以往不必说，到乾隆以后则只是看溜冰，至划船赛龙舟等游戏，则都在中海，因彼处海面直而长，划船的起点终点，都看得见，所以永在彼处。北海看溜冰也是一些掌故，因乾隆年间西北用兵，适有几人能溜冰，用以传递事情消息，比马快得多，因此得胜。皇帝遂注意此事，使各旗中几个部分，特添溜冰的练习，平时归各长官验试，每逢年终皇帝总要亲看一次，亦有奖赏，所以也算阅兵典礼，后来就废了。

天桥地方本是皇帝郊天躬耕御路必经的地方，绝不许有房屋，且与金鱼池一带，同一泉脉，水皮极浅，甬路两旁永远是水塘，也甚不宜于建筑。当初开放之时，原是为平民消夏之所，也是公园的性质，因社稷坛公园，进门须买票不够平民化，所以特辟此处。最初只不过街西几家茶馆，几处杂耍，后又添建饮馆戏馆，遂大热闹起来。街东专为指定倒垃圾之所。后乃完全建筑房屋，不要说乘凉消夏，连空气几乎都不通，幸又开放两坛可以救济救济。

两坛，天坛开放较晚。开放原义并非为消夏，不过因外国人到北平，都要看一看天坛，而本国人倒不许进去，未免不合，所以特为开放。因其中树木阴森，空气又好，许多人乐在树阴休憩，于是也开了几处茶馆冷饮室，但因去闹市稍远，走着去太热，雇车去合不来，所以穷人去的很少。先农坛，本就与南横街、虎坊桥等接近，又开了一个北门，可以说是直对着八大胡同，这都是容易繁华的条件。坛里又开了一个游艺园，其中虽然喧嚣，但有露天茶桌，夕阳西下，也很风凉。往南一片芦苇，再往南，松柏成林，也有几家茶馆，所以到此乘凉的人也很多，尤其天桥一带新建筑的居民，因房屋楼小，空气不佳，大多数都来坛中乘凉。这可以说北平贫民惟一的消夏处所。

什刹海，本是三海水源的上游，永远须洁净，所以从前不许在此坐落，以免污浊。民国后辟为夏令的市场，但因地方狭窄，只有海中间一条路；各种杂耍，小生意，饭食棚，布满路上，只中间可以走人，但亦异常拥挤，所以自爱之人，多不肯去。然确是左近居民消夏之处，因各种杂耍小戏，及食品等都比他处价值较低，且有许多完全旗人旧日的习惯及食品，例如莲子粥等，在他处便不能见到。

颐和园，乃往昔皇帝避暑之处，当然是消夏的好地方了。院落又多，湖面也很宽阔，大的宴会，很有几个地方，知心小酌，也有几个地方，寻诗觅句，也有几个地方，棋局谈心也有几个地方；到了乘舟游逛，东南西岸以至山后，更有一天看不完的景致。自己有汽车的固然方便，乘坐公共汽车，也可随意，真可以说得上是上好的消夏之所。按此园本为乾隆年间所建，从前比现在还好，英法联军一火，遂颓废了几十年。洪秀全之战完毕后，西后又想乐和乐和，遂用建立海军之款的极大部分都修了此园。原本想修圆明园，因用款太多，方重建了此处；仍因款不够，故只修了前面；至后面则一工未动，故仍破烂不堪，然亦足供大家游逛了。

颐和园玉带桥

　　玉泉山，本为清内务府所管京西三山五园之一，建筑最早，大致自明朝即为皇帝避暑之处。到清朝，增建香山，圆明园，畅春园等处后，此处遂不为皇帝所重视，不过偶尔临幸而已，故一切宫殿均未增建。但他惟一的特长，为他园所不及者，即是有一大泉。此泉在明朝名曰丹棱沜。明清两朝皇帝，所饮之水，都是每日由此运进宫去，至宣统犹然，所以名曰御泉，通称玉泉。后来虽然开放，但游人并不多，一因他房屋少，只有几所旧殿座，并不凉爽，所以说是无处坐落，二因虽有几个池塘，但太小，不够小舟之划行；因水刚由山底流出，太凉，不能游泳，且此为惟一的饮水，亦不能弄得太脏。这可以说，虽有池塘而无用，凡去游者都是为饮此泉，阔者自带冷食，买壶茶围坐畅谈，下者则坐茶桌只喝碗茶，最打算盘者，喝一口刚出泉之凉水，也就算达到目的了。

颐和园十七孔桥

香山，三面环山，中又多树，西北风不能侵入，冬天颇暖，本为皇帝避寒之处。故其中之宫殿，有几处如栖月崖、喷霜墀等，都是寒景的名字。据太监及内务府人相传，乾隆皇帝到此，总要吃烤羊肉。民国后，把它开放，想着造成一个阔人的避暑山庄，虽然是起了一个时期的哄，可是总未发达起来。第一较为齐全最好的一所双清，归熊希龄君独占，第二所有各殿座，虽经租出，租用者当然都是一群有钱之人，而所建之房，都是非驴非马：住着舒适与否，不敢断定，但看着则没有一所顺眼。这也难怪，各殿宇虽然全毁，而殿座之基础则都还清清楚楚，在那儿摆着，照原基础建筑，用款自然太多；新的设计也不容易，有的盖了几间中不中西不西的所谓洋房，这样的房，看着先有一点别扭，原盖房之人住之尚无所谓，再想转租是不大容易的。

以上这些消夏的地方，都是我几十年来所经历过的，在这炎热的时间，偶然忆及，不禁神驰，这些地方，到目下不知还是能都存在否？但是就使他们都好好地存在，我远在台湾，也没有法子再享受去。

一年将尽夜　万里未归人

我想现在有这样感慨的，不只我一个人，不过我更厉害。因为我们家是一个大家庭，我们老哥儿仨，一个八十多岁，两个七十多岁，连子女二十余人，都在一块住。北方土话，叫做一个锅里搅马勺。外国人不相信这些人可以同居，所以常常有各国朋友到我家来参观。他们以为必有苦恼，我说惟独我们家，有快乐而无苦恼。因为下一辈的人，结了婚，女的固然是走了，男的也是愿离开就离开，愿回来就回来。几时也可在家中吃住，可是他们挣多少钱，家里也不要，所以毫无苦恼。每顿饭，总是三四桌，尤其过年，更热闹。因此现在更常常想到从前的过年。

按北平从前一年没有放假日子，尤其是官场，端午、中秋，工界或放，官商界则不放，惟独年节，则非放不可。官场则于腊月二十或二十一日，由监印官带领吏役，把印洗净，由堂官（尚书）包好，装入印匣，把它供于案上，燃好香烛，全体堂官，全部官员，行一跪三叩礼，毕，再把它加以封条，这名词叫做封印。从此便不办事。除强盗、放火、人命等重大案情外，虽管地面的官员，也不办公。各衙门及各省，都是如此。一直到次年，正月十九二十日开印，始才照常理事。开印的礼节，与封印一样。在这一个月中，年前是忙于预备，例如扫房。北平之屋内，是一年大扫除一次，名曰扫房，且必须拣黄道日，更非过二十三祭灶之后不可，以前不许扫房。

吃腊八粥，粥之熬法，至少须八样。此时粮店，一定卖粥米，配好八样，干果铺卖粥果，也是配好八样。买时，不必自己出主意，最省事。皇帝派王公，监督在雍和宫熬粥，用以在各庙上供，且分赐各大臣。贫苦家，亦须八样，或十六样，有钱者，往往用八八六十四样，且须吃八八六十四天。吃几天之后，冻好、晾干，每天煮饭，放入少许，六十四天吃完。并且说，虽腐败喽，吃了也不会有病。自然那一大锅饭中，放上一小块，再煮许久，虽坏，也不容易出毛病了。而大家则以为不出毛病，是用腊八粥的关系。吃完粥之后，接着擦洗供器，香炉换新灰，贴新灶王、换门神、贴对联，买过年应用的东西。此时大一点的学生，多要在街上摆一张桌，写春联售卖。北平从前有童谣曰"买春联，取吉利，万年红（纸名），好香墨。铺眼联（商家），现嵌字。一百钱，一付对。买横批，饶福字"（小人臣辙）等等这些话，北京除贴春联外，还要换门封，贴门封吉条。

换门封者，凡是官宦人家，影壁上，都有木架，中糊红纸，把所有主人的官衔，都写在上面，一种官衔一条；先人的，也可以写，不过顶上须加原任二字，有把明朝先人的官衔，也写上的。这种一年一换，所谓门封吉条者，是凡在衙门当差之人，无论大小，均发给印好之封条，白纸墨字，上写"奉某部某衙门谕，禁止喧哗"等字样；此条长丈余宽尺余贴于门口两边。又有四块，约一尺五寸到二尺见方，亦白纸墨字，上写"禁止喧哗，勿许作践，如敢故违，定行送究"等字样。御史之门口则多四块，上写"文武官员，私宅免见，一应公文，衙门投递"等字样，虽都是白纸黑字，贴于门口，不但不嫌不吉利，且极以为光荣。

买年画，年画大约都是吉利画，美人、戏剧的等等，吆喝的极好听，都是七字句四句，我记的很多。例如画的黄鹤楼，他便吆喝："刘备过江发了愁，抬头看见黄鹤楼，黄鹤楼上摆酒宴，周瑜问他要荆州。"比如画的农家秋忙，他便喊"庄稼忙，庄稼忙，庄稼才是头一行，老天岁岁如人愿，柴满场来谷满仓。"比方画的胖娃娃，他便唱："这个娃娃胖搭搭，大娘抱着二娘夸。姥姥家蒸的肉馒头，吃着一个抱着仨。"比方画的美人，他便唱："美人好似一枝花，买回家去当成家（结婚），小两口儿睡了觉，爱干什么干什么。"如此种种，我曾抄录几万首，有吉利性的，有箴规性的，有诙谐性的，也很可观。家家都要贴几张，有的贴满墙壁。所以北京竹枝词，有"臭虫一见心欢喜，又给来年搭了窝"之句。

买够年货，就该买吃食了。这是最重要的一件。因为正月十六日以前，铺子都关门，什么也买不到。在初六以前，连油醋花炮都买不到（临时小摊不算）。我曾见过一个小姑娘，正月初一，出来买醋，买不到，立在铺子门前，哭的可怜，我把她叫到我家，把我家的醋，给了她一碗，请看有多严重。所以各家，都得预备够半个月吃的东西才成，这叫做预备年菜。年菜这个名词，很普通，乡间都讲包饺子，北京则讲做年菜。年菜的做法，大多数与平常不同。平常之菜，现做现吃，一凉就不能吃，再一热，便走了味。年菜则做好之后，现吃现蒸，不会走味，因为都是特别做法。为什么要这个样子呢？因为北京风俗，新正初五以前，不许动刀，灯节以前，都要放假，玩玩逛逛，无暇做菜。所以必须如此。富家总要预备几十桌，当然自己有厨役，贫家也要巴结着做几样，中等以上人家则多是现找厨役，至少也要做七八桌，多至一二十桌。北京单有厨行，平常无事，专揽婚丧寿事的大买卖；应好大生意几百桌，几千桌都可。他再约人，几十个几百个厨师，随时可以约到。至于碗碟杯筷，以至厨房应用家具，都有专门铺子出买。这些厨师，每逢过年，都是专给人家做年菜，盘碗由他赁来，过年用完再还。至晚除夕，所有菜都须做好，正月间，有客来，蒸一蒸就吃，很方便。所以北京从前有请吃年菜之举。

一切预备齐整，到除夕，家家悬灯结彩，祭祖，祭神，吃喝欢乐，这是各处相同的，不必多谈。北京商家，亦有特别的举动，家家除夕，多燃灯烛外，门口都要立上三根竹杆，悬挂一挂百子旺鞭，大铺子鞭炮长则用杉槁，两旁架一对写本字号大纱灯，此亦名曰官衔灯。在从前没电灯时，此极壮观。所以从前北京人都说，除夕最像过年的景致，就是各铺门口之灯笼、鞭炮，这话也实在不错。才把一年之帐目结束完毕，即放鞭祭神。铺子中祭神，有三种：一财神，二关公，三灶王。祭财神，当然是为发财；祭关公，是因为他义气，希望保佑同人，永远和美，如桃园之结义，意至善也；灶王，与住户人家不同，只有灶王，没有灶王奶奶。他们说一群男子，供一位奶奶，有些不便，所以北京有一句歇后语，曰："铺眼里的灶王，独座。"祭完神，即睡，初一日大致多不起来，只派学徒到左近各街坊，投一字号片拜年便妥。住户人家，自元旦起，都要拜年。尤其官员，到堂官家中拜年，必须在除夕，此名曰辞岁。因为堂官家中，在初一就不收名片了。

拜年一事，在北京相当苦，而也有趣。尤其大宅门，来往多，拜年更费事。堂官本人除最重要的几家外，当然都不用自己走，都是用子侄亲戚替代。较亲近的用子侄，其余泛泛的，就用亲戚。这种人，平常每月也拿薪金，可以算是雇用员，俗名曰"车楦"。此二字，在从前是极普通的名词。大宅门，家家要聘或雇这样的一二人。因为阔人应酬多，生日、满月、婚丧等事，饭局（北京有人请吃饭，曰有一个饭局），聚会，不能不到，本人又没有工夫都到，所以必有人代表。这种人，若用外人则不合适，必须用本家或至亲，到场时，该叫老伯姻兄等等，都可直呼，显然是本主的子弟。若用外人，则不能如此。倘遇自己家中有婚丧事之谢客，或拜年，都是遣人投一名片便妥。因为这路事，不许请：因为请进去，他除了叩头道谢外无他事。所以除非至亲至友外，绝对不许请。倘要请人下车，那是人家要挑眼的。拜年到门口由跟班或车夫，递一名片喊声"请安道新喜"，门口人接过名片，高举，喊声"挡驾不敢当"，便算礼成。车中人绝对不下车，但车也不能空着，必须有一人在内，此人便名曰车楦，意思是把车楦满不空就是了。倘本家没车，或车不够用，可以现雇车，讲妥价钱之后，附加条件。第一，车夫须戴官帽，加钱一吊，平时把官帽放在喂骡子的车筐笼里头，讲好价，便戴上，这便像自己家里的车，不像雇的。第二，车夫须代递名片，也加钱一吊。这个名词，叫做"戴官帽递片子"，因为虽不用进门，但自己递名片，总要下车，不但白费事，而且失官体，所以由车夫递片。照样喊一声"请安道新喜"，便算完事，又省事又体面，才多花两吊钱，约合现大洋一角。大宅门应酬多，由几个车楦分路去拜，往往拜到正月过二十日才完，因为骡车慢而路不好也。

再说到家庭之乐，正月不禁赌，家家多耍钱，不过高尚商号多不许，总是大家打锣鼓，从前很风行。高尚人家，像斗牌，掷骰，打天九，推牌九等等，也不许，大约多是掷升官图，或状元筹等等。旧升官图，种类也很多，我收藏的有十几种。我友人傅君，藏有三十几种。状元筹之类，玩意也很多。有围筹、渔筹。一是打围，都是兽类。一是得鱼，是鱼类。我每种都收得一份，但不好。我给梅兰芳每种买过一份，那是真好。围筹又分三种，一是鸟兽合打，一是兽类，一光是鸟类。此外尚有战筹，我只见过几张，未见过全份。闻尚有山岳筹、江河筹，惜未见过，不知如何组织法。现在回头一想，正月里全家子女，再加上亲眷，吃吃玩玩多么快乐。不但吃玩快乐，就是年前之各种忙碌，也是极有趣味的。

按北京新年，游会最晚，是二月二日天坛东边之太阳宫。据老辈的记载，说太阳宫并非为祭太阳，因明崇祯皇帝之生日，是二月二日，所以遗老旧臣，都于此日，假借祭太阳，而祭崇祯皇帝；以免清朝干涉，才建筑了这个庙。我们明年此日，是不能祭太阳了，盼望后年去祭一祭，大概是有望的，但又须再来一个"双鬓明朝又一年"了，噫。

欣逢春节话故都

"故都"和"春节"，这两个名词，本是相等。按说这两件事情，都是不应该系恋的。

但是关于系恋的事情，也有两种说法。若按保存文化美术，及研究学问，推行教育等等，恐怕还是以北平为最为重要。因为南京，在南朝宋、齐、梁、陈时代，固然曾有相当的文化，但以后几百年间，未做都城，于是一切文化，都衰败得等于零了；经明太祖稍一扶植，虽然渐有起色，但一经燕王破坏，再经清初及洪秀全之焚毁，更是一败涂地，虽经曾文正公等极力设法恢复，但总未能达到目的。国民政府建都南京，眼看蒸蒸日上，又被日本毁了个稀溜花啦。是南京几几乎没什么文化可言了。北平虽然也毁了不少，但因为他做了六七百年的都城，又经宣德、康熙、乾隆等皇帝的提倡，吸收了许多各处的文化，大家是知道的，即小小的美术工艺等等，由各省物色来的，也是很多。

兹随便说一些，例如：

装璜裱褙：是由江苏去的，所以至今仍名苏裱，但比江苏裱的好得多，裱旧字画，任凭破碎到零块，他都能裱。

抄纸：南城白纸坊，最初是由宣州传去的，从前北方无白纸。

铜器：是由云南、湖北传去的，但已比原处做的好。

锡器：是广西传去的，至今仍曰广锡店。

绣货：是由广东（曰广绣）、江苏（苏绣）、湖南（湘绣）传去的，这三种北平皆有之，以康熙，乾隆两朝最盛。

玉器：是由云南、和阗传去的，但比原处的手艺，就好多了。

古铜：是由河南传去的，他们保存古铜器的款式很多，至今你想仿制哪一朝的铜器，他都可仿制。我对这一行人最恭维，所以同他们很熟。有些人说，他们专作伪，但这种作伪，也很有价值。按收藏古玩说，这种赝品自是一文钱不值，但若只按研究学术的，于古人的物器，只能知其款式，也就够了，何必非真的不可？再说讲历史的穷念书的，哪里有钱买真的呢！

地毯：是由甘肃、宁夏等处传去的。

砚工：是由端、歙两处传去的，而款式雅致，早就胜于原处了。

象牙鳅角等工：是由广东传去的。

雕刻：这行名曰"小器作"，专造各种瓶炉座、碗碟架等等，雕镂精绝，意匠亦优。当年乃是由江苏传去的，目下江苏手艺差多了。

髹漆：是由福建传去的。

这种情形，书不胜书，尤其前清内务府附设的造办处中的工艺，还有几种外面没有的。总之，全国出类拔萃的美术工艺，北平都有。

再说历法：新历，又名曰阳历。旧历，又名曰阴历，因为它兼管月圆，每月十五日，必须圆一次，所以才叫阴历。有人说阴历有关农业，所以又名农历，是万万不能废的，因为废了阴历，农业就没办法了。现在各报上，也都写为农历。其实这是最没有考究、最不通的一种说法。为什么要说这样武断的话呢？因为千余年以来，国家、社会无论何事，都是遵用阴历，惟独农事一门，是遵照阳历，而不管阴历的。这种事情，由农人的谚语最能证明，他们的谚语，永远是说阳历，而不说阴历，阳历是什么呢？就是二十四节：所以由今年立春，到次年立春，永远是三百六十五天五点钟四十七分四十八秒（大致是此数，记不十分清了），与阳历一样。所以从前钦天监的谚语，有一句曰："今岁要知来年春，只多五日仨时辰。"意是三百六十天之外，又多五日仨时辰，因中国旧语，总是说一年三百六十天，故钦天监如此说法。

兹再谈谈农家谚语。这种谚语，全国南北当然是各有不同，现只说河北省的谚语：

　　清明高粱谷雨谷，立夏芝麻小满黍。意思是到了清明节，就可以种高粱了，谷雨谷等意同。

　　小满三天见麦芒，芒种三天见麦碴。意是麦子到小满节就秀，芒种节就该割了。

　　九九种蒜，立夏分瓣。意是立夏节，就可分开瓣了。

　　去暑找黍，白露割谷。意是去暑节即割黍，白露节谷即熟也。

　　白露早，寒露迟，秋分麦子正当时。此言种麦子之时也。

　　小雪不耕地，大雪不行船。或云小雪封地，大雪封河。

　　立秋十八天，寸草皆秀。

　　……

　　这种谚语，在台湾，一定也很多，书不胜书，都是说节气，而不说月份，因为倘赶上一个闰月，则今年之二月，比去年之二月，可以差一个月，农家是没法子凭借的。总之，是凡朝廷或家庭、祭祀、庆祝、吃喝、婚乐等等的礼节，都是按阴历，惟独农事，是照阳历，不信请看，一年节日都是如此。例如：正初一、正月十五、二月二、三月三、四月十八、五月五、六月六、七月七、七月十五、八月十五、九月九、十月初一、腊八、二十三等日，都是节日。如此说来，这个旧历年，是更不应该存在的了，但也不然；若说他是旧历的年，那是绝对不可以的；若说他是一个节，还没什么不可以？因为这个节字，并没什么神秘的意思，不过只是如同竹竿一节一节的分开，就是把一年，分了多少节，这不过是春天的一节就是了。

　　而这个日期，又是若干年全国人民，由祖上传留下来的一个纪念日，一时是不会忘了的。这让他们祭祀庆祝一次，吃喝娱乐两天，于国历也没有什么妨害；于国体也没有什么伤损。古人的文章诗词中，凡一家团圆，都是极满意而愉快，不能团圆便是伤离感慨。平时是已经如此，但感想尚轻，每到节日更甚，所谓"每逢佳节倍思亲"者是也。平常过节，还容易过去，惟独年节，倘除夕前赶不到家，便异常悲痛；除夕能到家，便异常愉快。这样的感想，早已深深地印入每一个人脑海中。我在民国初这几年，禁止家人不许过旧历年，家人尚可，惟独下人女仆等等，觉得非常委屈。他们背地里说："你们怎么过新年，我也看着他不像个年。"他们这种思想，一时是不容易改正过来的。

　　我到民国以来，对于旧历年，确很漠视；可是到了台湾之后，每逢春节，则不禁有许多感念。不过我这种感念，是又有一种转念，是怎么一种转念呢？我在国历过年，当然要想起大陆上的亲戚、朋友、同乡、本家的许多人来。但是再一想，这些人中，大多数不会想我：他们想我的时候，一定是春节，因为多含旧思想的老人及没受过教育的一般人，他们是注重春节的；如此，是我想他们的时间，他们不会想我，他们想我的时间，我不会想他们——连彼此想念的时间，都搞不到一块，这与古人所谓"相隔万里共此明月"思想，大相违背；这个俗名叫做单相思。剧中《打樱桃》有两句话，曰："我想平儿，平儿不想我。"未免白想。按情形，光靠想念，是于他们毫无补益的，不过在一个时间，彼此互相想想，也希望冥冥中有个心心相印就是了，这是我对于春节，有点系恋的一种情绪！

　　古来相传，人类不是好名，就是好利。用名利二字，就可以包括全数的人类。所以诗中有"借问路旁名利客"等等这些句子。其实是为利的人，诚然很多，而为名的人则较少；多数好名者，只有文人或官员等等，像工、农、商各界就少得多了！所以又有"三代以下惟恐不好名"等等的这些话。那么，国民都是好什么呢？国民所好，是非常正当的，他们所希望的，第一是幸福，当然包括健康长寿在内；第二是发财，这也是几千年来传统的思想。如经书中所谓九五福，一曰寿，二曰富，等等，这样的话很多，不必多写。这种思想，从前过春节，最足以表现。

所以从前元旦，便有些歌谣，许多人都是夜间一睁眼，不说一句别的话，便先念此种歌，尤其是老太太们，更是如此。这种歌谣很多，兹写几条在下面，便可以知道国民普通的思想了。

起五更，拍炕头，银子钱，往家流。（亦有地方说二月二的）

起五更，拍炕帮，银子钱，往家装。（二月二日亦说此）

起五更，摸席缘，有的是银子钱。

起五更，摸水瓮，喝凉水，不生病。

起五更，摸摸锅，吃饱饭，子孙多。

元旦书红，百事亨通。（此文人所为）

元旦书春，诸事遂心。

子孙逢吉，五福临门。

这样句子，书不胜书，请看他们的希望，都是幸福钱财，而尤注重元旦，夜间起来不说别的话，光说这个；拿起笔来，不写别的，先写这个，几几乎等于佛教之净口咒。不但此，就是拜年见面，也必要说，见面发财，一顺百顺，等等的话。这是关于语言的。

还有关于行动的，例如初一日，天不亮，便要跑到前门，摸一摸前门的钉子。这种门钉，本来很圆很高，所以摩挲得相当滑亮，相传摸此，可以一年不生病。摸完之后，步行到天桥，要在桥走两趟，这叫"走百病"。以上两趟，很见过几种记载。因为"摸门钉不得病"，所以各饭馆，都预备门钉，他的"门钉"是什么呢？就是豆沙馒头，形式与门钉相同；他为什么要如此做法呢？因为有许多人，无暇去前门，尤其是妇人，更不能去，饭馆子预备此种馒头，使顾客人人可以摸到，就等于摸到真的门钉，取个吉利。所以有许多老太太，遇有子弟去吃饭馆，总要嘱咐买几个"门钉"来，大家一吃，每人一个，连吃带摸，也算吉利。也有人不吃饭馆，专买些豆沙包子回去，博老太太喜欢的。所以从前各饭馆，在正月初六开市以后，此种馒头，是很大的一批生意。光绪庚子后，这种风俗，日见衰减，大家不但不这样做，连知道这层的，都不多了。然而如泰丰楼等饭馆，至今对豆沙馒头，仍叫"门钉"。不过是怎么回事，他也不知道了。再者，朝阳门外，有一座东岳庙，是明朝的建筑，神像乃明朝大名鼎鼎的塑像师刘兰所塑，故极有名，因之人亦以为极有灵应。每年由元旦起，关庙半月，所以每逢元旦，成千成万的男男女女，于天未亮，便都赶去烧香，无非是求福求寿。彼时有关于此事的歌谣，兹只录一首：

　　　大年初一庙门开，善男信女走进来，叩头并无别
　的愿，不生疾病不生灾。

　　该庙中，有两处神位，使我极为注意：一是庙后院，屋内有一铜铸骡子；一是月下老人庙。我为什么特别注意这两处呢？这个铜骡子，铸工很精，高与人齐。相传凡有病之人，自己何处有病，便用手摩摩骡子的该处，便可得愈；倘没有病，则摩什

么地方，则自己什么地方便不会生病，尤以元旦摩为最灵，于是摩的眼、耳、鼻、口等处，都极为光亮，且时时刻刻总有许多人抚摩，挤都挤不上去。头部光亮，是看得见有人来摩，而生殖器部分，也异常光亮，但是永远未见到有人摩挲。于是引起我年轻好事的心情：一次元旦，天未亮，我就跑去等着看，立了几个钟头，结果也未看到一人去摩。有人说，是庙中的老道摩的，但他们也不会有这许多人；这当然是患花柳病的人所为，可是始终不知他们是什么时候摩的。问庙中老道，他也说不知，并且说，他既背别人，当然也要背老道了。此事至今是一个疑问。

再说月下老人庙。柱有一付对联，是"愿天下有情人都成眷属，是前生注定事莫错因缘"。上联乃《续西厢》中语，下联是《琵琶记》中语，对仗之工，可谓巧不可阶，真是古人所说，"文章本天成，妙手偶得之"了。因有此联，所以此庙，也极有名，因之大家也就以为神极灵，元旦这天，香灰总是落得满地成堆。我也常去调查，看看有青年男女烧香的没有，结果大多数，都是老太太们，大概都是为儿女求婚姻，绝对没有青年男子；有时倒是有姑娘，可是也都是由母亲领去，逼她叩头，她不肯，往往同母亲吵起来，结果姑娘自己先走了；也有姑娘叩头的，这大概母亲不告诉她，这是什么神，只命她叩头，她也就叩了。当时遇见这种情形，真是看着好笑。我为什么要写这些闲篇呢？一则因为他是每年元旦的风光；二则足见花柳病多，而不肯告人的坏处；三则老年人为儿女求幸福，心情之热烈；四则叹从前风气之不开。以上乃初一求幸福的种种情形，下边再说求发财的事情。

初二日，广安门（俗称彰仪门）外财神庙开门，这是北平最出名的一件事情。烧香人的拥挤，比任何庙会都多得多：一因别的庙中烧香的人，大概只是住户人家，此则有许多商家，也要前去；二因别的庙，都整天可烧，此则只讲一早。许多人的思想，是晚一点烧香，就没有用了似的，所以每逢初二日，多数是夜里两三点钟就起来，由珠市口出广安门到庙中，这样远的大街，都是挤满了的车辆。从前在行的人，都是在该庙中买香，外行的也有许多自己带香去的。这也有个分别，因为财神庙的香炉虽大，可也容不下这些香，所以烧香的人，把香插在香炉内，即刻就有人把它夹出，掷在下边大香池中，随插随夹。有许多人特别嘱咐夹香人，说晚点夹我们的香，让他多烧一会，但是夹香的人有偏心，你若买他们庙里的香，他就夹的慢一点，若是外边买的，他就夹的快一点，所以有许多善男信女，都要在庙中买香，这是庙中很大的一笔收入。此外就是卖纸元宝，由纸铺中定做成千成万的元宝，运到庙中，供于庙前，烧香人多都数买一个回去，但此不名曰买，只是"给香钱若干"，便由庙中赠送一个，这可比外边买贵得多，所以民间对此，也有些歌谣，兹只录一首。

> 只为人人想发财，山堆元宝笑开怀；刚从纸店运出去，又被财迷取进来。

以上是从前北平人于初一、初二两天所做的事情，一是求福，二是求财，自于一年开始的两天，必要做到的。而大家的心理，总是如此，恐怕全国人也都是如此。至于求得来，求不来，那另是一种说法。但是多数人，倘能于初一、二两天，把这两件事情做到，不问身体多累，而心里头，总是愉快的。

饺　子

从前过旧历年，北方家家必要包饺子吃，这是几乎全国皆知的。几十年来我搜罗到北方各处关于饺子的谚语民谣等等，有五百多条，可惜我所记录的那一本册子，没有带出，兹就记忆所及，写出几条来：

好吃不过饺子，自在不过倒着。（按："倒"上声，睡卧也）

饺子两头尖，吃了便成仙。

白面为皮肉做馅，给个神仙他不换。

头伏饺子二伏面，三伏烙饼炒鸡蛋。

钱在包，要吃饺子就烧刀。

白面为皮肉为馅，胜他玉液金波宴。

小孩听说是好的，姥姥给你包饺子。（按：听说即听话）

吃一碗，盛一碗，他做神仙我不管。

小小子，是好宝，给他包顿白肉饺。

吃一口，香一口，乐得小孩乍沙手，也不淘气也不扭。

老天爷，你别旱，麦子收他一两石。（按："石"音"旦"或书"担"字）

天天给你饺子吃，牛羊猪肉麦子面。

老天爷，下大雨，收了麦子给你包饺子。

你吃瓢，我吃皮，剩下麸子喂小驴。

灶爷上天说好的，给你包顿肉饺子。

先吃饺子后吃糖，嘻嘻哈哈见玉皇。

没牙的俩老的，给他包顿肉饺子。

街坊见我能行孝；说我是个好媳妇。

当家的着我去挑水，我是折了担仗顿喽筲；

当家着我去倒粪，我是破喽木锨钝喽镐；

当家着我去铡草，我是铡块木头崩喽刀；

有人问我因何故，头伏包饺我没摸着处。

（按：此系小曲）

银子拿到手，肉煮饽饽不离口。

姐儿你是吃煮饽饽呀，你是穿裤子？（这是形容旗人之爱吃煮饽饽，他以为比自己女儿穿裤子还要紧，固然不见得有此事，但这种话是常听到的）

以上几条为北平俗谚，不必多写，请看上边这几条，就可以知道当地人自己爱吃还不算外，他们哄小孙也用它，孝公婆也用它，对付灶王也用它，供奉上天也用它，甚至工人要挟主人也用它；最有趣的是，虽女孩子没有裤子穿，也还要吃它，可见饺子对人的魔力了。饺子既有如此魔力，所以过年就非吃几顿不可，倘若饺子吃的好，则他们不但以为这一天没有白过，甚至连这一年的工夫也没有白过；倘若吃不到饺子，不但这一天难过，简直是终身之憾，一生不会忘掉的。

吾乡从前元旦，必须到各家去拜年，拜年的方式，总是成群结队，大致自己近支有服的几家，都约会一起去拜年。一次，我们有三十几个人，到了一个姓王的人家，主人是老者，他出来招呼我们，大家见他脸上有泪痕，于是问他有什么事，于此一问，他越发哭起来。他说："咳，因为小孩们的原故！我是一年三百六十天喝粥，过年也吃不起饺子，只好把粥熬稠一些，小孩们大乐，说今天粥米多！我说：别人家都吃饺子，你们吃不到，只把粥熬稠一些，你们就这样喜欢！我说完了这句话，自己觉着对不起孩子们，忍不住就哭了。"他说完这话，大家都表同情。于是有十几个人，不再拜年，各自回家去了，不约而同地给他送去许多白面肉菜等等，大家要帮着他包饺子。他一看又大哭起来，大家说，赶快给小孩包饺子罢，不必伤心了。他说："我这次哭，跟刚才不同，我这哭比乐还高兴呢。我常想，我没有做过伤天害理的事情，没有对不起老天爷的去处，怎么大年初一，连顿饺子也不赏吃呢？就是一样，可就真对不住灶王爷了，一年价，跟着我受苦受饿，这次包喽饺子，得先敬他老人家一碗！"

请看这一件小事，就知道人民对于饺子的思想之严重了。所以每年至少也要吃一顿。平常人家过年，吃六天，即元旦三天，元宵节三天，最多的吃十六天，共三十二顿，这是别的地方的人想不到的；北平也讲吃饺子，惟最多者吃六天。皇帝在元旦，也必须吃饺子！饺子之中，一定有一个里头包着一个小金饼（民间则包一文钱，后来包一角钱，谁吃得谁有福），上镌"万寿无疆，天子万年"字样。要看皇帝吃第几个时才吃到，但总是第一个就吃到，于是太监、宫女等，都叩头庆祝。他为什么第一个就可以吃到呢？因为这一枚饺子，永远放在碗之中间。故宫中从前元旦有四句歌：

> 风从艮地起，主人寿年丰。
> 独得无疆寿，谷花满地红。

这四句歌怎么讲法呢？从前每年元旦，钦天监必上一奏摺，这个摺的词句，必定是：今晨子时，风是从艮地起的，主着人寿年丰。皇帝元旦看奏摺，第一件，必是这个摺子，所以有前二语。

第三句，是前述吃饺子的情形。再者，皇帝起床盥洗之后，必是正值宫女等掷围筹，其情形与状元筹相同。不过，状元筹是以状元为首，其次就是榜眼、探花、进士、举人、秀才等等；围筹则以麒麟或龙为首，其余就是百鸟百兽。民间亦有此戏，但以旗门中较多。皇上见宫女做此戏，必要抓起骰子，也掷一次。此戏以红为贵，红即是四，皇帝所掷，一定是六个四，名曰满堂红，亦曰满地红，此第四句之所由来也。他为什么能够准掷六个四呢？因为永远暗中预备一付骰子，六面都是四，所以有此把握。

以上乃北方吃饺子之大概情形，至于他为什么要吃饺子，这也有他的原因。要想解馋或请客，必须要多做几样菜，但是若烧煤炭，或小炉子，做菜可以方便，而北方乡间都是用大锅，每锅往往可容二百斤水，小者亦几十斤，用这个锅，就烧这个锅，做菜当然极不方便，这才创出吃饺子的办法来：把肉菜和到一处，用面包裹之后，几时吃，几时煮，甚为方便，于是便风行开了。这种吃法，不知始自何年，然唐朝段成式食品中所说的汤中牢丸，大致即此。而饺子的种类，也多得很。先说饺子皮，北京所用者，只是麦子面一种，而乡间所常用者，则为麦子面、高粱面、荞麦面、绿豆面，其余各种粮食之面，差不多都可以用。说到它的馅，那就更多了，我所吃过的总有一百多种。北平最讲究的，为鸡肉馅、火腿馅、蟹肉焰、三鲜馅等等，都是大家知道的。此外尚有三白焰，即是用烤猪肉之肥者，加白口蘑丁、冬笋丁，因为都是白色，故名。从前西单牌楼有一饺子铺，名曰"耳朵眼"，后移至煤市街，他有一种口蘑馅滋味也美得很。乡间则不外牛羊猪肉三种。至于水菜，则没有一种不可做馅的；又有鲜菜干菜之分，比如白菜、茴香、茄子等等，鲜着吃固好，晒干以后，则另有一种风味。前边说一百多种，听者或以为太夸，其实不然，不但某一种菜可以为馅，彼此混和，则又另有其味，如再外加粉坨、豆腐、干粉、蘑菇等等，则味道又不同了。不过菜类之中，有宜于猪肉的，有宜于牛羊肉的，惟白菜、韭菜两种，则各肉皆宜。再者，同是一样东西，做法不同，则味亦各异，兹随便举出几种如下：

同是羊肉白菜馅，若把它通统剁烂拌好，自然也很好吃，但若只切不剁，羊肉切细丁，白菜也切细丁，晾微干而不挤。如此和好，其味尤觉清香。

同是猪肉韭菜馅，若把肉剁碎，先炒熟，再加冬天河间府一带所用之野鸡脖韭菜，其味更美。

同是猪肉茄子馅，先把猪肉白煮熟切丁，再把茄子切丁，入沸油一炸，两种和好，其味更佳。

总之，馅的拌法太多，非有专书，不能说尽。现在想起从前在家乡过年之享受来，不但家乡之饺子吃不到，一切一切的事情，都看不到了。但是，我们不在家乡，而在此地，还可以吃得到饺子，所差者不是家乡风味就是了，而饺子则如故，且仍随意自制。

元宵花市灯如昼

过了旧年，一晃又到元宵节了。这些年来，国人谈话或写文章，关于节日，多注重元旦、端阳、中秋这三个节日；对于元宵，则较为轻视。其实千余年以来，中国最大的节日，乃是元宵。这话诸君乍听，或者不以为然，容鄙人解释解释，便知不是胡说了。

国人过节，都是做什么呢？不过是祭祀、庆贺、吃喝、玩乐四件事情。请看元旦这一天，祭祀、庆贺、吃喝，三件事情都是有的，可是玩乐就差了。因为年前便忙，一直到除夕，更是紧张，已经忙了十几天了，到元旦祭祀庆贺，是忙的个不亦乐乎，不用说玩乐，连吃喝都稍差。所以千余年来，在元旦并没什么娱乐的组织，就是皇帝，也没什么娱乐的举动，大概也是因为只祭祀各处，已经就忙的不得了了。

端阳，这天祭祀庆贺，虽然也有举行的，但很轻微，吃喝亦很简单，娱乐一层，南方尚有斗龙舟之戏，北方则绝少。中秋，这天祭祀很简单，庆贺、吃喝两种，相当可观，所谓瓜果盈庭；至于娱乐则很简略，且此节不过一晚，故亦不能有多少玩乐的事情。其余如二月二日、三月三日、六月六日、七月七日、中元节、九月九日、十月一日、腊八日、祭灶日，都是节日，但过的情形更简单。

元宵节则热闹得多，一切规模都大得多，先说祭祀。其他节日，祭祀都是一种意义，惟独元宵是两种意义。一是此夜乃是一年之中的第一次圆月，所以名曰元宵，当然要祭月神，这是关于祭月的，与过年无干；二是送神，从前旧历年的礼节，除夕是迎神，意思是把祖宗及各神位迎到家来，既迎回家来，当然要祭祀，以便祖宗神位享受，元宵为送神，意思是祖宗神位，在家中停留了半个月，与家人盘桓够了，送他们各归原位，这是关于过年的礼节，与月圆无干。庆贺，在中秋大家固然有彼此拜节的礼节，对于月，则只有玩月赏月；在元宵，则加一庆字，所谓庆赏元宵。至庆贺的方式，参看后边的玩乐。吃喝，国人过节，都讲吃喝，然能大排筵宴者，以元旦为最，中秋次之，其余更次之；可与元旦相比者，只有元宵。历朝宫廷，也是如此，并除大宴外，夜间还要特别吃元宵。按元宵，亦唐朝段成式所谓汤中牢丸之一；制法，南方与北方不同，南方多包成，北方则都是摇成，没有包的。

玩乐一层，是最热闹的，汉唐宋明之鱼龙曼衍，所谓百戏，多在元宵举行；所有皇帝大酺的礼节，也多在元宵举行。尤其宋朝之灯节，更为重要，此见于记载的很多，《水浒》一书，便屡屡书之，所谓大放花灯与民同乐。到了清朝，大酺的礼节，虽未见举行，可是鱼龙曼衍，仍照旧举行之。例如龙灯、狮子、高跷、太平车、跑旱船、耍花坛、花砖、花钹、踩绳、扛箱、中幡、盘杠、纸鸢等等，都是汉朝就有的；后来又添上五虎、少林、钢叉、秧歌、轪子摔跤、踢毽子、抖空筝、十番、十不闲等等。以上所有的，都名曰会，又曰游艺会；因其多办善事，又名善会，都归掌仪司管辖。每年元宵，都要玩耍几天，有庙会，更是少不了的。在清初几十年在东安门外，搭许多席棚，归官宦人家坐落，除饮茶吃点心外，便看这些游艺会戏耍，所谓百戏鞶鞳者是也。此亦从前大酺之义，故有许多商家，也现搭席棚出卖物品，此元宵前后几日之情形也。

此外尚有灯彩。家家都悬灯结彩，燃放鞭炮，所以元宵，又名曰灯节。如北平人说话，总是"过了灯节"怎样，没有说"过了元宵"的，盖元宵便成文言了。这种风气，见过记载的，以宋朝为最盛。清朝也还很兴旺，各商家都要悬灯，至少在门口，支上两个写着本铺字号的大纱灯。大商号则多有特制之灯，照自己的门面房屋制成。灯上之画，也极精致，有画山水花鸟的，有绘戏剧小说故事的，有绘各种箴规成语、嘉言善行的，各各不同。工部户部也均有灯，尤以工部之灯多而且精，游人都要瞻仰瞻仰，大家都呼曰"工部灯"，已经是一个专门名词了。最特别的是各庙中之冰灯，这种灯以后门外各庙为最好，因他接近什刹海用水方便。于年前腊八的时候，用一大筐绑上树枝及各种景致，再用水浇其上，冻成许多冰锥，俨如山景，其中楼宇、虫鸟、草虫，等等，很齐全别致。又有冰火判灯等等说也说不清。

  各处也都燃放鞭炮、花筒、花盒等等，此时燃放鞭炮，与除夕元旦不同。彼两日乃专为祭神之用，此乃专为玩乐，故灯节前后三夜，都是整夜炮声不绝。街上亦游人如织，古人所谓"金吾不禁"，"游不夜城"等等句子，都是形容这日的情形的。这种风气，明朝也很盛，由明末某公的诗："不顾满城飞炮火，深宫犹自赏春灯。"就看得出来了。总之，不论宫中宫外，官商各界，男女老幼，都是欢欢喜喜，如疯如狂，满街挤满了人。所谓游人如织，肩摩毂击地乐这么三天三夜，过了十六晚上，就止住了。可是十七这天，也还有一些人家没有收拾清的，这叫做灯尾，俗话叫做"还有个蜡头儿"，言其是一支蜡三夜未点完，十七剩了一个蜡头，还要点点。请看哪一个节日，有这样的热闹？所以说，一年之中，以元宵节为最大。

  还有一层，因为它娱乐的情形较重，所以古来的文人诗人，对于它都有特别的好感。例如遇到除夕、端阳、中秋、登高等日，大多数的诗词，都有感慨或寄托，而惟独元宵较少。可是，我今年对于元宵，则特别地有一种感慨，一面写，一面难过：在此地过灯节，还真是够得上一个"金吾不禁"，想起北平来，不禁就想哭出来了。

北平小掌故

齐如山

灯前谈往

开场白

《大华晚报》副刊编者，嘱为写一些关于掌故的事情，鄙人才疏学浅，安足以知掌故？不过，鄙人于光绪二十年（1894 年）入同文馆肄业后，因该馆为总理各国事务衙门所创立，即附属于该衙门之内（总理各国事务衙门简称为总理衙门，原外交部的前身），所以关于当时政事，尤其外交的一部分，时有所闻。

光绪庚子前后，正是外交吃紧的时候，来回公事尤多。到"拳乱"后，外国联军进京，李鸿章为议和全权大臣，他幕府中有一于晦若先生，名式枚，与先君至交。因彼时各国联军总司令为德国瓦德西元帅，在交涉事件中，德文更为重要，于晦若先生特到舍下，约愚弟兄担任德文翻译事项，当即允其不要名义，不支薪俸，但有事必当极力襄助（后乃专用英文）。因此，便常往李合肥寓所贤良寺走走，于是彼时交涉的情形，也略闻一二。

在那几年中，有好些很大的事件，都是对国运极关重要的，而当时都是因一两句话，便成了定局。现在追忆，把他简单地写出来，大家看了，或者以为有些趣味，或者有所警惕。又因为是想起哪一件来就写哪一件，所以事迹先后，是没有次序的，阅者谅之。

南彭北纪

清乾隆皇帝每年秋季总到木兰地方行围，驻跸热河，他的生日又正在九月，每年重九，一定在那里开筵庆贺。彼时，宰相大臣多半是很有学问的。纪文达公晓岚，固甚渊博，而彭文勤公云楣也不弱。一年，他们都随皇帝到热河，文勤拟撰一联上寿，借博皇帝之欢，乃撰上联曰："八十君王，处处十八公道旁献寿。"因是年乾隆八十岁，且该处松树最多也。久不能得下联，乃与纪晓岚写了一信，说明情形，求其代对。文达接信笑曰：云楣又来难我耶？乃在信尾空处书曰："九重天子，年年重九日塞上称觞。"彭公便把此联给乾隆看，乾隆大喜，赏了他许多东西。彭公说：这东西应该赏纪某，因为下联是他对的。乾隆说：你应该领赏，再另赏他就是，于是又同样赏了一份。彼时号称南彭北纪。

合肥对常熟

光绪中叶，合肥李鸿章为文华殿大学士，这可以算是首席的宰相，常熟翁同龢为户部尚书。适该时有几年荒旱，于是尖酸的文人撰一联曰：

宰相合肥天下瘦，司农常熟世间荒。

虽没有什么意义，而联语则颇新颖工稳。

大权旁落丫姑爷

南皮张文襄公之洞，在两湖总督任很久，确很锐意维新，励精图治。乃晚年精神稍衰，公子留学日本，毕业回来，刚进衙门，便坠马而死，因此，意志更觉颓丧，于是把不十分重要之事多靠张彪处理。在一个时期，正是端方为湖北巡抚，与文襄为世交，又系晚辈，且对文襄之学问又极佩服，一切政事多尽文襄做主。故当时有一联云：

> 端拱无为，一事依违老世伯；
>
> 张惶失措，大权旁落丫姑爷。

因张彪曾讨文襄之丫头为配，故下联云云。

"批李掌"对"拔花翎"

光绪甲午之败，李合肥受责，特降谕旨撤去黄马褂子，拔去三眼花翎。一日刘赶三演戏抓现跟说：你们以后要好好做事，你们看我把黄马褂撤了，三眼花翎也拔了。适有合肥后人某君在楼上观剧，登时用茶壶打上台去，并派人到后台非把赶三带走不可。幸经许多人跪求哀告，把赶三打了几个嘴巴，才算完事。由此可知，在中国演戏，不容易用现在的事迹。其实，彼时德国曾演过一剧，名曰《黄马褂》，其中自然也有人去李鸿章，这在中国是万不能行的。本来，倘有人在台下看见有人装他的祖若父，那怎么能够不怒的呢。彼时有一部小说名曰《东海传奇》，中有一回专述此事，题目为"闷受两腮批李掌，恼闻三眼拔花翎"，对仗也很工稳。惜该小说后来未见出版，然手抄者，鄙人却见过三部之多。

啥是个恽南田？

张作霖得胜到北平，手下人劝他讲风雅、买书画，因此琉璃厂古玩字画商大为活动。一日，一人持恽南田画条求售，告以此是南田的画，张曰："啥是个恽南田？不要！"又有人持去李鸿章之字，张大为欣赏，因他知李之名也，乃大买而特买。在琉璃厂中，李之字并不多见，且无赝品，因向无人收藏。至是乃群起作假，多发一些小财。张走后，又没有人买了。抢先造假的人，统统得售，以后的人，则皆未售出，又而赔了不少的钱，投机的人，往往如此。投机在多事的时期，扰乱社会安宁，在太平时期也足以坏人的心术。

保清灭洋

西后最初也不见得深信"拳匪"，她所以重用者，只为"拳匪"大旗上之"保清灭洋"四字。按康有为最初主张，本是君主立宪，逃到日本后，西后当权，他知道无法立宪，乃改为"保中国，不保清朝"。有人奏知西后，西后大怒，下过两三次上谕，说康有为"保中国，不保大清"，以为这个罪名加于康之头上，必然全国痛恨无疑的了。岂不知许多有志之士都是赞成的。西后更怒，乃派旗人庆宽，号小山，到日本谋害康梁。因日本警察保护，未能下手，西后恨极，然亦无法；但"保中国，不保大清"一句话，时时记在心中。

适山东"拳匪"作乱，被袁世凯赶到直隶。时直隶总督为裕禄，大为欢迎。按"拳匪"成立最初，只以教案为借口，号召无知人民，故旗上大书"消灭鬼子"。后裕禄为改"保清灭洋"四字，"拳匪"也很以为然。裕禄便将此奏知西后，大喜，以为此四字正针对"保中国，不保大清"七字，于是重用"拳匪"，并派王公大臣等督办练拳，遂成庚子之祸。

新名词就是新名词

张文襄公之洞之学问，在清末首屈一指，惟最不喜欢人用新名词。

一日，在部中看公事，见一卷公事中有用"之"者，乃批其旁曰："此系新名词。"俟该公事送回科中，科员有路君孝植者，路润生先生之孙也，见之颇不以为然，即又批其旁曰："新名词三字，亦是新名词。"当即将该公事置于架上，过了些天，已经忘了。

一日，文襄忽又要看此卷，遂由司长往架上取出呈堂，文襄刚一打开，司长在旁即看见路所加之旁批，大为惶恐，然亦不便说明，只好俟堂官发落。文襄见及后只默然不语，若有深思，旋即问曰："路某乃润先生之孙耶？"对曰："然。"文襄曰："不愧为名人后裔。"据司长云，文襄所以默默移时者，盖默读旧书也。倘旧书中曾有"新名词"三字，则路君或将受惩罚，也未可知。

吾国人无论任何一种学问，多数都是守旧，其实无论哪一种都是日有变更，不必说周朝的文与现在不一样。就只说周朝春秋时与战国亦大不相同，又何必非旧不可呢？这话又说回来啦，如今的新人物，则以为旧的一概要不得，他的毛病与此正同。

过了河拆桥

光绪戊戌政变，废掉八股的考试。西后专权后，对此事并不十分重视，因为她听见说在康熙年间曾经废止过一次，所以她问各大臣，此事应如何办理。一群佞臣当然都主张仍考八股。尚书徐某曰：八股文章乃歌颂功德、润色太平的工具，岂能废掉？

又一位曰：这是翁同龢过了河拆桥。

西后问：何谓过河拆桥？

乃奏曰：康有为不见得真意反对八股，因他没能力中进士气不愤（气不愤乃北方话），所以想废了他；翁某进士出身，而也想废掉岂非过河拆桥吗？

西后说：既是大家都不愿废，那么我们还要把桥修给大家走，为的大家方便。

有此一语，八股又闹了三年，到庚子才废掉。总因风气不开，大众都想得个举人进士的功名，于是仍行考试，但改八股为策论耳。遂把改革的风气压迟了几年，国民的知识无形中损失了不少。近几十年来的科学进步，晚一年就要吃大亏的。

海水不能用

光绪戊戌变法，康有为逃跑，西后命务必拿获，康已上了外国船出口。西后又命用军舰急追，乃该船已去远且船到公海，就是军舰赶上也是无法可施。该军舰只得说：该船去远未能追上。

西后问：何以军舰赶不上商船？

大臣奏曰：只因军舰奉命紧急速开，未曾装煤装水，以致煤水两缺，不能再往前开。

西后问：煤可以说短少，水海中多得很，为什么也说短少呢？

大臣说：海水不能用。

西后不语，即退朝回宫。时犹怒不可遏。自言曰："不是海水不能用，是海军不能用。"还特使太监在外边察访：是不是海水果不能用？然太监亦未有敢明言。

西后的知识不过如此，不必说船到公海不能随便搁阻，这一层她不知道；就是海水太咸，她也不知道。

后来屡有官员奏请扩充海军，她绝对不答应，她不答应的理由，固然不止一端，但"海水不能用"五字，关系也很大。

智利海军

光绪甲午，日本攻打朝鲜，侵略中国，龚兆屿守旅顺，不过两个钟头就跑了。北洋的海军，不过几天也就完了。西后大恨，她所以大恨者，为国家的观念尚小，最重要的是她想高高兴兴地庆祝她的万寿，刚筹备就绪，花钱很多，竟被日本搅扰了，所以特别难过。

西后每天嘱光绪，催军机处设法挽救，于是群议赶紧添练海军。这当然不是容易事，当时有德国人汉纳根者，在中国海军中服务，颇得信任。由秦皇岛只用一个火车头把他载到北京，专为商量添练海军之事。他听得之后，即回与德国公使商定。次日，由公使到总理衙门对诸位堂官说：添练海军非一二年内所可办到。诸位堂官说："有什么办法没有呢？"他说："若想从速，则军舰可以买现成的，但驾驶也须有人。"堂官问："可以雇吗？"他说："最好是雇智利国的船员，因为他们驾船的技术好，且或肯应雇。"堂官将此奏明皇上，告知西后，西后大喜，以为这个国"又智又利"，必能如愿成功，催着赶紧照办，惟日期不久，就割地请和了。

以后，太监中恒有谈及此事者，说太后常说"可惜太晚，智利事来不及了"。按德使建议雇智利人员一事，翁文恭公日记中亦载之。

皇上没有病

光绪戊戌后，西后独揽大权，看着光绪如同仇人，天天想把他害死。但因为有许多人恭维皇帝一时未敢动手。乃把他囚于南海之琼岛，四面是水，只北面一桥，永远吊起，且有亲信把守。过了一年多，乃设法谋害，说"光绪病了"，天天使太医院官员发表光绪的脉案，说皇上病势如何如何，情形一天比一天沉重；照脉案说，绝对活不了多少日期了。

忽英、法公使，与总理各国事务衙门交涉，欲荐一西医代为诊治，西后不得已请其医治，看过之后，将情形报与英法公使。次日两公使来到衙门，堂官问其看着皇上病势如何？怎样治疗？英法公使答曰：皇上没病。总理衙门奏闻西后。西后大怒，然亦无法。但自此不敢骤然谋害。可是仇视外人之心日深一日。适山东"拳匪"作乱，袁世凯把他赶到河北省。西后与端、庄两王商议，遂决定利用"拳匪"，杀尽外国人，以解心头之恨。

佛爷帽花太沉了吧

前清西后垂帘听政，国事日坏一日。

当时咸丰皇帝亲弟兄三个王爵，若同心协力匡扶谏阻，也未尝不可补救，但三人德行都不错，可是心思不大一样。醇王是一味恭维西后，不肯得罪他。恭王是很想做事，而不肯太阿谀太后。惇王是一味正经，不苟言，不苟笑，总说西后不爱听话，所以西后最不喜欢惇王。惇王每日到军机处，坐在一隅，与谁都不交一言。各军机大臣未到，往往他来在前头，朝事已完，他方走。因此各军机大臣也不敢不小心办事。他虽然一句公事不谈，可是于朝政很有益处。

一日，惇王进内见到西后头上所戴红宝石帽花特别大，他很不以为然，乃说："佛爷的帽花太沉了吧？"西后面微红，强言曰："可不是嘛！我很喜欢它。"

由此西后越不喜欢惇王，以致连军机处也不常到了。按西后固然不敢骤然不许他过问军机处，但处处不给面子，使他大为灰心，便懒得去了。由此政治更日坏一日，这也可以说是为了这一句话。

宁送朋友不给奴才

光绪戊戌政变正吃紧之际，西后在颐和园召见亲贵商议。西后说："听见人说，不久西洋人将要把中国给瓜分了，你们听见说这样话了没有！"

某人奏曰："各国都是友邦，哪能如此呢？这不过都是汉人想着抓权，所以造出这些谣言来哄皇上，以便稳固他们地位。"

某亲贵奏曰："洋人虽然可恶，也不见得如此。且中国这样大，也不容易就会分了。再说，西洋人也有真正是我们的朋友，佛爷请想（佛爷二字乃宫中称呼太后普通的话）：我们要修炮台，他们就给我们修，要买枪炮兵船等等，都也卖给我们；他们要真想灭我们的国，他们肯卖给我们这些东西吗？我们岂不可以拿这些枪炮，打他们吗？"

西后一听，这话真有道理，该亲贵又奏曰："西洋各国总是朋友，汉人总是奴才。"

西后闻言大为兴奋，乃言曰："宁送朋友，不给奴才。"以后，便以此八个字为宗旨，乃翻然把光绪赶走，将许多人问罪，依然守旧如故，于是国事更一天比一天坏下来了。

为刘坤一轿夫

前清，每年的大庆贺日期，为冬至、元旦及万寿三种。每逢这三天，各省官员都须到万寿亭去，对着万岁的牌位行三跪九叩首礼，礼至重也。

刘坤一一次行此礼毕，出堂刚要上轿，见四个轿夫都戴红顶，且有穿黄马褂，戴花翎者。刘很惊异，遂问其故。盖四人在讨洪秀全之时，都因功得过头品顶戴，并有赏穿黄马褂及赏戴花翎者，后事平，裁兵，就都退伍，没有法子只好当轿夫。

刘问：何不早说？

答曰：倘早说恐怕大帅就不用我们了。

问：今天为何又穿戴起来？

答曰：今天见大帅非常高兴，我们又喝了几杯酒，一时高兴，也就穿戴起来了。

刘即检查询问都是实情，于是另眼相看，请四人吃了一顿饭，亲身作陪，畅谈往事，每人送了一二千两银子，请他们回家过安定日子。

按这样情形，在从前皇帝时代，时局不靖，则招募军队，乱平则退伍，本来是很平常的事。不过在前清的时候，旗兵没有退伍之说，不打仗也照样吃钱粮。汉人则无此待遇，退了伍就须自己谋生。从前的军人多数都不识字，一经退伍，便无事可做，既无恤金，又无养老费，社会中也无辅助这些人员的组织，自己又无技能，只有靠自己气力吃饭，便当了抬轿夫。说来也很可怜可叹！现在可比从前好多了，政府都有奖励，社会又有慰劳，报纸也给宣扬，是何等的荣幸啊！

你们要你们的

前清光绪庚子（1900年）"拳匪"之乱，固然由于仇视教会，其最大的原因，还是西太后想借此把光绪干掉，而各国公使，却帮光绪之忙（此层另详）。西后大怒，乃使"拳匪"攻打使馆。待八国联军进京，与李鸿章议和时，最初概括的条款，才十几条，送至李鸿章处，意思是认可这些条，便可商议，否则，即进兵至西安。

该若干条中，当然是要求惩办祸首及赔偿等等。但是，头一条，即是要求西太后须将政权交还皇上（所谓归政）。其实这一条，倘若应允了他，对于中国，也未尝没有很大的好处，因为彼时光绪是主张维新的。而西后则守旧，并常听太监及小人之言，糊涂万分。倘光绪主政，则或可能逐渐维新，就说革命，也或可少流些血。而李鸿章不敢，何也？因为他知道西后必不肯应答，在他与西后之间，便要费许多的话；倘议和破裂，外兵必要往西赶上去，如此则不但人民多遭涂炭，且李鸿章便有逼宫的嫌疑，他当然不肯做这个难题。当他看了那些条之后，并未动色。次日，各公使前来会晤，他第一句话便说："你们要你们的。"言外之意，是你们不必管我们的事；且语气说的很坚决。各公使也以为只要于他们自己国家有便宜，又何必干涉这些事呢？于是当时即把此条废去。

按这一件事情，在李鸿章于旧礼教中所谓臣节二字，总算无亏，可是因废去此条之后，当然又添上了些别的要求，则中国暗中吃的亏比西后归政恐怕大得多。所以办政治的人，应该在大处着想，不要老拣容易的办。这层在外交界中，尤其重要。老奸巨猾四字，鄙人绝不敢加于合肥的头上，但避难就易之心，确是有的。鄙人很希望现在政界诸公，不至如此。

有饭大家吃

民国以后，遇到有钱的差使，所谓肥缺，都是彼此相争相夺，可是应办的事情，却没有人去管。到黎黄陂当总统，各位官员仍然如此。黄陂曾说了一句话："有饭大家吃。"于是舆论翕然，都以为他这一句话公道而仁慈，和平而正直。

按这一句话，在那争夺扰攘的时期，似乎也确是不可多得，实在未可厚非的。但是身任大总统，所以训谕属下者，仅为大家吃饭，终归是令人失望的。国家设官分职，拿着国民膏血换来的钱，是为替国民办事的，而不是专为吃饭的。倘果真吃饭能公平，便算尽职，这未免有背公仆的道理。可是这些年来，自然有此现象，为了一笔外援，你争我夺，结果人家都不肯给了。为公服务的人，如果目的在于有饭大家吃，哪里还能望好处去想呢？

可是这话又得说回来，在铁幕里头，那是只许一个人或极少数人有的吃，别人不但不许争，且不许问。

最高的恭维

张文襄公之洞总督两湖时，一日，他的生日，大家宴集，文襄亦在座。此时，本是不拘礼节的。有人提议：今天大家应该各做一诗恭维督宪，不必庄重，可杂诙谐，谁恭维得最高，谁算第一，不但大家要庆贺他，督宪也该有奖赏。诗成，易实甫考第一，他的诗是：

> 三十三天天上天，玉皇头戴平天冠。
> 平天冠上树旗杆，中堂乃在杆之巅。

左文襄公撰戏台联

左文襄公宗棠与曾文正公平江南后，接着又平定新疆，功高望重，拜相封侯，汉人在清朝之有勋业者，总算前几名了。左公在甘肃兰州建一会馆，中有戏台，文襄亲自撰联云：

> 都想要拜相封侯，却也不难，这里有现成榜样；
> 最好是忠臣孝子，看来容易，问他作几许工夫？

句句是说的戏，可是句句是说的自己。不过，随便丢失地方之人，总是不应该封侯的。

姜段秋操

袁世凯时代，曾经举行过一次攻防战的操演。甲方面司令为段祺瑞，乙方面为姜桂题。备有大宗的奖品，以奖优胜之军。俟演习毕，判断者以为段占优胜。

姜不懂而不服，非要得奖品不可。评判员当以操演之详情告之，云：汝某某处破绽太多均已失败。姜云我并未败。评判员云：此系假设，如某处汝未设防，某处炮兵阵地已失等等。

姜仍不服，于是大家解和另战一次。姜应允，仍以姜为守军，改于夜晚演之。又被段攻入。评判员又要把奖品给段，姜抗议曰：为什么又算他胜？评判员曰：他已攻入。姜曰：我四周埋了许多地雷，他们兵早被轰死无遗，怎说已经攻入？评判员说，你事先并没有埋地雷的工作呀？姜说：这都是假设安用真埋呢？不由分说，带人将全部奖品搬走。

段生气亦无法，后由袁又备了一份给段才都算完事。段之鼻梁本稍歪，人云是由姜气的。

按现在情形说，无人不笑姜之无知，但此系时代的关候，现在我们所做的事，将来难保不被人目为有如姜桂题之所做者，实在值得警惕。

哪有七十多岁的老头子革命的呢？

前清大臣中知道世界大势的只有两人：一即北洋大臣李鸿章，一即南洋大臣刘坤一是也。当合肥任直隶省督时，革命前锋唐君才常几位，到天津谒见合肥，合肥当然知其来意，乃使幕府某君代为接见。某君问：应如何答复？合肥曰：哪有七十多岁的老头子革命的呢？于是大家都知道他不反对革命，只不过他自己不肯革命耳！

后唐君等到湖北，不幸遇难，但革命在北方流血甚少，暗中合肥与有力焉。由此，西后不喜合肥，后乃去职，一切差使完全开缺，只剩下一空桶文华殿大学士，此清朝未有之前例也。

英商等于徐桐

徐桐字荫轩，在光绪时代，乃一极顽固之大臣。一次派他为总理各国事务衙门之大臣，他说：以堂堂天朝大臣，不可与鬼子打交道。竟不奉旨。朝中因其年老，亦未加以处罚；而舆论大为赞扬，说他有正气，因彼时人民之知识，不过如此也。徐桐之住宅，在东交民巷台基厂南口，现在之比国公使馆即其旧址，斜对面为法国使馆，往西隔数家为德国使馆。在庚子前，洋人很想买他那一所房子，出价颇高，而他不卖。他说：如果真想买，则非两万万两银子不可。盖甲午赔偿日本之数字也。这原本没什么不可以，独是到庚子"拳匪"围攻交民巷，各使馆戒严，并出布告各居民如在使馆界内无事者，可及早搬出，以免日后缺乏饮食。亲友劝徐迁居，徐云："义和团乃仁义爱国之民，不会仇视中国人，我们有何可怕。"后围较紧，断绝交通，他才搬出。一应细软，大致已装车，而戒严兵丁催之甚急，乃不得已而去，半路被"拳匪"抢去了许多。到达处所之后，他又催车回去运箱柜等物。下人说：现在就有多要紧的东西也不能往运了，运出来也是被抢去。他不信，还大闹脾气，亲友闻之，以为笑谈。当时我也很笑他，现在才知彼时笑的不对。为什么呢？请看四月七日各报所登英商代表已经请求其外交部要求北政府在三英里公海内实行护航，以便使船只将必要的物资运往上海的话。所谓护航一层，暂不必论，独是他们还想把必要的物资搬运出来。以堂堂自称先进国的英商，还有这种思想，则笑徐桐者可谓所见不广。这两件事情性质不一样，情形则相同。

有碍风水

光绪庚子后，义大利国占的地方，正是前清之堂子，在东长安街斜的角上。其后无线电发明，他就在那个角上竖一根大电线杆。最初还不是铁的，不过一根木杆，自然也相当的高。

一日，钦天监衙门上了一个奏摺，说：该电线杆于宫中风水，大有妨害，应令其拆去。西后告知总理各国事务衙门即以此意照会义国使馆。义公使便与各国公使谈论此事，大家都说这样的公事，无法驳辩，也无法判答，置之不理可也。于是义公使对此事始终没有回答，日久西后也没敢再问。

按各国外交，此国与彼国函件，万无不答之理，此事可算创闻。于是国家面子丢完了。

中国人最会作弊

民国初年，北平中央公园落成，中置一磅秤，任人自量体重，立在磅上以一枚铜圆纳入口内便妥。此本系极平常的事情。

一天，余与几位友人同游，见之，一人曰：此当可作弊。一人先上纳入铜圆，俟针动后，第二人再上，不意针即不再动，再陆续上几人，也不动。大家便以为不能作弊矣。

余戏曰：若用相反的办法或者可能如意。

三个人一同上去，纳入铜圆，果然针指三百多磅：一人先下磅，针即缩至二百多磅，再下一人，又缩至一百多磅，如此递减，则三人之体重皆可以知道了。

大家大乐。余曰：中国人作弊之能力甲于天下，由今起，我也在其内了。

不会加到一两二吗？

给国家做事花钱，无论事之大小，钱之多少，都得要报销，这是人人知道的。前清光绪年间，却有两个极大极难报销的案子。

第一是湘军案。曾国藩用兵多少年，花钱自然也很多，这个案子报过一回，都被驳回。以后便没有再报。当局本想觅几位大法家，来承办此事，但没人敢担任，一直到了清朝亡国，这个案子也没有报，乌乌涂涂的也就完了。

第二便是海军案。为创立海军，筹了一大笔款，只买了几条船，其余都被西后用去修了颐和园。但这个案子，必须要报销，而且只能说是用于海军，不能说是用于修颐和园。已购得的那几条船，花钱有限，且与外国定有合同，款项等等都有收据，不能加多，又不好意思与外国人共同作弊，所以好几年没有报销上去。西后特派恭亲王办理此事，所有款项只能摊派在该衙门公用款项里头，但款之数字太大，无法摊派，办了一个多月，未能将案办妥。

恭亲王着急问曰：何以许久尚未办就？承办官员回曰：实在没有法子摊派。恭王说：只把所买物件之价，通通的多加上些就完了。承办官说：一根纸媒（吸水烟所用者）已经加到一钱二分一银子，其余都是如此，不好再加。恭王曰：能加到一钱二，就不能加到一两二吗？

这本是气忿而无可奈何的话，但有此一语，该案遂即报到部中，大家都知道是西后的意思，谁敢驳回？轰动全国的大案，轻轻松松地就结束了。现在还有这样的公事没有？

没想到大清锦绣江山会毁在方家园

恭亲王为人确有思想，有见识，倘光绪时之政治交给他，则国势当有不同。但因他不肯阿谀西后，所以西后想用他又不敢用他，对他好一阵，坏一阵。

一日在惇王府谈天，恭亲王大发牢骚乃言曰："没想到大清锦绣江山，会毁在方家园。"

方家园者，乃西后与光绪后之娘家也。此语不知如何传到宫中，西后更怒。从此便不用恭王矣。前篇所说海军衙门报销一案，所以派他者，因为该案无人敢做报销，就是报上来，有恭亲王在旁，部中也不敢核准。西后于是派他前去，暗中便有服软相求之意。因他一出头，便无人肯驳饬也。他无法，只好应允，该案遂销。以上乃惇王第五子载津告余者，当属可信。

杨三对李二

光绪甲午之败，割地求和，全国归罪于李合肥。其实，他总算冤枉。可是，人人骂他为汉奸。

在那个时候，正有一个昆曲大丑脚，名曰杨鸣玉，人称杨三的，死去以后，昆曲丑脚遂绝。王长林得其百分之一二，现在叶盛章亦不过得王长林之一二；至于罗百岁、刘赶三等等，则不过皮簧中的名丑耳。

所以，当时有一对联曰：

杨三已死无昆丑，李二先生是汉奸。

以杨对李，以三对二，已死对先生等等，可以说是无一字不工不稳。按从前无情对中最有名的是："树老半空休纵斧，果然一点不相干。"而其对仗之工稳，则不及此联。后遂传遍全国。

畅行无阻

有许多人说中国文人好咬文嚼字，这话自然有之。但凡研究正经正史讲真正学问的人，都不如此。如此者，都是对于无聊的文章。若关于政治外交等，则绝对没有这样的人，且正需要这样的人。比方《辛丑条约》成立后，中有一条是，外国人由大沽到北京，必须能畅行无阻。有几位读书人议论这一条很容易应允，因为没有这条也不会拦阻他们。街谈巷议，也有同样的话。当时，我对友人就说，西洋人的文笔不会那么简单，尤其关于外交的文字。这些话，当时不过是闲谈天。后来一拆交民巷水关城墙，政府不高兴，大家也议论。他们专横，他们说这是条约规定的。政府人员说，条约并未允许拆城墙。他们说，如果中国把城门一闭，我们何以能够畅行无阻呢？

从前许多事情都是如此，现在自然比从前好多了，但我们仍应时时小心。

文章与口令

在民国十几年的时期，四川一省最为扰攘，带兵者各自为政，各自为界，谁也不知道谁和谁一伙。余友某君，虽非军人，而于政治上颇多活动。所以各带兵者，多与彼有联络。

一日，余友夜间欲到某军部，路上适遇守卡之兵，问以口令。某君自以为连我都不认识还要问口令，不觉大怒，随口骂曰：混帐！守兵即随放过。侯到军部，与长官述及此事，长官说守兵何以连阁下都不认识，真是对不起。某君又问曰：他既不认识我，何以骂他一句便许通过呢？长官想了一想，大乐曰：今日口令为"文章"二字，你骂他"混帐"，你是南方口音，混文二字之间有些相似，他一定是误听为"文章"二字，遂放你通过了。某君一想亦不禁大乐。

以角洋为门照

前清末年，保定府立有"武备速成学校"，后改"军官学校"，曾经热闹一时，因有许多阔人也入校受训。当时城门禁令颇森严，夜间关城之后，如持有"门照"，始可叫开门。其时有许多当教员者，城内城外学校多有兼课，夜间出入恒感不便，倘无门照，或有门照而忘却携带，则走到城门，势必碰壁。于是大家聚议，设法与城门警员作弊，但不知能否办的通。

一日夜间，由一人持纸包几角银洋，即行叫门。门警问：有门照否？曰有，随即持纸包隔门交彼，彼曰：这是门照吗？答曰：那不是门照是什么？说时语气很硬，门警遂开门放进。以后，大家便放心，虽无门照，亦不至碰壁了。

今夕只可谈风月

五代的时候，有一个宰相（恕偶忘其名，案头一本书也没有，无法可查），于上元夜大宴僚属，与众同乐。乃属员有欲由此接近宰相者，多谈公事，希望援引。宰相一看事情不妙，乃发言曰：今夕只可谈风月。于是大众不便亦不敢再谈求援之事。结果尽欢而散。

清朝翁常熟相国，以宰相兼户部尚书，亲撰客厅楹联云：

喜听四座谈风月，闲共三农话雨旸。

上联切宰相，下联切农部，语意闲雅，对仗亦工，颇为传诵一时。

五十余年以来，此事已成陈迹，五代时事，更不容易再看到了。不意此次杜鲁门总统招待我们李副总统，大有这样的意味，真是梦想不到有如此巧合事情，乍听之下，为之感叹者久之！

咱不会拿吗？

承德府原名热河，在有清一代，是最重要的地方。当满清进关的时候，大多数的兵马都是走的山海关，其中一部分乃由热河来的。于是知道这是一条较近的路，乃在热河大修行宫，其原意乃是倘在中原失败，则可由此路撤回。故各位皇帝都是常常游幸热河，尤其乾隆，每年必到一次。于是行宫中的陈设，也特别讲究，凡北京宫中有的，差不多那儿也都有。

其后若干年，因为皇帝未曾去住，所以里头的东西散失的很多。

有熊君者，曾主持该处，偷拿些东西自是难免的事情。袁世凯时代又派姜桂题带兵驻守该处，熊君即以宫中摺扇几柄送姜，当然是有意义的。

该扇扇股的书画雕刻、扇面的书画，都是当时的名人手笔，而姜不懂。幕府中人为之讲解，姜问他这是哪儿来的？对以当然是由热河行宫中拿出来的。姜曰：咱们不会拿吗？此语可谓痛快之至，虽然不算正当，但比偷了国家的东西还装好人的那一群人，似乎还差强人意！

盗跖庙联

某县有盗跖庙，每年黄梅时节，香火极盛，但烧香者多系妓女。某名士撰楹联云：

歧路等亡羊，说什么为忠为孝，为圣为贤，大踏
步跳出了礼仪范围，独让我柳下惠兄光青史；

世途堪走马，哪管他成佛成仙，成神成祖，小法
身得享此春秋祀典，但看那花间小姐祭黄梅。

这种对联极难措辞，盗跖不能恭维，而给他的庙做楹联，
也似乎不能贬。此联语意，纯以诙谐出之，颇觉巧妙。有人
说：为什么盗跖还有庙，且有人给他烧香呢？这话问的自然不
错，但也很容易回答。北方这些年以来的贪官污吏，准比盗跖
好得了多少吗？固然在报纸上，也时时看到骂他们的文字，可
是也有许多人巴结他们，恭维他们，这不就等于给盗跖烧香
吗？不过，前边说给盗跖烧香的多是妓女，现在恭维贪官污吏
的不一定是妓女；但细细按之，性质也差不了多少。

库丁歌

北平从前有库丁歌曰：

浑身脱得净光光，偷得金银无处藏。伸脖摇头打
响嘴，蹲身劈腿手伸张。

按前清户部银库，必用库丁，又名库兵，凡搬运堆放银
两，都归他们担任；每日工作完毕，必须赤身走至官长面前，
两手旁伸，两腿劈开，再用舌打一响嘴，以证明嘴内，肛门内
等处，都没有夹带藏掖，方许穿衣出门。其实，库丁都是很发
财的，头目尤富，都是预先和交库之炉房等通同作弊；有时和
库官合作，有时也背着他。大致工人阶级最发财的就是这项人

了，所以北平从前地痞土棍，常有抢库丁的举动，抢了去使他花钱来赎，就等于现在的绑票。

虎神营

前清旗人的军队，都是生长于满洲、内蒙等处，身体都非常的强壮，不但进关的时候所向无敌，以后平定新疆、西藏、内外蒙古等处，也全靠他们，所谓八旗劲旅者是也。后来国内外无战事，就渐渐地废弛了，兵丁都变成吃喝玩乐游手好闲的人，军额虽然还有那样多，但完全不能用了。咸丰、同治以后，感觉外国兵太强，自己所有的兵敌不住人家，乃又练新军，仍然全用旗人。因国人都呼西洋人为洋鬼子，所以新练之军，赐名曰"虎神营"，以为虎可吃洋，神能制鬼也。这个名词，自然是很可笑。但中国多年以来，许多事都讲厌胜，只要能认真好好地练兵，再能效法西洋用科学制军器，则虎神二字也未尝不可用，但若专靠虎神两个字，则可以说是糊涂极了。后有人建议，就这两个字不雅，才归并为神机营了。

"金汤永固"

天津大沽炮台修成后，西后派醇亲王前往察看。醇亲王不但未见过外国的炮台，且未见过外国的军舰，以为这样炮台，一定是不论什么样的船，也不能进口的了，大为兴奋。回京后，把各种情形奏知西后，末尾结句一语曰：金汤永固矣。

这一句话不要紧，把中国毁得不轻。西后本是一个不安分的浮躁人，在洪秀全、英法联军等等情形之下，闹的她当然头昏，所以建海军、修炮台等等的政事，也很努力。不过她永远没忘了乐和，但是一时不敢耳。这次听见说"金汤永固"四字，她可放了心了。于是决意要乐和乐和。

彼时，慈安太后（东太后）早死，她更为所欲为。最初主意，先想重修圆明园，因工程太大，未敢动工，乃改为重修颐和园，还是只修了前半面。瓮山（后改名万寿山）的后面没有修，可是就把全国筹备练海军的一笔款，花了个河落海干。按说那一宗款项，就重修两个颐和园也是足够的，不过政治腐败，都入了私囊，当然就不够了。

把住大门就是了

前边所提的重修颐和园，动用海军款项一层，也是因为一句话的关系。

当西后想重修颐和园时，因南方用兵十几年，库币空虚，这宗巨款实无法筹措，想来想去，想到建立海军这一项较为现成，不用费事。但英法联军进京的恐怖，还未忘遗在心里，故未敢骤然动用。可是修颐和园，乃内务府人员及太监等发财一个大好机会，他们怎能不极力设法促其实现呢？于是大家商议多次，说：我们建立海军乃是为的打鬼子（洋人）也，现在大沽炮台已修好，便是大门已经关好了，只要把守住了大门，他们进不来就够了。至于他们的军舰来了，也不过海里闹腾闹腾，有什么要紧呢？

于是告诉西后，西后大喜，连说：把住大门就是了。遂决定用了海军衙门之款。我国海军从此便未能前进一步。按说这件事情，倘若当时各位大臣能一齐反对，便不见得不能阻拦过去，然而一群大臣，都是专讲逢迎谄媚之辈，谁也不肯为国家民族设想及出力，以致闹得中国多少年不能翻身。

我甚盼望，现在执政之人，不至于此！

三不许考

北平有数年学风最坏，办教育者外行，又不肯用心，闹得各大学里上课的学生很少。

一日，教育部派人去查学，有几处简直的没有学生。到北大第二院，有一教室，居然有学生，然亦不过十几人，去足数尚远。可是手中都没有书，查学者相当的满意，——及一细看，多数都是小说。

一次北大年底大考，学生来考者，多未上过课。校长出告示，有许多学生不许考，于是有某报登了一段新闻，说某大学之学生，有以下三种情形者，便不许考。

一、当初学校招考时未报过名者，不许考。

二、已报名而无故离去者不许考。

三、学生虽尚在校，必须亲自到校，若拿一名片来者，不许考。

此当然是一种讥讽的话，但考试时，学生确未上过课者，则大有人在。

伯理玺天德

现在明了这个名词的人，恐怕很少了，在前清则是常用的，在外交文件中，尤其时时可以看到。因为彼时尚没有总统这个名词，所以把 President 翻成了这五个字。如在公文照会中，都称大清国大皇帝，大美国大"伯理玺天德"，绝对没有"总统"两个字的。

历朝中国人翻译外邦的文字，都是拣不好字眼来用，或加一口字旁。自与西洋各国有来往后，由西文译来之文字，多半由外人主持，中国人助理者，亦皆迎合其心理，故皆用较优美之字，如美、德、法、英等等是也。这"伯理玺天德"五字，也是如此。伯，乃五霸之霸字；理，是有道理；玺天德三字更容易明了。于是中国人便看着这个名词非常神秘，旗人尤甚，他以为"玺天德"，乃是继续上天之德行的意思，所以他们对此非常之重视，以为能继续天德，似乎比天子二字之意义还高一等。

为什么忽然说到"伯理玺天德"这个名词呢？这也有个原因。

戊戌变法，大多数旗人自然都是极反对的，但彼时康有为等与翁同龢诸君，联合想扶助光绪，推倒西后而已，并未想打倒满清也。在旗人中，也有一部分人爱戴皇上，不满西后者，这些人，最初对康有为并无十分恶感。

一日，康与同人闲谈，说到共和国怎样好，共和国没有皇帝，只有伯理玺天德。有人问他：如果成了共和国，你也可以当伯理玺天德吗？康答曰：那是自然。

此本是闲谈，但这话传出去，旗人大为惊讶，赶紧跟到颐和园告知西后说：这就是康有为大大的罪名。西后也很以为然，所以后来西后的上谕中，曾特别提出此语，以坐康之罪。她以为这个罪名，可以算罪大恶极了罢，把他加在康的头上，一定可以镇服人心的了！

都是一样

中国全国未有铁路之前，先在北京西苑修了一条小铁路，由中海瀛秀园到北海，专供西后游玩乘坐，乃英国人所以修筑此者，为的引起西后兴趣，好准其包修各省铁路也。西后乘此，当然觉得新鲜有趣。

一日问英国人曰：你们国中的铁路，也是这个样子吗？

英人答曰：是。又问：民人也可以乘坐吗？

英人答曰：都是一样。

西后默然，乃顾左右曰：都是一样，那太没有高下等级了，足见外国没有礼法。

因此一句话，全国铁路之兴修，又多迟了几年。其迟修的原因，固然不止一端，但这句话，也很有关系。此系听见某一太监说的，当有可信。

朝阳门外广安门外两石路

这两条路的性质约有两种。一系皇帝观操，从前每逢年终，炮兵都到卢沟桥去演，一直到清末尚如此；明朝及清初则往往到东苑（此事余另有文述之）。又兼全国所有北平以南各省之货物，通通都经过长辛店或通州，再由骡马车运往北京。因这两种关系，所以都特建筑石路。后来，有了铁路，两条路就都用不着了。到"七七"事变以后，日本人修建平津公路，才把朝阳门外旧石路拆完。至广安门外之石路，则系因为用石头，也使零碎拆去了。回想起当年长辛店及通州两处，是何等繁华，从前北京南货发行店招牌都写"照通发"，意系照通州之价钱也；长辛之街，号称五里地长，则其热闹可知。以上各路是日本人给拆的，可是拆了之后又修成柏油路，意义如何，暂不必管，足见人家日有更改，时有进步。

三十年前吾国人就有一种议论，说外国人动工是为工程，中国人动工是为自己。譬如一段马路，外国人看着这一段破坏太甚，于行人运输都不方便了，便赶紧请求上峰修理；中国人是计算计算这段工程共需款若干，其中私人可赚若干，他以为值得动工，便上签呈请修，倘款数太少，他便不屑请修，至于行人如何，那是第二层。以上这些话自然有些过甚，但也绝非完全谣言，在前清有许多事情都是如此。就只说河工一节，算是举一个例。黄河开了口子，便是河工官员发财的机会；倘有几年不开，则官员无法大量赚钱，乃设法自己挖开，即上奏摺，报称决口，则国家必发帑堵口，于是各官皆得从中渔利，大发财源矣。按决口后该河工总得处分，大致是"革职留任"，"以观后效"，这些字眼；但打堤合龙之后，则必恢复官职，只不过几个月没有顶戴，为时甚暂，而财则可大发，故皆乐为也。现在各事虽不至如此，然有时也有这样的嫌疑。

北平的街道

北平城内，从前只有由前门到永定门一个大街为石头道之外，其余都是土道，名叫甬路。各大街之甬路，都是高与人齐，矮者也有三四尺高，两旁的便道也很宽，但除小商棚摊之外，其余都是大小便的地方，满街都是屎尿，一下雨则都是水洼。甬路上头，浮土都是一二尺深，步行可以说是万不能走，所以北平有两句谚语："无风三尺土，微雨一街泥。"又有两句是"不下雨像个香炉，下了雨像个墨盒"。这话现在听着仿佛有点新奇，其实从前确系如此。所以皇帝出来，必须现修街道，所谓黄土垫道。

光绪年间，外国的公使屡屡要求修建石子路，最初是建议，继乃请求，后乃要求，但政府商议多次，都说皇帝出来才修土道，岂有给外人修石子路之理？恐于国体有伤，所以始终未准。到甲午以后，国势大弱，各国气焰一天比一天高，要求非修石子路不可，政府不得已，才于光绪二十五年（1899年）把由东交民巷至东堂子胡同一段修成石子路。但只修到总理各国事务衙门门口，以便各国公使到衙门时，走着平坦，该胡同东半截则未修。这可以说是真正是为外国人修的了。朝中大臣知识如此，你说可笑不可笑？

到光绪二十六年以后，各国占了北京，才提倡修路，最初还是日本人提倡的。今来台见此地大街之路，都修的很好，所以想起了北平的旧式街道。

北小街之石路

明朝不必说，有清一代，北京旗人上至王公宰相将军督统，下至兵丁以及满汉文武百官，都是吃的南来之米，所谓俸米是也。此米产于江浙等省，经由运河到北京，贮于各仓，所谓京通十七仓。此种仓由通州起，沿路都有。因北平地势高于通州者数丈，船不能直达。沿河有闸四道，船到闸下必须换船，换船之处多设仓廒。永久存米者，则多在北平城内。朝阳门南只有一仓，曰禄米仓，其余如南新仓、北新仓等等，都在朝阳门以北。因由朝阳门外河边运到仓内，须用牲口拉着大车，故特把此街修成石路，以利运输。后来到了"七七"事变，日本占据北平，才把它给拆了。

按运米这件事情，对于北平的官员人等，自然是有益的，但确为清朝极大的虐政。在南方每年由地方官收米时，其成色之名词曰"干圆洁净"。这四个字就给了收米的地方官，一种大大贪污的方便，交米之农人，把钱化到了，就容易交纳；否则便多方挑拣毛病，多好的米，也交不上。于是农人就被欺侮了二三百年，但日久了，大众也就忘了他是虐政了。以上是就

接收米一方面而言，至于放米的一方面，似乎不应该有什么虐
政了，可是其弊更大。按这种虐政，还是光绪庚子年，日本人
给解除的呢。此事说来话太长，当另有文详述之，兹不赘。

北平几条石路

北平城内外有几条石头道，现在已都拆去，一是朝阳门内
北小街，二是前门至永定门，三是西直门至颐和园，四是朝阳
门至通州，五是广安门至卢沟桥。

这些石路有明朝修的，有清朝修的。在刚修好前些年，当
然是很平坦，后来经车轮辗压，便成了两道深沟。车轮坠到沟
里，是不要想能出来的，兼以石块的软硬不一致，年久了，有
的尚如原样，有的已残缺。很多更是高低不平，坐轿车走路，
一不留神，便碰得头疼发昏，远不及在土道上走较为舒适。而
又永远不再修补。吾国从前的政事，多是如此，幸而目下是这
几条石路都已拆去，改为石子路或柏油路了。

当年之所以修，后来之所以拆，其详细情形，都有些历史
的关系，有的是与国运有关的，有的是与国际有关的，其详当
另为文逐一细说。

前门到永定门之石路

这条石路有两种用处：一是为皇帝祭天上天坛，二是为上
南苑。南苑又名南海子，明朝就为皇帝春冬秋狩猎之用，里边养
着许多鹿、黄羊子、四不像子等等。到清朝康熙，每年在苑中总
住两三个月，故里边有四处行宫。一为旧宫，在苑内东北。二为
新宫，在西北角。三为团河，在西南。四为晾甲台，在东南。

后雍正时代，特修建圆明园，以后皇上就不到此处了。至光绪十几年，永定河决口，把南苑围墙冲倒，各种兽跑了个干干净净，虽经捕回不少，然永不在此狩猎了。可是每逢冬至大祭，倘北口来的兽类祭品及赏赉不足数时，则仍由此处补充。

迨光绪二十年（1894 年）前后，西后才知道西洋人都住洋楼，大为羡慕，想亦建筑洋楼，而宫中无此章程，乃改扩充中海；但国库空虚，无款动用，于是包建该工程之申昌木厂，代出主意，把南苑内之地卖为农田，所得之款，足够建筑几座洋楼之用。西后即如此办理，乃将苑之地完全售出，建了几所。如怀仁堂、居仁堂等，都是此时所建。但是楼的建筑之土气，则足见当时出主意的人没见过世面了。南苑售出之后，此段石路就算完全没有用处了，然亦未拆去，俟"七七事变"后，才翻为柏油路。

西直门到颐和园之石路

这条路是自明朝就有的，清朝雍正年间，又重修了一次。明朝的骊宫都在西山，所以有此石路。惟明末清初，所有宫殿，大致毁完，雍正年特建圆明园。皇帝所以爱住骊宫者，因宫廷规矩森严，皇帝也不能太随便。譬如吃饭，皇帝及皇后、贵妃、妃嫔等等，都是各人吃各人的，皇帝想召一位爱妃同吃，便不容易。若在骊宫，则可随意。惟康熙时，尚未修建，因故宫的记载，康熙永是住南苑，雍正以后才大事兴修，乾隆时建筑更多，如瓮山、御泉山、香山等处，都有行宫，所谓三山五园，但石路只到御泉山。雍正以后，四个皇帝都是住圆明园，大约每年总住七八个月。咸丰尤乐住此地。有四个爱妃，都是江南人，且都缠足。此节见过记载，兹不赘。英法联军进京，把几个园通通抢了，也烧了。咸丰死后，未再修，因之，各石路也都毁坏。光绪年间，西后修颐和园，而石路则未大修，只找补了找补，可是在路两旁栽了两行桃柳，由西直门高梁桥，一直到颐和园公门，隔一株柳树，夹一株桃树，春天颇为美观。西后死后，又冷落了。如今柳树尚多，桃树则存在的很少了。石路亦日坏一日，到"七七事变"，日本人把它拆去，完全修成柏油路，如今柏油路又将坏了。

北平的饭馆子

齐如山

北平这个城池，因为是做了六七百年的首都，一切的事业，都格外地发达，所以可以系恋的事情及地方都很多，而最令人思念不置者，莫过于饭馆子。有人说：饭馆子无论在什么地方，哪一个城池，只能做的好吃，都可系恋，岂止北平呢？这话自然也有道理，但北平的饭馆子，与别的地方不同，若只按好吃说，那可以说各处有各处的口味，不必一定北平。若按饭馆子的分类及组织法说，则全国以北平为第一，我们分析着大略谈一谈。

第一先谈谈它等级的分别：

最高者为厨行，只有一个人，住宅门口，有一小木牌，上写厨行某人。他自己所预备者，只有刀勺，其余都是租赁。好在北平常有出租瓷器家具者，杯盘碟碗匙箸等等，以及厨房锅盆案板等等，一概俱全。这种厨行平常无事，如有宴会，可以去找他，一桌两桌也可，多至千八百桌，也可以承应。说好之后，他现约人，从前凡婚丧庆寿团拜等聚会，多找他们，因为他们价钱较为便宜。民国以后，官场人多是新进，不知有这么一行，没有人去找，于是就衰微了，然旧家庭做年菜者，还是找他们。

次等者，为饭庄子，凡此门口之匾，皆曰某堂，此种又分两种。稍大者为冷庄子，平常不生火，有婚丧寿庆寿团拜等聚会，现规定一二桌也可以应，千八百桌也可以应。届时现生火。他们都有坐落的地方。小者有两三个院，二三十间房，大者七八个院落，最大者，都有戏楼，以备大规模之宴会演戏。小者为热庄子，平常就有火，也可以零卖，可以随时去吃，然预备的房子也不少。凡在此请客者，虽只有一桌，亦可独占三间，或一个院落，所以从前凡稍讲究之请客，都在这种庄子之内，不会在饭馆之中，以此处雅静，彼处太喧嚣也。

以上厨行、两种饭庄子，都是宜于人多的宴会，至少也得一桌。若三数人零吃，则不合适，因为他们的菜品，多偏重炖、蒸、煨、焖等等的做法，不怕火候久，一次开几十桌，即由锅中盛出，或由蒸笼中取出，即妥。虽多蒸两回，也不至大伤口味。若现炒讲火候之菜品，一次开三桌以上，便不适口矣。因炒菜，一次只能炒一盘，两盘以上，口味便差。若同时开几十桌，那是不会好吃的。

再次为饭馆子，这种种类很多，然大致可以分大中小，及特别四种。大者，如丰泽园、泰丰楼、东兴楼等等。成桌之菜亦很好，但最多不过两桌，再多口味便差。他们也应外会，几十桌几百桌，也都能做，但是他们须外约行中厨役代做。一切的菜品，便近于饭庄子的口味，那就绝对非其所长了。倘有十来个人，需要吃，也非常合宜，因为他们的菜品，都是偏于清淡，且爆炒清蒸的菜较多，全是讲火候的菜。稍一迟延，口味便减。中者如天兴楼、天瑞居、鼎瑞居等等皆是，这种也可以做整桌之菜，但不会好吃，最好是七八人零吃。小者如春华楼、春明楼、思承居等等，最好是零要零吃，亦未尝不可勉强成桌，但绝对没有好之菜了。特别者，亦有大小之分，例如砂锅居即其大者，正阳楼、全聚德，即其较小者，这种馆子与平常普通馆子不同，他没有普通的菜品，砂锅居只有猪肉，正阳楼只有羊肉螃蟹，全聚德只有鸭子，他们虽也很有几种菜品，但不能出他自己的范围。除砂锅居外，绝对不能成桌。最好是几个人或十余人，随便吃，另有风味。砂锅居则有全猪之席，可做菜品一百余种，但出不了猪的范围。

最次的名曰饭铺，这一种种类极多，然大多数都是有几样做现成之菜，虽也有现叫现做之菜，但口味也简单得很，例如润明楼、东来顺、馅饼周等等，乃其大者，都一处、百景楼，以及粮食店之深、冀州之各种小馆，乃其中流者，其余如各种饺子铺、包子铺、锅贴铺、豆脑铺等等，乃其小者。其实这种饭铺，有的比饭馆还大得多，例如润明楼、东来顺等等，就比秀华楼、恩承居大得多，但是这种都叫做饭铺，因为从前管卖菜品者叫饭馆，而专卖面食者，则叫饭铺。虽无明文规定，但大家心目中都是如此。而这种之基本食品，多是面食，像饺子铺、包子铺，不必说了。而润明楼、东来顺等等，虽卖的炒菜种类也不少，但他们的基本食品还是饺子、面条、馅饼、锅贴、馒头、烙饼、花卷、烧麦、包子、馄饨等等，而且他现炒之菜，也没什么好吃。从前凡到这路铺子来吃饭的人，都是注重面食，再要一两冷菜佐酒而已。要现炒之菜者，则系少数。后来外行人多，到此亦大要现做之菜，未免冤枉。因为若想吃现炒之菜，不及饭馆较便宜，而且适口也，然三五友人，随便吃饭（非正式请客），则以这些饭铺为宜。因为只要一两样现成之菜喝酒，其余主要食品，则系面食，又快又便宜，则较饭馆子现做之菜，省时间多矣。所以有许多饺子锅贴铺等等，除面食外，只卖预先做成之冷菜，如酱肉、苏造肉、肝肚、松花、鸭蛋等等，不卖热菜。一则自己省火，二则食客可以快吃快走，于客人也极方便也。

此外尚有两种，外面不像馆，而确系饭馆者，一系便宜坊，即盒子铺，外面纯系卖猪肉之铺子。所卖者，除生猪肉外，兼做熏腌等熟的肉品，有时兼卖饭座。所卖之菜品，都是他柜上现成的，有时烙饼都须外买。例如全聚德及老便宜坊等，都是由这种又发扬光大起来的。大致这种铺子，凡匾上只写盒子铺者，都不挂卖饭座；如写便宜坊者，则带卖饭座，否则便宜坊三字，没有着落了。如带烤鸭烤猪者，则写明老炉铺，此定例也。民国以后，则不一定了。一系大酒缸，这种原来本是零卖酒的店铺，预备的几个座位，没有桌案，只是几个酒缸，上面有盖，摆放食品。有的只预备几样零食，用以下酒，有的带卖饺子馄饨包子等等，则居然小饭铺矣。以上两种，从前生意都相当发达，民国后，新进人物不理会，不知有此组织，去吃者甚少，于是便宜坊都歇业了，然大酒缸存在者还很多，亦因其有门面，大家容易看得见也。

北平的饭馆，种类多得很，上边不过大略谈一谈，各阶级有各阶级的特别菜品，各家又有各家的特别菜品。按阶级说，饭庄子的菜品，碗中的菜，则是清蒸炉鸭、四喜丸子、米粉肉、八宝饭、烩海参、川三片、烩三鲜等等，在笼中蒸多大工夫也没关系。几时用，几时取出，于味亦无大伤损。盘中的菜，则是爬海参、炒三冬、清炒虾仁、炸肫肝、糟熘鱼片等等，每一勺，可以做出几盘来。饭馆的菜品，则多讲火候，可是哪一家，也有哪一家的拿手，例如东兴楼的糟蒸鸭肝、糟煨茭白、烩鸭腰等，泰丰楼之赛螃蟹、酱汁鱼、芙蓉鸡片等，明湖春之龙井虾仁、川双脆，丰泽园之草把鸭子、金银肉，瑞记饭店之青炒豌豆、烩羊肚菌、炒三泥，厚德福之瓦块鱼、封鸡、铁锅蛋、八宝榛子酱等，春华楼之松鼠黄鱼、炸锅炸，恩承居之草菇鸡片汤、蚝油牛肉等等，全聚德之烧鸭、烩鸭腰等等，都不是其他饭馆可以媲美的。不但如此，还有许多不出名的饭馆，也有许多特别的拿手菜，例如后门外桥头的包灌肠，鲜鱼口苍仙居的炒肝，煤市街耳朵眼的口蘑馅的饺子，煤市桥百景楼的炸馄饨，前门大街都一处的炸三角，肉市豆腐脑铺的白肉，烤肉宛的烤牛肉，砂锅居的鹿尾，米市胡同老便宜坊的烤鸡。从前还有些种，现在早已没有了，如九和兴（东兴楼的前身）的炸元宵，炸出来雪白，如同一团棉花；东安门外迤北和兴馆的熘里脊，送到口中，跟豆腐一样。这些情形，说也说不清，想起来，都是令人馋涎欲滴的。

前边所说，都是他大小阶级的情形。现在再谈谈他的组织法，他的组织，可比北平以外其他各处的饭馆，完备得多。大致可以说一说。（一）菜品的盘碗较小，（二）不怂恿人多要菜，（三）客人吃剩下的东西不许柜上人吃，（四）侍役人等说话有训练。以上这四种，听着很平常，细一按，确他极好的道理，兹分着谈一谈。

（一）菜品盘碗较小：凡到饭馆中去吃饭，虽然俭省，也要多吃几样，比方八九个朋友，要十几样菜，方能解馋尽兴，但是谁也不愿剩下许多。无论主人客人，看见剩菜太多，人人心中不愉快，此不止专为那几个钱，总是觉着他是无义的糟蹋。所以从前北平饭馆中，盘碗都小，每人一两样菜，每样每人不过一口，吃的样多而又剩不下。这两件事情，是人人心中舒服而高兴的。别的城池中的饭馆子，不懂这种情形，盘碗都很大，倘有八九个人吃饭，最多要六个菜，已经吃不完，剩得很多，如此则每人合不到一样菜，吃得不会尽兴，而又剩下，看着心中不愉快。若只是两三人去吃饭，几乎是要两样菜，便吃不清，这都是令人不愉快的事情。客人心中不愉快，他便不容易再来，这于生意一定是有损处的。再者，从前饭馆子的主要宗旨，不让人吃够喽，除大菜外，每个菜每人不过两口，如果不够吃，可以再要一个；因为吃不够，则下次还想来吃，倘吃够喽，则下次便不容易再来。何况剩下许多，给人留下一种不好的印象呢。这是从前北京饭馆子的一种心传。

（二）不怂恿人多要菜：从前北平请客宴会，非极庄重的局面，不会预先预备整桌的菜，因为他不见得都合乎客人的口味也。所以大多数都是，预定两个临时不能做的大菜，如鱼翅鸭子等等，其余都是由各人自点，谁爱吃什么谁就要什么，大致是每人要一样，连上四个凉盘，及两个大菜，也就足够吃了。所以大家入座之后，主人便让大家点菜。在这种地方，北平从前饭馆子的规矩，可就比现在两样多了。现在饭馆的茶房，总是怂恿客人多要菜，每人已经要了一样，他还极力地说，某某菜是本馆的拿手，某某菜是目下正当时的菜蔬，让个不了。大致是无论谁请客，虽然都愿意客人吃饱吃好，但谁也不愿意多花钱，这是一定的。客人点菜的时候主人是非让不可的，他再帮着让，再碰到不在行的客人，往往闹得不可开交。非遇到一位在行的客人，极力一拦，说菜已不少，很够吃了，不必再要了，才能把此围解开。这都是与主人以不愉快的地方。旧式的茶房则不然，遇到客人点菜之时，茶房便先要报告，主人的敬菜是什么什么，其余随诸位随便点等。到大家每人点一菜之后，主人只管让，他就说菜不少了，先来先吃着，不够再找补。只这两句话，便可以算是面面都到，请客的人，焉得不高兴呢。

（三）客人吃剩下的东西，不许柜上人吃：这件事情，虽说是小事，但很有关系。其实剩下的菜，大家分着吃喽，岂不省下不特另做吗？但是有毛病。因为果如此，有不规则的茶房，可以他作弊，特另要一样菜，他说是客人要的，客人出了钱，他可是不把菜端到桌上去，结果他自己吃喽，各样弊病，种类很多。在从前，饭馆子地方宽，屋子多，这是很难稽查的。这不但于柜上有损，且于客人有伤，所以从前所有饭馆子中的剩菜，都是卖给小贩，回家加上白菜、粉线、豆腐、猪血等等，再把它一熬，挑到街上出卖，价极便宜，且很好吃，而饭馆子中同人所吃，则特另预备。

（四）侍役人说话有训练：北平饭馆中的茶房，最有训练，必须得拜师学徒，教授法也真有心传，与客人对答，是不卑不亢，自然要顺着客人说，有时也要驳回。按顺着客人说的话，是很容易的，驳客人的话，迹近抬杠，是容易招客人不高兴的。但是他们说的话，虽然驳了客人，可是还能使客人不但爱听，而且听了还感觉痛快。这真是北平以外的饭馆子，不但做不到，而且也想不到的。他种种的说话法，孔门中的言语一科，总算真能够得上，《四书》中所谓洒扫应对进退，这六个字，他们可以算是真能做到了。我从前有一本书，专记载他们这种话，每遇听到一套新鲜的，回家总要记录出来，共总记了有三百多条，可惜这本记载，没有带出来，现在只把记得的写出几条来。请诸君看一看就知道他们说话，是有传授有研究的了。

一次，点了菜，可是来得太慢，客人问，菜为什么老不来，茶房说："火候不合适，不能给您端上来，能够来晚点挨两句骂，不能端上来不好吃挨骂，您微微地等一等就来。"

一次，有一阔人，嫌菜不好，说："你们这个厨子，可真糟。"茶房说："要比您府上的大师傅（北平厨役的称呼）那自然比不了；在外边饭馆的厨子，我们这个，也可以说是数一数二的了。"

一次，一位说："你们这个厨子，越来越退化了。"茶房说："不是厨子越来越退化，是您越吃越口高，所以从前吃的，现在都吃不上口了。"

一次，一人说："菜太咸，没法子吃。"茶房说："一人一个口味，这位吃着口重，那一位就许吃着口轻，这个咸了，咱们再给您来一个，让他口淡点，您看好不好？"客人问："再来一个，算钱呢？"茶房说："当然不敢算钱，不过您要吃着好吃，就是算钱，您也是高兴的。"

一次，一位说："你们这买卖，越做越回去了。"茶房说："您们诸位老爷要是常来，就不会那个样子，要老不来，可就真要快回去了。"

一次，一人吃一样菜，原料不好，说："你们怎么买这样坏的条货呢？"（条货，原料也，北平都如此说法。）茶房说："今天没有买到好的。"客人问："为什么呢？"茶房说："一则好的少，二则也是被别人抢先给买着走了。"客人问："谁家买去了呢？"茶房说："听说是您府上的大师傅。"

一次，一人说："你们的菜，近来做得可真不好。"茶房说："要真是那个样子，光么请您，您也不来。"

一次，一位说："你们这儿的菜，可做得真好。"茶房说："您这不是夸奖我们，您这是恭维请客的主人。我们这儿若是不好，主人也不会请您们几位老爷到这里来吃。"

算了，也不必多写了，写起来，也没完。请看他们所说的这些话，又幽默，又轻松，驳了客人的话，客人不但不能恼，且听着好玩。旁边客人，也必大乐，并且是对阔人是一种说法，对生客、对熟客，说话亦各有不同。所说的话，写出来，看着也真好玩。简直是够一部言语的教科书，连办外交的官员们，也应该用它做一种交际参考书。孔门中的言语一科，他算够格，这句话不算胡说吧。以上这些情形，不但在台湾看不到，听不到，就说在北平，到民国以后，也不容易见到听到了。因为民国后，新到北平的人大多数不知道这些情形。比方说，到东兴楼去要饺子面条，固然没有，有也不会好吃。到东来顺，大要菜而特要菜，其实东来顺，除羊肉及饺子馅饼等面食外，所做之菜则绝对不会高明。于是或有人说东兴楼之饺子，东来顺之菜，都不好吃，这个不怨那两个饭馆子，而怨客人不会吃。因为有这种情形，当然就有许多人，想吃本乡本土之菜，于是各省的饭馆，都到了北平。此在前清是绝对没有的。只有一个厚德福，号称河南菜，其实也不尽然。各省的馆子，到了北平，自然也很好，但是把北平多少年的好习惯规矩，都给破坏了。第一菜盘太大，三个人要两个菜，就吃不清。第二茶房说话不够程度，曾记得民国几年，吾乡有两个人到北平，在前门外一饭馆吃饭，要了两个菜。茶房说，乡下人还会要菜，真不容易。这分明是挖苦他们，他们两个人，当然很有气，其他别的座客，也都以为他不应该如此说法，可是他们两人，也没说什么，赶吃完了饭把桌子一推，所有盘碗，都摔碎了。茶房来问，这是为什么？他们说，你刚才不是说我们是乡下人吗？你去告诉你们掌柜的，说乡下人不安分，民变了。俟掌柜的来问，各饭客都说茶房说话有不对，因此也没有赔，白吃了一顿饭，经大家劝说，便算了事。这种实事当然不会多，但类似这样的情形，确也不少。这当然都是茶房没受过教育的缘故。回想从前，遇有阴天，同三五友人，到饭馆中要几碟精致炒菜下酒，随便谈，随便饮，有时招呼茶房来，共同谈天，听他说些轻松的话，真是极饶兴趣。这种情形，几十年来，是没有的了。

五月的北平

张恨水

　　能够代表东方建筑美的城市，在世界上，除了北平，恐怕难找第二处了。描写北平的文字，由国文到外国文，由元代到今日，那是太多了，要把这些文字抄写下来，随便也可以出百万言的专书。现在要说北平，那真是一部二十四史，无从说起。若写北平的人物，就以目前而论，由文艺到科学，由最崇高的学者到雕虫小技的绝世能手，这个城圈子里，也俯拾即是，要一一介绍，也是不可能。北平这个城，特别能吸收有学问、有技巧的人才，宁可在北平为静止得到生活无告的程度，他们也不肯离开。不要名，也不要钱，就是这样穷困着下去。这实在是件怪事。你又叫我写哪一位才让圈子里的人过瘾呢？

　　静的不好写，动的也不好写，现在是五月（旧的历法是四月），我们还是写点五月的眼前景物吧。北平的五月，那是一年里的黄金时代。任何树木，都发生了嫩绿的叶子，处处是绿荫满地。卖芍药花的担子，天天摆在十字街头。洋槐树开着其白如雪的花，在绿叶上一球球的顶着。街，人家院落里，随处可见。柳絮飘着雪花，在冷静的胡同里飞。枣树也开花了，在人家的白粉墙头，送出兰花的香味。北平春季多风，但到五月，风季就过去了（今年春季无风）。市民开始穿起夹衣，在不暖的阳光里走。北平的公园，既多又大。只要你有工夫，花不成其为数目的票价，亦可以在锦天铺地、雕栏玉砌的地方消磨一半天。

照着上面所谈，这范围还是太广，像看《四库全书》一样。虽然只成个提要，也觉得应接不暇。让我来缩小范围，只谈一个中人之家吧。北平的房子，大概都是四合院。这个院子，就可以雄视全国建筑。洋楼带花园，这是最令人羡慕的新式住房。可是在北平人看来，那太不算一回事了。北平所谓大宅门，哪家不是七八上下十个院子？哪个院子里不是花果扶疏？这且不谈，就是中产之家，除了大院一个，总还有一两个小院相配合。这些院子里，除了石榴树、金鱼缸，到了春深，家家由屋里度过寒冬搬出来。而院子里的树木，如丁香、西府海棠、藤萝架、葡萄架、垂柳、洋槐、刺槐、枣树、榆树、山桃、珍珠梅、榆叶梅，也都成人家普通的栽植物，这时，都次第地开过花了。尤其槐树，不分大街小巷，不分何种人家，到处都栽着有。在五月里，你如登景山之巅，对北平做个鸟瞰，你就看到北平市房全参差在绿海里。这绿海大部分就是槐树造成的。

洋槐传到北平，似乎不出五十年，所以这类树，树木虽也有高到五六丈的，都是树干还不十分粗。刺槐却是北平的土产，树兜可以合抱，而树身高到十丈的，那也很是平常。洋槐是树叶子一绿就开花，正在五月，花是成球的开着，串子不长，远望有些像南方的白绣球。刺槐是七月开花，都是一串串有刺，像藤萝（南方叫紫藤），不过是白色的而已。洋槐香浓，刺槐不大香，所以五月里草绿油油的季节，洋槐开花，最是凑趣。

在一个中等人家，正院子里可能就有一两株槐树，或者是一两株枣树。尤其是城北，枣树逐家都有，这是"早子"的谐音，取一个吉利。在五月里，下过一回雨，槐叶已在院子里着上一片绿荫。白色的洋槐花在绿枝上堆着雪球，太阳照着，非常地好看。枣子花是看不见的，淡绿色，和小叶的颜色同样，而且它又极小，只比芝麻大些，所以随便看不见。可是它那种兰蕙之香，在风停日午的时候，在月明如昼的时候，把满院子都浸润在幽静淡雅的境界。假使这人家有些盆景（必然有），石榴花开着火星样的红点，夹竹桃开着粉红的桃花瓣，在上下皆绿的环境中，这几点红色，娇艳绝伦。北平人又爱随地种草本的花籽，这时大小花秧全都在院子里拔地而出，一寸到几寸长的不等，全表示了欣欣向荣的样子。北平的屋子，对院子的一方面，照例下层是土墙，高二三尺，中层是大玻璃窗，玻璃大得像百货店的货窗，上层才是花格活窗。桌子靠墙，总是在大玻璃窗下。主人翁若是读书伏案写字，一望玻璃窗外的绿色，映人眉宇，那实在是含有诗情画意的。而且这样的点缀，并不花费主人什么钱的。

北平这个地方，实在适宜于绿树的点缀，而绿树能亭亭如盖的，又莫过于槐树。在东西长安街，故宫的黄瓦红墙，配上那一碧千株的槐林，简直就是一幅彩画。在古老的胡同里，四五株高槐，映带着平正的土路，低矮的粉墙。行人很少，在白天就觉得其意幽深，更无论月下了。在宽平的马路上，如南、北池子，如南、北长街，两边槐树整齐划一，连续不断，有三四里之长，远远望去，简直是一条绿街。在古庙门口，红色的墙，半圆的门，几株大槐树在庙外拥立，把低矮的庙整个罩在绿荫下，那情调是肃穆典雅的。在伟大的公署门口，槐树分立在广场两边，好像排列着伟大的仪仗，又加重了几分雄壮之气。太多了，我不能把她一一介绍出来，有人说五月的北平是碧槐的城市，那却是一点没有夸张。

当承平之时，北平人所谓"好年头儿"。在这个日子，也正是故都人士最悠闲舒适的日子。在绿荫满街的当儿，卖芍药花的平头车子整车的花蕾推了过去。卖冷食的担子，在幽静的胡同里叮当作响，敲着冰盏儿，这很表示这里一切的安定与闲静。渤海来的海味，如黄花鱼、对虾，放在冰块上卖，已是别有风趣。又如乳油杨梅、蜜饯樱桃、藤萝饼、玫瑰糕，吃起来还带些诗意。公园里绿叶如盖，三海中水碧如油，随处都是令人享受的地方。但是这一些，我不能、也不愿往下写。现在，这里是邻近炮火边沿，南方人来说这里是第一线了。北方人吃的面粉，三百多万元一袋；南方人吃的米，卖八万多元一斤。穷人固然是朝不保夕，中产之家虽改吃糙粮度日，也不知道这糙粮允许吃多久。街上的槐树虽然还是碧净如前，但已失去了一切悠闲的点缀。人家院子里，虽是不花钱的庭树，还依然送了绿荫来，这绿荫在人家不是幽丽，乃是凄凄惨惨的象征。谁实为之？孰令致之？我们也就无从问人。《阿房宫赋》前段写得那样富丽，后面接着是一叹："秦人不自哀！"现在的北平人，倒不是不自哀，其如他们哀亦无益何！

好一座富于东方美的大城市呀，他整个儿在战栗！好一座千年文化的结晶呀，他不断地在枯萎！呼吁于上天，上天无言；呼吁于人类，人类摇头。其奈之何！

北平的春天

张恨水

一

照着中国人的习惯，把阴历正二三月当了春天。可是在北平不是这样说，应当是三四五月是春天了。惊蛰、春分的气节，陆续地过去了，院子里的槐树，还是权丫权丫的，不带一点儿绿芽。初到北方的人，总觉得有点儿不耐。但是你不必忙，那时，天气一天比一天暖和了。你若住在东城，你可以到隆福寺去一趟。你在西城，可以由西牌楼，一直溜达到护国寺去。这些地方有花厂子，把带坨（用蒲包包根曰带坨）的大树，整棵的放在墙阴下，树干上带了生气，那是一望而知的。上面贴了红纸条儿，标着字，如樱桃、西府海棠、蜜桃、玉梨之类。这就告诉你，春天来了。花厂的玻璃窗子里，堆山似的陈列着盆梅、迎春，还有千头莲，都非常之繁盛，你看到，不相信这是北方了。

再过去这么两天，也许会刮大风，但那也为时不久，立刻晴了。城外护城河的杨柳，首先安排下了绿荫，乡下人将棉袄收了包袱，穿了单衣，在大日头儿下，骑了小毛驴进城来，成阵的骆驼，已开始脱毛。它们不背着装煤的口袋了，空着两个背峰，在红墙的柳荫下走过。北平这地方，人情风俗，总是两极端的。摩登男女，卸去了肩上挂的溜冰鞋，女的穿了露臂的单旗袍，男的换了薄呢西服，开始去溜公园。可爱的御河沿，在伟大的宫殿建筑旁边，排成两里长的柳林，欢迎游客。

<h2 style="text-align:center">二</h2>

我曾住过这么一条胡同，门口一排高大的槐树，当家里海棠花开放得最繁盛的日子，胡同里的槐树，绿叶子也铺满了。太阳正当顶的时候，在槐树下，发出叮当叮当的响音，那是卖食物的小贩，在手上敲着两个小铜碟子，两种叮当的声音，是一种卖凉食的表示。你听到这种声音，你就会知道北国春暖了，穿着软绸的夹衫，走出了大门，便看到满天空的柳花，飘着絮影。不但是胡同里，就是走上大街，这柳花也满空飘飘地追逐着你，这给予人的印象是多么深刻。苏州城是山明水媚之乡，当春来时，你能在街上遇着柳花吗？

我那胡同的后方，是国子监和雍和宫，远望那撑天的苍柏，微微点缀着淡绿的影子，喇嘛也脱了皮袍，又把红袍外的黄腰带解除，在古老的红墙外，靠在高上十余丈的老柳树下站着。看那袒臂的摩登姑娘，含笑过去。这种矛盾的现象，北平是时时可以看到，而我们反会觉得这是很有趣。九日、十日、十一日、十二日是东城隆福寺庙会，五日、六日、七日、八日是西城的白塔寺护国寺庙会，三日是南城的土地庙庙会。当太阳照人家墙上以后，这几处庙会附近，一挑一挑的花儿，一车一车的花儿，向各处民间分送了去。这种花担子在市民面前经过的时候，就引起了他们的买花儿心。常常可以看到一位满身村俗气的男子，或者一身村俗气的老太太，手上会拿了两个鲜花盆子在路边走。六朝烟水气的南京，也没有这现象吧？

　　还有一个印象，我是不能忘的。当着春夏相交的夜里，半轮明月，挂在胡同角上，照见街边洋槐树上的花，像整团的雪，垂在暗空。街上并没有多少人在走路。偶然有一辆车，车把上挂着一盏白纸灯笼，得得地在路边滚着。夜里没有风，那槐花的香气，却弥漫了暗空。我慢慢地顺着那长巷，慢慢地踱。等到深夜，我还不愿回家呢。

北平情调

张恨水

不才随重庆新闻界参观团往成都，《上下古今谈》需停笔若干天，以代其缺。自然卖担担儿面的也不会做出鱼翅席，还是古今谈解数。

到过成都的人，都有这样一句话，成都是小北平。的确，匆匆在外表上一看，真是具体而微。但仔细观察一下，究竟有许多差别。凭我走马看洛阳之花的看法说，有一个统括的分析，那就是北平是壮丽，成都是纤丽；北平是端重，成都是静穆；北平是潇洒，成都是飘逸。自然这类形容词，有些空洞，然而除了这空洞的形容，也难于用少数的字去判断。若一定要切实地说一句，应当说是成都之北平味是"貌似"而微，而不能说是具体而微。

虽然成都这个城市，决不同于黄河以南任何都市。就是六朝烟水的南京，历代屡遭劫火，除了地势伟大而外，一切对成都都有愧色，苏杭二州更是绝不同调。由江南来的人，看到了这个都市，自然觉得这是别一世界。就是由北方来的人，也会一望而知这不是江南，成都之处就在此。

看成都的旧街道，两层矮矮的店铺夹着土质的路面宽达三四丈，街旁不断地有绿树。走小巷，两旁的矮墙，簇拥出绿色的竹木，稀少的行人，在土路上走着，略有步伐声。一个小贩，当的一声敲了小锣过去，打破了深巷的寂寞，这都是绝好的北平味。可是真正的老北平，他会感到决不是刘邦的新丰。人家的粉墙上，少了壁画，门罩和梁架上，少了雕刻，窗栏未曾构成图案，一切建筑，是过于简单了。

　　看一个地方的情调，必须包括人民生活，自不定光看建筑，而旅客对于人民生活的体念又是一件难事。然则我们说成都之北平味，是貌似而微，不太武断吗？我说不，建筑也是人民生活之一部分，在这上面，可以反映到他的生活全貌。试看苏州人家的构造，纵有园林，也只有以小巧曲折见胜，你就可以知道苏州人之闲适，而不会是北平人之闲适。于是以成都之建筑，考察到北平风味，是不中不远矣。

天安门的黄叶

张恨水

秋天的黄叶，我是最喜欢的，它在不寒不热的天气里，会给予你一种轻松的情调。以我所到过的都市而论，北平的黄叶最好。其一，因为北平的树多，会在长街永巷，铺张了一排排的淡黄伞盖。其二，是几夜西风，一番寒露，三五天的工夫，树叶子就变黄了。它来得那样快，而又那样齐，并且不折不扣，恰是重阳节边。对我们这带几分酸味的斯文朋友，自会在脑子里涂抹些诗意。

重阳，总是在"双十节"前后的，所以寄居北平的人，看到了黄叶满阶，也就容易感触"双十节"到了。在这几日，你在大街上走着，看到黄叶稀疏的街树里，红蓝的党国旗，展开在西风里，两三只红纸灯笼，静静地垂着，这颜色的调和，就会引起一种艺术的欣赏。但这还不是最好的，最好的在天安门。

我家住在西长安街附近，到天安门不远，每当这日，天安门大广场中，扎着三幢彩色大牌坊，架着松枝菊花簇拥的演讲台，举行庆祝会，小孩子在学校里有了一天假期，甚至前一周，就向家长预约着，要去参与这个盛会。我虽是个过夜生活的人，觉得这种赶热闹的事，是得赞成的，那会不知不觉地灌输小孩子们一些民族意识。老早地起来，用过我们记者定律的半杯牛乳，六七片火腿面包（虽然现在似乎是神话了，我们确实是如此享受着的），随一群大学生、中学生、小学生组织的家庭队伍，踏上西长安街的水泥路面。

在"双十节"，北平总是天高日晶的，于槐树林中，穿过了跨街红色粉漆三座门的左一洞，远远望见广场上半绿半黄的榴林，被一道红墙围绕着。天空里没有风，也没有灰尘，淡黄的日光，由东南角斜照着，"好一派清秋光景"！黄色和绿色的琉璃瓦，盖在天安门城楼的头上，由上空俯瞰着面前铺石的旧御道，石狮和盘龙的大石柱，夹峙在彩牌坊左右，象征着东方古国的壮丽与伟大。后湖和中央公园的红墙头上，关不住老柏林的翠影，正偷窥着这黄叶林子，对照之下，好看煞人！

前面树林中，白石面的广场，在青天白日满地红的旗影下，已是人山人海。我让家庭部队参与议会，我终年的紧张记者生活，需要轻松一下，悄悄地离开人群，独自在马樱花树下，钻入了御道外的树林。似乎有点风了，那槐树上的黄叶，三叶两叶地向下垂落，洒在我呢帽上，洒在我夹衣上。抬头看，在稀疏的黄叶丛里，看到白云，看到宫殿影子，也看到彩牌坊的一角。猛烈的口号声由榴林杪上传来，黄槐似乎受到鼓舞，摇撼了赭色的袍，又向我身上洒下几片黄叶。

大家说，战后又将建都北平，胜利期近，让我甜蜜地回忆着这一幕。

北平的马路

张恨水

我并不是羡慕伦敦和纽约城市的丰富，道路的清洁奇丽，以及其他美不可胜述的所在，他们如何壮观美丽得惊人！可惜我没有亲身到该地参观过！只不过看了几张关于它们的相片，读了几篇关于描写它们的英文罢了，于是便起了无限的钦羡和赞美！

除了伦敦和纽约以外，尚有许多名胜的城市如：巴黎，亦颇夙著；然我国亦有许多名胜的城市和繁盛的商埠如：上海、汉口……可是这些地方只可我们认为名胜的，假说与纽约比较一下，岂不犹霄壤之别？至于判断它们的好坏，恐怕亦非同日之语。

说了这些个，好像我重于外而轻于内似的，其实大大不然，仅就北平的马路而论，便可以知道我们是好是坏了。

各国使馆所在的东交民巷，其马路荡平坦途，久为平人称道之，然而以我们的马路，可以同它相比并称的，殆也寥寥无几！除了西长安街和王府井大街的马路能够与它相比，以外恐怕很少了！

北平最坏的马路，要当首推南北长街及后门内外的马路了，坎坷不平，石子凸出，人力车行其上，不亚乎跋涉山川，坐车者，几乎震裂屁股；拉车者，亦要脚掌起泡，过此马路，亦犹如渡难关也，因此之故，所以洋车常有行于便道者，阻碍行人往来，殊觉不便利极矣。

此外土马路更难以尽述，汽车一过，尘土飞扬满天，任你有锐利之眼，也恐怕要装一装瞎子先生！若遭了巨风，行人可就难过极了，沙土满面，呼吸不能，所以面上癣症和眼疾，微生物大多靠此风土为媒介；于是在此土马路上的商贸住民们，"卫生"二字就提不到讲究了！

我不希望不平的马路，能变成与东交民巷的马路恰恰相同，但希望能变成其二分之一；不希望土马路尘土一丝没有，但希望能够扫清一大半，就是了。

天 坛

张恨水

上

天坛这地方，很好很好。这里外垣，周围十一华里；内垣，周围七华里。从正门到二门，约有一里路。单是这一截路，就已有一个公园大了。

进了第二道门，路面还是那么宽而平直。两边树木叶密。我走了约三里路，却遇着一条大坝似的大路，将去路拦住。坝约有三尺高，不用梯或坡子，是将路斜斜地修高。上了这条大路，看看有四丈宽。中间一条石头大路，石板有三尺长，三四尺宽，这路有多长呢？大概有一华里半那样长。这路是由北到南，两边是红墙砌成的三座圆门，北面有宫殿式的屋脊。

北面三座门，进门是个大院。再上几层石阶，就是祈年殿了，在祈年殿门口一望，那条大路果然平坦、宽阔，但当年的皇帝仅仅是每年来一次罢了。祈年门也像皇帝住的宫殿一样，可由三座门里的任何一座门进去，两边是配殿，房屋很高大，现在修饰中，里面摆列着古代乐器。正面的祈年殿，矗立在三层白石栏杆的露台当中。殿和露台一样，全是圆形。屋檐三层，瓦是琉璃质的，全用青色。这里露台，分成前后一层三个坡子，三层九个，东西都是一层一个。在露台上望白石栏杆，相当壮丽。爬过二十七层坡子，经过一截露台，便是祈年殿。进得殿来，这圆形殿中，有很大的座台，上面配了皇帝坐的宝座和桌子，是祭祀皇天上帝用的。中间红色般金花的柱子，直达圆形屋顶。屋顶下面，完全用金子描花，柱子也用金色。柱子有多大，有两个人合抱还抱不拢来那样大。这里柱子有四根，是什么意思？就是代表一年四季。四根柱子外头，又是十二根柱子，全部红漆，那是代表十二个月。再外边，和雕栏互相配合，也是十二根柱子代表着子丑寅卯十二个时辰。这柱子是从西康运来的，是那么长的冬青木。这柱子有多长呢，从平地到屋顶，三十八公尺。这样一棵大树，那个日子既无火车，也无汽车，我们人民能把它运来，真是力量伟大。

这殿本来是明朝永乐时候建的，到清光绪年间，不晓得如何失了火，再照原样子仿造，就是现在这个殿子。屋子有三十公尺高，那时候没有起重机，完全靠手支架直立起来，真是不容易啊！还有一层，是到这里来的人都欣赏的，就是这里上面凭了屋顶，用金色书了一条龙，下面配块儿大理石，大理石的花纹是天然生长成功的龙凤呈祥。云南大理，离北京几千里。运来这块儿大石头又不知花费了多少人力、物力，多少个昼夜啊。

下

看了一会儿这祈年殿，对于过去的工人，产生了无穷的景仰。出殿后为乾皇殿，现在在整理中，将来陈列各国给我国的礼品。这些殿宇以前做什么用的呢？原来是皇帝每年在此祭祀皇天上帝，时间是在阴历正月初一日，谓为"以祈丰年"。东方有个廊子，共有七十二间那么长，用二十五间通到神厨，用四十七间通到宰牲亭。原来怕天阴下雪，盖廊子为避寒用。
所以廊子下半截用砖墙，上半截打着直篱笆模样。后来清朝亡
了，天坛年久失修，到一九三七年，北京才仿修。这廊子有两
丈多宽，还刻着很好的壁画。关于通到宰牲亭的那四十七间，
现在人民政府修得更美丽了，将玻璃装上了窗户，还配上了
门，里面摆了许多陈列品，大概不久就要开放。顺了这廊子往
外走，远远望到那边林子里，有八块儿小石头。七块儿是指天
上的七星，一块儿指的是北极，所以虽然是八块儿，依然是称
为七星石。

　　这一带的树，都在往上长，看着颇有生气，我就顺了原路
走，看着两边树林，也就忘路之远近。出了成贞门，过两重院
宇，又见树木丛起，路旁有一棵柏树，上面挂了一牌，云此树
已过五百年。两旁树林中设有茶座及小卖处。东面有院墙，此
处已经到了皇穹宇了。入门进去，四围圆形墙垣，壁上钉有木
牌，有"回声处"字样，好多人靠墙侧耳细听。其实这个事是
很容易知道的，那是声音由空中传播，有障碍的时候，凭原处
改着它的方面前进。登坡而上，一个圆形小殿，便是皇穹宇。
这皇穹宇比祈年殿小，屋架都是戽拱式。室内有八根柱子。这
室还是明朝盖起，原封未动，所以这些柱子也就有四百年了。
立这皇穹宇做什么用呢？就是在皇帝祭天的日子，把殿内的神
位请下来，请到门外，在那圆丘上祭一下，祭完，又请进去。
一年，也就是这样一回。皇穹宇逛完，就出门到圆丘。圆丘，
先有两道围墙，四四方方，将这圆丘围住。墙垣上先开十六个
门，都是白石砌起。圆丘有三层露台，全以白石为栏。头两层
台，有十几步宽，顶上是平台，青石铺地，铺到中间，有一块
儿圆形青石。台上周围，估量约有二三百步。举目四望，树木
丛合，地方空阔。至于何以叫圆丘？圆，是天体；丘，是土地

上高的地方。它的意思就是环境像天，这是专制时代皇帝骗人的玩意儿。

看完了圆丘，出了祭天的门，我就在小树林里了。这原都是高大的柏树林，被国民党军队砍得精光。人民政府来了，就力加整理，几年以来，种树种花，修路，修整宫殿，所以天坛不但可复旧观，还要比从前好呢。我们试步林下，各种树木，慢慢都已成林。那春夏秋的花儿，也到处都是。远处小孩儿的欢呼声，告诉我们正在乐园里面兴致勃勃地玩儿呢。再上前去，是斋宫，四围绕上了水池，有一道石桥通至里面，这里面辟有露天剧场，有时，京戏、大鼓都演。这里空阔无边，树木林立，我们看过以往人民这样伟大的建筑，正可以缓步当车，徜徉散步而回呢。

逛故宫杂感

张恨水

逛过一趟故宫，就让人想到，作皇帝的人，为什么住这样多的房子？但同时又对皇帝取着同情而又可怜的心，他不就是终身幽禁在这几道高墙里面吗？住的真也不算多。几个城墙圈子以外，有多大的天地，恐怕他还是茫然呢。以这样的人把握住一国人民的命运，简直是瞎子摸象。

不过话又说回来了，走尽天下名山大川，看尽人间桑田沧海之流，也不见得就懂得世道艰难，人生疾苦。

汉高祖起自泗上亭长，和项羽厮拼了那样多年而统一天下。这个人应该是有办法的。然而祸起宫闱，几乎闹个传不二世，蹈了秦始皇的覆辙。这是个先跑路后作皇帝的。再看他的上手秦始皇，灭了六国之后，周游天下，他除了上山看云，临海观潮而外，更不能知道什么。"中道崩殂"，先匈奴而作"帝祀"。这似乎比那终身不出大圈圈里的小圈圈，小圈圈里的黄圈圈，也未见得有何高明之处。

清代的康熙与乾隆，都一再南巡，他们虽不完全是玩儿去了，但那政治的意味，也不见得怎样深厚。两次接驾的曹寅之家，就深感到那滋味。曹雪芹在红楼梦里曾说"银子花得像流海水似的"。康熙如此，乾隆只有加甚，这样的出城来瞧瞧，题些柳浪闻莺，断桥残雪的匾额，不但与国计民生无补，反是把老百姓拖苦了。这真成了那话："我公不出，如苍生何？我公果出，苍生如公何"了。

天　桥

张恨水

　　天桥没有宫殿山水，没有珍珠宝贝，就靠艺人们一张嘴、两只手、一双脚打出天下，吸引着无数的观众。

　　但是跑了叫天桥的地方一周，也瞧不见桥在哪块儿，甚至水沟也瞧不见一条。这是怎么一回事？我说，你别忙，桥是有的，不过已被历史冲刷掉了。在很早以前，永定门一带有一片湖泊，夏天还可以游湖呢。到了北洋军阀时期，湖泊虽多半填平了，但是还有好几条沟渠。天桥就位于天桥大街的起点。桥是用白石建成，石上雕有花纹，当然很结实。距今三十年前的光景，桥下水沟全堵死了，桥已失去作用，还影响交通，所以把它拆了。

　　近三十年来，天桥有很多变动。先是，天桥靠东，摆上了很多百货摊子，各项杂耍，也在这里摆下。后过几年，杂耍玩意儿，大部分向西边摆，并逐渐向南移。自从人民政府来了以后，这里修筑起很多条马路，马路两旁又修筑了许多大厦。演出过苏联《天鹅湖》舞剧的天桥剧场，就巍然建立在天桥的南边。过去天桥是流氓、地痞、恶霸集中地，现在这些恶势已经消除了，社会风气焕然一新，卫生清洁各项，也办得头头是道。无论哪种买卖，公平交易，价目统一。

　　天桥的交通四通八达。我们下了电车，从小口子里进去，举目四望，只见万头攒动，广场上全是人。从前听得人家说，天桥扒手多，你得留神。现在没有这回事了。那班扒手经过改造，变为好人了。这里游人成堆，有的围聚在露天地里，有的拥挤在白布棚里，那悬牌的剧院门口，川流不息的有人进出。还有那摆摊子的，都在行人来往的路边摆着。走过空场经过一条小街，这里全是卖鞋子、袜子和一些零碎东西的小店。在第二、第三空地上，全是卖艺人支起的棚帐，一群群人在那里围看。

天桥游艺的内容是很丰富的。唱戏的有五家（天桥剧场除外），唱京戏、河北梆子和评戏。电影院三家。大鼓书四家。说相声的两家。清唱京戏的有两家。说评书的有十几家之多。摔跤（一名掼跤）一家。演幻术的六家，拉洋片的一家。

大家都知道，过去在天桥演杂技的第一流名手，早已组成了中国杂技团到各国演出过，博得了很好的声誉。演出的节目中，像踢毽子、走高跷、练双石、攀杠子、双轮车、抖空竹等，最为精彩。

上天桥玩，价钱是十分便宜的。譬如看戏，充其量不过五角四角钱，看幻术不过一角钱。好多玩意儿，你坐着看可以，站着看也可以，等他歇艺，向你道着劳驾的时候，你伸手给五分钱，他还向你道谢呢。甚至没有钱，卖艺的也就算了。小摊子上、小饭馆里的东西也非常便宜，花儿角钱就可以吃个饱儿。至于买些小东西，这里也很方便，有好儿条街出售鞋子、袜子、衣服等零碎物品。就是要买点儿农具，以及自行车上少哪几项零件，这里也给你预备着。所以京郊附近的农民也多上这里玩儿。这里有许多小旅馆，就是给农民预备的。

游中山公园

张恨水

上

中山公园在明清之季是社稷坛，一九一四年（民国三年）十月十日开放，定名为中央公园。后中山先生死在北京，一九二五年为纪念先生，改名为中山公园。到今年已四十一年了。

到北京来，中山公园是不能不到的。入门，便见古柏夹道。两边全有游廊，东边游廊通到来今雨轩。西边游廊，又分两路，一条通到兰亭碑亭，一条通过这里的御河桥，直达水榭。向正中看去，石牌坊一个，其下人行大道，东边树木荫浓，西边草地整齐。再前进，有金银花无数本，银木搭架，任金银花盘绕。这里已是古柏凌云，几不见日。下面是水泥铺地，平坦可步。其前为习礼亭，面对红墙一弯，柿子丁香，分排左右。一对儿狮子，分守着大门，门里面就是社稷坛了。掉首南顾，一带游廊，中间有一所比地还矮三尺的房屋，那就是唐花坞。到这唐花坞来，就要看看这时候花坞里养些什么花儿。花坞是折面式扇面儿的屋子，有我们五间屋子大。

唐花坞对过儿，有一岛式平地，周围全是荷花池子围绕着，平地中间有一所屋，曰四宜轩。这里的杨柳居多，望对过儿水榭东南角，那杨柳高可拂天，景致更好。过红桥可以在此小歇。又过一桥，一带土山，上面栽满了丁香树，山崖里面，有一个草亭，叫迎晖亭。爬石坡而上有屋，半属陆上，半临水居，而且屋宇甚广，四周环连，此即为水榭。外人多借此地开展览会。进而东行，便是游廊。当荷花盛开时，在游廊漫步，莲花微香，才觉妙处，游廊末端，有亭一方，亭中一方大石碑，曰兰亭碑。上刻人物述王羲之三月三日修禊的事。这碑原在圆明园，圆明园火灾以后，便移植此地。出游廊北行，则古柏交加，浓荫伏地，夏季在树荫中小坐，忘暑已至，所以茶馆多设在此地。向北进，过山亭二处，有儿童运动场。此处另辟一门，直通南长街。从前原有一门，跨一长桥，通西华门侧面，现在不必走此弯路了。向东行，依然古柏很密，中有一格言亭，此系中山公园恰到一半儿的地方。东行为午门。转身南行，经过六方亭、十字亭，达一大厦，即来今雨轩。五月初，公园牡丹盛开。说到牡丹，觉得北京之花，仍以公园为第一。名种之多，约可以分为四大种，即丁香、牡丹、芍药、菊花。而四种之中，仍以牡丹为佳。昔日各公园未开放，北京人要看牡丹，都跑往崇效寺。该寺在宣武门外白纸坊，地极为幽僻。该寺虽牡丹开日，也不过二三十盆花。今公园单以种类论，就有三十多种，再以盆数论，有几百盆之多，和崇效寺比起来，是不可以道里计了。

下

中山公园外围，已算游过了，现在该游里面。里面有红墙一道，隔成四方形，统有四重门，一方一个。我们走南方进去，那里是南方种丁香，北方种芍药。社稷坛就在前面，这是公园最中央的地方，坛筑成正方形，三层石阶。土分五色，黄、红、青、白、黑。黄色居中心，其余四色，各占一方。四方也是以短墙支起，四面开门。这是从前皇帝祭祀土神、谷神之所，在明朝永乐年间就有了。上去是中山堂，从前叫作拜殿。后面还有一个殿，旧日题名，叫作戟门，从明朝传了下来，共有七十二把铁戟，存在这里，八国联军之后，这些戟却没有了。两边还有两块儿空地，全成为花圃。谈到花圃，我们就要谈到菊展了。

本来菊花会，以往京城私人方面也常举行，不过盆数不多，收的种子也不齐。一九五五年中山公园菊花展览，有几千盆之多，就在社稷坛上，用芦席盖了个蔽风雨之所。有多大呢，直有五十步长，宽的上有百步那样宽。遮风雨的棚子下，也有丈来深，一丈多高，这要摆菊花，试问要摆多少？他们又玩儿些花样，用大盆栽着菊花，花是肉红色，将花编得一样齐，一盆一个字，合起来乃是"菊花展览"四字。站在社稷坛上一望，只觉红的、白的、黄的、紫色的，绿叶托着，一层又一层，摆得有五六尺高，真是万花竞艳，秋色无边。

陶然亭

张恨水

陶然亭好大一个名声，它就跟武昌黄鹤楼、济南趵突泉一样：来过北京的人回家后，家里人一定会问："你到过陶然亭吗？"因之在三十五年前，我到北京的第一件事，就是去逛陶然亭。

那时候没有公共汽车，也没有电车。找了一个三秋日子，真可以说是云淡风轻，于是前去一逛。可是路又极不好走，满地垃圾，坎坷不平，高一脚，低一脚。走到陶然亭附近，只看到一片芦苇，远处呢，半段城墙。至于四周人家，房屋破破烂烂。不仅如此，到处还有乱坟葬埋。虽然有些树，但也七零八落，谈不到什么绿荫。我手拂芦苇，慢慢前进。可是飞虫乱扑，最可恨是苍蝇、蚊子到处乱钻。我心想，陶然亭就是这个样子吗？

所谓陶然亭，并不是一个亭，是一个土丘，丘上盖了一所庙宇：不过北、西、南三面，都盖了一列房子，靠西的一面还有廊子，有点像水榭的形式。登这廊子一望，隐隐约约望见一抹西山，其近处就只有芦苇遍地了。据说这一带地方是饱经沧桑的，早年原不是这样，有水，有船，也有些树木。清朝康熙年间，有位工部郎中江藻，他看此地还有点儿野趣，就在这庙里盖了三间西厅房。采用了白居易的诗"更待菊黄家酿熟，与君一醉一陶然"的句子，称它作陶然亭，后来成为一些文人在重阳登高宴会之所。到了乾隆年间,这地方成了一片苇塘。乱坟本来就有,以后年年增加,就成为三十五年前我到北京来的模样了。

过去,北京景色最好的地方,都是皇帝的禁苑,老百姓是不能去的。只有陶然亭地势宽阔,又有些野景,它就成为普通百姓以及士大夫游览聚会之地。同时,应科举考试的人,中国哪一省都有,到了北京,陶然亭当然去逛过。因之陶然亭的盛名,在中国就传开了。我记得作《花月痕》的魏子安,有两句诗说陶然亭:"地匝万芦吹絮乱,天空一雁比人轻。"这要说到序属三秋的时候,说陶然亭还有点儿像。可是这三十多年以来,陶然亭一年比一年坏。我三度来到北京,而且住的日子都很长,陶然亭虽然去过一两趟,总觉得"地匝万芦吹絮乱"句子而外,其余一点儿什么都没有。真是对不住那个盛名了。

一九五五年听说陶然亭修得很好,一九五六年听说陶然亭更好,我就在六月中旬,挑了一个晴朗的日子,带着我的妻女,坐公共汽车前去。一望之间,一片绿荫,露出两三个亭角,大道宽坦,两座辉煌的牌坊,遥遥相对。还有两路小小的青山,分踞着南北。好像这就告诉人,山外还有山呢。妻说:"这就是陶然亭吗?我自小在这附近住过好多年,怎么改造得这样好,我一点儿都不认识了。"我指着大门边一座小青山说:"你看,这就是窑台,你还认得吗?"妻说:"哎呀!这山就是窑台?这地方原是个破庙,现在是花木成林,还有石坡可上啊!"她是从童年就生长在这里的人,现在连一点儿都不认得了。从她吃惊的情形就可以感觉到:陶然亭和从前一比,不知好到什么地步了。

陶然亭公园里面沿湖有三条主要的大路,我就走了中间这条路,路面非常平整的。从东到西约两里多路宽的地方,挖了很大很深的几个池塘,曲折相连。北岸有游艇出租处,有几十只游艇,停泊在水边等候出租。我走不多远,就看见两座牌坊，雕刻精美，金碧辉煌，仿佛新制的一样。其实是东西长安街的两个牌楼迁移到这里重新修起来的。这两座妨碍交通的建筑在这里总算找到了它的归宿。

走进几步，就是半岛所在，看去，两旁是水，中间是花木。山脚一座凌霄花架，作为游人纳凉的地方。山上有一四方凉亭，山后就是过去香家遗迹了。原来立的碑，尚完整存在，一诗一铭，也依然不少分毫。我看两个人在这里念诗，有一个人还是斑白胡子呢。顺着一条岔路，穿了几棵大树上前，在东角突然起一小山，有石级可以盘曲着上去。那里绿荫蓬勃，都是新栽不久的花木，都有丈把儿高了。这里也有一个亭子，站在这里，只觉得水木清华，尘飞不染。我点点头说："这里很不错啊！"

西角便是真正陶然亭了。从前进门处是一个小院子，西边脚下，有几间破落不堪的屋子。现在是一齐拆除，小院子成了平地，当中又栽了十几棵树，石坡也改为泥面的。登上土坛，只见两棵二百年的槐树，正是枝叶葱茏。远望四围一片苍翠，仿佛是绿色屏障，再要过了几年，这周围的树，更大更密，那园外尽管车水马龙，一概不闻不见，园中清静幽雅，就成为另一世界了。我们走进门去，过厅上挂了一块匾，大书"陶然"二字。那几间庙宇，可以不必谈。西、南、北三面房屋，门户洞开，偏西一面有一带廊子，正好远望。房屋已经过修饰，这里有服务外卖茶，并有茶点部。坐在廊下喝茶，感到非常幽静。

近处隔湖有云绘楼，水榭下面，清池一湾，有板桥通过这个半岛。我心里暗暗称赞："这样确是不错！"我妻就问："有一些清代小说之类，说起饮酒陶然亭，就是这里吗？"我说："不错，就是我们坐在这里。你看这墙上嵌了许多石碑，这就是那些士大夫们留的文墨。至于好坏一层，用现在的眼光看起来，那总是好的很少吧。"

坐了一会儿，我们出了陶然亭，又跨过了板桥，这就上了云绘楼。这楼有三层，雕梁画栋，非常华丽。往西一拐，露出了两层游廊，游廊尽处，又是一层，题曰清音阁。阁后有石梯，可以登楼。这楼在远处觉得十分富丽雄壮，及向近处看，又曲折纤巧。打听别人，才知道原来是从中南海移建过来的。它和陶然亭隔湖相对，增加不少景色。

公园南面便是旧城脚下，现已打通了一个豁口。沿湖岸东走，处处都是绿荫，水色空蒙，回头望望，湖中倒影非常好看。又走了半里路，面前忽然开朗，有一个水泥面的月形舞场，四周柱灯林立。摆池足可以容纳得下二三百人。当夕阳西下，各人完了工，邀集二三友好，或者泛舟湖面，或者就在这里跳舞，是多好的娱乐啊！对着太平街另外一门，杨柳分外多，一面青山带绿，一面是清水澄明，阵阵轻风，扑人眉发。晚来更是清静。再取道西进，路北有小山一叠，有石级可上，山上还有一亭小巧玲珑。附近草坪又厚又软。这里的草，是河南来的，出得早，萎枯得晚，加之经营得好，就成了碧油油的一片绿毯了。

回头，我们又向西慢慢地徐行。过了儿童体育场，和清代时候盖的抱冰堂，就到了三个小山合抱的所在，这三个小山，把园内西南角掩藏了一些。如果没有这山，就直截了当地看到城墙这么一段，就没有这样妙了。

园内几个池塘，共有二百八十亩大，一九五二年开工，只挖了一百七十天就完工了，挖出的土就堆成七个小山，高低参差，增加了立体的美感。

这一趟游陶然亭公园，绕着这几座山共走了约五里路，临行还有一点儿留恋。这个面目一新的陶然亭，引起我不少深思。要照从前的秽土成堆，那过了两三年就湮没了。有些知道陶然亭的人，恐怕只有在书上找它陈迹了吧？现在逛陶然亭真是其乐陶陶了。

荣宝斋的木版水印画

张恨水

　　我拿着一张生宣纸，上面画着各种颜色的图画，送给人看，问这是什么？任何人看到宣纸的洁白和画上颜色鲜艳，毫不犹豫地说，这是某先生的国画。我笑说，错了，这是荣宝斋取了某先生的国画，制成木版重印出来的。

　　荣宝斋是北京经营木刻彩印画的一家。先前这铺子叫松竹斋，后来改作荣宝斋，在琉璃厂靠西路北。我们从前知道某人有好诗笺，不用提，那准是荣宝斋的。荣宝斋一九五二年改为国营，它在发展祖国民族艺术的基础中，放着光辉的异彩。

　　这种木版套印，大概宋朝就开始有了。那时已大量印行木版书，套印彩色画，也就是从这时慢慢发展起来的。当然，彩色方面，还不能像今天这样精致。有什么依据呢？查徐度《却扫编》说："彩选格，起于唐李郃，至刘贡父，独因其法，取西汉官秩升黜次第为之。"这不是证据吗？这个法子，从前叫着彩选格，还没有图画。到了宋朝，就有升官图，当然这里面有图，还夹杂一点儿红绿的颜色，这不是木版套印的初步吗？你必定要问，像这种雕刻印刷，恐怕要好些个用具吧？

　　你这样想，其他人也必是这样想。其实这完全是靠眼、手和思想这三样东西。至于雕刻用具，荣宝斋设下三个玻璃桌子，要用的东西，全排列在里面。是些什么东西呢？就是刻刀，大小有几十种，笔、排笔，也有几十种。此外是刷子，三四只洗笔的碗，几十根装着颜料的玻璃管子。如此而已。版是怎样仿造的呢，这说起来又相当的难。先把原画放在玻璃桌子上，底下放了电灯，那就上下透明了。就在原画上描摹好几张，名字叫作套版。平常花草，不用什么颜料，也须套个六七次版！若是复杂一点儿，套用几十块版子，也很平常。譬如刻玫瑰花，先刻花中的点子，还要刻一块版。次刻花上细枝，又要刻一版子。又其次，淡红的花瓣，也要刻一块版子。这样零碎刻版，刻完了，然后一块一块复印，掀开版子一看，那就和原版一色无二。就是原作者自己盖的图章，在这上面也与原作不差分毫。

去年秋后，荣宝斋曾将五年来出版的大小二百多幅作品，在美术展览会里陈列出来。里头分作年画，诗笺谱，十竹斋笺谱，敦煌壁画第一、二、三、四辑，民间剪纸，沈石田卧游册，恽南田花草册，任伯年画册，陈师曾山水，现代国画，齐白石画册，现代国画选集，中国古代漆器图案，古代画集。这些展览画受到北京中外人士的一致赞扬。

风飘果市香

张恨水

"已凉天气未寒时"，这句话用在江南于今都嫌过早，只有北平的中秋天气，乃是恰合。我于北平中秋的赏识，有些出人意外，乃是根据"老妈妈论""奶奶经"而来，喜欢夜逛"果子市"。逛果子市的兴趣，第一就是"已凉天气未寒时"，第二是找诗意，第三是"起关"，第四是"踏月"，直到第五，才是买水果。你愿意让我报告一下吗？

果子市并不专指哪个地方，东单（东单牌楼之简称，下仿此）、西单、东四、西四。东四的隆福寺，西四的白塔寺，北城的新街口，南城的菜市口，临时会有果子市出现。早在阴历十三的那天晚半晌儿，果子摊儿就在这些地方出现了。吃过晚饭，孩子们就嚷着要逛果子市。这事交给他们姥姥或妈妈吧。我们还有三个斗方名士（其实很少写斗方），或穿哔叽西服，或穿薄呢长袍，在微微的西风敲打院子里树叶声中，走出了大门。胡同里的人家白粉墙上涂上了月光，先觉得身心上有一番轻松意味，顺步遛到最近一个果子市，远远地就嗅到一片清芬（仿佛用清香两字都不妥似的）。到了附近，小贩将长短竹竿儿，挑出两三个不带罩子的电灯泡儿，高高低低，好像在街店屋檐外，挂了许多水晶球，一片雪亮。在这电光下面，青中透白的鸭儿梨，堆山似的，放在摊案上。红枣枣儿，紫的玫瑰葡萄，淡青的牛乳葡萄，用箩筐盛满了，沿街放着。苹果是比较珍贵一点儿的水果，像擦了胭脂的胖娃娃脸蛋子，堆成各种样式，放在蓝布面的桌案上。石榴熟得笑破了口，露出带醉的水晶牙齿，也成堆放在那里。其余是虎拉车（大花红）、山里红（山楂）、海棠果儿，左一簸箕，右一筐子。一堆接着一堆，摆了半里多路。老太太、少奶奶、小姐、孩子们，成群地绕了这些水果摊子，人挤，有点儿，但并不嘈杂，因为根本这是轻松的市场。大半边月亮在头上照着，不大的风吹动了女人的鬓发。大家在这环境里斯斯文文地挑水果，小贩子冲着人直乐，很客气地说："这梨又脆又甜，你不称上点儿？"我疑心在君子国。

哪里来的这一阵浓香，我想，呵！上风，有个花摊子，电灯下一根横索，成串的挂了紫碧葡萄还带了绿叶儿，下面一只水桶，放了成捆的晚香玉和玉簪花，也有些五色马蹄莲。另一只桶，漂上两片嫩荷叶，放着成捆的嫩香莲和红白莲花，最可爱的是一条条的藕，又白又肥，色调配得那样好看。

十点钟了，提了几个大鲜荷叶包儿回去。胡同里月已当顶，土地上像铺了水银。人家院墙里伸出来的树头，留下一丛丛的轻影，面上有点凉飕飕，但身上并不冷。胡同里很少行人，自己听到自己的脚步响，吁吁呜呜，不知是哪里送来几句洞箫声。我心里有一首诗，但我捉不住她，她仿佛在半空中。

听鸦叹夕阳

张恨水

北平的故宫、三海和几个公园，以伟大壮丽的建筑，配合了环境，都是全世界让人陶醉的地方。不用多说，就是故宫前后那些老鸦，也充分带着诗情画意。

在秋深的日子，经过金鳌玉蝀桥，看看中南海和北海的宫殿，半隐半显在苍绿的古树中。那北海的琼岛，簇拥了古槐和古柏，其中的黄色琉璃瓦，被偏西的太阳斜照着，闪出一道金光。印度式的白塔，伸入半空，四周围了权丫的老树干，像怒龙伸爪。这就有千百成群的乌鸦，掠过故宫，掠过湖水，掠过树林，纷纷飞到这琼岛的老树上来，远看是黑纷腾腾，近听是呱呱乱叫，不由你不对了这些东西，发生了怀古之幽情。

若照中国辞章家的说法，这乌鸦叫着宫鸦的。很奇怪，当风清日丽的时候，它们不知何往？必须到太阳下山，它们才会到这里来吵闹。若是阴云密布，寒风瑟瑟，便终日在故宫各个高大的老树林里，飞着又叫着。是不是它们最喜欢这阴暗的天气？我们不得而知。也许它们讨厌这阴暗天气，而不断地向人们控诉。我总觉得，在这样的天气下，看到哀鸦乱飞，颇有些古今治乱盛衰之感。真不知道当年出离此深宫的帝后，对于这阴暗黄昏的鸦群做何感想？也许全然无动于衷。

北平深秋的太阳，不免带几分病态。若是夕阳西下，它那金紫色的光线，穿过寂无人声的宫殿，照着红墙绿瓦也好，照着这绿的老树林也好，照着飘零几片残荷的湖水也好，它的体态是萧疏的，宫鸦在这里，背着带病色的太阳，三三五五，飞来飞去，便是一个不懂画的人，对了这景象，也会觉得衰败的象征。

一个生命力强的人，自不爱欣赏这病态美。不过在故宫前，看到夕阳，听到鸦声，却会发生一种反省，这反省的印象给予人是有益的。所以当每次经过故宫前后，我都会有种荆棘铜驼的感慨。

风檐尝烤肉

张恨水

　　有人吃过北平的松柴烤肉吗？现在街头上橙黄橘绿，菊花摊子四处摆着，尝过这异味的人，就会对北平悠然神往。

　　据传说，松柴烤牛肉，那才是真正的北方大陆风味，吃这种东西，不但是尝那个味儿，还要领略那个意境。你是个士大夫阶级，当然你无法去领略。就是我在北平作客的二十年，也是最后几年，变了方法去尝的，真正吃烤肉的功架，我也是"仆病未能"。那么，是怎么个景儿呢？说出来你会好笑的。

　　任何一条马路上，有极宽的人行路，这路总在一丈开外，在不妨碍行人的屋檐下，有些地方，是可以摆着浮摊的。这卖烤牛肉的炉灶，就是放置在这种地方。无论这炉灶属于大馆子、小馆子或者饭摊儿，布置全是一样。一个高可三尺的圆炉灶，上面罩着一个铁罩子，北方人叫着炙，将二三尺长的松树柴，塞到炙底下去烧。卖肉的人，将牛羊肉切成像牛皮纸那么薄，巴掌大一块儿（这就是艺术），用碟儿盛着，放在柜台或摊板上，当太阳黄黄的，斜临在街头，西北风在人头上瑟瑟吹过。松火柴在炉灶上吐着红焰，带了缭绕的青烟，横过马路。在下风头远远地嗅到一种烤肉香，于是有这嗜好的人，就情不自禁地会走了过去，叫一声："掌柜的，来两碟！"这里炉子四周，围了四条矮板凳，可不是坐着的，你要坐着，是上洋车坐车踏板，算来上等车了。你走过去，可以将长袍儿大襟一撩，把右脚踏在凳子上。店伙自会把肉送来，放在炉子木架上。另外是一碟葱白，一碗料酒、酱油的掺和物。木架上有竹竿做的长棍子，长约一尺五六。你夹起碟子里的肉，向酱油、料酒里面一和弄，立刻送到铁炙的火焰上去烤烙。但别忘了放葱白，掺和着，于是肉气味儿、葱气味儿、酱油酒气味儿、松烟气味儿，融合一处，铁烙炙上吱吱作响，筷子越翻弄越香。

你要是吃烧饼，店伙会给你送一碟火烧来。你要是喝酒，店伙给你送一只杯子，一个三寸高的小锡瓶儿来，那时你左脚站在地上，右脚踏在凳上，右手拿了长筷子在炙上烤肉，左手两指夹了锡瓶嘴儿，向木架子上杯子里斟白干，一筷子熟肉送到口，接着举杯抿上一口酒，那神气就大了——"虽南面王无以易也！"

趣味还不止此，一个炙，同时可以围了六七个人吃。大家全是过路人，谁也不认识谁。可是各人在炙上占一块儿小地盘烤肉，有个默契的君子协定，互不侵犯。各烤各的，各吃各的。偶然交上一句话："味儿不坏！"于是做个会心的微笑。吃饱了，人喝足了，在店堂里去喝碗小米稀饭，就着盐水卤疙瘩咸菜，或者要个天津萝卜晴，浓腻了之后再来个清淡，其味无穷。另有个笑话，不巧，烤肉时，站在下风头，炉子里松烟，可向脸上直扑，你得时时闪开，去揉擦泪水。可是一面揉眼睛，一面长筷子夹烤肉，也有的是。那就是趣味吗？

这样说来，士大夫阶级，当然尝不到这滋味。不，顺直门里烤肉宛家的灰棚里，东安市场东来顺三层楼上，前门外正阳楼院子里，也可以烤肉吃。尤其是烤肉宛家，每到夕阳西下，喝小米稀饭的雅座里，可以搬出二三十件狐皮大衣，自然，那灰棚门口，停着许多漂亮汽车。唉！于今想来，是一场梦。

黄花梦旧庐

张恨水

晚上做了一个梦，梦见七八个朋友，围了一个圆桌面，吃菊花锅子。正吃得起劲儿，不知为一种什么声音所惊醒。睁开眼来，桌上青油灯的光焰，像一颗黄豆，屋子里只有些模糊的影子。窗外的茅草屋檐，正被西北风吹得沙沙有声。竹片夹壁下，泥土也有点窸窣作响，似乎耗子在活动。这个山谷里，什么更大一点儿的声音都没有，宇宙像死过去了。几秒钟的工夫，我在两个世界。我在枕上回忆梦境，越想越有味儿。我很想再把那顿没有吃完的菊花锅子给它吃完。然而不能，清醒白醒的，睁了两眼，望着木窗子上格纸上变了鱼肚色。为什么这样可玩味，我得先介绍菊花锅子。这也就是南方所说的什锦火锅。不过在北平，却在许多食料之外，装两大盘菊花瓣子送到桌上来。这菊花一定要是白的，一定要是蟹爪瓣。在红火炉边，端上这么两碟东西，那情调是很好的。要说味儿，菊花是不会有什么味儿的，吃的人就是取它这点儿情调。自然，多少也有点儿香气。

那么不过如此了，我又何以对梦境那样留恋呢？这就由菊花锅想菊花，由菊花想到我的北平旧庐。我在北平，东西南北城都住过，而我择居，却有两个必须的条件：第一，必须是有树木的大院子，还附着几个小院子；第二，必须有自来水。后者，为了是我爱喝好茶；前者，就为了我喜欢栽花。我虽一年四季都玩花，而秋季里玩菊花，却是我一年趣味的中心。除了自己培秧，自己接种，而到了菊花季，我还大批的收进现货。这也不但是我，大概在北平有一碗粗茶淡饭吃的人，都不免在菊花季买两盆"足朵儿的"小盆，在屋子里陈设着。便是小住家儿的老妈妈，在门口和街坊聊天，看到胡同里的卖花儿的担子来了，也花这么十来枚大铜子儿，买两丛贱品，回去用瓦盆子栽在屋檐下。

北平有一群人，专门养菊花，像集邮票似的，有国际性，除了国内南北养菊花互通声气而外，还可以和日本养菊家互换种子，以菊花照片做样品函商。我虽未达这一境界，已相去不远，所以我在北平，也不难得些名种。所以每到菊花季，我一定把书房几间房子，高低上下，用各种盆子，陈列百十盆上品。有的一朵，有的二朵，至多是三朵，我必须调整得它可以"上画"。在菊花旁边，我用其他的秋花、小金鱼缸、南瓜、石头、蒲草、水果盘、假古董（我玩不起真的），甚至一个大芜菁，去做陪衬，随着它的姿态和颜色，使它形式调和。到了晚上，亮着足光电灯，把那花影照在壁上，我可以得着许多幅好画。屋外走廊下，那不用提，至少有两座菊花台（北平寒冷，菊花盛开时，院子里已不能摆了）。

我常常招待朋友，在菊花丛中，喝一壶清茶谈天。有时，也来二两白干，闹个菊花锅子，这吃的花瓣，就是我自己培养的。若逢到下过一场浓霜，隔着玻璃窗，看那院子里满地铺了槐叶，太阳将枯树影子，映在窗纱上，心中干净而轻松，一杯在手，群芳四绕，这情调是太好了，你别以为我奢侈，一笔所耗于菊者，不超过二百元也。写到这里，望着山窗下水盂里一朵断茎"杨妃带醉"，我有点黯然。

影树月成图

张恨水

北平是以人为的建筑，与悠久时间的习尚，成了一个令人留恋的都市。所以居北平越久的人，越不忍离开，更进一步言之，你所住久的那一所住宅，一条胡同，你非有更好的，或出于万不得已，你也不会离开。那为什么？就为着家里的一草一木，胡同里一家油盐杂货店，或一个按时走过门口的叫卖小贩，都和你的生活打成了一片。

我在北平住的三处房子，第一期，未英胡同三十号门，以旷达胜。前后五个大院子，最大的后院可以踢足球。中院是我的书房，三间小小的北屋子，像一只大船，面临着一个长五丈、宽三丈的院落，院里并无其他庭树，只有一棵二百岁高龄的老槐，绿树成荫时，把我的邻居都罩在下面。第二期是大栅栏十二号，以曲折胜。前后左右，大小七个院子，进大门第一院，有两棵五六十岁的老槐，向南是跨院，住着我上大学的弟弟，向北进一座绿屏门，是正院，是我的家，不去说它。向东穿过一个短廊，走进一个小门，路斜着向北，有个不等边三角形的院子，有两棵老龄枣树，一棵樱桃，一棵紫丁香，就是我的客室。客室东角，是我的书房，书房像游览车厢，东边是我手辟的花圃，长方形有紫藤架，有丁香，有山桃。向西也是个长院，有葡萄架，有两棵小柳，有一丛毛竹，毛竹却是靠了客室的后墙，算由东折而转西了，对了竹子是一排雕格窗户，两间屋子，一间是我的书库，一间是我的卧室。再向东，穿进一道月亮门，却又回到了我的家。卧室后面，还有个大院子，一棵大的红刺果树与半亩青苔。我依此路线引朋友到我工作室来，我们常会迷了方向。第三期是大方家胡同十二号，以壮丽胜。系原国子监某状元公府第的一部分，说不尽的雕梁画栋，自来水龙头就有三个。单是正院四方走廊，就可以盖重庆房子十间，我一个人曾拥有书房客室五间之多。可惜树木荒芜了，未及我手自栽种添补，华北已无法住下去。你猜这租金是多少钱？未英胡同是月租三十元，大栅栏是四十元，大方家胡同也是四十元，这自不能与今日重庆房子比，就是与同时的上海房子比，也只好租法界有卫生设备的一个楼面，与同时的南京房子比，也只好租城北两楼两底的弄堂式洋楼一小幢。住家，我实在爱北平。让我回忆第一期吧。这日子，老槐已落尽了叶子，权丫的树杆布满了长枯枝，石榴花、金鱼缸以及大小盆景，都避寒入了房子，四周的白粉短墙，和地面刚铺的新砖地，一片白色，北方的雪，下了第一场雪。二更以后，大半边月亮，像眼镜一样高悬碧空。风是没有起了，雪地也没有讨厌的灰尘，整个院落是清寒、空洞、干净、洁白。最好还是那大树的影子，淡淡的，轻轻的，在雪地上构成了各种图案画。屋子里，煤炉子里正生着火，满室生春，案上的菊花和秋海棠依然欣欣向荣。胡同里卖硬面饽饽的，卖半空儿多给的，刚刚呼唤过去，万籁无声。于是我熄了电灯，隔着大玻璃窗，观赏着院子里的雪和月，真够人玩味。住家，我实在爱北平！

年味儿忆燕都

张恨水

旧历年快到了，让人想起燕都的过年风味，悠然神往。我上次曾说过，北平令人留恋之处，就在那壮丽的建筑，和那历史悠久的安逸习惯。西人一年的趣味中心在圣诞，中国人的一年趣味中心，却在过年。而北平人士之过年，尤其有味儿。有钱的主儿，自然有各种办法，而穷人买他一二斤羊肉，包上一顿白菜馅饺子，全家闹他一个饱，也可以把忧愁丢开，至少快活二十四小时。人生这样子过去是对的，我就乐意永远在北平过年了。

我先提一件事，以见北平人过年趣味之浓。远在阴历七八月，小住家儿的就开始打蜜供了。蜜供是一种油炸白面条，外涂蜜糖的食物。这糖面条儿堆架起来，像一座宝塔，塔顶上插上一面小红纸旗儿。塔有大有小，大的高二三尺，小的高六七寸，重由二三斤到几两。到了大年三十夜，看人家的经济情形怎样。在祖先佛爷供桌上，或供五尊，或供三尊，在蜜供上加一个打字云者，乃打会转出来的名词。就是有专门做这生意的小贩，在七八月间起，向小住家儿的，按月份收定钱，到年终拿满价额交货。这么一点小事交秋就注意，可见他们年味之浓了。因此，一跨进十二月的门，廊房头条的绢灯铺，花儿市扎年花儿的，开始悬出他们的货。天津杨柳青出品的年画儿，也就有人整大批地运到北平来。假如大街上哪里有一堵空墙，或者有一段空走廊，卖年画儿的，就在哪里开着画展。东西南城的各处庙会，每到会期也更加热闹。由城市里人需要的东西，到市郊乡下的需要的东西，全换了个样儿，全换着与过年有关的。由腊八吃腊八粥起，以小市民的趣味，就完全寄托在过年上。日子越近年，街上的年景也越浓厚。十五以后，全市纸张店里，悬出了红纸桃符，写春联的落拓文人，也在避风的街檐下，摆出了写字摊子。送灶的关东糖瓜大筐子陈列出来，跟着干果子铺、糕饼铺，在玻璃门里大篮小篓陈列上中下三等的杂拌儿。打糖锣儿的，来得更起劲儿。他的担子上，换了适合小孩子抢着过年的口味，冲天子儿，炮打灯、麻雷子、空竹、花刀花枪，挑着四处串胡同。小孩儿一听锣声，便包围了那担子。所以无论在新来或久住的人，只要在街上一转，就会觉得年又快过完了。

北平是容纳着任何一省籍贯人民的都市。真正的宛平、大兴两县人，那百分比是微小得可怜的。但这些市民，在北平只要住上三年，就会传染了许多迎时过节的嗜好，而且越久传染越深。我在北平约莫过了十六七个年，因之尽管忧患余生，冲淡不了我对北平年味儿的回忆。自然，现在的北平小市民，已不能有百分之几的年味儿存在，而这也就越让我回忆着了。

冰雪北海

张恨水

北平的雪，是冬季一种壮观景象。没有到过北方的南方人，不会想象到它的伟大。大概有两个月到三个月，整个北平城市，都笼罩在一片白光下。登高一望，觉得这是个银装玉琢的城市。自然，北方的雪，在北方任何一个城市，都是堆积不化的，没有什么可看的。只有北平这个地方，有高大的宫殿，有整齐的街巷，有伟大的城圈，有三海几片湖水，有公园、太庙、天坛几片柏林，有红色的宫墙，有五彩的牌坊，在积雪满眼，白日晴天之时，对这些建筑，更觉得壮丽光辉。

要赏鉴令人动人的景致，莫如北海。湖面让厚冰冻结着，变成了一面数百亩的大圆镜。北岸的楼阁树林，全是玉洗的。尤其是五龙亭五座带桥的亭子，和小西天那一幢八角宫殿，更映现得玲珑剔透。若由北岸看南岸，更有趣。琼岛高拥，真是一座琼岛。山上的老柏树，被雪反映成了黑色。黑树林子里那些亭阁上面是白的，下面是阴暗的，活像是水墨画。北海塔涂上了银漆，有一丛丛的黑点绕着飞，是乌鸦在闹雪。岛下那半圆形的长栏，夹着那一个红漆栏杆、雕梁画栋的漪澜堂，又是素绢上画了一个古装美人，颜色是格外鲜明。

五龙亭中间一座亭子，四面装上玻璃窗户，雪光、冰光反射进来，那种柔和悦目的光线，也是别处寻找不到的景观。亭子正中，茶社生好了熊熊红火的铁炉，这里并没有一点寒气。游客脱下了臃肿的大衣，摘下罩额的暖帽，身子先轻松了。靠玻璃窗下，要一碟羊膏，来二两白干，再吃几个这里的名产肉末儿夹烧饼。周身都暖和了，高兴渡海一游，也不必长途跋涉东岸那片老槐雪林，可以坐冰床。冰床是个无轮的平头车子，滑木代了车轮，撑冰床的人，拿了一根短竹竿，站在床后稍一撑，冰床哧溜一声，向前飞奔了去。人坐在冰床上，风呼呼的由耳鬓吹过去。这玩意儿比汽车还快，却又没有一点汽车的响声。这里也有更高兴的游人，却是踏着冰湖走了过去。我们若在稍远的地方，看看那滑冰的人，像在一张很大的白纸上，飞动了许多黑点儿，那活是电影上一个远镜头。

走过这整个北海，在琼岛前面，又有一弯湖冰。北国的青年，男女成群结队的，在冰面上溜冰。男子是单薄的西装，女子穿了细条儿的旗袍，各人肩上，搭了一条围脖，风飘飘地吹了多长。他们在冰上歪斜驰骋，做出各种姿势，忘了是在冰点以下的温度过活了。在北海公园门口，你可以看到穿戴整齐的摩登男女，各人肩上像搭梢马裢子似的，挂了一双有冰刀的皮鞋，这是上海香港摩登世界所没有的。

市声拾趣

张恨水

　　我也走过不少的南北码头，所听到的小贩吆唤声，没有任何一地能赛过北平的。北平小贩的吆唤声，复杂而谐和，无论其是昼是夜，是寒是暑，都能给予听者一种深刻的印象，虽然这里面有部分是极简单的，如"羊头肉""肥卤鸡"之类。可是他们能在声调上，助字句之不足。至于字句多的，那一份优美，就举不胜举，有的简直是一首歌谣，例如夏天卖冰酪的，他在胡同的绿槐荫下，歇着红木漆的担子，手扶了扁担，吆唤着道："冰激凌，雪花酪，桂花糖，搁得多，又甜又凉又解渴。"这就让人听着感到趣味了。又像秋冬卖大花生的，他喊着："落花生，香来个脆啦，芝麻酱的味儿啦。"这就含有一种幽默感了。

　　也许是我们有点儿主观，我们在北平住久了的人，总觉得北平小贩的吆唤声，很能和环境适合，情调非常之美。如现在是冬天，我们就说冬季了。当早上的时候，黄黄的太阳，穿过院树落叶的枯条，晒在人家的粉墙上，胡同的犄角儿上，兀自堆着大大小小的残雪。这里很少行人，两三个小学生背着书包上学，于是有辆平头车子，推着一个木火桶，上面烤了大大小小二三十个白薯，歇在胡同中间。小贩穿了件老羊毛背心儿，腰上系了条板带，两手插在背心里，喷着两条如云的白气，站在车把里叫道："噢……热啦……烤白薯啦……又甜又粉，栗子味儿。"当你早上在大门外一站，感到又冷又饿的时候，你就会因这种引诱，要买他几大枚白薯吃。

在北平住家儿稍久的人，都有这么一种感觉，卖硬面饽饽的人极为可怜，因为他总是在深夜里出来的。当那万籁俱寂、漫天风雪的时候，屋子外的寒气，像尖刀那般割人。这位小贩，却在胡同遥远的深处，发出那漫长的声音："硬面……饽饽哟……"我们在温暖的屋子里，听了这声音，觉得既凄凉，又惨厉，像深夜钟声那样动人，你不能不对穷苦者给予一个充分的同情。

其实，市声的大部分，都是给人一种喜悦的，不然，它也就不能吸引人了。例如，炎夏日子，卖甜瓜的，他这样一串地吆唤着："哦！吃啦，甜来一个脆，又香又凉冰激凌的味儿。吃啦，嫩藕似的苹果青脆甜瓜啦！"在碧槐高处一蝉吟的当儿，这吆唤是够刺激人的。因此，市声刺激，北平人是有着趣味的存在，小孩子就喜欢学，甚至借此凑出许多趣话。例如卖馄饨的，他吆喝着第一句是"馄饨开锅"。声音洪亮，极像大花脸唱倒板，于是他们就用纯土音编了一篇戏词来唱："馄饨开锅……自己称面自己和，自己剁馅自己包，虾米香菜又白饶。吆唤了半天，一个子儿没卖着，没留神丢了我两把勺。"因此，也可以想到北平人对于小贩吆唤声的趣味之浓了。

想北平

老 舍

设若让我写一本小说，以北平作背景，我不至于害怕，因为我可以捡着我知道的写，而躲开我所不知道的。让我单摆浮搁地讲一套北平，我没办法。北平的地方那么大，事情那么多，我知道的真觉太少了，虽然我生在那里，一直到廿七岁才离开。以名胜说，我没到过陶然亭，这多可笑！以此类推，我所知道的那点只是"我的北平"，而我的北平大概等于牛的一毛。

可是，我真爱北平。这个爱几乎是要说而说不出的。我爱我的母亲。怎样爱？我说不出。在我想作一件事讨她老人家喜欢的时候，我独自微微地笑着；在我想到她的健康而不放心的时候，我欲落泪。言语是不够表现我的心情的，只有独自微笑或落泪才足以把内心揭露在外面一些来。我之爱北平也近乎这个。夸奖这个古城的某一点是容易的，可是那就把北平看得太小了。我所爱的北平不是枝枝节节的一些什么，而是整个儿与我的心灵相粘合的一段历史，一大块地方，多少风景名胜，从雨后什刹海的蜻蜓一直到我梦里的玉泉山的塔影，都积凑到一块，每一小的事件中有个我，我的每一思念中有个北平，这只有说不出而已。

玉泉山上的塔

　　真愿成为诗人，把一切好听好看的字都浸在自己的心血里，像杜鹃似的啼出北平的俊伟。啊！我不是诗人！我将永远道不出我的爱，一种像由音乐与图画所引起的爱。这不但是辜负了北平，也对不住我自己，因为我的最初的知识与印象都得自北平，它是在我的血里，我的性格与脾气里有许多地方是这古城所赐给的。我不能爱上海与天津，因为我心中有个北平。可是我说不出来！

伦敦，巴黎，罗马与堪司坦丁堡（今译君士坦丁堡），曾被称为欧洲的四大"历史的都城"。我知道一些伦敦的情形；巴黎与罗马只是到过而已；堪司坦丁堡根本没有去过。就伦敦，巴黎，罗马来说，巴黎更近似北平——虽然"近似"两字要拉扯得很远——不过，假使让我"家住巴黎"，我一定会和没有家一样的感到寂苦。巴黎，据我看，还太热闹。自然，那里也有空旷静寂的地方，可是又未免太旷；不像北平那样既复杂而又有个边际，使我能摸着——那长着红酸枣的老城墙！面向着积水潭，背后是城墙，坐在石上看水中的小蝌蚪或苇叶上的嫩蜻蜓，我可以快乐地坐一天，心中完全安适，无所求也无可怕，像小儿安睡在摇篮里。是的，北平也有热闹的地方，但是它和太极拳相似，动中有静。巴黎有许多地方使人疲乏，所以咖啡与酒是必要的，以便刺激；在北平，有温和的香片茶就够了。

论说巴黎的布置已比伦敦罗马匀调得多了，可是比上北平还差点事儿。北平在人为之中显出自然，几乎是什么地方既不挤得慌，又不太僻静：最小的胡同里的房子也有院子与树；最空旷的地方也离买卖街与住宅区不远。这种分配法可以算——在我的经验中——天下第一了。北平的好处不在处处设备得完全，而在它处处有空儿，可以使人自由地喘气；不在有好些美丽的建筑，而在建筑的四围都有空闲的地方，使它们成为美景。每一个城楼，每一个牌楼，都可以从老远就看见。况且在街上还可以看见北山与西山呢！

好学的，爱古物的，人们自然喜欢北平，因为这里书多古物多。我不好学，也没钱买古物。对于物质上，我却喜爱北平的花多菜多果子多。花草是种费钱的玩艺，可是此地的"草花儿"很便宜，而且家家有院子，可以花不多的钱而种一院子花，即使算不了什么，可是到底可爱呀。墙上的牵牛，墙根的靠山竹与草茉莉，是多么省钱省事而也足以招来蝴蝶呀！至于青菜，白菜，扁豆，毛豆角，黄瓜，菠菜等等，大多数是直接由城外担来而送到家门口的。雨后，韭菜叶上还往往带着雨时溅起的泥点。青菜摊子上的红红绿绿几乎有诗似的美丽。果子有不少是由西山与北山来的，西山的沙果、海棠，北山的黑枣、柿子，进了城还带着一层白霜儿呀！哼，美国的橘子包着纸；遇到北平的带霜儿的玉李，还不愧杀！

是的，北平是个都城，而能有好多自己产生的花，菜，水果，这就使人更接近了自然。从它里面说，它没有像伦敦的那些成天冒烟的工厂；从外面说，它紧连着园林，菜圃与农村。采菊东篱下，在这里，确是可以悠然见南山的；大概把"南"字变个"西"或"北"，也没有多少了不得的吧。像我这样的一个贫寒的人，或者只有在北平能享受一点清福了。

好，不再说了吧；要落泪了，真想念北平呀！

原载1936年6月16日《宇宙风》第19期

北京的春节

老　舍

　　按照北京的老规矩，过农历的新年（春节），差不多在腊月的初旬就开头了。"腊七腊八，冻死寒鸦"，这是一年里最冷的时候。可是，到了严冬，不久便是春天，所以人们并不因为寒冷而减少过年与迎春的热情。在腊八那天，人家里，寺观里，都熬腊八粥。这种特制的粥是祭祖祭神的，可是细一想，它倒是农业社会的一种自傲的表现——这种粥是用所有的各种的米，各种的豆，与各种的干果（杏仁、核桃仁、瓜子、荔枝肉、莲子、花生米、葡萄干、菱角米……）熬成的。这不是粥，而是小型的农业展览会。

　　腊八这天还要泡腊八蒜。把蒜瓣在这天放到高醋里，封起来，为过年吃饺子用的。到年底，蒜泡得色如翡翠，而醋也有了些辣味，色味双美，使人要多吃几个饺子。在北京，过年时，家家吃饺子。

　　从腊八起，铺户中就加紧的上年货，街上加多了货摊子——卖春联的、卖年画的、卖蜜供的、卖水仙花的等等都是只在这一季节才会出现的。这些赶年的摊子都教儿童们的心跳得特别快一些。在胡同里，吆喝的声音也比平时更多更复杂起来，其中也有仅在腊月才出现的，像卖宪书的、松枝的、薏仁米的、年糕的等等。

在有皇帝的时候，学童们到腊月十九日就不上学了，放年假一月。儿童们准备过年，差不多第一件事是买杂拌儿。这是用各种干果（花生、胶枣、榛子、栗子等）与蜜饯搅合成的，普通的带皮，高级的没有皮——例如：普通的用带皮的榛子，高级的用榛瓤儿。儿童们喜吃这些零七八碎儿，即使没有饺子吃，也必须买杂拌儿。他们的第二件大事是买爆竹，特别是男孩子们。恐怕第三件事才是买玩艺儿——风筝、空竹、口琴等——和年画儿。

儿童们忙乱，大人们也紧张。他们须预备过年吃的使的喝的一切。他们也必须给儿童赶快做新鞋新衣，好在新年时显出万象更新的气象。

二十三日过小年，差不多就是过新年的"彩排"。在旧社会里，这天晚上家家祭灶王，从一擦黑儿鞭炮就响起来，随着炮声把灶王的纸像焚化，美其名叫送灶王上天。在前几天，街上就有多少多少卖麦芽糖与江米糖的，糖形或为长方块或为大小瓜形。按旧日的说法：用糖粘住灶王的嘴，他到了天上就不会向玉皇报告家庭中的坏事了。现在，还有卖糖的，但是只由大家享用，并不再粘灶王的嘴了。

过了二十三，大家就更忙起来，新年眨眼就到了啊。在除夕以前，家家必须把春联贴好，必须大扫除一次，名曰扫房。必须把肉、鸡、鱼、青菜、年糕什么的都预备充足，至少足够吃用一个星期的——按老习惯，铺户多数关五天门，到正月初六才开张。假若不预备下几天的吃食，临时不容易补充。还有，旧社会里的老妈妈论，讲究在除夕把一切该切出来的东西都切出来，省得在正月初一到初五再动刀，动刀剪是不吉利的。这含有迷信的意思，不过它也表现了我们确是爱和平的人，在一岁之首连切菜刀都不愿动一动。

除夕真热闹。家家赶作年菜，到处是酒肉的香味。老少男女都穿起新衣，门外贴好红红的对联，屋里贴好各色的年画，哪一家都灯火通宵，不许间断，炮声日夜不绝。在外边作事的人，除非万不得已，必定赶回家来，吃团圆饭，祭祖。这一夜，除了很小的孩子，没有什么人睡觉，而都要守岁。

元旦的光景与除夕截然不同：除夕，街上挤满了人；元旦，铺户都上着板子，门前堆着昨夜燃放的爆竹纸皮，全城都在休息。

男人们在午前就出动，到亲戚家，朋友家去拜年。女人们在家中接待客人。同时，城内城外有许多寺院开放，任人游览，小贩们在庙外摆摊，卖茶、食品和各种玩具。北城外的大钟寺、西城外的白云观、南城的火神庙（厂甸）是最有名的。可是，开庙最初的两三天，并不十分热闹，因为人们还正忙着彼此贺年，无暇及此。到了初五六，庙会开始风光起来，小孩们特别热心去逛，为的是到城外看看野景，可以骑毛驴，还能买到那些新年特有的玩具。白云观外的广场上有赛轿车赛马的；在老年间，据说还有赛骆驼的。这些比赛并不争取谁第一谁第二，而是在观众面前表演骡马与骑者的美好姿态与技能。

多数的铺户在初六开张，又放鞭炮，从天亮到清早，全城的炮声不绝。虽然开了张，可是除了卖吃食与其他重要日用品的铺子，大家并不很忙，铺中的伙计们还可以轮流着去逛庙，逛天桥，和听戏。

元宵（汤圆）上市，新年的高潮到了——元宵节（从正月十三到十七）。除夕是热闹的，可是没有月光；元宵节呢，恰好是明月当空。元旦是体面的，家家门前贴着鲜红的春联，人们穿着新衣裳，可是它还不够美。元宵节，处处悬灯结彩，整条的大街像是办喜事，火炽而美丽。有名的老铺都要挂出几百

盏灯来，有的一律是玻璃的，有的清一色是牛角的，有的都是
纱灯；有的各形各色，有的通通彩绘全部《红楼梦》或《水浒
传》故事。这，在当年，也就是一种广告；灯一悬起，任何人
都可以进到铺中参观；晚间灯中都点上烛，观者就更多。这广
告可不庸俗。干果店在灯节还要作一批杂拌儿生意，所以每每
独出心裁的，制成各样的冰灯，或用麦苗作成一两条碧绿的长
龙，把顾客招来。

除了悬灯，广场上还放花合。在城隍庙里并且燃起火判，
火舌由判官的泥像的口、耳、鼻、眼中伸吐出来。公园里放起
天灯，像巨星似的飞到天空。

男男女女都出来踏月、看灯、看焰火；街上的人拥挤不
动。在旧社会里，女人们轻易不出门，她们可以在灯节里得到
些自由。

小孩子们买各种花炮燃放，即使不跑到街上去淘气，在家
中照样能有声有光的玩耍。家中也有灯：走马灯——原始的电
影——宫灯、各形各色的纸灯，还有纱灯，里面有小铃，到
时候就叮叮地响。大家还必须吃汤圆呀。这的确是美好快乐的
日子。

一眨眼，到了残灯末庙，学生该去上学，大人又去照常作
事，新年在正月十九结束了。腊月和正月，在农村社会里正是
大家最闲在的时候，而猪牛羊等也正长成，所以大家要杀猪宰
羊，酬劳一年的辛苦。过了灯节，天气转暖，大家就又去忙着
干活了。北京虽是城市，可是它也跟着农村社会一齐过年，而
且过得分外热闹。

在旧社会里，过年是与迷信分不开的。腊八粥，关东糖，
除夕的饺子，都须先去供佛，而后人们再享用。除夕要接神；
大年初二要祭财神，吃元宝汤（馄饨），而且有的人要到财神

庙去借纸元宝，抢烧头股香。正月初八要给老人们顺星、祈寿。因此那时候最大的一笔浪费是买香蜡纸马的钱。现在，大家都不迷信了，也就省下这笔开销，用到有用的地方去。特别值得提到的是现在的儿童只快活地过年，而不受那迷信的熏染，他们只有快乐，而没有恐惧——怕神怕鬼。也许，现在过年没有以前那么热闹了，可是多么清醒健康呢。以前，人们过年是"托神鬼的庇佑"，现在是大家劳动终岁，大家也应当快乐地过年。

原载1951年1月《新观察》第2卷第2期

我热爱新北京

老　舍

北京是美丽的，我知道，因为我不但是北京人，而且到过欧美，看见过许多西方的名城，假若我只用北京人的资格来赞美北京，那也许就是成见了。

我知道北京美丽，我爱她像爱我的母亲。因为我这样爱她，所以才为她的缺点着急，苦闷。

我关切她的缺欠正像关切一个亲人的疾病。是的，北京确实是有缺欠。那些缺欠是过去的皇帝、军阀和国民党政府带给北京的。他们占据着北京，也糟踏北京。

在过去，举例说吧，当皇帝或蒋介石出来的时候，街道上便打扫干净，洒上清水；可是，他们的大轿或汽车不经过的地方便永远没见过扫帚与水桶。达官贵人住着宫殿式的房子，而且有美丽的花园；穷人们却住着顶脏的杂院儿。达官贵人的门外有柏油路，好让他们跑汽车；穷人的门前却是垃圾堆。

一九四九年年尾，我回到故乡北京。我已经十四年没回来过了。虽然别离了这么久，我可是没有一天不想念着她。不管我在哪里，我还是拿北京作我的小说的背景，因为我闭上眼想起的北京是要比睁着眼看见的地方更亲切，更真实，更有感情的。这是真话。

到今天，我已经在北京住了一年。在这一年里，我所看到听到的都证明了，新的政府千真万确是一切仰仗人民，一切为了人民的。只就北京的建设来说，证据已经十分充足了。让我们提出几项来说吧。

一，下水道。北京的下水道年久失修，每逢一下大雨，就应了那句不体面的话："北京，刮风是香炉，下雨是墨盒子。"北京市人民政府自从一成立就要洗刷这个由反动政府留下的污点，一方面修路，一方面挖沟。我知道，在十几年抗日与解放战争之后，百废待举，政府的财力是不怎么从容的。可是，政府为人民的福利，并不因经济的困难而延迟这重大的任务。各城的暗沟都挖了，雨水污水都有了排泄的路子。北京再不怕下雨；下雨不再使道路成为"墨盒子"。

最使我感动的是：这个为人民服务的政府并不只为通衢路修沟，而且特别顾到一向被反动政府忽视的偏僻地方。在以前，反动政府是吸去人民的血，而把污水和垃圾倒在穷人的门外，叫他们"享受"猪狗的生活。现在，政府是看哪里最脏，疾病最多，便先从哪里动手修整。新政府的眼是看着穷苦人民的。

在北京的南城，有一条明沟，叫龙须沟。多么美的名字啊！龙须沟！可是，实际上，那是一条最臭的水沟。沟的两岸密匝匝地住满了劳苦的人民，终年呼吸着使人恶心的臭气，多少年了，这条沟没有人修理过，因为这里是贫民窟。人民屡次自动地捐款修沟，款子都被反动的官吏们吞吃了。去年夏初，人民政府在明沟的旁边给人民修了暗沟，秋天完工，填平了明沟。人民怎样地感戴是可以想象得到的。我亲自去看过这条奇臭的"龙须"和那新的暗沟，并且搜集了那一带人民的生活情形和他们对政府给他们修沟的反应，写成一出三幕话剧，表示我对政府的感激与钦佩。

二，清洁。北京向来是美丽的，可是在反动政府下并不处处都清洁。是的，那时候人民确是按期交卫生费的，但是因为官吏的贪污与不负责，卫生费并不见得用在公众卫生事业上。现在，北京像一个古老美丽的雕花漆盒，落在一个勤勉人手里，盒子上的每一凹处都收拾得干干净净，再没有一点积垢。真的，北京的每一条小巷都已经清清爽爽，连人家的院子里也没有积累的垃圾，因为倾倒秽土的人员是那么勤谨，那么准时必来，人们谁都愿意逐日把院子里外收拾清洁。美丽是和清洁分不开的。这人民的古城多么清爽可喜呀！我可以想象到，在十年八年以后，北京的全城会成为一座大的公园，处处美丽，处处清洁，处处有古迹，处处也有最新的卫生设备。

三，灯和水。北京，在解放前，夜里常是黑暗的。她有电灯，但灯光是那么微弱，似有若无，而且时时长时间地停电。政治的黑暗使电灯也无光。水也是这样。夏天水源枯竭，便没有水用。就在平日，也是有势力的拼命用水，穷人住的地带根本没有自来水管。他们必得喝井水。这七百年的古城，在反动政府的统治下，灯水的供应似乎还停留在七百年前的光景。

北京解放了，人的心和人的眼一齐见到光明。由于电厂有了新的管理法，由于工人的进步与努力，北京的电灯真像电灯了。工人们保证不缺电、不停电。这古老的都城，在黑夜间，依然露出她的美丽。那金的绿的琉璃瓦，红的墙，白玉石的桥，都在明亮的灯光下显现出最悦目的颜色。而且，电力还够供给各工厂。同样的，水也够用了。而且，就是在龙须沟的人们也有自来水吃啦。

　　我爱北京，我更爱今天的北京——她是多么清洁、明亮、美丽！我怎么不感谢毛主席呢？是他，给北京带来了光明和说不尽的好处哇！我只提到下水道和灯水什么的，可是我的感激是无尽的，因为提到的这些不过是新北京建设工作的一部分哪。

原载1951年1月25日《人民日报》

北 京

老 舍

我生在北京，热爱北京。现在，我更爱北京了，因为伟大的毛泽东住在这里。

自从定为新中国的首都，五年来北京起了很大的变化。它已不是我幼年间所看到的北京，也不是前十年的北京；甚至于今天的北京已不是昨天的北京！北京天天在发展，一天比一天更美丽，更繁荣，更可爱！

北京的皇宫御苑是多么庄严美丽呀！看，那些绿或黄的琉璃屋顶，那些雕梁画柱，那些白玉石的桥栏，那些多角的各式各样的亭子，和那些金碧辉煌的牌楼，都是多么优美的艺术品啊！这些楼台殿阁，无论是在春暖花开的时候，还是在秋风明月之下，都足以使人有身入仙境之感。多少代的诗人曾写出过多少篇诗歌，赞颂这些美景啊！

可是，在我小的时候，人民不但不能到那些琼楼玉宇里边去，连看一眼的福气也没有啊！许多的地方不许人民通行，而这些地方正是最美丽的建筑和亭园所在地。后来在国民党的反动统治下，这些古迹名胜或任其颓倒，或遭到破坏，反动派甚至盗窃古物出卖。现在呢，市政府保护古物，有历史价值的老建筑先后修葺，油饰一新。故宫、博物院里历代珍藏的名画、铜器、磁器和人间罕见的艺术品都从新整理排列，分设专室，以便人民群众参观欣赏。发掘出的古物随时展览。名闻全世的颐和园，和天坛、社稷坛，都加以修葺。什刹海修建了很大的公众游泳池。用劳动人民的血汗与智慧修成的，理应由人民享受；在这些名园中的游廊或松阴下休憩游玩的已不是有闲阶级，而是广大的人民。这些宫宇园庭不但受到保护，而且增加了新的卫生设备，施行了科学的管理方法。

在这些原有的名胜之外，人民的市政府还在继续开辟新的公园。昔日的贫民窟和荒凉的城角，现在都有了公园。人民政府首先为劳动人民服务！这是个原则。根据这个原则，北京增建了新剧院，新电影院，新的中学小学，新的诊疗所，新的文化馆，新的自来水站，新的马路，新的电灯线，和新的汽车站等。

真的，假若我这几年没在北京，而今天忽然地回来，我一定不认识我的故乡了。谁能凭空想象到在那最荒凉污浊的地带会有了公园或学校呢？以前，统治阶级的宫邸的确是富丽堂皇的，可是北京并不清洁；现在，到处都是一样，紫禁城和最偏僻的小巷都是干净整洁的。卫生运动是普遍而深入的。前几天，我到西城去参加一个区政府的会议。那离我出生的地方不远。我记得清清楚楚，那里原是一大片空地，夏天只有垃圾、野草和积水；小时候，我在那里捉过蜻蜓。今天呢，那里却是一大片楼房！是的，野草、垃圾、积水，已无法在新中国的首都存在了！再看，新盖的大楼有多少座啊！北京，一向是消费都市，如今有了新的工厂啊！这是个极大的改变。一方面修建了新的工厂，另一方面又整顿了北京原有的、驰名全世的手工业。地毯、景泰蓝、雕漆、象牙雕刻等，现在全有了合作的组织，提高了质量，而且研究出新的形式与花样。

这个大变动，不但使北京改了面貌，连北京的精神也变了。看吧，北京一向是文化城，有许多大学、中学、小学。可是，在解放前，甚至于小学也没有穷人子女入学的份儿。今天呢，大学中学都有很多工农子弟。中学生已有八万多人，小学生有二十八万多人，比一九四九年增加了一倍。同样的，医院、图书馆、剧场、大饭馆……以前劳动人民不能进去，如今都是为他们预备的。以前，学校只为培养书香门第的儿女，所以课程只限于普通的文学与科学，使青年们得到一点知识，毕业后可以去作官发财。今天，学校的课程和社会发展的需要密切结合起来。谁想得到，我的第三个女孩是去学石油专科啊！

是的，一切都变了，变化最突出的是妇女。看吧，小学校里，女教师占过半数。我的大女孩已是人民教师了。机关里、医院里、一切企业机构里，哪里都有女干部。而且，电车有女司机，工地上有女瓦匠，新选的北京市人民代表，女代表占了百分之十八点八！北京真是变了，面貌与精神一齐变了，在这变化之中，我们看出来，男女的确是平等了！想想看，在三十年前，我自己的姐姐都圈在家里，专等媒婆来给她们说亲。她们没有到剧院去的资格。今天，我们有多少女演员啊！

只有人变了，才是真的变化——这不仅是变化，而是发展与进步。北京还有古老的城墙、古老的皇宫、古老的文化传统，可是因为人变了，这些古老的东西便有了新的作用，新的精神，和新的生命！向来就美的，今天更美了，表里一致的美。正如同北京最有名的木刻彩印，它保存了几世纪来优美的技术，可是又加上了新的精神。它使用传统的艺术刻出印出今天人民所喜爱的彩画来，改进了技巧，也改进了刻画的内容！就是这样，新的旅馆、学校，有一切新的设备，而保存了建筑的民族风格。屋脊上的绿琉璃的奇形怪状的兽头，变成了绿的和平鸽。绿琉璃鸽既不奇形怪状，而且象征着和平！这就是毛主席所说的"推陈出新"。一切都是这样。

这就是我所热爱的北京，也就是一切为了人民的福利，一切为了和平，一切为了社会主义的建设，而建设着的新中国的首都！

写于一九五四年

上景山

许地山

　　无论哪一季，登景山最合宜的时间是在清早或下午三点以后。晴天，眼界可以望朦胧处；雨天，可以赏雨脚的长度和电光的迅射；雪天，可以令人咀嚼着无色界的滋味。

景　山

　　在万春亭上坐着，定神看北上门后的马路（从前路在门前，如今路在门后）尽是行人和车马，路边的梓树都已掉了叶子。

不错，已经立冬了，今年天气可有点怪，到现在还没冻冰。多谢芰荷的业主把残茎都去掉，教我们能看见紫禁城外护城河的水光还在闪烁着。

神武门上是关闭得严严地。最讨厌的是楼前那枝很长的旗杆，侮辱了全个建筑的庄严。门楼两旁树它一对，不成吗？禁城上时时有人在走着，恐怕都是外国的旅人。

皇宫一所一所排列着非常整齐。怎么一个那么不讲纪律的民族，会建筑这么严整的宫廷？我对着一片黄瓦这样想着。不，说不讲纪律未免有点过火，我们可以说这民族是把旧的纪律忘掉，正在找一个新的咧。新的找不着，终究还要回来的。北京房子，皇宫也算在里头，主要的建筑都是向南的，谁也没有这样强迫过建筑者，说非这样修不可。但纪律因为利益所在，在不言中被遵守了。夏天受着解愠的熏风，冬天接着可爱的暖日，只要守着盖房子的法则，这利益是不用争而来的。所以我们要问在我们的政治社会里有这样的熏风和暖日吗？

从景山看紫禁城

最初在崖壁上写大字铭功的是强盗的老师，我眼睛看着神武门上的几个大字，心里想着李斯。皇帝也是强盗的一种，是个白痴强盗。他抢了天下把自己监禁在宫中，把一切宝物聚在身边，以为他是富有天下。这样一代过一代，到头来还是被他的糊涂奴仆，或贪婪臣宰，讨、瞒、偷、换，到连性命也不定保得住。这岂不是个白痴强盗？在白痴强盗底下才会产出大盗和小偷来。一个小偷，多少总要有一点跳女墙钻狗洞的本领，有他的禁忌，有他的信仰和道德。大盗只会利用他的奴性去请托攀缘，自赞赞他，禁忌固然没有，道德更不必提。谁也不能不承认盗贼是寄生人类的一种，但最可杀的是那班为大盗之一的斯文贼。他们不像小偷为延命去营鼠雀的生活；也不像一般的大盗，凭着自己的勇敢去抢天下。所以明火打劫的强盗最恨的是斯文贼。这里我又联想到张献忠。有一次他开科取士，檄诸州举贡生员，后至者妻女充院，本犯剥皮，有司教官斩，连坐十家。诸生到时，他要他们在一丈见方的大黄旗上写个帅字，字画要像斗的粗大，还要一笔写成。一个生员王志道缚草为笔，用大缸贮墨汁将草笔泡在缸里，三天，再取出来写，果然一笔写成了。他以为可以讨献忠的喜欢，谁知献忠说："他日图我必定是你。"立即把他杀来祭旗。献忠对待念书人是多么痛快。他知道他们是寄生的寄生。他的使命是来杀他们。

东城西城的天空中，时见一群一群旋飞的鸽子。除去打麻雀，逛窑子，上酒楼以外，这也是一种古典的娱乐。这种娱乐也来得群众化一点。它能在空中发出和悦的响声，翩翩地飞绕着，教人觉得在一个灰白色的冷天，满天乱飞乱叫的老鸹的讨厌。然而在刮大风的时候，若是你有勇气上景山的最高处，看看天安门楼屋脊上的鸦群，噪叫的声音是听不见，它们随风飞扬，直像从什么大树飘下来的败叶，凌乱得有意思。

万春亭周围被挖得东一沟，西一窟。据说是管宫的当局挖来试看煤山是不是个大煤堆，像历来的传说所传的，我心里暗笑信这说的人们。是不是因为北宋亡国的时候，都人在城被围时，拆毁艮岳的建筑木材去充柴火，所以计画建筑北京的人预先堆起一大堆煤，万一都城被围的时，人民可以不拆宫殿。这是笨想头。若是我来计画，最好来一个米山。米在万急的时候，也可以生吃，煤可无论如何吃不得。又有人说景山是太行的最终一峰。这也是瞎说。从西山往东几十里平原，可怎么不偏不颇在北京城当中出了一座景山？若说北京的建设就是对着景山的子午，为什么不对北海的琼岛？我想景山明是开紫禁城外的护河所积的土，琼岛也是垒积从北海挖出来的土而成的。

从亭后的树缝里远远看见鼓楼。地安门前后的大街，人马默默地走，城市的喧嚣声，一点也听不见。鼓楼是不让正阳门那样雄壮地挺着。它的名字，改了又改，一会是明耻楼，一会又是齐政楼，现在大概又是明耻楼吧。明耻不难，雪耻得努力。只怕市民能明白那耻的还不多，想来是多么可怜。记得前几年"三民主义""帝国主义"这套名词随着北伐军到北平的时候，市民看些篆字标语，好像都明白各人蒙着无上的耻辱，而这耻辱是由于帝国主义的压迫。所以大家也随声附和唱着打倒和推翻。

从山上下来，崇祯殉国的地方依然是那么半死的槐树。据说树上原有一条链子锁着，庚子联军入京以后就不见了，现在那枯槁的部分，还有一个大洞，当时的链痕还隐约可以看见。义和团运动的结果，从解放这棵树发展到解放这民族。这是一件多么可以发人深思的对象呢？山后的柏树发出幽恬的香气，好像是对于这地方的永远供物。

寿皇殿锁闭得严严的，因为谁也不愿意努尔哈赤的种类再做白痴的梦。每年的祭祀不举行了，庄严的神乐再也不能听见，只有从乡间进城来唱秧歌的孩子们，在墙外打的锣鼓，有时还可以送到殿前。

到景山门，回头仰望顶上方才所坐的地方，人都下来了。树上几只很面熟却不认得的鸟在叫着。亭里残破的古佛还坐在结那没人能懂的手印。

先农坛

许地山

　　曾经一度繁华过的香厂，现在剩下些破烂不堪的房子，偶尔经过，只见大兵们在广场上练国技。望南再走，摆地摊的犹如往日，只是好东西越来越少，到处都看见外国来的空酒瓶，香水樽，胭脂盒，乃至簇新的东洋瓷器，估衣摊上的不入时的衣服，"一块八""两块四"叫卖的伙计连翻带地兜揽，买主没有，看主却是很多。

　　在一条凹凸得格别的马路上走，不觉进了先农坛的地界。从前在坛里惟一新建筑，"四面钟"，如今只剩一座空洞的高台，四围的柏树早已变成富人们的棺材或家私了。东边一座礼拜寺是新的。球场上还有人在那里练习。绵羊三五群，遍地披着枯黄的草根。风稍微一动，尘土便随着飞起，可惜颜色太坏，若是雪白或朱红，岂不是很好的国货化妆材料？

　　到坛北门，照例买票进去。古柏依旧，茶座全空。大兵们住在大殿里，很好看的门窗，都被拆作柴火烧了。希望北平市游览区划定以后，可以有一笔大款来修理。北平的旧建筑，渐次少了，房主不断地卖折货。像最近的定王府，原是明朝胡大海的府邸，论起建筑的年代足有五百多年。假若政府有心保存北平古物，决不致于让市民随意拆毁。拆一间是少一间。现在坛里，大兵拆起公有建筑来了。爱国得先从爱惜公共的产业做起，得先从爱惜历史的陈迹做起。

观耕台上坐着一男一女，正在密谈，心情的热真能抵御环境的冷。桃树柳树都脱掉叶衣，做三冬的长眠，风摇鸟唤，都不听见。雩坛边的鹿，伶俐的眼睛瞭望着过路的人。游客本来有三两个，它们见了格外相亲。在那么空旷的园囿，本不必拦着它们，只要四围开上七八尺深的沟，斜削沟的里壁，使当中成一个圆丘，鹿放在当中，虽没遮栏也跳不上来。这样，园景必定优美得多。星云坛比岳渎坛更破烂不堪。干蒿败艾，满布在砖缝瓦罅之间，拂人衣裾，便发出一种清越的香味。老松在夕阳底下默然站着。人说它像盘旋的虬龙，我说它像开屏的孔雀，一颗一颗的松球，衬着暗绿的针叶，远望着更像得很。松是中国人的理想性格，画家没有不喜欢画它。孔子说它后凋还是屈了它，应当说它不凋才对。英国人对于橡树的情感就和中国对于松树的一样。中国人爱松并不尽是因为它长寿，乃是因它当飘风飞雪的时节能够站得住，生机不断，可发荣的时间一到，便又青绿起来。人对着松树是不会失望的，它能给人一种兴奋，虽然树上留着许多枯枝丫，看来越发增加它的壮美。就是枯死，也不像别的树木等闲地倒下来。千年百年是那么立着，藤萝缠它，薜荔粘它，都不怕，反而使它更优越更秀丽。古人说松籁好听得像龙吟。龙吟我们没有听过，可是它所发出的逸韵，真能使人忘掉名利，动出尘的想头。可是要记得这样的声音，决不是一寸一尺的小松所能发出，非要经得百千年的磨练，受过风霜或者吃过斧斤的亏，能够立得定以后，是做不到的。所以当年壮的时候，应学松柏的抵抗力，忍耐力和增进力；到年衰的时候，也不妨送出清越的籁。

对着松树坐了半天。金黄色的霞光已经收了，不免离开雩坛直出大门。门外前几年挖的战壕，还没填满。羊群领着我向着归路。道边放着一担菊花，卖花人站在一家门口与那淡妆的女郎讲价，不提防担里的黄花教羊吃了几棵。那人索性将两棵带泥丸的菊花向羊群猛掷过去，口里骂"你等死的羊孙子！"可也没奈何。吃剩的花散布在道上，也教车轮碾碎了。

忆卢沟桥

许地山

　　记得离北平以前，最后到卢沟桥，是在二十二年的春天。我与同事刘兆蕙先生在一个清早由广安门顺着大道步行，经过大井村，已是十点多钟。参拜了义井庵的千手观音，就在大悲阁外少憩。那菩萨像有三丈多高，是金铜铸成的，体相还好，不过屋宇倾颓，香烟零落，也许是因为求愿的人们发生了求财赔本求子丧妻的事情罢。这次的出游本是为访求另一尊铜佛而来的。我听见从宛平城来的人告诉我那城附近有所古庙塌了，其中许多金铜佛像，年代都是很古的。为知识上的兴趣，不得不去采访一下。大井村的千手观音是有著录的，所以也顺便去看看。

　　出大井村，在官道上，巍然立着一座牌坊，是乾隆四十年（1775年）建的。坊东面额书"经环同轨"，西面是"荡平归极"。建坊的原意不得而知，将来能够用来做凯旋门那就最合宜不过了。

　　春天的燕郊，若没有大风，就很可以使人流连。树干上或土墙边蜗牛在画着银色的涎路。它们慢慢移动，像不知道它们的小介壳以外还有什么宇宙似地。柳塘边的雏鸭披着淡黄色的毵毛，映着嫩绿的新叶；游泳时，微波随蹼翻起，泛成一弯一弯动着的曲纹，这都是生趣的示现。走乏了，且在路边的墓园少住一回。刘先生站在一座很美丽的窣堵波上，要我给他拍照。

在榆树荫覆之下，我们没感到路上太阳的酷烈。寂静的墓园里，虽没有什么名花，野卉倒也长得顶得意地。忙碌的蜜蜂，两只小腿粘着些少花粉，还在采集着。蚂蚁为争一条烂残的蚱蜢腿，在枯藤的根本上争斗着。落网的小蝶，一片翅膀已失掉效用，还在挣扎着。这也是生趣的示现，不过意味有点不同罢了。

闲谈着，已见日丽中天，前面宛平城也在域之内了。宛平城在卢沟桥北，建于明崇祯十年（1637年），名叫"拱北城"，周围不及二里，只有两个城门，北门是顺治门，南门是永昌门。清改拱北为拱极，永昌门为威严门。南门外便是卢沟桥。拱北城本来不是县城，前几年因为北平改市，县衙才移到那里去，所以规模极其简陋。从前它是个卫城，有武官常驻镇守着，一直到现在，还是一个很重要的军事地点。我们随着骆驼队进了顺治门，在前面不远，便见了永昌门。大街一条，两边多是荒地。我们到预定的地点去探访，果见一个庞大的铜佛头和些铜像残体横陈在县立学校里的地上。拱北城内原有观音庵与兴隆寺，兴隆寺内还有许多已无可考的广慈寺的遗物，那些铜像究竟是属于哪寺的也无从知道。我们摩挲了一回，才到卢沟桥头的一家饭店用午膳。

自从宛平县署移到拱北城，卢沟桥便成为县城的繁要街市。桥北的商店民居很多，还保存着从前中原数省入京孔道的规模。桥上的碑亭虽然朽坏，还矗立着。自从历年的内战，卢沟桥更成为戎马往来的要冲，加上长辛店战役的印象，使附近的居民都知道近代战争的大概情形，连小孩也知道飞机、大炮、机关枪都是做什么用的。到处墙上虽然有标语贴着的痕迹，而在色与量上可不能与卖药的广告相比。推开窗户，看着永定河的浊水穿过疏林，向东南流去，想起陈高的诗："卢沟桥西车马多，山头白日照清波。毡卢亦有江南妇，愁听金人出塞歌。"

清波不见，浑水成潮，是记述与事实的相差，抑昔日与今时的不同，就不得而知了。但想象当日桥下雅集亭的风景，以及金人所掠江南妇女，经过此地的情形，感慨便不能不触发了。

从卢沟桥上经过的可悲可恨可歌可泣的事迹，岂止被金人所掠的江南妇女那一件？可惜桥栏上蹲着的石狮子个个只会张牙咧眦结舌无言，以致许多可以稍留印迹的史实，若不随蹄尘飞散，也教轮辐压碎了。我又想着天下最有功德的是桥梁。它把天然的阻隔连络起来，它从这岸度引人们到那岸。在桥上走过的是好是歹，于它本来无关，何况在上面走的不过是长途中的一小段，它哪能知道何者是可悲可恨可泣呢？它不必记历史，反而是历史记着它。卢沟桥本名广利桥，是金大定二十七年始建至明昌二年（公元一一八九至一一九二）修成的。它拥有世界的声名是因为曾入马哥博罗的记述。马哥博罗记作"普利桑干"，而欧洲大都称它做"马哥博罗桥"，倒失掉记者赞叹桑干河上一道大桥的原意了。中国人是擅于修造石桥的，在建筑上只有桥与塔可以保留得较为长久。中国的大石桥每能使人叹为鬼役神工，卢沟桥的伟大与那有名的泉州洛阳桥和漳州虎渡桥有点不同。论工程，它没有这两道桥的宏伟，然而在史迹上，它是多次系着民族安危。纵使你把桥拆掉，卢沟桥的神影是永不会被中国人忘记的。这个在"七七事件"发生以后，更使人觉得是如此。当时我只想着日军许会从古北口入北平，由北平越过这道名桥侵入中原，决想不到火头就会在我那时所站的地方发出来。

在饭店里，随便吃些烧饼，就出来，在桥上张望。铁路桥在远处平行地架着。驮煤的骆驼队随着铃铛的音节整齐地在桥上迈步。小商人与农民在雕栏下作交易上很有礼貌的计较。妇女们在桥下浣衣，乐融融地交谈。人们虽不理会国势的严重，可是从军队里宣传员口里也知道强敌已在门口。我们本不为做间谍去的，因为在桥上向路人多问了些话，便教警官注意起来，我们也自好笑。我是为当事官吏的注意而高兴，觉得他们时刻在提防着，警备着。过了桥，便望见实拓山，苍翠的山色，指示着日斜多了几度，在砾原上流连片时，暂觉晚风拂衣，若不回转，就得住店了。"卢沟晓月"是有名的。为领略这美景，到店里住一宿，本来也值得，不过我对于晓风残月一类的景物素来不大喜爱。我爱月在黑夜里所显的光明。晓月只有垂死的光，想来是很凄凉的，还是回家罢。

我们不从原路去，就在拱北城外分道。刘先生沿着旧河床，向北回海甸去。我捡了几块石头，向着八里庄那条路走。进到阜城门，望见北海的白塔已经成为一个剪影贴在洒银的暗蓝纸上。

京城漫记

杨　朔

　　北京的秋天最长，也最好。白露不到，秋风却先来了，踩着树叶一走，沙沙的，给人一种怪干爽的感觉。一位好心肠的同志笑着对我说："你久在外边，也该去看看北京，新鲜事儿多得很呢。老闷在屋里做什么，别发了霉。"

　　我也怕思想发霉，乐意跟他出去看看新鲜景致，就到了陶然亭。这地方在北京南城角，本来是京城有名的风景，我早从书上知道了。去了一看，果然是好一片清亮的湖水。湖的北面堆起一带精致的小山，山顶上远近点缀着几座小亭子。围着湖绿丛丛的，遍是杨柳、马樱、马尾松、银白杨……花木也多：碧桃、樱花、丁香、木槿、榆叶梅、太平花……都长得旺得很。要在春景天，花都开了，绕着湖一片锦绣，该多好看。不过秋天也有秋天的花：湖里正开着紫色的凤眼兰；沿着沙堤到处是成球的珍珠梅；还有种木本的紫色小花，一串一串挂下来，味道挺香，后来我才打听出来叫胡枝子。

　　我们穿过一座朱红色的凌霄架，爬上座山，山头亭子里歇着好些工人模样的游客，有的对坐着下"五子棋"，也有的瞭望着人烟繁华的北京城。看惯颐和园、北海的人，乍到这儿，觉得湖山又朴素，又秀气，另有种自然的情调。只是不知道古陶然亭在哪儿。

有位年轻的印刷工人坐在亭子栏杆上，听见我问，朝前一指说："那不是！"

原来是座古庙，看样子经过修理，倒还整齐。我觉得这地方实在不错，望着眼前的湖山，不住嘴说："好！好，到底是陶然亭，名不虚传。"

那工人含着笑问道："你以为陶然亭原先就是这样么？"

我当然不以为是这样。我知道这地方费了好大工程，挖湖堆山、栽花种树，才开辟出来。只是陶然亭既然是名胜古地，本来应该也不太坏。

那工人忍不住笑道："还不太坏？脑袋顶长疮脚心烂，坏透了！早先是一片大苇塘，死猫烂狗，要什么有什么。乱坟数都数不清，死人埋一层，又一层，上下足有三层。那工夫但凡有点活路，谁也不愿意到陶然亭来住。"

改一天，我见到位在陶然亭住了多年的妇女，是当地区人民代表大会的代表。她的性格爽爽快快的，又爱说。提起当年的陶然亭，她用两手把脸一捂，又皱着眉头笑道："哎呀，那个臭地方！死的比活的多，熏死人了！你连门都不敢敞。大门一敞，蛆排上队了，直往里爬，有时爬到水缸边上。蚊子都成了精，嗡嗡的，像筛箩一样，一走路碰你脑袋。当时我只有一个想法，几时能搬出去就好了。"

现时她可怎么也不肯搬了。夏天傍晚，附近的婶子大娘吃过晚饭，搬个小板凳坐到湖边上歇凉，常听见来往的游客说："咱们能搬来住多好，简直是住在大花园里。"

那些婶子大娘就会悄悄笑着嘀咕说："俺们能住在花园里，也是熬的。"

不是熬的，是自己动手创造的。挖湖那当儿，妇女不是也挑过土篮？老太太们曾经一天多少次替挖湖工人烧开水。

这座大花园能够修成，也不只是眼前的几千几万人，还有许许多多看不见的手，从老远老远的天涯地角伸过来。你看见成行的紫穗槐，也许容易知道这是北京的少年儿童趁着假日赶来栽的。有的小女孩种上树，怕不记得了，解下自己的红头绳绑到树枝上，做个记号，过些日子回来一看，树活了，乐得围着树跳。可是你在古陶然亭北七棵松下看见满地铺的绿草，就猜不着是哪儿来的了。这叫草原燕麦，草籽是苏联工人亲手收成的，从千万里外送到北京。

围着湖边，你还会发现一种奇怪的草，拖着长蔓，一大片一大片的，不怕踩，不怕坐，从上边一走又厚又软，多像走在地毯上一样。北京从来不见这种草。这叫狗牙根，也叫狼襄草，是千里迢迢从汤阴运来的。汤阴当地的农民听说北京城要狗牙根铺花园，认为自己能出把力气是个光荣，争着动手采集，都把这草叫作"光荣草"。谁知草打在蒲包里，运到北京，黄了、干了，一划火柴就烧起来。园艺工人打蒲包时，里面晒得火热，一不留心，手都烫起了泡，不要紧，工人们一点都不灰心。他们搭个棚子，把草凉在阴凉地方，天天往上喷水，好好保养着，一面动手栽。

湖边住着位张老大爷，七十多岁了，每天早晨到湖边上溜达，看见工人们把些焦黄的乱草往地上铺，心里纳闷，回来对邻居们当笑话说："这不是白闹么？不知从哪儿弄堆乱草，还能活得了！"过了半月，这位张老大爷忽然兴冲冲地对邻居说："你看看去，他大嫂子，草都发了绿，活了——这怪不怪？"

一点不怪。我们大家辛辛苦苦为的是什么？就为的一个心愿：要把死的变成活的，把臭的变成香的，把丑的变成美的，把痛苦变成欢乐，把生活变成座大花园。我们种的每棵草、每棵花，并不是单纯点缀风景，而是从人民生活着眼，要把生活建设得更美。

我们的北京城就是在这种美的观点上进行建设的。那位好心肠的同志带我游历陶然亭，还游历了紫竹院和龙潭。我敢说，即使"老北京"也不一定听说过这后面的两景。我不愿意把读者弄得太疲劳，领你们老远跑到西郊中央民族学院后身去游紫竹院，只想告诉大家一句，先前那儿也是一片荒凉的苇塘，谁也不会去注意它。但正是这种向来不被注意的脏地方、向来不被注意的附近居民，生活都像图画一样染上好看的颜色了。

龙潭来去方便，还是应该看看的。这地方也在城南角，紧挨着龙须沟。你去了，也许会失望的。这有什么了不起？无非又是什么乱苇塘，挑成一潭清水，里面养了些草鱼、鲢鱼等，岸上栽了点花木。对了，正是这样。可是，你要是懂得人民的生活，你就会像人民一样爱惜这块地方了。

临水盖了一片村庄，叫幸福村，住的都是劳动人民。只要天气好，黄昏一到，村里人多半要聚集到湖边的草地上，躺着的，坐着的，抽几口烟，说几句闲话，或是拉起胡琴唱两句，解解一天的乏。孩子们总是喜欢缠着老年人，叫人家讲故事听。老奶奶会让孙子坐在怀里，望着水里落满的星星，就像头顶上的银白杨叶子似的，喊喊喳喳说起过去悲惨的生活。这是老年人的脾气，越是高兴，越喜欢提从前的苦楚。提起来并不难过，倒更高兴。

奶奶说："孩儿啊，你那时候太小，什么都不记得了，奶奶可什么都记得。十冬腊月大雪天，屋子漏着天，大雪片子直往屋里飘，冻得你黑夜睡不着觉，一宿哭到亮。你爹急了，想起门前臭水坑里有的是苇子，都烂到冰上了，要去砍些回来笼火烤。可是孩儿啊，苇子烂了行，你去砍，警察就说你是贼，把你爹抓去关了几天，后脊梁差点没揭去一层皮。"

孙子听着这些事，像听很远很远跟自己没关系的故事，瞪着小眼直发愣。先前的日子会是那么样？现在爹爹当建筑工人，到处盖大楼。他呢，天天背着书包到幸福村小学去念书。老师给讲大白熊的故事，还教唱歌。一有空，他就跟同伴蹲在湖边上，瞅着水里的鱼浮上来，又沉下去，心想：鱼到晚间是不是也闭上眼睡觉呢？奶奶却说早先这是片臭水坑——不会吧？

奶奶说着说着叹了口气："唉！我能活着看见这湖水，也知足了。只是我老了，但愿老天爷能多给我几年寿命，有朝一日让我看看社会主义，死了也不冤枉了。"

人活到六十，生活却刚刚才开始。其实奶奶并不老。她抱着希望，她的希望并不远，就摆在眼前。

一九五四年

香山红叶

杨　朔

　　早听说香山红叶是北京最浓最浓的秋色，能去看看，自然乐意。我去的那日，天也作美，明净高爽，好得不能再好了；人也凑巧，居然找到一位老向导。这位老向导就住在西山脚下，早年做过四十年的向导，胡子都白了，还是腰板挺直，硬朗得很。

　　我们先邀老向导到一家乡村小饭馆里吃饭。几盘野味，半杯麦酒，老人家的话来了，慢言慢语说："香山这地方也没别的好处，就是高，一进山门，门槛跟玉泉山顶一样平。地势一高，气也清爽，人才爱来。春天人来踏青，夏天来消夏，到秋天——"一位同游的朋友急着问："不知山上的红叶红了没有？"

　　老向导说："还不是正时候。南面一带向阳，也该先有红的了。"于是用完酒饭，我们请老向导领我们顺着南坡上山。好清静的去处啊。沿着石砌的山路，两旁满是古松古柏，遮天蔽日的，听说三伏天走在树荫里，也不见汗。

　　老向导交叠着两手搭在肚皮上，不紧不慢走在前面，总是那么慢言慢语说："原先这地方什么也没有，后面是一片荒山，只有一家财主雇了个做活的给他种地、养猪。猪食倒在一个破石槽里，可是倒进去一点食，猪怎么吃也吃不完。那做活的觉得有点怪，放进石槽里几个铜钱，钱也拿不完，就知道这是个聚宝盆了。到算工账的时候，做活的什么也不要，单要这个石槽。一个破石槽能值几个钱？财主乐得送个人情，就给了他。石槽太重，做活的扛到山里，就扛不动了，便挖个坑埋好，怕忘了地点，又拿一棵松树和一棵柏树插在上面做记号，自己回家去找人帮着抬。谁知返回来一看，满山都是松柏树，数也数不清。"谈到这儿，老人又慨叹说："这真是座活山啊。有山就有水，有水就有脉，有脉就有苗，难怪人家说下面埋着聚宝盆。"

这当儿，老向导早带我们走进一座挺幽雅的院子，里边有两眼泉水。石壁上刻着"双清"两个字。老人围着泉水转了转说："我有十年不上山了，怎么有块碑不见了？我记得碑上刻的是'梦赶泉'。"接着又告诉我们一个故事，说是元朝有个皇帝来游山，倦了，睡在这儿，梦见身子坐在船上，脚下翻着波浪，醒来叫人一挖脚下，果然冒出股泉水，这就是"梦赶泉"的来历。

老向导又笑笑说："这都是些乡村野话，我怎么听来的，怎么说，你们也不必信。"

听着这个白胡子老人絮絮叨叨谈些离奇的传说，你会觉得香山更富有迷人的神话色彩。我们不会那么煞风景，偏要说不信。只是一路上山，怎么连一片红叶也看不见？

老人说："你先别急，一上半山亭，什么都看见了。"

我们上了半山亭，朝东一望，真是一片好景。莽莽苍苍的河北大平原就摆在眼前，烟树深处，正藏着我们的北京城。也妙，本来也算有点气魄的昆明湖，看起来只像一盆清水。万寿山、佛香阁，不过是些点缀的盆景。我们都忘了看红叶。红叶就在高头山坡上，满眼都是，半黄半红的，倒还有意思。可惜叶子伤了水，红得又不透。要是红透了，太阳一照，那颜色该有多浓。

我望着红叶，问："这是什么树？怎么不大像枫叶？"

老向导说："本来不是枫叶嘛。这叫红树。"就指着路边的树，说："你看看，就是那种树。"

路边的红树叶子还没红，所以我们都没注意。我走过去摘下一片，叶子是圆的，只有叶脉上微微透出点红意。

我不觉叫："哎呀！还香呢。"把叶子送到鼻子上闻了闻，那叶子发出一股轻微的药香。

另一位同伴也嗅了嗅，叫："哎呀！是香。怪不得叫香山。"

老向导也慢慢说："真是香呢。我怎么做了四十年向导，早先就没闻见过？"

我的老大爷，我不十分清楚你过去的身世，但是从你脸上密密的纹路里，猜得出你是个久经风霜的人。你的心过去是苦的，你怎么能闻到红叶的香味？我也不十分清楚你今天的生活，可是你看，这么大年纪的一个老人，爬起山来不急，也不喘，好像不快，我们可总是落在后边，跟不上。有这样轻松脚步的老年人，心情也该是轻松的，还能不闻见红叶香？

老向导就在满山的红叶香里，领着我们看了"森玉笏""西山晴雪"、昭庙，还有别的香山风景。下山的时候，将近黄昏。一仰脸望见东边天上现出半轮上弦的白月亮，一位同伴忽然记起来，说："今天是不是重阳？"一翻身边带的报纸，原来是重阳的第二日。我们这一次秋游，倒应了重九登高的旧俗。

也有人觉得没看见一片好红叶，未免美中不足。我却摘到一片更可贵的红叶，藏到我心里去。这不是一般的红叶，这是一片曾在人生中经过风吹雨打的红叶，越到老秋，越红得可爱。不用说，我指的是那位老向导。

一九五六年

永定河纪行

杨 朔

正当"五一"节，北京天安门前比往年又不同，红旗、鲜花织成一片锦绣，浩浩荡荡的人群大踏步通过天安门，走上前去——走进更深更远的社会主义里去。我们敬爱的领袖毛主席站立在天安门上，微笑着，朝着滚滚而来的人群扬起那只指引方向的手。正在这当儿，一股水头忽然从天安门前边的金水桥下涌出来，大声欢笑着，水花飞上天安门，洒到领袖的脚前，一面好像发出欢声说："我代表永定河引水工程的全体工人特意来向您报告：永定河的水已经来到首都了。"

我们的领袖笑了，高声说："工人同志们万岁。"

于是整个首都腾起了一片欢呼声。工人的机器飞转着，再也不至于缺水停工了。城郊的集体农民引水浇地，再也不愁天干地旱了。在北海划船的游伴从湖里捧起一捧水，乐着说："多新鲜的水呀！"而北京的每家人家拧开水管子时，到处都听得到永定河波浪的声音。老年人懂的事多，见人点着头叹息说："唉，北京城什么都好，就是缺一条河。这一下可好啦，整个的北京都成了大花园啦！"

亲爱的读者，如果你还有耐心读到这儿，说不定要皱起眉头想："这不是说梦话么？永定河离北京总有五十里路，又没有河道，水怎么能流到北京？"

　　有河道，我指给你看。这股水从京西三家店的进水闸涌进渠道，穿过西山翠微峰下的隧洞，穿过新劈的山峡，变成一道飞瀑，由高头直冲进山脚的一座水电站，然后滚过一带肥壮的大平地，直奔着北京来了。这不是天河一宿落到地面上，这是条新开的运河。原谅我，如果你目前站到北京城墙上，你还看不见这条河。你看见的只是地面上插的一面一面小红旗，只是成千成万的人一锹、一镐、一手车、一土篮，来往弄土。你也能看见甲虫似的推土机和挖土机，隆隆地翻弄着地面，但你看不见河。这条河是未来，也是现实。现实是人创造的。对于我们坚强而勇敢的人民来说，又有什么不能创造出来呢？人民是爱自己的首都的。既然首都需要变得更美更好，他们就要让首都有一条河。现在还是让我们先去见见那些挖河修闸的人吧。

　　过去，我有种模模糊糊的思想，觉得战士就该端着枪，站在祖国的前哨上，冲锋陷阵。在永定河上，我懂得了战士的真正意义。我站在三家店口的大桥上，往西北一望，河流从莽莽苍苍的乱山中一冲而出，气势真壮。正当三冬，天寒河冻，河心里远远移动着十来个小小的人影，还有几台小机器，好像几只蓝靛壳小虫，怪吃力地用嘴拱着河床的沙石。人在伟壮的山川当中，显得有多么渺小啊。

　　陪我来看河工的是位姓陈的土工队长，脸红红的，带着农民的厚道味儿。我们并着肩膀直下河心。河床子冻得钢硬，皮鞋踩上去，都有点震脚。我们走近那些小小的人影，远远闻见一股汽油的香味，原来正有几台推土机在河心里爬着。有个推土机手戴着藏青帽子，穿着蓝工作服，脖子下头却露出草黄色的军衣领子。不用说，这是个转业军人。他坐在机器上，微微歪着头望着机器前头闪亮的刀片，一面操纵着舵轮，那刀片便切着老厚的冻土，又灵巧，又准确。我觉得，他好像是用手使刀子在削苹果皮。推土机上还有一行白字，写着："一定要把淮河修好"。这是模仿毛主席的字体写的，字迹褪色了，还是那么惹眼。

我笑着说："你们来的好远啊。"

老陈答道："不远，我们是从官厅水库来的。"

我指指推土机上的白字说："从淮河来，还说不远？"

老陈挺含蓄地笑笑说："照这样讲，我们来的还要远呢。"接着告诉我，他们本来是山东的部队，参加过淮海战役，解放以后逐渐转成工人，到淮河修过薄山水库、梅山水库，后来又到官厅修水力发电站。现时来到永定河，要修一道拦河坝，一道进水闸。他指给我看哪儿是拦河坝，哪儿又是进水闸。他指的地方还是荒凉的沙滩，还是冰封雪冻的河流，但在他微笑的眼神下，我却看见了真正宏伟的工程，平地起来，迎面立在我的眼前。我惊奇地望着那些推土机手，刚才远远看来，他们移动在伟壮的山川里，只是些小小的黑点，但正是这样小黑点似的人开辟山川，改造地球，创造了翻天覆地的历史。人是多么小而多么伟大呀！

我见到他们许多人，有扎钢筋手、推土机手、开山机手……他们还穿着旧军装，身上多半有点蓝色的东西，看起来像战士，又像工人。他们都是年轻力壮的好小伙子，乍见面腼腼腆腆的，不大好意思开口，一谈起来，却又俏皮得很。

我问道："你们还是头一回到北京来吧？"

不知是谁说："头一回，少说也来了一百回——都在梦里。"

我又问道："还喜欢么？"

又一个说："这是首都，还会不喜欢？我们头来那天，坐着汽车从城里过，看见买卖家都贴着双喜字，敲锣打鼓的。我寻思：怎么娶媳妇都赶到一天了？原来不是娶媳妇，是首都——走进社会主义社会哩。"

我忍不住笑着说："你该多到城里看看啊，喜事多着呢。"

我留心那位扎钢筋手说话时，手总是轻轻抚摸着他的大腿。我明白，他摸的不是大腿，是他那条旧军装裤子。我就问："怎么样？摘下帽徽，摘下胸章，心里有点留恋吧？"

他眼望着地，不说话，旁边的人也不说话。我懂得，这是一个战士的感情，我尊重这种感情。请想想，在部队上多少年，你爱我，我爱你的，乍一转业，还会不留恋？留恋得很啊。看见人家穿军装，就会眼馋得慌。我不觉说出句蠢话："不要紧，不当战士，我们就当工人，还不是一样？"

一位钢筋混凝土大队长，原先是部队的老营长，忽然插嘴说："不！我们是喜欢搞建设的。不过搞建设也要走在最前面，做个冲锋陷阵的战士。"

说得好！战士的意义绝不限于一套黄军装，而是无论你在什么岗位上，只要你勇于斗争，勇于前进，你就当得起战士这个光彩的称号。

我知道有这样的事：他们在薄山修水渠，西北风里，水大填不上土，一填土就冲走了。几百人立时跳进冷水里，胳臂挽着胳臂，排成一长溜，像柱子一样，修渠的人就在这排人柱子后面堆麻袋，土才填上去。

于今，来到首都，他们正照样用一个战士的勇敢精神来开凿运河。不是不艰难啊。猛一来人多，吃不上饭，喝不上水。你也许奇怪，他们是弄水的人，还会喝不上水？这正是他们的骄傲。他们到的地方往往是荒草石头，他们走过的地方却就水足地肥，人寿年丰。永定河也不是好惹的。石头大，冰又厚，推土机一不小心，刀片都会推裂了，刺刀钝了可以磨，刀片断了就重新电焊好，再上战场。

一位开山机手被人称为"土坦克"。怎么得的这个外号呢？他的伙伴说："因为在官厅水电站打洞子，他抱着钻子白天黑夜往石头里钻，钻得比谁都快，大家才叫他土坦克。"土坦克的模样也有点像坦克：宽脸，大嘴，又矮又壮。不管人家问他什么，总是笑笑说："没什么。"再多的话也没有了。我见到他是在西山翠微峰下，他正打隧洞，可碰上了麻烦事。山洞打进去，是酥岩，动不动就会塌下来，土坦克也不容易往里钻。

我问他："怎么办呢？"

他眼望着天，还是笑笑说："没什么。"

这种十足的信心不但他一个人有，我沿着运河工程遇见的每个人也都有。在翠微峰旁那座刚动工的水电站工地上，我曾经用开玩笑的口气问一个技术人员说："你们靠什么能有这样大的信心？"

那位技术人员手摸着嘴巴，眼望着山下平川上密密麻麻挖河的农民，也用半开玩笑的口气说："靠什么？靠着巩固的工农联盟呗！"

我们实在应该去会会那许许多多来自北京四乡的集体农民。他们在挖河道，也在劈山。翠微峰下隧洞的两口都是山。不劈开山，挖成一道明渠，永定河的水做梦也进不了北京城。我们谁都听过神话，好像劈山的只有神仙。不是神，是人。地球上有不少号称鬼斧神工的奇迹，也无非是古代人民曾经拿手触摸过的痕迹。不同的是古代人民的劳动往往是个痛苦，而今天劳动却变成一种英雄式的欢乐。

有个夜晚，我走到挖河农民住宿的大工棚去。照理说，他们一整天开山挖土，乏得稀透，应该早早歇了才是。且不是呢。老远我就听到锣鼓声。走进一看，每座工棚都是灯火通明，有的窗玻璃上还描着大红大绿的彩画，叫电灯从里边一映，鲜艳得紧。农民们在工棚里有的打扑克，有的下象棋，有的看书写信，也有围在一起说故事的……不需你多问，每个人都变成集体农民了。要问嘛，你到处准会听到这样的回话："哎呀呀，地都连成片了！"

靠近门口有个青年，趴在蓝花布被卷上，就着灯亮在看书，看得入迷了，好像天塌地陷也碍不着他的事。我问他看的什么书，那青年忽地坐起来，愣了愣，望着我笑了。这是个刚成年的人，还像个孩子，大眼睛，方嘴，脸上抹得浑儿花的，也不洗。他看的是本《北京文艺》。

这位青年赶着告诉我说："这是今天有个骑自行车的来卖书，我花两毛钱买的。"

旁边他的一位老乡对我说："这孩子，有了钱舍不得花，光舍得买书。"

青年就抱怨起来："我才买了几本书？在家里，想买也买不到，馋死了，也没人管……"

我插问道："你家里怎么样？"

他忽然喜地说："嘻！嘻！你坐着飞机也追不上，快得很哪！我们出来的时候，还是初级合作社，昨天区长来看我们，你猜怎么样，成了高级社了。我只愁没有文化……"

他那位老乡故意逗他说："没有文化，你还不是照样种地，照样挖河？"

青年鼓着嘴说："你说得好！没有文化，就没有翅膀，你怎么跟着飞呀？"

在另一座工棚里，有两个略微上点岁数的农民先睡下了，一个盖着褪色的红被，一个盖着蓝被，两人躺在枕头上咕咕哝哝聊着什么闲话儿。旁边铺上坐着个青年，弯下腰就着铺在写信。

我凑上去问："给谁写信哪？"

那青年赶紧用巴掌掩住信，脸一红说："给乡长。"

盖红被的农民翻过身笑着说："给乡长还怕人看？真是个雏儿，从小没出过远门，一出门就想老婆，一天一封信，也不嫌臊！"

那青年辩白说："我干活比谁赖？写封信你管得着？就你出过远门，炕头走到地头，地头走到炕头，可真不近。"

先前那农民嘿嘿笑了两声说："想当年打日本鬼子，我抬担架，哪里没去过？那时候你还穿着开裆裤子，满地抓鸡屎吃呢。"

盖蓝被的农民也拖着长音说："年轻人，别那么眼高！我们见的，不算多，也不算少，你几时经历过？"

那青年不服气说："往后我们见的，你也见不着。"

盖红被的农民笑起来："你咒我死啊，我才不死呢。凡是你能看见的，我都看得见。"

我笑着插嘴问："你能看见什么？"

那个好心情的农民数落开了："村里要装电灯、装电话、装收音机，还要修澡堂子、修电影院、修学校——反正要完完全全电气化，我都看得见。"

我说："照这样，这条河挖好了，对你们的好处大啦。"

那农民答道："河不经过我们村，不关我们的事。"

我奇怪说："怎么会不关你们的事？"

那农民连忙改口说："这是大家伙的事，自然也是我们的事，我们一定拿着当自己的事一样办。"

我笑着说："我不是指的这个。你们村不是要用电么？等那座水电站修好了，一发电，你们要多少电没有？"

那农民一翻身肚皮贴着床铺，拍着手说："对！对！我怎么就没想到呢？"惹得旁边的人一齐笑了……

在翠微峰下有一处古代遗迹，题作"冰川擦痕"。据说这是几十万年前，冰河流动，在岩石上擦过的痕迹。那些岩石，凡是冰擦过的地方，像刀削的一样平滑。恰恰在"冰川擦痕"的周围，数不尽的工人、农民正用全力在开山劈路，修筑运河。这不只是擦一擦，而是在改造地壳了。

在人面前，大自然的力量显得多么渺小啊。

一九五六年

十月的北京城

杨　朔

　　一九四九年二月的一天，风沙很大。北京前门大街一早晨就挤满人，锣鼓喧天，每人的眼睛都急切地朝南望着，正在等待什么。到十点钟，远远传来一阵雄壮的解放军进行曲，接着一支强大的解放军从永定门迈进北京。这是庆祝北京和平解放的入城大典。步兵、骑兵、炮兵、坦克……滚滚而来。两旁的人群都往前拥，争着爬到坦克上，骑到大炮筒子上，有人还用粉笔往炮手的背上写："你们终于来了！"

　　当时我跟着队伍往前走，有一群青年围住我问道："你们是从哪儿来的？"我说："远啦。"人家又问："往哪儿去？"我说："往前面去。"事情相隔已经八年多，回想起来，我的答话实在不着边际。如果那群青年朋友还在北京的话，请你们将来一定去瞻仰瞻仰天安门前正在竖立的人民英雄纪念碑吧。这是座具有十分庄严的历史色彩的艺术品，绕着碑座一色是精致的雕刻，从烧鸦片到解放军胜利渡长江，其间每个重要的历史事件都有一幅大石刻。我从心里尊敬那些正在雕刻的石工。他们照着艺术家们塑出来的模型，一凿子一凿子地凿着石头，人物形象便从石面突出来。不但当年激动人心的历史场面再现到我们眼前，就是人物胳臂上的筋络、脸上的表情，处处都有活的感觉。历史是最明确的。近百年来，中国人民就是这样在大风大浪里奔跑着、战斗着，最终在一九四九年二月走进北京城。这就是我们的来处。

我们走进北京后，八年多来，又走到什么地方了？还是让事实来说明吧。一个秋高气爽的日子，我到城南红星集体农庄去，会计主任范永柱领着我到处看了一遍。农庄实在是富足得很。奶牛都那么肥壮，性子也善良，见了生人，有的从木栏杆里探出头，拿鼻子闻你，要东西吃。有一头黑白相间的奶牛最出奇，乳房那么大，差不多拖到地面上，走路不小心，自己的蹄子把乳房都踢破了。饲养员便用布口袋兜着它的乳房，又用麻袋包着它的蹄子，免得再踢伤自己。据说，这头牛每天最多能出八十磅奶。今年的庄稼长得也好。玉米收割了，农民在收割后的田地里撒肥料，拖拉机正在翻地，准备播种小麦。农庄的庄员一见人，便笑着说："好收成啊。"

我连着碰见不少农民，谈起话来，发觉他们都是外路口音，不是北京人。这有点怪。范永柱说："你不知道，在清朝年间，这一带叫'海子里'，是皇上的禁地，专供皇帝行围打猎用的。后来归到一些官僚地主手里。他们找了管事的，租给一些外来的穷人，让大伙吃大锅饭，给地主种地，所以当时叫'锅火地'。我们老一辈都是河间府人，逃荒逃到京城，没路走，才种这锅火地。其实这一带地坏得很，碱多，种玉米也捞不到什么，辛苦一年，连吃穿也混不上。"

说土地坏，我倒不懂了。庄稼明明长得不错啊！看那地里的棉花，刚裂了桃，像一团一团白雪似的。还有一望无边的稻田，稻穗透了黄，沉甸甸地垂着头，散出一股焖饭的香味。

范永柱告诉我说："这都是在成立集体农庄后，得到人民政府的帮助，大家挖稻池子、打电井，才连着把一千五百多亩干旱的碱地，都改造成了水稻田。"

打谷场上正有生产队在扬场。我看见个老奶奶坐在场头上的玉米堆里，剥着棒子皮，就走上去，一面帮着剥棒子，一面问："老大娘，多大年纪啦？还这么硬朗。"

老奶奶反问我道："你看我有多大啦？"

她头发花白，腰板挺直，耳不聋，眼也不花，做活还是怪麻利的。我端量着她问："有六十没有？"

老奶奶笑了两声说："八十挂零啦。"

旁边一个黑胡子的农民就笑着说："哎呀呀！阎王爷也拿你没办法，你倒越活越有味。"

老奶奶也笑着说："这是什么年头，阎王爷还管得着我，我愿意活多大就活多大。"

这虽说是笑话，却也有道理。一个掌握了自己命运的人是能够掌握自己的生命，使自己的青春常在的。这倒引得我想起一个名叫常在的蒙古族人。这人生在清朝末年，手巧，会用玻璃做葡萄，当年给西太后献葡萄，得到过西太后的赞赏。后来常在死了。三个女儿得到父亲的真传，做的葡萄像父亲一样好。可惜她们的技艺得不到重视。在日伪和国民党反动统治下，她们不得不做针线、烤白薯、炸麻花卖，胡乱混口吃的。说起她们做的葡萄，也真绝。我们大都看过电影《葡萄熟了的时候》，那满架又鲜又嫩的葡萄，谁看了不流口水？其实呢，都是她们做的软枝假葡萄。要不是解放后政府对她们重视，她们出色的工艺不知会沦到什么地步。

一九五六年一月一日，是常在的生日。就在这天，她们一早起来，换上新衣服，吃完打卤面，然后一起去参加了手工业合作社。从此，生活一天比一天宽，一天比一天强。

我去看她们时，老三死了，只剩下两个老姐妹，叫常桂福和常桂禄，都是六十以上的人。她们早先的命运是悲惨的。桂福年轻时便当了尼姑，两个妹妹终身都没出嫁。问起缘故，常桂禄说："嘻！过去那苦日子，烦恼太多了，还不如干干净净地靠手艺吃饭，谁知吃的还是苦黄连。"现在她们带着侄女，收了几个女学徒，正把技艺传给下一代。做的葡萄有猫眼、牛奶、五月香、玫瑰香等许多精品，一嘟噜一嘟噜的，颜色鲜嫩，上面还挂着点霜，就像带着露水新摘下来似的。

这就是北京有名的"葡萄常"。这些可敬的老艺人，到满头清霜的年龄，倒更懂得用双手来美化我们的生活了。

实际上，今天每个劳动者谁又不在尽力使生活美化。熟悉北京的人，谁都记得往日东郊的情景。田野茫茫，荒坟累累，人烟是不多的。今天呢？大路纵横，满眼是绿茵茵的花木，遮掩着数不尽的高楼大厦。这都是各种新建的工厂，有的厂里的机器，全部是我们工人一手制造的。有个叫韩忆萍的纱厂铣工写过这样的诗：

> 城郊还笼罩着一层静静的晨烟
> 一群上工的姑娘在树林里出现
> 她们像喜鹊欢笑着涌进车间
> 车间充满了春天
> 这里的车间播种着奇异的种子
> 幸福的种子撒在纱锭上边
> ············
> 人们说春天是先到江南
> 谁知春天永远藏在我们车间

不错，我们的工人真像传说里的催花使者，到处催出万紫千红的花朵。韩忆萍的父亲是铁匠，韩忆萍从小也学打铁。解放军举行入城式那天，他还是孩子，满手沾着铁锈参加到前进的行列里来，现在，早变成个技术工人，还是诗人。类似这样有文学素养的工人，不在少数。我在北京国棉一厂还见到另一个叫范以本的青年试验工，也能写诗。范以本领我到他家去，他的老母亲坐在床边上，怀里抱着六个月的小孙子，正逗着玩。这位老人家早先年是上海一家纱厂的摇纱工，后来被资本家解雇了，穷得领着孩子讨饭。谈起往事，她说："那时候，苦得很啊！早六点干到晚六点，挨打受气的，吃了早饭不知道有没有晚饭，整天泡在眼泪里。"临到老年，她两个儿子、一个媳妇都在北京国棉一厂做工，日子过得很舒心，常常睡着睡着就笑醒了。这母子俩都是纱厂工人，两代人的经历却像隔着两个世纪，多么悬殊。现在，共青团员范以本每天早晨起来，心里都怀着新的理想。他的理想多得像天上的星星，所有的理想却集中到劳动竞赛的大红花上。见了大红花他的心就跳，只想戴着它走过天安门，接受毛主席的检阅。有时激动得夜晚睡不着觉，就写诗。他写出这样的诗句来抒发工人阶级的情感：

用超音速步伐提前跑完五年路程
让生产的红星高高地飞到天空

年轻的朋友，在入城大典那天，你们不是问我们往哪儿去么？这就是我们的去处。无疑的，你们也早加入中国人民前进的队伍，一同迈进光辉的社会主义了。这是我们的去处，却又不是最终的去处。更远大的目标还摆在我们前面。前进！前进！生活像大海，理想是不应该有止境的。

一九五七年

北京的茶食

周作人

在东安市场的旧书摊上买到一本日本文章家五十岚力的《我的书翰》，中间说起东京的茶食店的点心都不好吃了，只有几家如上野山下的空也，还做得好点心，吃起来馅和糖及果实浑然融合，在舌头上分不出各自的味来。想起德川时代江户的二百五十年的繁华，当然有这一种享乐的流风余韵留传到今日，虽然比起京都来自然有点不及。北京建都已有五百余年之久，论理于衣食住方面应有多少精微的造就，但实际似乎并不如此，即以茶食而论，就不曾知道什么特殊的有滋味的东西。固然我们对于北京情形不甚熟悉，只是随便撞进一家饽饽铺里去买一点来吃，但是就撞过的经验来说，总没有很好吃的点心买到过。难道北京竟是没有好的茶食，还是有而我们不知道呢？这也未必全是为贪口腹之欲，总觉得住在古老的京城里吃不到包含历史的精炼的或颓废的点心是一个很大的缺陷。北京的朋友们，能够告诉我两三家做得上好点心的饽饽铺么？

我对于二十世纪的中国货色，有点不大喜欢，粗恶的模仿品，美其名曰国货，要卖得比外国货更贵些。新房子里卖的东西，便不免都有点怀疑，虽然这样说好像遗老的口吻，但总之关于风流享乐的事我是颇迷信传统的。我在西四牌楼以南走过，望着异馥斋的丈许高的独木招牌，不禁神往，因为这不但表示他是义和团以前的老店，那模糊阴暗的字迹又引起我一种焚香静坐的安闲而丰腴的生活的幻想。我不曾焚过什么香，却对于这件事很有趣味，然而终于不敢进香店去，因为怕他们在香盒上已放着花露水与日兴皂了。我们于日用必需的东西以外，必须还有一点无用的游戏与享乐，生活才觉得有意思。我们看夕阳，看秋河，看花，听雨，闻香，喝不求解渴的酒，吃不求饱的点心，都是生活上必要的——虽然是无用的装点，而且是愈精炼愈好。可怜现在的中国生活，却是极端的干燥粗鄙，别的不说，我在北京彷徨了十年，终未曾吃到好点心。

十三年二月

北大的支路

周作人

　　我是民国六年（1917 年）四月到北大来的，如今已是前后十四年了。本月十七日是北大三二周年纪念，承同学们不弃叫我写文章，我回想过去十三年的事情，对于今后的北大不禁有几句话想说，虽然这原是老生常谈，自然都是陈旧的话。

　　有人说北大的光荣，也有人说北大并没有什么光荣，这些暂且不管，总之我觉得北大是有独特的价值的。这是什么呢，我一时也说不很清楚，只可以说他走着他自己的路，他不做人家所做的而做人家所不做的事。我觉得这是北大之所以为北大的地方，这假如不能说是他唯一的正路，我也可以让步说是重要的一条支路。

　　蔡孑民先生曾说，"读书不忘救国，救国不忘读书"，那么读书总也是一半的事情吧？北大对于救国事业做到怎样，这个我们且不谈。但只就读书来讲，他的趋向总可以说是不错的。北大的学风仿佛有点迂阔似的，有些明其道不计其功的气概，肯冒点险却并不想获益，这在从前的文学革命五四运动上面都可以看出，而民六以来计画沟通文理，注重学理的研究，开辟学术的领土，尤其表示得明白。别方面的事我不大清楚，只就文科一方面来说，北大的添设德法俄日各文学系，创办研究所，实在是很有意义，值得注意的事。有好些事情随后看来并不觉得什么希奇，但在发起的当时却很不容易，很需要些明智与勇敢，例如十多年前在大家只知道尊重英文的时代加添德法文，只承认诗赋策论是国文学的时代讲授词曲——我还记得有上海的大报曾经痛骂过北大，因为是讲元曲的缘故，可是后来各大学都有这一课了，骂的人也就不再骂，大约是渐渐看惯了吧。最近在好些停顿之后朝鲜蒙古满洲语都开了班，这在我也觉得是一件重大事件，中国的学术界很有点儿广田自荒的现象，尤其是东洋历史语言一方面荒得可以，北大的职务在去种熟田之外还得在荒地上来下一锄，来不问收获但问耕耘的干一下，这在北大旧有的计画上是适合的，在现时的情形上更是必要的，我希望北大的这种精神能够继续发挥下去。

我平常觉得中国的学人对于几方面的文化应该相当地注意，自然更应该有人去特别地研究。这是希腊，印度，亚剌伯与日本。近年来大家喜欢谈什么东方文化与西方文化，我不知两者是不是根本上有这么些差异，也不知道西方文化是不是用简单的三两句话就包括得下的，但我总以为只根据英美一两国现状而立论的未免有点笼统，普通称为文明之源的希腊我想似乎不能不予以一瞥，况且他的文学哲学自有独特的价值，据臆见说来他的思想更有与中国很相接近的地方，总是值得萤雪十载去钻研他的，我可以担保。印度因佛教的缘故与中国关系密切，不待烦言，亚剌伯的文艺学术自有成就，古来即和中国接触，又因国民内有一部分回族的关系，他的文化已经不能算是外国的东西，更不容把他闲却了。日本有小希腊之称，他的特色确有些与希腊相似，其与中国文化上之关系更仿佛罗马，很能把先进国的文化拿去保存或同化而光大之，所以中国治"国学"的人可以去从日本得到不少的资料与参考。从文学史上来看，日本从奈良到德川时代这千二百余年受的是中国影响，处处可以看出痕迹，明治维新以后，与中国近来的新文学相同，受了西洋的影响，比较起来步骤几乎一致，不过日本这回成为先进，中国老是追着，有时还有意无意地模拟贩卖，这都给予我们很好的对照与反省。以上这些说明当然说得不很得要领，我只表明我的一种私见与奢望，觉得这些方面值得注意，希望中国学术界慢慢地来着手，这自然是大学研究院的职务，现在在北大言北大，我就不能不把这希望放在北大——国立北京大学及研究院——的身上了。

我重复地说，北大该走他自己的路，去做人家所不做的而不做人家所做的事。北大的学风宁可迂阔一点，不要太漂亮，太聪明。过去一二年来北平教育界的事情真是多得很，多得很，我有点不好列举，总之是政客式的反复地打倒拥护之类，侥幸北大还没有做，将来自然也希望没有，不过这只是消极的一面，此外还有积极的工作，要奋勇前去开辟荒地，着手于独特的研究，这个以前北大做了一点点了，以后仍须继续努力。我并不怀抱着什么北大优越主义，我只觉得北大有他自己的精神应该保持，不当去模仿别人，学别的大学的样子罢了。

"读书不忘救国，救国不忘读书"，那么救国也是一半的事情吧。这两个一半不知道究竟是哪一个是主，或者革命是重要一点亦未可知。我姑且假定，救国、革命是北大的干路吧，读书就算作支路也未始不可以，所以便加上题目叫做《北大的支路》云。

民国十九年十二月十一日于北平

选自《苦竹杂记》，上海良友图书公司1936年版

北平的春天

周作人

北平的春天似乎已经开始了，虽然我还不大觉得。立春已过了十天，现在是七九六十三的起头了，布衲摊在两肩，穷人该有欣欣向荣之意。光绪甲辰即一九〇四年小除那时我在江南水师学堂曾作一诗云：

一年倏就除，风物何凄紧。百岁良悠悠，白日催人尽。既不为大椿，便应如朝菌。一死息群生，何处问灵蠢。

但是第二天除夕我又作了这样一首云：

东风三月烟花好，凉意千山云树幽，冬最无情今归去，明朝又得及春游。

这诗是一样的不成东西，不过可以表示我总是很爱春天的。春天有什么好呢，要讲他的力量及其道德的意义，最好去查盲诗人爱罗先珂的抒情诗的演说，那篇世界语原稿是由我笔录，译本也是我写的，所以约略都还记得，但是这里誊录自然也更可不必了。春天的是官能的美，是要去直接领略的，关门歌颂一无是处，所以这里抽象的话暂且割爱。

　　且说我自己的关于春的经验，都是与游有相关的。古人虽说以鸟鸣春，但我觉得还是在别方面更感到春的印象，即是水与花木。迂阔地说一句，或者这正是活物的根本的缘故罢。小时候，在春天总有些出游的机会，扫墓与香市是主要的两件事，而通行只有水路，所在又多是山上野外，那么这水与花木自然就不会缺少的。香市是公众的行事，禹庙南镇香炉峰为其代表，扫墓是私家的，会稽的乌石头调马场等地方至今在我的记忆中还是一种代表的春景。庚子年三月十六日的日记云：

　　　　晨坐船出东郭门，挽纤行十里，至绕门山，今称东湖，为陶心云先生所创修，堤计长二百丈，皆植千叶桃垂柳及女贞子各树，游人颇多。又三十里至富盛埠，乘兜轿过市行三里许，越岭，约千余级。山上映山红牛郎花甚多，又有蕉藤数株，着花蔚蓝色，状如豆花，结实即刀豆也，可入药。路旁皆竹林，竹萌之出土者粗于碗口而长仅二三寸，颇为可观。忽闻有声如鸡鸣，阁阁然，山谷皆响，问之轿夫，云系雉鸡叫也。又二里许过一溪，阔数丈，水没及骭，舁者乱流而渡，水中圆石颗颗，大如鹅卵，整洁可喜。行一二里至墓所，松柏夹道，颇称闳壮。方祭时，小雨簌簌落衣袂间，幸即晴霁。下山午餐，下午开船。将进城门，忽天色如墨，雷电并作，大雨倾注，至家不息。

　　旧事重提，本来没有多大意思，这里只是举个例子，说明我春游的观念而已。我们本是水乡的居民，平常对于水不觉得怎么新奇，要去临流赏玩一番，可是生平与水太相习了，自有一种情分，仿佛觉得生活的美与悦乐之背景里都有水在，由水而生的草木次之，禽虫又次之。我非不喜欢禽虫，但他总离不了草木，不但是吃食，也实是必要的寄托，盖即使以鸟鸣春，这鸣也得在枝头或草原上才好，若是雕笼金锁，无论怎样的鸣得起劲，总使人听了索然兴尽也。

话休烦絮。到底北平的春天怎么样了呢。老实说，我住在北京和北平已将二十年，不可谓不久矣，对于春游却并无什么经验。妙峰山虽热闹，尚无暇瞻仰，清明郊游只有野哭可听耳。北平缺少水气，使春天减了成色，而气候变化稍剧，春天似不曾独立存在，如不算他是夏的头，亦不妨称为冬的尾，总之风和日暖让我们着了单袷可以随意徜徉的时候真是极少，刚觉得不冷就要热了起来了。不过这春的季候自然还是有的。第一，冬之后明明是春，且不说节气上的立春也已过了。第二，生物的发生当然是春的证据，牛山和尚诗云，春叫猫儿猫叫春，是也。人在春天却只是懒散，雅人称曰春困，这似乎是别一种表示。所以北平到底还是有他的春天，不过太慌张一点了，又欠腴润一点，叫人有时来不及尝他的味儿，有时尝了觉得稍枯燥了，虽然名字还叫做春天，但是实在就把他当作冬的尾，要不然便是夏的头，反正这两者在表面上虽差得远，实际上对于不大承认他是春天原是一样的。

我倒还是爱北平的冬天。春天总是故乡的有意思。虽然这是三四十年前的事，现在怎么样我不知道。至于冬天，就是三四十年前的故乡的冬天我也不喜欢：那些手脚生冻瘃，半夜里醒过来像是悬空挂着似的上下四旁都是冷气的感觉，很不好受，在北平的纸糊过的屋子里就不会有的。在屋里不苦寒，冬天便有一种好处，可以让人家做事：手不僵冻，不必炙砚呵笔，于我们写文章的人大有利益。北平虽几乎没有春天，我并无什么不满意，盖吾以冬读代春游之乐久矣。

廿五年二月十四日

选自《风雨谈》，北新书局1936年版

炒栗子

周作人

日前偶读陆祁孙的《合肥学舍札记》，卷一有《都门旧句》一则云：

> 住在都门得句云，栗香前市火，菊影故园霜。卖炒栗时人家方莳菊，往来花担不绝，自谓写景物如画。后见蔡浣霞銮扬诗，亦有栗香前市火，杉影后门钟之句，未知孰胜。

将北京的炒栗子做进诗里去，倒是颇有趣味的事。我想芗婴居士文昭诗中常咏市井景物，当必有好些材料，可惜《紫幢轩集》没有买到，所有的虽然是有"堂堂堂"藏印的书，可是只得《画屏斋稿》等三种，在《艾集》下卷找到《时果》三章，其二是"栗"云：

> 风戾可充冬，食新先用炒。
> 手剥下夜茶，钉盘妃红枣。
> 北路虽上番，不如东路好。

居士毕竟是不凡，这首诗写得很有风趣，非寻常咏物诗之比，我很觉得喜欢，虽然自己知道诗是我所不大懂的。说到炒栗，自然第一联想到的是放翁的笔记，但是我又记起清朝还有些人说过，便就近先从赵云崧的《陔馀丛考》查起，在卷三十三里找到《京师炒栗》一条，其文云：

> 今京师炒栗最佳，四方皆不能及。按宋人小说，汴京李和炒栗名闻四方，绍兴中陈长卿及钱恺使金，至燕山，忽有人持炒栗十枚来献，自白曰，汴京李和儿也，挥涕而去。盖金破汴后流转于燕，仍以炒栗世其业耳，然则今京师炒栗是其遗法耶。

这里所说似乎有点不大可靠，如炒栗十枚便太少，不像是实有的事。其次在郝兰皋的《晒书堂笔录》卷四有《炒栗》一则云：

> 栗生啖之益人，而新者微觉寡味，干取食之则味佳矣，苏子由服栗法亦是取其极干者耳。然市肆皆传炒栗法。余幼时自塾晚归，闻街头唤炒栗声，舌本流津，买之盈袖，恣意咀嚼，其栗殊小而壳薄，中实充满，炒用糖膏则壳极柔脆，手微剥之，壳肉易离而皮膜不黏，意甚快也。及来京师，见市肆门外置柴锅，一人向火，一人坐高凳子上，操长柄铁勺频搅之令匀遍。其栗稍大，而炒制之法，和以濡糖，借以粗沙，亦如余幼时所见，而甜美过之，都市炫鬻，相染成风，盘饤间称佳味矣。偶读《老学庵笔记》二，言故都李和炒栗名闻四方，他人百计效之，终不可及。绍兴中陈福公及钱上阁出使虏庭，至燕山忽有两人持炒栗各十裹来献，三节人亦人得一裹，自赞曰李和儿

也，挥涕而去。惜其法竟不传，放翁虽著记而不能究
言其详也。

所谓宋人小说，盖即是《老学庵笔记》，十枚亦可知是十
裹之误。郝君是有情趣的人，学者而兼有诗人的意味，故所记
特别有意思，如写炒栗之特色，炒时的情状，均简明可喜，晒
书堂集中可取处甚多，此其一例耳。糖炒栗子法在中国殆已普
遍，李和家想必特别佳妙，赵君以为京师市肆传其遗法恐未必
然。绍兴亦有此种炒栗，平常系水果店兼营，与北京之多由干
果铺制售者不同。案孟元老著《东京梦华录》卷八，《立秋》
项下说及李和云：

> 鸡头上市，则梁门里李和家最盛。士庶买之，一
> 裹十文，用小新荷叶包，糁以麝香，红小索儿系之。
> 卖者虽多，不及李和一色拣银皮子嫩者货之。

李李村著《汴宋竹枝词》百首，曾咏其事云：

> 明珠的的价难酬，昨夜南风黄嘴浮。
> 似向胸前解罗被，碧荷叶裹嫩鸡头。

这样看来，那么李和家原来岂不也就是一爿鲜果铺么？
放翁的笔记原文已见前引《晒书堂笔记》中，兹不再抄。
三年前的冬天偶食炒栗，记起放翁来，陆续写二绝句，致其怀
念，时已近岁除矣，其词云：

> 燕山柳色太凄迷，话到家园一泪垂。

长向行人供炒栗，伤心最是李和儿。

家祭年年总是虚，乃翁心愿竟何如。

故园未毁不归去，怕出偏门过鲁墟。

先祖母孙太君家在偏门外，与快阁比邻，蒋太君家鲁墟，即放翁诗所云轻帆过鲁墟者是也。案《嘉泰会稽志》卷十七草部，"荷"下有云：

出偏门至三山多白莲，出三江门至梅山多红莲。夏夜香风率一二十里不绝，非尘境也，而游者多以昼，故不尽知。

出偏门至三山，不佞儿时往鲁墟去，正是走这条道，但未曾见过莲花，益田中只是稻，水中亦唯有大菱茭白，即鸡头子也少有人种植。近来更有二十年以上不曾看见，不知是什么形状矣。

廿九年三月二十日

原载《中和月刊》1940年6月第1卷第6期

雨的感想

周作人

今年夏秋之间北京的雨下的不太多，虽然在田地里并不旱干，城市中也不怎么苦雨，这是很好的事。北京一年间的雨量本来颇少，可是下得很有点特别，他把全年份的三分之二强在六七八月中间落了，而七月的雨又几乎要占这三个月份总数的一半。照这个情形说来，夏秋的苦雨是很难免的。在民国十三年（1924年）和二十七年，院子里的雨水上了阶沿，进到西书房里去，证实了我的苦雨斋的名称，这都是在七月中下旬，那种雨势与雨声想起来也还是很讨嫌，因此对于北京的雨我没有什么好感，像今年的雨量不多，虽是小事，但在我看来自然是很可感谢的了。

不过讲到雨，也不是可以一口抹杀，以为一定是可嫌恶的。这须得分别言之，与其说时令，还不如说要看地方而定。在有些地方，雨并不可嫌恶，即使不必说是可喜。囫囵地说一句南方，恐怕不能得要领，我想不如具体地说明，在到处有河流，满街是石板路的地方，雨是不觉得讨厌的，那里即使会涨大水，成水灾，也总不至于使人有苦雨之感。我的故乡在浙东的绍兴，便是这样的一个好例。在城里，每条路差不多有一条小河平行着，其结果是街道上桥很多，交通利用大小船只，民间饮食洗濯依赖河水，大家才有自用井，蓄雨水为饮料。河岸大抵高四五尺，下雨虽多尽可容纳，只有上游水发，而闸门淤塞，下流不通，成为水灾，但也是田野乡村多受其害，城里河水是不至于上岸的。因此住在城里的人遇见长雨，也总不必担心水会灌进屋子里来，因为雨水都流入河里，河固然不会得满，而水能一直流去，不至停住在院子或街上者，则又全是石板路的关系。我们不曾听说有下水沟渠的名称，但是石板路的构造仿佛是包含有下水计划在内的，大概石板底下都用石条架着，无沦多少雨水全由石缝流下，一总到河里去。人家里边的通路以及院子即所谓明堂也无不是石板，室内才用大方砖砌地，俗名曰地平。在老家里有一个长方的院子，承受南北两面楼房的雨水，即使下到四十八小时以上，也不见他停留一寸半寸的水，现在想起来觉得很是特别。秋季长雨的时候，睡在一间小楼上或是书房内，整夜的听雨声不绝，固然是一种喧嚣，却也可以说是一种萧寂，或者感觉好玩也无不可，总之不会得使人忧虑的。吾家濂溪先生有一首《夜雨书窗》的诗云：

> 秋风扫暑尽，半夜雨淋漓。
> 绕屋是芭蕉，一枕万响围。
> 恰似钓鱼船，篷底睡觉时。

这诗里所写的不是浙东的事，但是情景大抵近似，总之说是南方的夜雨是可以的吧。在这里便很有一种情趣，觉得在书室听雨如睡钓鱼船中，倒是很好玩似的。下雨无论久暂，道路不会泥泞，院落不会积水，用不着什么忧虑，所有的唯一的忧虑只是怕漏。大雨急雨从瓦缝中倒灌而入，长雨则瓦都湿透了，可以浸润缘入，若屋顶破损，更不必说，所以雨中搬动面盆水桶，罗列满地，承接屋漏，是常见的事。民间故事说不怕老虎只怕漏，生出偷儿和老虎猴子的纠纷来，日本也有虎狼古屋漏的传说，可见此怕漏的心理分布得很是广远也。

下雨与交通不便本是很相关的，但在上边所说的地方也并不一定如此。一般交通既然多用船只，下雨时照样的可以行驶，不过篷窗不能推开，坐船的人看不到山水村庄的景色，或者未免气闷，但是闭窗坐听急雨打篷，如周濂溪所说，也未始不是有趣味的事。再说舟子，他无论遇见如何的雨和雪，总只是一蓑一笠，站在后艄摇他的橹，这不要说什么诗味画趣，却是看去总毫不难看，只觉得辛劳质朴，没有车夫的那种拖泥带水之感。还有一层，雨中水行同平常一样的平稳，不会像陆行的多危险，因为河水固然一时不能骤增，即使增涨了，如俗语所云，水涨船高，别无什么害处，其唯一可能的影响乃是桥门低了，大船难以通行，若是一人两桨的小船，还是往来自如。水行的危险盖在于遇风，春夏间往往于晴明的午后陡起风暴，中小船只在河港阔大处，又值舟子缺少经验，易于失事，若是雨则一点都不要紧也。坐船以外的交通方法还有步行。雨中步行，在一般人想来总很是困难的吧，至少也不大愉快。在铺着石板路的地方，这情形略有不同。因为是石板路的缘故，既不积水，亦不泥泞，行路困难已经几乎没有，余下的事只须防湿便好，这有雨具就可济事了。从前的人出门必带钉鞋雨伞，即是为此，只要有了雨具，又有脚力，在雨中要走多少里都可随意，反正地面都是石板，城坊无须说了，就是乡村间其通行大道至少有一块石板宽的路可走，除非走入小路岔道，并没有泥泞难行的地方。本来防湿的方法最好是不怕湿，赤脚穿草鞋，无往不便利平安，可是上策总难实行，常人还只好穿上钉鞋，撑了雨伞，然后安心地走到雨中去。我有过好多回这样的在大雨中间行走，到大街里去买吃食的东西，往返就要花两小时的工夫，一点都不觉得有什么困难。最讨厌的还是夏天的阵雨，出去时大雨如注，石板上一片流水，很高的钉鞋齿踏在上边，有如低板桥一般，倒也颇有意思，可是不久云收雨散，石板上的水经太阳一晒，随即干涸，我们走回来时把钉鞋踹在石板路上嘎唥嘎唥地响，自己也觉得怪寒伧的，街头的野孩子见了又要起哄，说是旱地乌龟来了。这是夏日雨中出门的人常有的经验，或者可以说是关于钉鞋雨伞的一件顶不愉快的事情吧。

　　以上是我对于雨的感想，因了今年北京夏天不大下雨而引起来的。但是我所说的地方的情形也还是民国初年的事，现今一定很有变更，至少路上石板未必保存得住，大抵已改成蹩脚的马路了吧。那么雨中步行的事便有点不行了，假如河中还可以行船，屋下水沟没有闭塞，在篷底窗下可以平安地听雨，那就已经是很可喜幸的了。

民国甲申，八月处暑节

选自《立春以前》，上海太平书局 1945 年版

潭柘寺　戒坛寺

朱自清

　　早就知道潭柘寺，戒坛寺。在商务印书馆的《北平指南》上，见过潭柘的铜图，小小的一块，模模糊糊的，看了一点没有想去的意思。后来不断地听人说起这两座庙；有时候说路上不平静，有时候说路上红叶好。说红叶好的劝我秋天去；但也有人劝我夏天去。有一回骑驴上八大处，赶驴的问逛过潭柘没有，我说没有。他说潭柘风景好，那儿满是老道，他去过，离八大处七八十里地，坐轿骑驴都成。我不大喜欢老道的装束，尤其是那满蓄着的长头发，看上去啰里啰唆，龌里龌龊的。更不想骑驴走七八十里地，因为我知道驴子与我都受不了。真打动我的倒是"潭柘寺"这个名字。不懂不是？就是不懂的妙。躲懒的人念成"潭拓寺"，那更莫名其妙了。这怕是中国文法的花样；要是来个欧化，说是"潭和柘的寺"，那就用不着咬嚼或吟味了。还有在一部诗话里看见近人咏戒台松的七古，诗腾挪夭矫，想来松也如此。所以去。但是在夏秋之前的春天，而且是早春；北平的早春是没有花的。

　　这才认真打听去过的人。有的说住潭柘好，有的说住戒坛好。有的人说路太难走，走到了筋疲力尽，再没兴致玩儿；有人说走路有意思。又有人说，去时坐了轿子，半路上前后两个轿夫吵起来，把轿子搁下，直说不抬了。于是心中暗自决定，不坐轿，也不走路；取中道，骑驴子。又按普通说法，总是潭柘寺在前，戒坛寺在后，想着戒坛寺一定远些；于是决定住潭柘，因为一天回不来，必得住。门头沟下车时，想着人多，怕雇不着许多驴，但是并不然——雇驴的时候，才知道戒坛去便宜一半，那就是说近一半。这时候自己忽然逞起能来，要走路。走吧。

这一段路可够瞧的。像是河床，怎么也挑不出没有石子的地方，脚底下老是绊来绊去的，教人心烦。又没有树木，甚至于没有一根草。这一带原是煤窑，拉煤的大车往来不绝，尘土里饱和着煤屑，变成黯淡的深灰色，教人看了透不出气来。走一点钟光景。自己觉得已经有点办不了，怕没有走到便筋疲力尽；幸而山上下来一条驴，如获至宝似地雇下，骑上去。这一天东风特别大。平常骑驴就不稳，风一大真是祸不单行。山上东西都有路，很窄，下面是斜坡；本来从西边走，驴夫看风势太猛，将驴拉上东路。就这么着，有一回还几乎让风将驴吹倒；若走西边，没有准儿会驴我同归哪。想起从前人画风雪骑驴图，极是雅事；大概那不是上潭柘寺去的。驴背上照例该有些诗意，但是我，下有驴子，上有帽子眼镜，都要照管；又有迎风下泪的毛病,常要掏手巾擦干。当其时真恨不得生出第三只手来才好。

东边山峰渐起，风是过不来了；可是驴也骑不得了，说是坎儿多。坎儿可真多。这时候精神倒好起来了：崎岖的路正可以练腰脚，处处要眼到心到脚到，不像平地上。人多更有点竞赛的心理，总想走上最前头去，再则这儿的山势虽然说不上险，可是突兀、丑怪、巉刻的地方有的是。我们说这才有点儿山的意思；老像八大处那样，真教人气闷闷的。于是一直走到潭柘寺后门；这段坎儿路比风里走过的长一半，小驴毫无用处，驴夫说："咳，这不过给您做个伴儿！"

墙外先看见竹子，且不想进去。又密，又粗，虽然不够绿。

北平看竹子，真不易。又想到八大处了，大悲庵殿前那一溜儿，薄得可怜，细得也可怜，比起这儿，真是小巫见大巫了。进去过一道角门，门旁突然亭亭地矗立着两竿粗竹子，在墙上紧紧地挨着；要用批文章的成语，这两竿竹子足称得起"天外飞来之笔"。正殿屋角上两座琉璃瓦的鸱吻，在台阶下看，值得徘徊一下。神话说殿基本是青龙潭，一夕风雨，顿成平地，涌出两鸱吻。只可惜现在的两座太新鲜，与神话的朦胧幽秘的境界不相称。但是还值得看，为的是大得好，在太阳里嫩黄得好，闪亮得好；那拴着的四条黄铜链子也映衬得好。

寺里殿很多，层层折折高上去，走起来已经不平凡，每殿大小又不一样，塑像摆设也各出心裁。看完了，还觉得无穷无尽似的。正殿下延清阁是待客的地方，远处群山像屏障似的。屋子结构甚巧，穿来穿去，不知有多少间，好像一所大宅子。可惜尘封不扫，我们住不着。话说回来，这种屋子原也不是预备给我们这么多人挤着住的。寺门前一道深沟，上有石桥；那时没有水，若是现在去，倚在桥上听潺潺的水声，倒也可以忘我忘世。过桥四株马尾松，枝枝覆盖，叶叶交通，另成一个境界。西边小山上有个古观音洞。洞无可看，但上去时在山坡上看潭柘的侧面，宛如仇十洲的《仙山楼阁图》；往下看是陡峭的沟岸，越显得深深无极，潭柘简直有海上蓬莱的意味了。寺以泉水著名，到处有石槽引水长流，倒也涓涓可爱。只是流觞亭雅得那样俗，在石地上楞刻着蚯蚓般的槽；那样流觞，怕只有孩子们愿意干。现在兰亭的"流觞曲水"也和这儿的一鼻孔出气，不过规模大些。晚上因为带的铺盖薄，冻得睁着眼，却听了一夜的泉声；心里想要不冻着，这泉声够多清雅啊！寺里并无一个老道，但那几个和尚，满身铜臭，满眼势利，教人老不能忘记，倒也麻烦的。

第二天清早，二十多人满雇了牲口，向戒坛而去，颇有浩浩荡荡之势。我的是一匹骡子，据说稳得多。这是第一回，高高兴兴骑上去。这一路要翻罗喉岭。只是土山，可是道儿窄，又曲折；虽不高，老那么凸凸凹凹的。许多处只容得一匹牲口过去。平心说，是险点儿。想起古来用兵，从间道袭敌人，许也是这种光景吧。

戒坛在半山上，山门是向东的。一进去就觉得平旷；南面只有一道低低的砖栏，下边是一片平原，平原尽处才是山，与众山屏蔽的潭柘气象便不同。进二门，更觉得空阔疏朗，仰看正殿前的平台，仿佛汪洋千顷。这平台东西很长，是戒坛最胜处，眼界最宽，教人想起"振衣千仞冈"的诗句。三株名松都在这里。"卧龙松"与"抱塔松"同是偃仆的姿势，身躯奇伟，鳞甲苍然，有飞动之意。"九龙松"老干槎枒，如张牙舞爪一般。若在月光底下，森森然的松影当更有可看。此地最宜低徊流连，不是匆匆一览所可领略。潭柘以层折胜，戒坛以开朗胜；但潭柘似乎更幽静些。戒坛的和尚，春风满面，却远胜于潭柘的；我们之中颇有悔不该在潭柘的。戒坛后山上也有个观音洞。洞宽大而深，大家点了火把嚷嚷闹闹地下去；半里光景的洞满是油烟，满是声音。洞里有石虎，石龟，上天梯，海眼等等，无非是凑凑人的热闹而已。

还是骑骡子。回到长辛店的时候，两条腿几乎不是我的了。

一九三四年八月三日作

初到清华记

朱自清

　　从前在北平读书的时候，老在城圈儿里待着。四年中虽也游过三五回西山，却从没来过清华；说起清华，只觉得很远很远而已。那时也不认识清华人，有一回北大和清华学生在青年会举行英语辩论，我也去听。清华的英语确是流利得多，他们胜了。那回的题目和内容，已忘记干净；只记得复辩时，清华那位领袖很神气，引着孔子的什么话。北大答辩时，开头就用了furiously一个字叙述这位领袖的态度。这个字也许太过，但也道着一点儿。那天清华学生是坐大汽车进城的，车便停在青年会前头；那时大汽车还很少。那是冬末春初，天很冷。一位清华学生在屋里只穿单大褂，将出门却套上厚厚的皮大氅。这种"行"和"衣"的路数，在当时却透着一股标劲儿。

　　初来清华，在十四年夏天。刚从南方来北平，住在朝阳门边一个朋友家。那时教务长是张仲述先生，我们没见面。我写信给他，约定第三天上午去看他。写信时也和那位朋友商量过，十点赶得到清华么，从朝阳门那儿？他那时已经来过一次，但似乎只记得"长林碧草"——他写到南方给我的信这么说——说不出路上究竟要多少时候。他劝我八点动身，雇洋车直到西直门换车，免得老等电车，又换来换去的，耽误事。那时西直门到清华只有洋车直达；后来知道也可以搭香山汽车到海甸再乘洋车，但那是后来的事了。

第三天到了，不知是起得晚了些还是别的，跨出朋友家，已经九点挂零。心里不免有点儿急，车夫走的也特别慢似的。到西直门换了车。据车夫说本有条小路，雨后积水，不通了；那只得由正道了。刚出城一段儿还认识，因为也是去万生园的路；以后就茫然。到黄庄的时候，瞧着些屋子，以为一定是海甸了；心里想清华也就快到了吧，自己安慰着。快到真的海甸时，问车夫，"到了吧？" "没哪。这是海——甸。"这一下更茫然了。海甸这么难到，清华要何年何月呢？而车夫说饿了，非得买点儿吃的。吃吧，反正豁出去了。这一吃又是十来分钟。说还有三里多路呢。那时没有燕京大学，路上没什么看的，只有远处淡淡的西山——那天没有太阳——略略可解闷儿。好容易过了红桥，喇嘛庙，渐渐看见两行高柳，像穷门一般。十刹海的垂杨虽好，但没有这么多这么深，那时路上只有我一辆车，大有长驱直入的神气。柳树前一面牌子，写着"入校车马缓行"；这才真到了，心里想，可是大门还够远的，不用说西院门又骗了我一次，又是六七分钟，才真真到了。坐在张先生客厅里一看钟，十二点还欠十五分。

张先生住在乙所，得走过那"长林碧草"，那浓绿真可醉人。张先生客厅里挂着一副有正书局印的邓完白隶书长联。我有一个会写字的同学，他喜欢邓完白，他也有这一副对联；所以我这时如见故人一般。张先生出来了。他比我高得多，脸也比我长得多，一眼看出是个顶能干的人。我向他道歉来得太晚，他也向我道歉，说刚好有个约会，不能留我吃饭。谈了不大工夫，十二点过了，我告辞。到门口，原车还在，坐着回北平吃饭去。过了一两天，我就搬行李来了。这回却坐了火车，是从环城铁路朝阳门站上车的。

　　以后城内城外来往的多了，得着一个诀窍；就是在西直门一上洋车，且别想"到"清华，不想着不想着也就到了。香山汽车也搭过一两次，可真够瞧的，两条腿有时候简直无放处，恨不得不是自己的。有一回，在海甸下了汽车，在现在"西园"后面那个小饭馆里，拣了临街一张四方桌，坐在长凳上，要一碟苜蓿肉，两张家常饼，二两白玫瑰，吃着喝着，也怪有意思；而且还在那桌上写了《我的南方》一首歪诗。那时海甸到清华一路常有穷女人或孩子跟着车要钱。他们除"您修好"等等常用语句外，有时会说"您将来做校长"，这是别处听不见的。

一九三六年三月

北平沦陷那一天

朱自清

　　二十六年七月二十七日的下午，风声很紧，我们从西郊搬到西单牌楼左近胡同里朋友的屋子里。朋友全家回南，只住着他的一位同乡和几个仆人。我们进了城，城门就关上了。街上有点儿乱，但是大体上还平静。听说敌人有哀的美敦书给我们北平的当局，限二十八日答复，实在就是叫咱们非投降不可。要不然，二十八日他们便要动手。我们那时虽然还猜不透当局的意思。但是看光景，背城一战是不可免的。

　　二十八日那一天，在床上便听见隆隆的声音。我们想，大概是轰炸西苑兵营了。赶紧起来，到胡同口买报去。胡同口正冲着西长安街。这儿有西城到东城的电车道，可是这当儿两头都不见电车的影子。只剩两条电车轨在闪闪的发光。街上洋车也少，行人也少。那么长一条街，显得空空的，静静的。胡同口，街两边走道儿上却站着不少闲人，东望望，西望望，都不作声，像等着什么消息似的。街中间站着一个警察，沉着脸不说话。有一个骑车的警察，扶着车和他咬了几句耳朵，又匆匆上车走了。

　　报上看出咱们是决定打了。我匆匆拿着报看着回到住的地方。隆隆的声音还在稀疏地响着。午饭匆匆地吃了。门口接二连三地叫"号外！号外！"买进来抢着看，起先说咱们抢回丰台，抢回天津老站了，后来说咱们抢回廊坊了，最后说咱们打进通州了。这一下午，屋里的电话铃也直响。有的朋友报告消息，有的朋友打听消息。报告的消息有的从地方政府里得来，有的从外交界得来，都和"号外"里说的差不多。我们眼睛忙着看号外，耳朵忙着听电话，可是忙得高兴极了。

六点钟的样子，忽然有一架飞机嗡嗡地出现在高空中。大家都到院子里仰起头看，想看看是不是咱们中央的。飞机绕着弯儿，随着弯儿，均匀的撒着一搭一搭的纸片儿，像个长尾巴似的。纸片儿马上散开了，纷纷扬扬的像蝴蝶儿乱飞。我们明白了，这是敌人打得不好，派飞机来撒传单冤人了。仆人们开门出去，在胡同里捡了两张进来，果然是的。满纸荒谬的劝降的话。我们略看一看，便撕掉扔了。

天黑了，白天里稀疏的隆隆的声音却密起来了。这时候屋里的电话铃也响得密起来了。大家在电话里猜着，是敌人在进攻西苑了，是敌人在进攻南苑了。这是炮声，一下一下响的是咱们的，两下两下响的是他们的。可是敌人怎么就能够打到西苑或南苑呢？谁都在闷葫芦里！一会儿警察挨家通知，叫塞严了窗户跟门儿什么的，还得准备些土，拌上尿跟葱，说是夜里敌人的飞机许来放毒气。我们不相信敌人敢在北平城里放毒气。但是仆人们照着警察吩咐的办了。我们焦急地等着电话里的好消息，直到十二点才睡。睡得不坏，模糊地凌乱地做着胜利的梦。

二十九日天刚亮，电话铃响了。一个朋友用确定的口气说，宋哲元、秦德纯昨儿夜里都走了！北平的局面变了！就算归了敌人了！他说昨儿的好消息也不是全没影儿，可是说得太热闹些。他说我们现在像从天顶上摔下来了，可是别灰心！瞧昨儿个大家那么焦急地盼望胜利的消息，那么热烈地接受胜利的消息，可见北平的人心是不死的。只要人心不死，最后的胜利终究是咱们的！等着瞧罢，北平是不会平静下去的，总有那么一天，咱们会更热闹一下。那就是咱们得着决定的胜利的日子！这个日子不久就会到来的！我相信我的朋友的话句句都不错！

一九三九年六月于昆明

北平通信

废 名

亢德先生：

　　《宇宙风》要在六月里出一个北平专号，我觉得这很有意义，我们住在北平爱北平的人还不藉这机会好好地来鼓吹北平的空气么？可惜我自己是有心而无力，关于北平实在想多写点文章，没有办法只好向海上的朋友作北平通信了。我并不能说我知道北平知道怎么多，连北平话都不会说，怎么能说知道北平呢？我大约是一个北平的情人，这情人却是不结婚的，因此对于北平可说一点也不知道，也因此知道北平的可爱，北平人自己反不知。这样说来，我同北平始终还是隔膜的。就我说，我是长江边生长大的，因此我爱北方，因此我爱江南。北平之于北方，大约如美人之有眸子，没有她，我们大家都招集不过来了。我们在北平总看不见湿意的云，"朝为行云暮为行雨"此地人读之恐无动于衷，《高唐》一赋是白赋的了，此刻暮春已过初夏来了，这里还是刮冬天的风，我从前住在北平西郊的时候，有时要进城，本地人总是很关心地向我说，"今天不去，明天怕刮风，"我听了犹如不听，若东风吹马耳，到了第二天真个的每每就刮起风来了，于是我进城的兴会扫尽了，我才受了"今天不去明天怕刮风"这句话的打击，想到南边出门怕下雨。现在我倒觉得出门不怕下雨，而且有点喜欢，行云行雨大有行其所无事之意，这正是在这里终年不见湿云之故，夏天北平的大雨对于我也没有过坏的记忆，雨中郊外走路真个别有风趣，一下就下得那么大，城里马路岸上倒成了"河"，雨过天青小孩们都在那里"淌河"，也有虾蟆来叫一声两声了——这样地偶叫几声，论情理应该使路旁我们江南之子起点寂寞，事实上却不然，不但虾蟆我们觉得它实在是喜欢，小孩们实在是喜欢，我也实在是喜欢了，记得小时我在家里每每喜欢偷偷地把和尚或道士法坛上的锣或鼓轻轻地敲打一下，声音一发作，我自己不亦乐乎又偷偷地跑了，和尚或道士，他们正在休息，似乎也乐得这个淘气地空气，并不以为怎么"犯法"，这个淘气的空气很有点像我在北平看小孩们淌河，听蛙鼓一声两声。我想这未必关于个人的性情，倒很可以表现北平的空气。北平在无论什么场合，总不见得怎样伤人的心。我只记得在东城隆福寺或西城护国寺白塔寺庙会里看见两样人物有点难为情，其一是耍叉的，一位老汉，冬天里光着脊梁，一个人在高台上自己的买卖范围里大显其武艺，抛叉入云，却不能招拢一个顾客来，我很替他寂寞，但他也实在只引起幽默的空气，没有江湖气，不知何故。再有一男子一女子仿佛是两口子伸着脖子清唱的，男的每唱旦，女的每唱生，两人都不大有气力，男的瘦长，面色苍白，唱完之后每每骂人没有良心，说"我这也不容易嘞！"因为听唱的人走了不给钱。这两人留给我的印象算是最凄凉的，但我也实在没有理由去批评他们，虽然我心里有点责备而且同情于那位男子。总之北平总是近乎素朴这一方面。我还是来说我对于雨的空想。我如果不来北平住下十几年，一定不是现在这个雨之赞美者，自己也觉得很可笑。宋人词有句曰，"隔江人在雨声中。"这个诗境我很喜欢，但七个字要割去上面的两个字，"江"于我是没有一点感情的。"黄鹤楼上看翻船"，虽然在那里住了六七个年头，扬子江我也不觉得它陈旧，也不觉得它新鲜，不能想到她。上面我说我是长江边生长大的，其实真是我的家乡仿佛与长江了无关系，十五岁从家里出来同长江初见面尚在江西省九江县，距家九十里，更小的时候除了小学地理课程外不知有大江东去也。我说"隔江人在雨声中"七个字我只取其五个，那两个字大概是以一把伞代替之，至于这个雨天在什么地方，大约就在北平西直门外三贝子花园随便一个桥上都可以罢。从前作诗的时候，曾有意捏造了一首诗，是从古人的心事里脱胎出来的，诗题曰"画"，其词如下：

> 嫦娥说，
>
> 我未带粉黛上天，
>
> 我不能看见虹，
>
> 下雨我也不敢出去玩，
>
> 我倒喜欢雨天看世界，
>
> 当初我倒没有打把伞做月亮，
>
> 自在声音颜色中，
>
> 我催诗人画一幅画罢。

这总不外乎住在大平原的地方不云不雾天高月明因而害的相思病，没有雨乃雨催诗，所谓"点点不离杨柳外，声声只在芭蕉里"是也。天下岂有这样一尘不染的东西么？因为雨相思，接着便有草相思，这真是一言难尽的，我还是引一首歪诗来潦草塞责，这首诗是最近在梦里头做的，我生平简直没有这个经验，这一回却有诗为证，因此也格外地佩服古槐居士的"梦遇"，那天清早我一起来就把铅笔记录下来，曾念给槐居士（即俞平伯）听：

芳草无情底事愁　朝阳梦里泣牵牛

旧游不是长江水　独自藤花鹦鹉洲

事情是这样的，我梦见我到了鹦鹉洲，从前在武昌中学里念书的时候并没有去鹦鹉洲玩过，这回却到了鹦鹉洲，所谓鹦鹉洲者，便如诗里所记，别的什么东西都没有。后来我把这诗一看，便发现了破绽，看草色应该是春天的光景，然而花有牵牛，岂非秋朝么？我在南边似乎没有见过牵牛花，此花我看得最多又莫过北平香山一带，总而言之还是在沙漠上梦见江南草而已。我在北平郊外旷野上走路，总不觉得她单调，她只是令我想起江南草长。最近有一件不幸的事件发生，即是在知堂先生处得见《燕京岁时记》这一册书，书真是很可取，只是我读了一则起了另外一点心事，其记五月的石榴夹竹桃云：

京师五月榴花正开，鲜明照眼，凡居人等往往与夹竹桃罗列中庭，以为清玩。榴竹之间，必以鱼缸配之，朱鱼数头，游泳其中，几于家家如此。故京师谚曰，天篷鱼缸石榴树。盖讥其同也。

凡在"京师"住得久的人，我想都得欣赏"天篷鱼缸石榴树"这七个字，把北平人家描写得恰好。此七个字一映入我的眼帘，我对于北平起了一个单调的感觉，但这七个字实在不能移易，大有爱莫能助之概。原来我爱北平的街上，（除了街上洋车拼命地跑）爱北平的乡下，爱北平人物，对于北平的人家，"几于家家如此"，则颇有难言之感。我还想把北平街上我所心爱的人物说一点，这群人物平常不知道干什么，我也总没有遇见一个相识的，他们好像是理想中的人物，一旦谁家有喜事或有丧事的时候他们便梦也似的出现，都穿上了彩衣，各人手上都有一份执事，有时细看其中有一名就是我们世界一位要饭的老太太，难得她老人家乔装而其实是本面也在这队伍里滥竽，我总不觉得他们也会同我们说话的，他们好像懒于言语，他们确是各人有各人的灵魂，其不识不知的样子之不同，各如其囚首垢面，他们若无其事的张目走路，正如若无其事的走路打瞌睡，他们大约只贪赌博，贪睡觉，在没有走上十字街头以前，还在红白喜事人家的门墙之外的时候，他们便一群一群地做牧猪奴戏，或者好容易得到一块地盘露天之下一躺躺一个黑甜，不知从哪里得了一道命令忽然大家都翻起身来干正经的去了，各人有各人一份执事，作棺材之先行，替新姑娘拿彩仗。我的话一定有人不相信的，其实情形确是如此，我知道这些市民都是无产阶级，我由这些人又幻想"梁上君子"，——这是说我有点思慕他们，他们决不会到我家里来，而我又明白他们的身份，故我思慕此辈为君子，一定态度很好。十年以前我同一位北大同学谈到北平杠房的人物，他对于我的话颇有同感，他另外还告诉我一件有趣的事情，我曾记录下来作了一点小说材料，他说他有一回在北大一院门口看见人家出殡，十六人抬一棺材，其中有一人一样的负重举步，而肩摩踵接之不暇他却在那里打瞌睡。敢情北京人是真个有闲。匆匆不多写。

废名　五月四日于北平北河沿

原载 1936 年 6 月 16 日《宇宙风》第 19 期

故都的秋

郁达夫

秋天，无论在什么地方的秋天，总是好的；可是啊，北国的秋，却特别地来得清，来得静，来得悲凉。我的不远千里，要从杭州赶上青岛，更要从青岛赶上北平来的理由，也不过想饱尝一尝这"秋"，这故都的秋味。

江南，秋当然也是有的；但草木凋得慢，空气来得润，天的颜色显得淡，并且又时常多雨而少风；一个人夹在苏州上海杭州，或厦门香港广州的市民中间，浑浑沌沌地过去，只能感到一点点清凉，秋的味，秋的色，秋的意境与姿态，总看不饱，尝不透，赏玩不到十足。秋并不是名花，也并不是美酒，那一种半开，半醉的状态，在领略秋的过程上，是不合式的。

不逢北国之秋，已将近十余年了。在南方每年到了秋天，总要想起陶然亭的芦花，钓鱼台的柳影，西山的虫唱，玉泉的夜月，潭柘寺的钟声。

在北平即使不出门去吧，就是在皇城人海之中，租人家一椽破屋来住着，早晨起来，泡一碗浓茶，向院子一坐，你也能看得到很高很高的碧绿的天色，听得到青天下驯鸽的飞声。从槐树叶底，朝东细数着一丝一丝漏下来的日光，或在破壁腰中，静对着像喇叭似的牵牛花（朝荣）的蓝朵，自然而然地也能够感觉到十分的秋意。说到了牵牛花，我以为以蓝色或白色者为佳，紫黑色次之，淡红色最下。最好，还要在牵牛花底，教长着几根疏疏落落的尖细且长的秋草，使作陪衬。

北国的槐树，也是一种能使人联想起秋来的点缀。像花而又不是花的那一种落蕊，早晨起来，会铺得满地。脚踏上去，声音也没有，气味也没有，只能感出一点点极微细极柔软的触觉。扫街的在树影下一阵扫后，灰土上留下来的一条条扫帚的丝纹，看起来既觉得细腻，又觉得清闲，潜意识下并且还觉得有点儿落寞，古人所说的梧桐一叶而天下知秋的遥想，大约也就在这些深沉的地方。

秋蝉的衰弱的残声，更是北国的特产；因为北平处处全长着树，屋子又低，所以无论在什么地方，都听得见它们的啼唱。在南方是非要上郊外或山上去才听得到的。这秋蝉的嘶叫，在北平可和蟋蟀耗子一样，简直像是家家户户都养在家里的家虫。

还有秋雨哩，北方的秋雨，也似乎比南方的下得奇，下得有味，下得更像样。

在灰沉沉的天底下，忽而来一阵凉风，便息列索落地下起雨来了。一层雨过，云渐渐地卷向了西去，天又青了，太阳又露出脸来了；穿着很厚的青布单衣或夹袄的都市闲人，咬着烟管，在雨后的斜桥影里，上桥头树底去一立，遇见熟人，便会用了缓慢悠闲的声调，微叹着互答着地说：

"唉，天可真凉了——"（这了字念得很高，拖得很长。）

"可不是么？一层秋雨一层凉啦！"

北方人念阵字，总老像是层字，平平仄仄起来，这念错的歧韵，倒来得正好。

北方的果树，到秋来，也是一种奇景。第一是枣子树；屋角，墙头，茅房边上，灶房门口，它都会一株株的长大起来。像橄榄又像鸽蛋似的这枣子颗儿，在小椭圆形的细叶中间，显出淡绿微黄的颜色的时候，正是秋的全盛时期；等枣树叶落，枣子红完，西北风就要起来了，北方便是尘沙灰土的世界，只有这枣子，柿子，葡萄，成熟到八九分的七八月之交，是北国的清秋的佳日，是一年之中最好也没有的Golden Days。

有些批评家说，中国的文人学士，尤其是诗人，都带着很浓厚的颓废色彩，所以中国的诗文里，颂赞秋的文字特别的多。但外国的诗人，又何尝不然？我虽则外国诗文念得不多，也不想开出账来，做一篇秋的诗歌散文钞，但你若去一翻英德法意等诗人的集子，或各国的诗文的Anthology来，总能够看到许多关于秋的歌颂与悲啼。各著名的大诗人的长篇田园诗或四季诗里，也总有关于秋的部分，写得最出色而最有味。足见有感觉的动物，有情趣的人类，对于秋，总是一样的能特别引起深沉，幽远，严厉，萧索的感触来的。不单是诗人，就是被关闭在牢狱里的囚犯，到了秋天，我想也一定会感到一种不能自已的深情；秋之于人，何尝有国别，更何尝有人种阶级的区别呢？不过在中国，文字里有一个"秋士"的成语，读本里又有着很普遍的欧阳子的《秋声》与苏东坡的《赤壁赋》等，就觉得中国的文人，与秋的关系特别深了。可是这秋的深味，尤其是中国的秋的深味，非要在北方，才感受得到底。

南国之秋，当然是也有它的特异的地方的，譬如廿四桥的明月，钱塘江的秋潮，普陀山的凉雾，荔枝湾的残荷等等，可是色彩不浓，回味不永。比起北国的秋来，正像是黄酒之与白干，稀饭之与馍馍，鲈鱼之与大蟹，黄犬之与骆驼。

秋天，这北国的秋天，若留得住的话，我愿意把寿命的三分之二折去，换得一个三分之一的零头。

一九三四年八月，在北平

选自《闲书》，上海良友图书印刷有限公司1936年版

北平的四季

郁达夫

对于一个已经化为异物的故人，追怀起来，总要先想到他或她的好处；随后再慢慢地想想，则觉得当时所感到的一切坏处，也会变作很可寻味的一些纪念，在回忆里开花。关于一个曾经住过的旧地，觉得此生再也不会第二次去长住了，身处入了远离的一角，向这方向的云天遥望一下，回想起来的，自然也同样地只是它的好处。

中国的大都会，我前半生住过的地方，原也不在少数；可是当一个人静下来回想起从前，上海的闹热，南京的辽阔，广州的乌烟瘴气，汉口武昌的杂乱无章，甚至于青岛的清幽，福州的秀丽，以及杭州的沉着，总归都还比不上北京——我住在那里的时候，当然还是北京——的典丽堂皇，幽闲清妙。

先说人的分子罢，在当时的北京——民国十一二年前后——上自军财阀政客名优起，中经学者名人，文士美女教育家，下而至于负贩拉车铺小摊的人，都可以谈谈，都有一艺之长，而无憎人之貌；就是由荐头店荐来的老妈子，除上炕者是当然以外，也总是衣冠楚楚，看起来不觉得会令人讨嫌。

其次说到北京物质的供给哩，又是山珍海错，洋广杂货，以及萝卜白菜等本地产品，无一不备，无一不好的地方。所以在北京住上两三年的人，每一遇到要走的时候，总只感到北京的空气太沉闷，灰沙太暗淡，生活太无变化；一鞭出走，出前门便觉胸舒，过芦沟方知天晓，仿佛一出都门，就上了新生活开始的坦道似的；但是一年半载，在北京以外的各地——除了在自己幼年的故乡以外——去一住，谁也会得重想起北京，再希望回去，隐隐地对北京害起剧烈的怀乡病来。这一种经验，原是住过北京的人，个个都有，而在我自己，却感觉得格外的浓，格外的切。最大的原因或许是为了我那长子之骨，现在也还埋在郊外广谊园的坟山，而几位极要好的知己，又是在那里同时毙命的受难者的一群。

北平的人事品物，原是无一不可爱的，就是大家觉得最要不得的北平的天候，和地理联合上一起，在我也觉得是中国各大都会中所寻不出几处来的好地。为叙述的便利起见，想分成四季来约略地说说。

北平自入旧历的十月之后，就是灰沙满地，寒风刺骨的节季了，所以北平的冬天，是一般人所最怕过的日子。但是要想认识一个地方的特异之处，我以为顶好是当这特异处表现得最圆满的时候去领略；故而夏天去热带，寒天去北极，是我一向所持的哲理。北平的冬天，冷虽则比南方要冷得多，但是北方的生活的伟大幽闲，也只有在冬季，使人感受得最彻底。

先说房屋的防寒装置罢，北方的住屋，并不同南方的摩登都市一样，用的是钢骨水泥，冷热气管；一般的北方人家，总只是矮矮的一所四合房，四面是很厚的泥墙；上面花厅内都有一张暖坑，一所回廊；廊子上是一带明窗，窗眼里糊着薄纸，薄纸内又装上风门，另外就没有什么了。在这样简陋的房屋之内，你只教把炉子一生，电灯一点，棉门帘一挂上，在屋里住着，却一辈子总是暖炖炖像是春三四月里的样子。尤其会得使你感觉到屋内的温软堪恋的，是屋外窗外面呜呜在叫啸的西北风。天色老是灰沉沉的，路上面也老是灰的围障，而从风尘灰土中下车，一踏进屋里，就觉得一团春气，包围在你的左右四周，使你马上就忘记了屋外的一切寒冬的苦楚。若是喜欢吃吃酒、烧烧羊肉锅的人，那冬天的北方生活，就更加不能够割舍；酒已经是御寒的妙药了，再加上以大蒜与羊肉酱油合煮的香味，简直可以使一室之内，涨满了白蒙蒙的水蒸温气。玻璃窗内，前半夜，会流下一条条的清汗，后半夜就变成了花色奇异的冰纹。

到了下雪的时候哩，景象当然又要一变。早晨从厚棉被里张开眼来，一室的清光，会使你的眼睛眩晕。在阳光照耀之下，雪也一粒一粒地放起光来了，蛰伏得很久的小鸟，在这时候会飞出来觅食振翎，谈天说地，吱吱地叫个不休。数日来的灰暗天空，愁云一扫，忽然变得澄清见底，翳障全无；于是年轻的北方住民，就可以营屋外的生活了，溜冰，做雪人，赶冰车雪车，就在这一种日子里最有劲儿。

我曾于这一种大雪时晴的傍晚，和几位朋友，跨上跛驴，出西直门上骆驼庄去过过一夜。北平郊外的一片大雪地，无数枯树林，以及西山隐隐现现的不少白峰头，和时时吹来的几阵雪样的西北风，所给予人的印象，实在是深刻，伟大，神秘到了不可以言语来形容。直到了十余年后的现在，我一想起当时的情景，还会得打一个寒颤而吐一口清气，如同在钓鱼台溪旁立着的一瞬间一样。

北国的冬宵，更是一个特别适合于看书，写信，追思过去，与作闲谈说废话的绝妙时间。记得当时我们兄弟三人，都住在北京，每到了冬天的晚上，总不远千里地走拢来聚在一道，会谈少年时候在故乡所遇所见的事事物物。小孩们上床去了，用人们也都去睡觉了，我们弟兄三个，还会得再加一次煤

再加一次煤地长谈下去。有几宵因为屋外面风紧天寒之故，到了后半夜的一二点钟的时候，便不约而同地会说出索性坐坐到天亮的话来。像这一种可宝贵的记忆，像这一种最深沉的情调，本来也就是一生中不能够多享受几次的昙花佳境，可是若不是在北平的冬天的夜里，那趣味也一定不会得像如此的悠长。

总而言之，北平的冬季，是想赏识赏识北方异味者之唯一的机会；这一季里的好处，这一季里的琐事杂忆，若要详细地写起来，总也有一部《帝京景物略》那么大的书好做；我只记下了一点点自身的经历，就觉得过长了，下面只能再来略写一点春和夏以及秋季的感怀梦境，聊作我的对这日就沦亡的故国的哀歌。

春与秋，本来是在什么地方都属可爱的时节，但在北平，却与别的地方也有点儿两样。北国的春，来得较迟，所以时间也比较得短。西北风停后，积雪渐渐地消了，赶牲口的车夫身上，看不见那件光板老羊皮的大袄的时候，你就得预备着游春的服饰与金钱；因为春来也无信，春去也无踪，眼睛一眨，在北平市内，春光就会得同飞马似的溜过。屋内的炉子，刚拆去不久，说不定你就马上得去叫盖凉棚的才行。

而北方春天的最值得记忆的痕迹，是城厢内外的那一层新绿，同洪水似的新绿。北京城，本来就是一个只见树木不见屋顶的绿色的都会，一踏出九城的门户，四面的黄土坡上，更是杂树丛生的森林地了；在日光里颤抖着的嫩绿的波浪，油光光，亮晶晶，若是神经系统不十分健全的人，骤然间身入到这一个淡绿色的海洋涛浪里去一看，包管你要张不开眼，立不住脚，而昏厥过去。

北平市内外的新绿，琼岛春阴，西山挹翠诸景里的新绿，真是一幅何等奇伟的外光派的妙画！但是这画的框子，或者简直说这画的画布，现在却已经完全掌握在一只满长着黑毛的巨魔的手里了！北望中原，究竟要到那一日才能够重见得到天日呢？

从地势纬度上讲来，北方的夏天，当然要比南方的夏天来得凉爽。在北平城里过夏，实在是并没有上北戴河或西山去避暑的必要。一天到晚，最热的时候，只有中午到午后三四点钟的几个钟头，晚上太阳一下山，总没有一处不是凉阴阴要穿单衫才能过去的；半夜以后，更是非盖薄棉被不可了。而北平的天然冰的便宜耐久，又是夏天住过北平的人所忘不了的一件恩惠。

我在北平，曾经过过三个夏天；像什刹海，菱角沟，二闸等暑天游耍的地方，当然是都到过的；但是在三伏的当中，不问是白天或是晚上，你只教有一张藤榻，搬到院子里的葡萄架下或藤花阴处去躺着，吃吃冰茶雪藕，听听盲人的鼓词与树上的蝉鸣，也可以一点儿也感不到炎热与薰蒸。而夏天最热的时候，在北平顶多总不过九十四五度，这一种大热的天气，全夏顶多顶多又不过十日的样子。

在北平，春夏秋的三季，是连成一片；一年之中，仿佛只有一段寒冷的时期，和一段比较温暖的时期相对立。由春到夏，是短短的一瞬间，自夏到秋，也只觉得是过了一次午睡，就有点儿凉冷起来了。因此，北方的秋季也特别地觉得长，而秋天的回味，也更觉得比别处来得浓厚。前两年，因去北戴河回来，我曾在北平过过一个秋，在那时候，已经写过一篇《故都的秋》，对这北平的秋季颂赞过了一道了，所以在这里不想再来重复；可是北平近郊的秋色，实在也正像是一册百读不厌的奇书，使你愈翻愈会感到兴趣。

秋高气爽，风日晴和的早晨，你且骑着一匹驴子，上西山八大处或玉泉山碧云寺去走走看；山上的红柿，远处的烟树人家，郊野里的芦苇黍稷，以及在驴背上驮着生果进城来卖的农户佃家，包管你看一个月也不会看厌。春秋两季，本来是到处好的，但是北方的秋空，看起来似乎更高一点，北方的空气，吸起来似乎更干燥健全一点。而那一种草木摇落，金风肃杀之感，在北方似乎也更觉得要严肃，凄凉，沉静得多。你若不信，你且去西山脚下，农民的家里或古寺的殿前，自阴历八月至十月下旬，去住它三个月看看。古人的"悲哉秋之为气"以及"胡笳互动，牧马悲鸣"的那一种哀感，在南方是不大感觉得到的，但在北平，尤其是在郊外，你真会得感至极而涕零，思千里兮命驾。所以我说，北平的秋，才是真正的秋；南方的秋天，不过是英国话里所说的Indian Summer或叫作小春天气而已。

统观北平的四季，每季每节，都有它的特别的好处；冬天是室内饮食奄息的时期，秋天是郊外走马调鹰的日子，春天好看新绿，夏天饱受清凉。至于各节各季，正当移换中的一段时间哩，又是别一种情趣，是一种两不相连，而又两都相合的中间风味，如雍和宫的打鬼，净业庵的放灯，丰台的看芍药，万牲园的寻梅花之类。

五六百年来文化所聚萃的北平，一年四季无一月不好的北平，我在遥忆，我也在深祝，祝她的平安进展，永久地为我们黄帝子孙所保有的旧都城！

一九三六年五月廿七日

原载1936 年7 月1 日《宇宙风》第20 期

谈北京的几个文物建筑

林徽因

　　北京是中国——乃至全世界——文物建筑最多的城市。城中极多的建筑物或是充满了历史意义，或具有高度艺术价值。现在全国人民都热爱自己的首都，而这些文物建筑又是这首都可爱的内容之一，人人对它们有浓厚的兴趣，渴望多认识多了解它们，自是意中的事。

　　北京的文物建筑实在是太多了，其中许多著名而已为一般人所熟悉的，这里不谈；现在笔者仅就一些著名而比较不受人注意的，和平时不著名而有特殊历史和艺术价值的提出来介绍，以引起人们对首都许多文物更大的兴趣。

　　还有一个事实值得我们注意的，笔者也要在此附笔告诉大家。那就是：丰富的北京历代文物建筑竟是从来没有经过专家或学术团体做过有系统的全面调查研究；现在北京的文物还如同荒山丛林一样等待我们去开发。关于许许多多文物建筑和园林名胜的历史沿革，实测图说和照片、模型等可靠资料都极端缺乏。

　　在这种调查研究工作还不能有效地展开之前，我们所能知道的北京资料是极端散漫而不足的，笔者不但限于资料，也还限于自己知识的不足，所以所能介绍的文物仅是一鳞半爪，希望抛砖引玉，藉此促进熟悉北京的许多人们将他们所知道的也写出来——大家来互相补充彼此对北京的认识。

天安门前广场和千步廊的制度

北京的天安门广场，这个现在中国人民最重要的广场，在前此数百年中，主要只供封建帝王一年一度祭天时出入之用。1919 年五四运动爆发，中国人民革命由这里开始，这才使这广场成了政治斗争中人民集中的地点。到了三十年后的 10 月 1 日，中国人民伟大英明的领袖毛泽东主席在天安门城楼上向全世界昭告中华人民共和国的成立，这个广场才成了我们首都最富于意义的地点。天安门已象征着我们中华人民共和国，成为国徽中主题，在五星下放出照耀全世界的光芒，更是全国人民所热爱的标志，永在人们眼前和心中了。

这样人人所熟悉，人人所尊敬热爱的天安门广场本来无须再来介绍，但当我们提到它体型风格这方面和它形成的来历时，还有一些我们可以亲切地谈谈的。我们叙述它的过去，也可以讨论它的将来各种增建修整的方向。

这个广场的平面是作"丁"字形的。"丁"字横划中间，北面就是那楼台峋峙规模宏壮的天安门。楼是一横列九开间的大殿，上面是两层檐的黄琉璃瓦顶，檐下丹楹藻绘，这是典型的、秀丽而兼严肃的中国大建筑物的体形。上层瓦坡是用所谓"歇山造"的格式。这就是说它左右两面的瓦坡，上半截用垂直的"悬山"，下半截才用斜坡，和前后的瓦坡在斜脊处会合。这个做法同太和殿的前后左右四个斜坡的"庑殿顶"，或称"四阿顶"的是不相同的。"庑殿顶"气魄较雄宏，"歇山顶"则较挺秀，姿势错落有致些。天安门楼台本身壮硕高大，朴实无华，中间五洞门，本有金钉朱门，近年来常年洞开，通入宫城内端门的前庭。

广场"丁"字横划的左右两端有两座砖筑的东西长安门。每座有三个券门，所以通常人们称它们为"东西三座门"。这两座建筑物是明初遗物。体形比例甚美，材质也朴实简单。明的遗物中常有纯用砖筑，饰以着色琉璃砖瓦较永远性的建筑物，这两门也就是北京明代文物中极可宝贵的。它们的体型在世界古典建筑中也应有它们的艺术地位。这两门同"丁"字直划末端中华门（也是明建的）鼎足而三，是广场的三个入口，也是天安门的两个掖卫与前哨，形成"丁"字各端头上的重点。

全场周围绕着覆着黄瓦的红墙，铺着白石的板道。此外横亘广场的北端的御河上还有五道白石桥和它们上面雕刻的栏杆，桥前有一双白石狮子，一对高达八米的盘龙白石华表。这些很简单的点缀物，便构成了这样一个伟大的地方。全场的配色限制在红色的壁画，黄色的琉璃瓦，带米白色的石刻和沿墙一些树木。这样以纯红、纯黄、纯白的简单的基本颜色来衬托北京蔚蓝的天空，恰恰给人以无可比拟的庄严印象。

中华门以内沿着东西墙，本来有两排长廊，约略同午门前的廊子相似，但长得多。这两排廊子正式的名称叫做"千步廊"，是皇宫前很美丽整肃的一种附属建筑。这两列千步廊在庚子年毁于侵略军八国联军之手，后来重修的，工程恶劣，已于民国初年拆掉，所以只余现在的两道墙。如果条件成熟，将来我们整理广场东西两面建筑之时，或者还可以恢复千步廊，增建美好的两条长长的画廊，以供人民游息。廊屋内中便可布置有文化教育意义的短期变换的展览。

这所谓"千步廊"是怎样产生的呢？谈起来，它的来历与发展是很有意思的。它的确是街市建设一种较晚的格式与制度，起先它是宫城同街市之间的点缀，一种小型的"绿色区"。金、元之后才被统治者拦入皇宫这一边，成为宫前禁地的一部分，而把人民拒于这区域之外。

据我们所知道的汉、唐的两京，长安和洛阳，都没有这千步廊的形制。但是至少在唐末与五代城市中商业性质的市廊却是很发展的。长列廊屋既便于存贮来往货物，前檐又可以遮蔽风雨以便行人，购售的活动便都可以得到方便。商业性质的廊屋的发展是可以理解的，它的普遍应用是由于实际作用而来。至今地名以廊为名而表示商区性质的如南京的估衣廊等等是很多的。实际上以廊为一列店肆的习惯，则在今天各县城中还可以到处看到。

当汴梁（今开封）还不是北宋的首都以前，因为隋开运河，汴河为其中流，汴梁已成了南北东西交通重要的枢纽，为一个商业繁盛的城市。南方的"粮斛百货"都经由运河入汴，可达到洛阳长安。所以是"自江淮达于河洛，舟车辐辏"而被称为雄郡。城的中心本是节度使的郡署，到了五代的梁朝将汴梁改为陪都，才创了宫殿。但这不是我们的要点，汴梁最主要的特点是有四条水道穿城而过，它的上边有许多壮美的桥梁，入的水道汴河上就有十三道桥，其次蔡河上也有十一道，所以那里又产生了所谓"河街桥市"的特殊布局。商业常集中在桥头一带。

上边说的汴州郡署的前门是正对着汴河上一道最大的桥，俗称"州桥"的。它的桥市当然也最大，郡署前街两列的廊子可能就是这种桥市。到北宋以汴梁为国都时，这一段路被称为"御街"，而两边廊屋也就随着被称为御廊，禁止人民使用了。据《东京梦华录》记载：宫门宜德门南面御街约阔三百步，两边是御廊，本许市人买卖其间，自宋徽宗政和年号之后，官司才禁止的。并安立黑漆栅子在它前面，安朱漆栅子两行在路心，中心道不得人马通行。行人都拦在朱栅子以外，栅内有砖石砌御沟水两道，尽植莲荷，近岸植桃李梨杏杂花，"春夏之月望之如绣"。商业性质的市廊变成"御廊"的经过，在这里便都说出来了。由全市环境的方面看来，这样地改变嘈杂商业区域成为一种约略如广场的修整美丽的风景中心，不能不算是一种市政上的改善。且人民还可以在朱栅子外任意行走，所谓御街也还不是完全的禁地。到了元宵灯节，那里更是热闹。成为大家看灯娱乐的地方。宫门宣德楼前的"御街"和"御廊"对着汴河上大洲桥显然是宋东京部署上一个特色。此后历史上事实证明这样一种壮美的部署被金、元抄袭，用在北京，而由明、清保持下来成为定制。

金人是文化水平远比汉族落后的游牧民族，当时以武力攻败北宋懦弱无能的皇室后，金朝的统治者便很快地要摹仿宋朝的文物制度，享受中原劳动人民所累积起来的工艺美术的精华，尤其是在建筑方面。金朝是由1149年起开始他们建筑的活动，迁都到了燕京，称为中都，就是今天北京的前身，在宣武门以西越出广安门之地，所谓"按图必修宫殿"，"规模宏大"，制度"取法汴京"就都是慕北宋的文物，蓄意要接受它的宝贵遗产与传统的具体表现。"千步廊"也就是他们所爱慕的一种建筑传统。

金的中都自内城南面天津桥以北的宣阳门起，到宫门的应天楼，东西各有廊二百余间，中间驰道宏渊，两旁植柳。当时南宋的统治者曾不断遣使到"金庭"来，看到金的"规制堂皇，仪卫华整"写下不少深刻的印象。他们虽然曾用优越的口气说金的建筑殿阁崛起不合制度，但也不得不承认这些建筑"工巧无遗力"。其实那一切都是我们民族的优秀劳动人民勤劳的创造，是他们以生命与血汗换来的，真正的工作是由于"役民伕八十万，兵伕四十万"，并且是"作治数年，死者不可胜计"的牺牲下做成的。当时美好的建筑都是劳动人民的果实，却被统治者所独占。北宋时代商业性的市廊改为御廊之后，还是市与宫之间的建筑，人民还可以来往其间。到了金朝，特意在宫城前东西各建二百余间，分三节，每节有一门，东向太庙，西向尚书省，北面东西转折又各有廊百余间，这样的规模，已是宫前门禁森严之地，不再是老百姓所能够在其中走动享受的地方了。

到了元的大都记载上正式地说，南门内有千步廊，可七百步，建灵星门，门内二十步许有河，河上建桥三座名周桥。汴梁时的御廊和州桥，这时才固定地称做"千步廊"和"周桥"，成为宫前的一种格式和定制，将它们从人民手中掳夺过去，附属于皇宫方面。

明清两代继续用千步廊作为宫前的附属建筑。不但午门前有千步廊到了端门，端门前东西还有千步廊两节，中间开门，通社稷坛和太庙。当1419年将北京城向南展拓，南面城墙由现在长安街一线南移到现在的正阳门一线上，端门之前又有天安门，它的前面才再产生规模更大而开展的两列千步廊到了中华门。这个宫前广庭的气魄更超过了宋东京的御街。

这样规模的形制当然是宫前一种壮观，但是没有经济条件是建造不起来的，所以终南宋之世，它的首都临安的宫前再没有力量继续这个美丽的传统，而只能以细沙铺成一条御路。而御廊格式反是由金、元两代传至明、清的，且给了"千步廊"这个名称。

我们日后是可能有足够条件和力量来考虑恢复并发展我们传统中所有美好的体型的。广场的两旁也是可以建造很美丽的长廊的。当这种建筑环境不被统治者所独占时，它便是市中最可爱的建筑型类之一，有益于人民的精神生活。正如层塔的峋峙，长廊的周绕也是最代表中国建筑特征的体型。用于各种建筑物之间它是既有实用，而又美丽的。

团城——古代台的实例

北海琼华岛是今日北京城的基础，在元建都以前那里是金的离宫，而元代将它作为宫城的中心，称做万寿山。北海和中海为太液池。团城是其中既特殊又重要的一部分。

元的皇宫原有三部分，除正中的"大内"外，还有兴圣宫在万寿山之正西，即今北京图书馆一带。兴圣宫之前还有隆福宫。团城在当时称为"瀛洲圆殿"，也叫仪天殿，在池中一个圆坻上。换句话说，它是一个岛，在北海与中海之间。岛的北面一桥通琼华岛（今天仍然如此），东面一桥同当时的"大内"连络，西面是木桥，长四百七十尺，通兴圣宫，中间辟一段，立柱架梁在两条船上才将两端连接起来，所以称吊桥。当皇帝去上都（察哈尔省多伦附近）时，留守官则移舟断桥，以禁往来。明以后这桥已为美丽的石造的金鳌玉蝀桥所代替，而团城东边已与东岸相连，成为今日北海公园门前三座门一带地方。所以团城本是北京城内最特殊、最秀丽的一个地点。现今的委屈地位使人不易感觉到它所曾处过的中心地位。在我们今后改善道路系统时是必须加以注意的。

团城之西，今日的金鳌玉蝀桥是一条美丽的石桥，正对团城，两头各立一牌楼，桥身宽度不大，横跨北海与中海之间，玲珑如画，还保有当时这地方的气氛。但团城以东，北海公园的前门与三座门间，曲折迫隘，必须加宽，给团城更好的布置，才能恢复它周围应有的衬托。到了条件更好的时候，北海公园的前门与围墙，根本可以拆除，团城与琼华岛间的原来关系，将得以更好地呈现出来。过了三座门，转北转东，到了三座门大街的路旁，北面微小庞杂的小店面和南面的筒子河太不相称；转南至北长街北头的路东也有小型房子阻挡风景，尤其没有道理，今后一一都应加以改善。尤其重要的，金鳌玉蝀桥虽美，它是东西城间重要交通孔道之一，桥身宽度不足以适应现代运输工具的需要条件，将来必须在桥南适当地点加一道横堤来担任车辆通行的任务，保留桥本身为行人缓步之用。堤的形式绝不能同桥梁重复，以削弱金鳌玉蝀桥驾凌湖心之感，所以必须低平和河岸略同。将来由桥上俯瞰堤面的"车马如织"，由堤上仰望桥上行人则"有如神仙中人"，也是一种奇景。我相信很多办法都可以考虑周密计划得出来的。

此外，现在团城的格式也值得我们注意。台本是中国古代建筑中极普通的类型。从周文王的灵台和春秋秦汉的许多的台，可以知道它在古代建筑中是常有的一种，而在后代就越来越少了。古代的台大多是封建统治阶级登临游宴的地方，上面多有殿堂廊庑楼阁之类，曹操的铜雀台就是杰出的一例。据作者所知，现今团城已是这种建筑遗制的唯一实例，故极可珍贵。现在上面的承光殿代替了元朝的仪天殿，是1690年所重建。殿内著名的玉佛也是清代的雕刻。殿前大玉瓮则是元世祖忽必烈"特诏雕造"，本来是琼华岛上广寒殿的"寿山大玉海"，殿毁后失而复得，才移此安置。这个小台是同琼华岛上的大台遥遥相对。它们的关系是很密切的，所以在下文中我们还要将琼华岛一起谈到的。

北海琼华岛白塔的前身

北海的白塔是北京最挺秀的突出点之一，为人人所常能望见的。这塔的式样属于西藏化的印度窣堵坡。元以后北方多建造这种式样。我们现在要谈的重点不是塔而是它的富于历史意义的地址。它同奠定北京城址的关系最大。

本来琼华岛上是一高台，上面建着大殿，还是一种古代台的形制。相传是辽萧太后所居，称"妆台"。换句话说，就是在辽的时代还保持着的唐的传统。金朝将就这个卓越的基础和北海中海的天然湖沼风景，在此建筑有名的离宫——大宁宫。元世祖攻入燕京时破坏城区，而注意到这个美丽的地方，便住这里大台之上的殿中。

到了元筑大都，便依据这个宫苑为核心而设计的。就是上文中所已经谈到的那鼎足而立的三个宫；所谓"大内"兴圣宫和降福宫，以北海中海的湖沼（称太液池）做这三处的中心，而又以大内为整个都城的核心。忽必烈不久就命令重建岛上大殿，名为广寒殿。上面绿荫清泉，为避暑胜地。马可·波罗（意大利人）在那时到了中国，得以见到，在他的游记中曾详尽地叙述这清幽伟丽奇异的宫苑台殿，说有各处移植的奇树，殿亦作翠绿色，夏日一片清凉。

明灭元之后，曾都南京，命大臣来到北京毁元旧都。有萧洵其人随着这个"破坏使团"而来，他遍查元故宫，心里不免爱惜这样美丽的建筑精华，要遭到无情的破坏，所以一切他都记在他所著的元故宫遗录中。

据另一记载（《日下旧闻考》引《太岳集》），明成祖曾命勿毁广寒殿。到了万历七年（1579 年）五月"忽自倾圮，梁上有至元通宝的金钱等"。其实那时据说瓦甓已坏，只存梁架，木料早已腐朽，危在旦夕，当然容易"忽自倾圮"了。

现在的白塔是清初1651年——即广寒殿倾圮后七十三年，在殿的旧址上建立的。距今又整整三百年了。知道了这一些发展过程，当我们遥望白塔在朝阳夕照之中时，心中也有了中国悠久历史的丰富感觉，更珍视各朝代中人民血汗所造成的种种成绩。所不同的是当时都是被帝王所占有的奢侈建设，当他们对它厌倦时又任其毁去，而从今以后，一切美好的艺术果实就都属于人民自己，而我们必尽我们的力量，永远加以保护。

原载1951年《新观察》第3卷第2期

我们的首都

林徽因

中山堂

我们的首都是这样多方面的伟大和可爱，每次我们都可以从不同的事物来介绍和说明它，来了解和认识它。我们的首都是一个最富于文物建筑的名城；从文物建筑来介绍它，可以更深刻地感到它的伟大与罕贵。下面这个镜头就是我要在这里首先介绍的一个对象。

它是中山公园内的中山堂。你可能已在这里开过会，或因游览中山公园而认识了它；你也可能是没有来过首都而希望来的人，愿意对北京有个初步的了解。让我来介绍一下吧，这是一个愉快的任务。

这个殿堂的确不是一个寻常的建筑物；就是在这个满是文物建筑的北京城里，它也是极其罕贵的一个。因为它是这个古老的城中最老的一座木构大殿，它的年龄已有五百三十岁了。它是15世纪20年代的建筑，是明朝永乐由南京重回北京建都时所造的许多建筑物之一，也是明初工艺最旺盛的时代里，我们可尊敬的无名工匠们所创造的、保存到今天的一个实物。

这个殿堂过去不是帝王的宫殿，也不是佛寺的经堂；它是执行中国最原始宗教中祭祀仪节而设的坛庙中的"享殿"。中山公园过去是"社稷坛"，就是祭土地和五谷之神的地方。

凡是坛庙都用柏树林围绕，所以环境优美，成为现代公园的极好基础。社稷坛全部包括中央一广场，场内一方坛，场四面有短墙和棂星门；短墙之外，三面为神道，北面为享殿和寝殿；它们的外围又有红围墙和美丽的券洞门。正南有井亭，外围古柏参天。

中山堂的外表是个典型的大殿。自石镶嵌的台基和三道石级，朱漆合抱的并列立柱，精致的门窗，青绿彩画的阑额，由综错木材所组成的"斗拱"和檐椽等所造成的建筑装饰，加上黄琉璃瓦巍然耸起，微曲的坡顶，都可说是典型的、但也正是完整而美好的结构。它比例的稳重，尺度的恰当，也恰如它的作用和它的环境所需要的。它的内部不用天花顶棚，而将梁架斗拱结构全部外露，即所谓"露明造"的格式。我们仰头望去，就可以看见每一块结构的构材处理得有如装饰画那样美丽，同时又组成了巧妙的图案。当然，传统的青绿彩绘也更使它灿烂而华贵。但是明初遗物的特征是木材的优良（每柱必是整料，且以楠木为主）和匠工砍削榫卯的准确，这些都不是在外表上显著之点，而是属于它内在的品质的。

中国劳动人民所创造的这样一座优美的、雄伟的建筑物，过去只供封建帝王愚民之用，现在回到了人民的手里，它的效能，充分地被人民使用了。1949 年 8 月，北京市第一届人民代表会议，就是在这里召开的。两年多来，这里开过各种会议百余次。这大殿是多么恰当地用作各种工作会议和报告的大礼堂！而更巧的是同社稷坛遥遥相对的太庙，也已用作首都劳动人民的文化宫了。

北京市劳动人民文化宫

　　北京市劳动人民文化宫是首都人民所熟悉的地方。它在天安门的左侧，同天安门右侧的中山公园正相对称。它所占的面积很大，南面和天安门在一条线上，北面背临着紫禁城前的护城河，西面由故宫前的东千步廊起，东面到故宫的东墙根止，东西宽度恰是紫禁城的一半。这里是四百零八年以前（明嘉靖二十三年，1544 年）劳动人民所辛苦建造起来的一所规模宏大的庙宇。它主要是由三座大殿，三进庭院所组成；此外，环绕着它的四周的，是一片蓊郁古劲的柏树林。

　　这里过去称做"太庙"，只是沉寂地供着一些死人牌位和一年举行几次皇族的祭祖大典的地方。解放以后，1950 年国际劳动节，这里的大门上挂上了毛主席亲笔题的匾额——"北京市劳动人民文化宫"，它便活跃起来了。在这里面所进行的各种文化娱乐活动经常受到首都劳动人民的热烈欢迎，以至于这里林荫下的庭院和大殿里经常挤满了人，假日和举行各种展览的时候，等待入门的行列有时一直排到天安门前。

　　在这里，各种文化娱乐活动是在一个特别美丽的环境中进行的。这个环境的特点有二：

　　（一）它是故宫中工料特殊精美而在四百多年中又丝毫未被伤毁的一个完整的建筑组群。

　　（二）它的平面布局是在祖国的建筑体系中，在处理空间的方法上最卓越的例子之一。不但是它的内部布局爽朗而紧凑，在虚实起伏之间，构成一个整体，并且它还是故宫体系总布局的一个组成部分，同天安门、端门和午门有一定的关系。

如果我们从高处下瞰，就可以看出文化宫是以一个广庭为核心，四面建筑物环抱，北面是建筑的重点。这不单是一座单独的殿堂，而是前后三殿：中殿与后殿都各有它的两厢配殿和前院；前殿特别雄大，有两重屋檐，三层石基，左右两厢是很长的廊庑，像两臂伸出抱拢着前面广庭。南面的建筑很简单，就是入口的大门。在这全组建筑物之外，环绕着两重有琉璃瓦饰的红墙，两圈红墙之间，是一周苍翠的老柏树林。南面的树林是特别大的一片，造成浓荫，和北头建筑物的重点恰相呼应。它们所留出的主要空间就是那个可容万人以上的广庭，配合着两面的廊子。这样的一种空间处理，是非常适合于户外的集体活动的。这也是我们祖国建筑的优良传统之一。这种布局与中山公园中社稷坛部分完全不同，但在比重上又恰是对称的。如果说社稷坛是一个四条神道由中心向外展开的坛（仅在北面有两座不高的殿堂），文化宫则是一个由四面殿堂廊屋围拢来的庙。这两组建筑物以端门前庭为锁钥，和午门、天安门是有机地联系着的。在文化宫里，如果我们由下往上看，不但可以看到北面重檐的正殿巍然而起，并且可以看到午门上的五凤楼一角正成了它的西北面背景，早晚云霞，金瓦翚飞，气魄的雄伟，给人极深刻的印象。

故宫三大殿

北京城里的故宫中间，巍然崛起的三座大宫殿是整个故宫的重点，"紫禁城"内建筑的核心。以整个故宫来说，那样庄严宏伟的气魄；那样富于组织性，又富于图画美的体形风格；那样处理空间的艺术；那样的工程技术，外表轮廓，和平面布局之间的统一的整体，无可否认的，它是全世界建筑艺术的绝品，它是一组伟大的建筑杰作，它也是人类劳动创造史中放出异彩的奇迹之一。我们有充足的理由，为我们这"世界第一"而骄傲。

三大殿的前面有两段作为序幕的布局，是值得注意的。第一段，由天安门，经端门到午门，两旁长列的"千步廊"是个严肃的开端。第二段在午门与太和门之间的小广场，更是一个美丽的前奏。这里一道弧形的金水河，和河上五道白石桥，在黄瓦红墙的气氛中，北望太和门的雄劲，这个环境适当地给三殿做了心理准备。

太和、中和、保和三座殿是前后排列着同立在一个庞大而崇高的"工"字形白石殿基上面的。这种台基过去称"殿陛"，共高二丈，分三层，每层有刻石栏杆围绕，台上列铜鼎等。台前石级三列，左右各一列，路上都有雕镂隐起的龙凤花纹。这样大尺度的一组建筑物，是用更宏大尺度的庭院围绕起来的。广庭气魄之大是无法形容的。庭院四周有廊屋，太和与保和两殿的左右还有对称的楼阁和翼门，四角有小角楼。这样的布局是我国特有的传统，常见于美丽的唐宋壁画中。

三殿中，太和殿最大，也是全国最大的一个木构大殿。横阔十一间，进深五间，外有廊柱一列，全个殿内外立着八十四根大柱。殿顶是重檐的"庑殿式"，瓦顶，全部用黄色的琉璃瓦，光泽灿烂，同蓝色天空相辉映。底下彩画的横额和斗拱，朱漆柱，金琐窗，同白石级基也作了强烈的对比。这个殿建于康熙三十六年（1697 年），已有二百五十五岁，而结构整严完好如初。内部渗金盘龙柱和上部梁枋藻井上的彩画虽剥落，但仍然华美动人。

中和殿在工字基台的中心，平面为正方形，宋元工字殿当中的"柱廊"竟蜕变而成了今天的亭子形的方殿。屋顶是单檐"攒尖顶"，上端用渗金圆顶为结束。此殿是清初顺治三年（1646 年）的原物，比太和殿又早五十余年。

保和殿立在工字形殿基的北端，东西阔九间，每间尺度又都小于太和殿，上面是"歇山式"殿顶，它是明万历的"建极殿"原物，未经破坏或重修的。至今上面柱上还留有"建极殿"标识。它是三殿中年寿最老的。已有三百三十七年的历史。

三大殿中的两殿，一前一后，中间夹着略为低小的单位所造成的格局，是它美妙的特点。要用文字形容三殿是不可能的，而同时因环境之大，摄影镜头很难把握这三殿全部的雄姿。深刻的印象，必须亲自进到那动人的环境中，才能体会得到。

北海公园

在二百多万人口的城市中，尤其是在布局谨严，街道引直，建筑物主要都左右对称的北京城中，会有像北海这样一处水阔天空，风景如画的环境，据在城市的心脏地带，实在令人料想不到，使人惊喜。

初次走过横亘在北海和中海之间的金鳌玉蛛桥的时候，望见隔水的景物，真像一幅画面，给人的印象尤为深刻。耸立在水心的琼华岛，山巅白塔，林间楼台，受晨光或夕阳的渲染，景象非凡特殊，湖岸石桥上的游人或水面小船，处处也都像在画中。池沼园林是近代城市的肺腑，藉以调节气候，美化环境，休息精神；北海风景区对全市人民的健康所起的作用是无法衡量的。北海在艺术和历史方面的价值都是很突出的，但更可贵的还是在它今天回到了人民手里，成为人民的公园。

我们重视北海的历史，因为它也就是北京城历史重要的一段。它是今天的北京城的发源地。远在辽代（11 世纪初），琼华岛的地址就是一个著名的台，传说是"萧太后台"；到了金朝（12 世纪中），统治者在这里奢侈地为自己建造郊外离宫：凿大池，改台为岛，移北宋名石筑山，山巅建美丽的大殿。元忽必烈攻破中都，曾住在这里。元建都时，废中都旧城，选择了这离宫地址作为他的新城，大都皇宫的核心，称北海和中海为太液池。元的三个宫分立在两岸，水中前有"瀛洲圆殿"，就是今天的团城，北面有桥通"万岁山"，就是今天的琼华岛。岛立太液池中，气势雄壮，山巅广寒殿居高临下，可以远望西山，俯瞰全城，是忽必烈的主要宫殿，也是全城最突出的重点。明毁元三宫，建造今天的故宫以后，北海和中海的地位便不同了，也不那样重要了。统治者把两海改为游宴的庭园，称做"内苑"。广寒殿废而不用，明万历时坍塌。清初开辟南海，增修许多庭园建筑，北海北岸和东岸都有个别幽静的单位。北海面貌最显著的改变是在1651 年，琼华岛广寒殿旧址上，建造了今天所见的西藏式白塔。岛正面半山殿堂也改为佛寺，由石级直升上去，遥对团城。这个景象到今天已保持整整三百年了。

北海布局的艺术手法是继承宫苑创造幻想仙境的传统，所以它以琼华岛仙山楼阁的姿态为主：上面是台殿亭馆；中间有岩洞石室；北而游廊环抱，廊外有白石栏循，长达三百米；中间漪澜堂，上起轩楼为远帆楼，和北岸的五龙亭隔水遥望，互见缥缈，是本着想象的仙山景物而安排的。湖心本植莲花，其间有画舫来去。北岸佛寺之外，还作小西天，又受有佛教画的影响。其他如桥亭堤岸，多少是模拟山水画意。北海的布局是有着丰富的艺术传统的。它的曲折有趣、多变化的景物，也就是它最得游人喜爱的因素。同时更因为它的水面宏阔，林岸较深，尺度大，气魄大，最适合于现代青年假期中的一切活动：划船、滑冰、登高远眺，北海都有最好的条件。

天 坛

天坛在北京外城正中线的东边，占地差不多四千亩，围绕着有两重红色围墙。墙内茂密参天的老柏树，远望是一片苍郁的绿荫。由这树林中高高耸出深蓝色伞形的琉璃瓦顶，它是三重檐子的圆形大殿的上部，尖端上闪耀着涂金宝顶。这是祖国一个特殊的建筑物，世界闻名的天坛祈年殿。由南方到北京来的火车，进入北京城后，车上的人都可以从车窗中见到这个景物。它是许多人对北京文物建筑最先的一个印象。

天坛是过去封建主每年祭天和祈祷丰年的地方，是封建的愚民政策和迷信的产物；但它也是过去辛勤的劳动人民用血汗和智慧所创造出来的一种特殊美丽的建筑类型，今天有着无比的艺术和历史价值。

天坛的全部建筑分成简单的两组，安置在平舒开朗的环境中，外周用深深的树林围护着。南面一组主要是祭天的大坛，称做"圜丘"，各一座不大的圆殿，称"皇穹宇"。北面一组就是祈年殿和它的后殿——皇乾殿、东西配殿和前面的祈年门。这两组相距约六百米，有一条白石大道相联。两组之外，重要的附属建筑只有向东的"齐宫"一处。外面两周的围墙，在平面上南边一半是方的，北边一半是半圆形的。这是根据古代"天圆地方"的说法而建筑的。

圜丘是祭天的大坛，平面正圆，全部白石砌成；分三层，高约一丈六尺；最上一层直径九丈，中层十五丈，底层二十一丈。每层有石栏杆绕着，三层栏板共合成三百六十块，象征"周天三百六十度"。各层四面都有九步台阶。这座坛全部尺寸和数目都用一、三、五、七、九的"天数"或它们的倍数，是最典型的封建迷信结合的要求。但在这种苛刻条件下，智慧的劳动人民却在造型方面创造出一个艺术杰作。这座洁白如雪、重叠三层的圆坛，周围环绕着玲珑像花边般的石刻栏杆、形体是这样的美丽，它永远是个可珍贵的建筑物，点缀在祖国的地面上。

圜丘北面棂星门外是皇穹宇。这座单檐的小圆殿的作用是存放神位木牌（祭天时"请"到圜丘上面受祭，祭完送回）。最特殊的是它外面周绕的围墙，平面作成圆形，只在南面开门。墙面是精美的磨砖对缝，所以靠墙内任何一点，向墙上低声细语，他人把耳朵靠近其他任何一点，都可以清晰听到。人们都喜欢在这里做这种"声学游戏"。

祈年殿是祈谷的地方，是个圆形大殿，三重蓝色琉璃瓦檐，最上一层上安金顶。殿的建筑用内外两周的柱，每周十二根，里面更立四根"龙井柱"。圆周十二间都安格扇门，没有墙壁，庄严中呈显玲珑。这殿立在三层圆坛上，坛的样式略似圜丘而稍大。

天坛部署的规模是明嘉靖年间制定的。现存建筑中，圜丘和皇穹宇是清乾隆八年（1743 年）所建。祈年殿在清光绪十五年雷火焚毁后，又在第二年（1890 年）重建。祈年门和皇乾殿是明嘉靖二十四年（1545 年）原物。现在祈年门梁下的明代彩画是罕有的历史遗物。

颐和园

在中国历史中，城市近郊风景特别好的地方，封建主和贵族豪门等总要独霸或强占，然后再加以人工的经营来做他们的"禁苑"或私园。这些著名的御苑、离宫、名园，都是和劳动人民的血汗和智慧分不开的。他们凿了池或筑了山，建造了亭台楼阁，栽植了树木花草，布置了回廊曲径，桥梁水榭，在许许多多巧妙的经营与加工中，才把那些离宫或名园提到了高度艺术的境地。现在，这些可宝贵的祖国文化遗产，都已回到人民手里了。

北京西郊的颐和园，在著名的圆明园被帝国主义侵略军队毁了以后，是中国四千年封建历史里保存到今天的最后的一个大"御苑"。颐和园周围十三华里，园内有山有湖。倚山临湖的建筑单位大小数百，最有名的长廊，东西就长达一千几百尺，共计二百七十三间。

长　廊

颐和园的湖、山基础，是经过金、元、明三朝所建设的。清朝规模最大的修建开始于乾隆十五年（1750 年），当时本名清漪园，山名万寿，湖名昆明。1860 年，清漪园和圆明园同遭英法联军毒辣的破坏。前山和西部大半被毁，只有山巅琉璃砖造的建筑和"铜亭"得免。

前山湖岸全部是光绪十四年（1888 年）所重建。那时西太后那拉氏专政，为自己做寿，竟挪用了海军造船费来修建，改名颐和园。

颐和园规模宏大，布置错杂，我们可以分成后山、前山、东宫山、南湖和西堤四大部分来了解它。

第一部后山，是清漪园所遗留下的艺术面貌，精华在万寿山的北坡和坡下的苏州河。东自"赤城霞起"关口起，山势起伏，石路回转，一路在半山经"景福阁"到"智慧海"，再向西到"画中游"。一路沿山下河岸，处处苍松深郁或桃树错落，是初春清明前后游园最好的地方。山下小河（或称后湖）曲折，忽狭忽阔；沿岸摹仿江南风景，故称"苏州街"，河也名"苏州河"。正中北宫门入园后，有大石桥跨苏州河上，向南上坡是"后大庙"旧址，今称"须弥灵境"。这些地方，今天虽已剥落荒凉，但环境幽静，仍是颐和园最可爱的一部。东边"谐趣园"是仿无锡惠山园的风格，当中荷花池，四周有水殿曲廊，极为别致。西面通到前湖的小苏州河，岸上东有"买卖街"，俨如江南小镇（现已不存）。更西的长堤垂柳和六桥是仿杭州西湖六桥建设的。这些都是摹仿江南山水的一个系统的造园手法。

第二部前山湖岸上的布局，主要是排云殿、长廊和石舫。排云殿在南北中轴线上。这一组由临湖一座牌坊起，上到排云殿，再上到佛香阁；倚山建筑，巍然耸起，是前山的重点。佛香阁是八角钻尖顶的多层建筑物，立在高台上，是全山最高的突出点。这一组建筑的左右还有"转轮藏"和"五芳阁"等宗教建筑物。附属于前山部分的还有米山上几处别馆如"景福阁""画中游"等。沿湖的长廊和中线呈"丁"字形；西边长廊尽头处，湖岸转北到小苏州河，傍岸处就是著名的"石舫"，名清宴舫。前山着重侈大、堂皇富丽，和清漪园时代重视江南山水的曲折大不相同；前山的安排，是"仙山蓬岛"的格式，略如北海琼华岛，建筑物倚山层层上去，成一中轴线，以高耸的建筑物为结束。湖岸有石栏和游廊。对面湖心有远岛，以桥相通，也如北海团城。只是岛和岸的距离甚大，通到岛上的十七孔长桥，不在中线，而由东堤伸出，成为远景。

第三部是东宫门入口后的三大组主要建筑物：一是向东的仁寿殿，它是理事的大殿；二是仁寿殿北边的德和园，内中有正殿、两廊和大戏台；三是乐寿堂，在德和园之西，这是那拉氏居住的地方。堂前向南临水有石台石级，可以由此上下船。这些建筑拥挤繁复，像城内府第，堵塞了入口，向后山和湖岸的合理路线被建筑物阻挡割裂，今天游园的人，多不知有后山，进仁寿殿或德和园之后，更有迷惑在院落中的感觉，直到出了荣寿堂西门，到了长廊，才豁然开朗，见到前面湖山。这一部分的建筑物为全园布局上的最大弱点。

第四部是南湖洲岛和西堤。岛有五处，最大的是月波楼一组，或称龙王庙，有长桥通东堤。其他小岛非船不能达。西堤由北而南成弧线，分数段，上有六座桥。这些都是湖中的点缀，为北岸的远景。

天宁寺塔

北京广安门外的天宁寺塔，是北京城内和郊外的寺塔中完整立着的一个最古的建筑纪念物。这个塔是属于一种特殊的类型：平面作八角形，砖筑实心，外表主要分成高座、单层塔身和上面的多层密檐三部分。座是重叠的两组须弥座，每组中间有一道"束腰"，用"间柱"分成格子，每格中刻一浅龛，中有浮雕，上面用一周砖刻斗拱和栏杆，故极富于装饰性。座以上只有一单层的塔身，托在仰翻的大莲瓣上，塔身四正面有拱门，四斜向有窗，还有浮雕力神像等。塔身以上是十三层密密重叠着的瓦檐。第一层檐以上，各檐中间不露塔身，只见斗拱；檐的宽度每层缩小，逐渐向上递减，使塔的轮廓成缓和的弧线。塔顶的"刹"是佛教的象征物，本有"覆钵"和很多层"相轮"，但天宁寺塔上只有宝顶，不是一个刹，而十三层密檐本身却有了相轮的效果。

这种类型的塔，轮廓甚美，全部稳重而挺拔。层层密檐的支出使檐上的光和檐下的阴影构成一明一暗；重叠而上，和素面塔身起反衬作用，是最引人注意的宜于远望的处理方法。中间塔身略细，约束在檐以下，座以上，特别显得窈窕。座的轮廓也因有伸出和缩紧的部分，更美妙有趣。塔座是塔底部的重点，远望清晰伶俐；近望则见浮雕的花纹、走兽和人物，精致生动，又恰好收到最大的装饰效果。它是砖造建筑艺术中的极可宝贵的处理手法。

分析和比较祖国各时代各类型的塔，我们知道南北朝和隋的木塔的形状，但实物已不存。唐代遗物主要是砖塔，都是多层方塔，如西安的大雁塔和小雁塔。唐代虽有单层密檐塔，但平面为方形，且无须弥座和斗拱，如嵩山的永泰寺塔。中原山东等省以南，山西省以西，五代以后虽有八角塔，而非密檐，且无斗拱，如开封的"铁塔"。在江南，五代两宋虽有八角塔，却是多层塔身的，且塔身虽砖造，每层都用木造斗拱和木檩托檐，如苏州虎丘塔，罗汉院双塔等。检查天宁寺塔每一细节，我们今天可以确凿地断定它是辽代的实物，清代石碑中说它是"隋塔"是错误的。

这种单层密檐的八角塔只见于河北省和东北。最早有年月可考的都属于辽金时代（11—13世纪），如房山云居寺南塔北塔，正定青塔，通州塔，辽阳白塔寺塔等。但明清还有这型制的塔，如北京八里庄塔。从它们分布的地域和时代来看，这类型的塔显然是契丹民族（满族祖先的一支）的劳动人民和当时移居辽区的汉族匠工们所合力创造的伟绩，是他们对于祖国建筑传统的一个重大贡献。天宁寺塔经过这九百多年的考验，仍是一座完整而美丽的纪念性建筑，它是今天北京最珍贵的艺术遗产之一。

北京近郊的三座"金刚宝座塔"
——西直门外五塔寺塔、德胜门外西黄寺塔和香山碧云寺塔

北京西直门外五塔寺的大塔，形式很特殊；它是建立在一个巨大的台子上面，由五座小塔所组成的。佛教术语称这种塔为"金刚宝座塔"。它是摹仿印度佛陀伽蓝的大塔建造的。

金刚宝座塔的图样，是1413年（明永乐时代）西番班迪达来中国时带来的。永乐帝朱棣，封班迪达做大国师，建立大正觉寺——即五塔寺——给他住。到了1473年（明成化九年）便在寺中仿照了中印度式样，建造了这座金刚宝座塔。清乾隆时代又仿照这个类型，建造了另外两座。一座就是现在德胜门外的西黄寺塔，另一座是香山碧云寺塔。这三座塔虽同属于一个格式，但每座各有很大变化，和中国其他的传统风格结合而成。它们具体地表现出祖国劳动人民灵活运用外来影响的能力，它们有大胆变化、不限制于摹仿的创造精神。在建筑上，这样主动地吸收外国影响和自己民族形式相结合的例子是极值得注意的。同时，介绍北京这三座塔并指出它们的显著的异同，也可以增加游览者对它们的认识和兴趣。

五塔寺在西郊公园北面约二百米。它的大台高五丈，上面立五座密檐的方塔，正中一座高十三层，四角每座高十一层。中塔的正南，阶梯出口的地方有一座两层檐的亭子，上层瓦顶是圆的。大台的最底层是个"须弥座"，座之上分五层，每层伸出小檐一周，下雕并列的佛龛，龛和龛之间刻菩萨立像。最上层是女儿墙，也就是大台的栏杆。这些上面都有雕刻，所谓"梵花、梵宝、梵字、梵像"。大台的正门有门洞，门内有阶梯藏在台身里，盘旋上去，通到台上。

这塔全部用汉白玉建造，密密地布满雕刻。石里所含铁质经过五百年的氧化，呈现出淡淡的橙黄的颜色，非常温润而美丽。过于繁琐的雕饰本是印度建筑的弱点，中国匠人却创造了自己的适当的处理。他们智慧地结合了祖国的手法特征，努力控制了凹凸深浅的重点。每层利用小檐的伸出和佛龛的深入，做成阴影较强烈的部分，其余全是极浅的浮雕花纹。这样，便纠正了一片杂乱繁缛的感觉。

西黄寺塔，也称做班禅喇嘛净化城塔，建于1779年。这座塔的形式和大正觉寺塔一样，也是五座小塔立在一个大台上面。所不同的，在于这五座塔本身的形式。它的中央一塔为西藏式的喇嘛塔（如北海的白塔），而它的四角小塔，却是细高的八角五层的"经幢"；并且在平面上，四小塔的座基凸出于大台之外，南面还有一列石级引至台上。中央塔的各面刻有佛像、草花和凤凰等，雕刻极为细致富丽，四个幢主要一层素面刻经，上面三层刻佛龛与莲瓣。全组呈窈窕玲珑的印象。

碧云寺塔和以上两座又都不同。它的大台共有三层，底下两层是月台，各有台阶上去。最上层做法极像五塔寺塔，刻有数层佛龛，阶梯也藏在台身内。但它上面五座塔之外，南面左右还有两座小喇嘛塔，所以共有七座塔了。

这三处仿中印度式建筑的遗物，都在北京近郊风景区内。同式样的塔，国内只有昆明官渡镇有一座，比五塔寺塔更早了几年。

鼓楼、钟楼和什刹海

北京城在整体布局上，一切都以城中央一条南北中轴线为依据。这条中轴线以永定门为南端起点，经过正阳门、天安门、午门、前三殿、后三殿、神武门、景山、地安门一系列的建筑重点，最北就结束在鼓楼和钟楼那里。北京的钟楼和鼓楼不是东西相对，而是在南北线上，一前、一后的两座高耸的建筑物。北面城墙正中不开城门，所以这条长达八公里的南北中线的北端就终止在钟楼之前。这个伟大气魄的中轴直穿城心的布局是我们祖先杰出的创造。鼓楼面向着广阔的地安门大街，地安门是它南面的"对景"，钟楼峙立在它的北面，这样三座建筑便合成一组庄严的单位，适当地作为这条中轴线的结束。

鼓楼和钟楼

鼓楼是一座很大的建筑物，第一层雄厚的砖台，开着三个发券的门洞。上面横列五间重檐的木构殿楼，整体轮廓强调了横亘的体型。钟楼在鼓楼后面不远，是座直立耸起、全部砖石造的建筑物；下层高耸的台，每面只有一个发券门洞。台上钟亭也是每面一个发券门。全部使人有浑雄坚实的矗立的印象。钟、鼓两楼在对比中，一横一直，形成了和谐美妙的组合。明朝初年，智慧的建筑工人和当时的"打图样"的师父们就这样朴实、大胆地创造了自己市心的立体标志，充满了中华民族特征的不平凡的风格。

钟、鼓楼西面俯瞰什刹海和后海。这两个"海"是和北京历史分不开的，它们和北海、中海、南海是一个系统的五个湖沼。12 世纪中建造"大都"的时候，北海和中海被划入宫苑（那时还没有南海），什刹海和后海留在市区内。当时有一条水道由什刹海经现在的北河沿、南河沿、六国饭店出城通到通州，衔接到运河。江南运到的粮食便在什刹海卸货，那里船帆桅杆十分热闹，它的重要性正相同于我们今天的前门车站。到了明朝，水源发生问题，水运只到东郊，什刹海才丧失了作为交通终点的身份。尤其难得的是它外面始终没有围墙把它同城区阻隔，正合乎近代最理想的市区公园的布局。

海的四周本有十座佛寺，因而得到"什刹"的名称。这十座寺早已荒废。满清末年，这里周围是茶楼、酒馆和杂耍场子等。但湖水逐渐淤塞，虽然夏季里香荷一片，而水质污秽、蚊虫滋生已威胁到人民的健康。解放后，人民自己的政府首先疏浚全城水道系统，将什刹海掏深，砌了石岸，使它成为一片清澈的活水，又将西侧小湖改为可容四千人的游泳池。两年来那里已成劳动人民夏天中最喜爱的地点。垂柳倒影，隔岸可遥望钟楼和鼓楼，它已真正地成为首都的风景区。并且这个风景区还正在不断地建设中。

在全市来说，由地安门到钟、鼓楼和什刹海是城北最好的风景区的基础。现在鼓楼上面已是人民的第一文化馆，小海已是游泳池，又紧接北海。这一个美好环境，由钟、鼓楼上远眺更为动人。不但如此，首都的风景区是以湖沼为重点的，水道的连接将成为必要。什刹海若予以发展，将来可能以金水河把它同颐和园的昆明湖连接起来。那样，人们将可以在假日里从什刹海坐着小船经由美丽的西郊，直达颐和园了。

雍和宫

北京城内东北角的雍和宫，是二百一十几年来北京最大的一座喇嘛寺院。喇嘛教是蒙藏两族所崇奉的宗教，但这所寺院因为建筑的宏丽和佛像雕刻等的壮观，一向都非常著名，所以游览首都的人们，时常来到这里参观。这一组庄严的大建筑群，是过去中国建筑工人以自己传统的建筑结构技术来适应喇嘛教的需要所创造的一种宗教性的建筑类型，就如同中国工人曾以本国的传统方法和民族特征解决过回教的清真寺，或基督教的礼拜堂的需要一样。这寺院的全部是一种符合特殊实际要求的艺术创造，在首都的文物建筑中间，它是不容忽视的一组建筑遗产。

雍和宫曾经是胤禛（清雍正）做王子时的府第。在1734年改建为喇嘛寺。

雍和宫的大布局，紧凑而有秩序，全部由南北一条中轴线贯穿着。由最南头的石牌坊起到"琉璃花门"是一条"御道"——也像一个小广场。两旁十几排向南并列的僧房就是喇嘛们的宿舍。由琉璃花门到雍和门是一个前院，这个前院有古槐的幽荫，南部左右两角立着钟楼和鼓楼，北部左右有两座八角的重檐亭子，更北的正中就是雍和门；雍和门规模很大，才经过修缮油饰。由此北进共有三个大庭院，五座主要大殿阁。第一院正中的主要大殿称做雍和宫，它的前面中线上有碑亭一座和一个雕刻精美的铜香炉，两边配殿围绕到它后面一殿的两旁，规模极为宏壮。

全寺最值得注意的建筑物是第二院中的法轮殿，其次便是它后面的万佛楼。它们的格式都是很特殊的。法轮殿主体是七间大殿，但它的前后又各出五间"抱厦"，使平面呈十字形。殿的瓦顶上面突出五个小阁，一个在正脊中间，两个在前坡的左右，两个在后坡的左右。每个小阁的瓦脊中间又立着一座喇嘛塔。由于宗教上的要求，五塔寺金刚座塔的型式很巧妙地这样组织到纯粹中国式的殿堂上面，成了中国建筑中一个特殊例子。

万佛楼在法轮殿后面，是两层重檐的大阁。阁内部中间有一尊五丈多高的弥勒佛大像，穿过三层楼井，佛像头部在最上一层的屋顶底下。据说这个像的全部是由一整块檀香木雕成的。更特殊的是万佛楼的左右另有两座两层的阁，从这两阁的上层用斜廊——所谓飞桥——和大阁相联系。这中敦煌唐朝画中所常见的格式，今天还有这样一座存留着，是很难得的。

雍和宫最北部的绥成殿是七间，左右楼也各是七间，都是两层的楼阁，在我们的最近建设中，我们极需要参考本国传统的楼屋风格，从这一组两层建筑物中，是可以得到许多启示的。

故 宫

北京的故宫现在是首都的故宫博物院。故宫建筑的本身就是这博物院中最重要的历史文物。它综合形体上的壮丽、工程上的完美和布局上的庄严秩序，成为世界上一组最优异、最辉煌的建筑纪念物。它是我们祖国多少年来劳动人民智慧和勤劳的结晶，它有无比的历史和艺术价值。全宫由"前朝"和"内廷"两大部分组成；四周有城墙围绕，墙下是一周护城河，城四角有角楼，四面各有一门：正南是午门，门楼壮丽称五凤楼；正北称神武门；东西两门称东华门、西华门，全组统称"紫禁城"。隔河遥望红墙、黄瓦、宫阙、角楼的任何一角都是宏伟秀丽，气象万千。

前朝正中的三大殿是宫中前部的重点，阶陛三层，结构崇伟，为建筑造型的杰作。东侧是文华殿，西侧是武英殿，这两组与太和门东西并列，左右衬托，构成三殿前部的格局。

内廷是封建皇帝和他的家族居住的办公的部分。因为是所谓皇帝起居的地方，所以借重了许多严格部署的格局和外表形式上的处理来强调这独夫的"至高无上"。因此，内廷的布局仍是采用左右对称的格式，并且在部署上象征天上星宿等等。例如内廷中间，乾清、坤宁两宫就是象征天地，中间过殿名交泰，就取"天地交泰"之义。乾清宫前面的东西两门名曰精、月华，象征日月。后面御花园中最北一座大殿——钦安殿，内中还供奉着"玄天上帝"的牌位。故宫博物院称这部分作"中路"，它也就是前王殿中轴线的延续，也是全城中轴的一段。

"中路"两旁两条长夹道的东西，各列六个宫，每三个为一路，中间有南北夹道。这十二个宫象征十二星辰。它们后部每面有五个并列的院落，称东五所、西五所，也象征众星拱辰之义。十二宫是内宫眷属"妃嫔""皇子"等的住所和中间的"后三殿"就是紫禁城后半部的核心。现在博物院称东西六宫等为"东殿"和"西殿"，按日轮流开放，西六宫曾经改建，储秀和翊坤两宫之间增建一殿，成了一组。长春和太极之间，也添建一殿，成为一组，格局稍变。东六宫中的延禧，曾参酌西式改建"水晶宫"而未成。

三路之外的建筑是比较不规则的。主要有两种：一种是在中轴两侧，东西两路的南头，十二宫的面的重要前宫殿。西边是养心殿一组，它正在"外朝"和"内廷"之间偏东的位置上，是封建主实际上日常起居的地方。中轴东边与它约略对称的是斋宫和奉先殿。这两组与乾清宫的关系就相等于文华、武英两殿与太和殿的关系。另一类是核心外围规模较十二宫更大的宫。这些宫是建筑给封建主的母后居住的。每组都有前殿、后寝、周围廊子、配殿、宫门等。西边有慈宁、寿康、寿安等宫，其中夹着一组佛教庙宇雨花阁，规模极大，总称为"外西路"。东边的"外东路"只有直串南北、范围巨大的宁寿宫一组。它本是玄烨（康熙）的母亲所居，后来弘历（乾隆）将政权交给儿子，自己退老住在这里曾增修了许多繁缛巧丽的亭园建筑，所以称为"乾隆花园"。它是故宫后部核心以外最特殊也最奢侈的一个建筑组群，且是清代日趋繁琐的宫廷趣味的代表作。

故宫后部虽然"千门万户"，建筑密集，但它们仍是有秩序的布局。中轴之外，东西两侧的建筑物也是以几条南北轴线为依据的。各轴线组成的建筑群以外的街道形成了细长的南北夹道。主要的东一长街和西一长街的南头就是通到外朝的"左内门"和"右内门"，它们是内廷和前朝联系的主要交通线。

除去这些"宫"与"殿"之外，紫禁城内还有许多服务单位如上驷院、御膳房和各种库房及值班守卫之处。但威名显赫的"南书房"和"军机处"等宰相大臣办公的地方，实际上只是乾清门旁边几间廊庑房舍。军机处还不如上驷院里一排马厩！封建帝王残酷地驱役劳动人民为他建造宫殿，养尊处优，享乐排场无所不至，而即使是对待他的军机大臣也仍如奴隶。这类事实可由故宫的建筑和布局反映出来。紫禁城全部建筑也就是最丰富的历史材料。

原载1952年《新观察》第1至11期

北京菜

金受申

　　谈起吃来，北京真是完备得很，西餐有英法大菜、俄式小吃，中餐有广东馆、福建馆、四川馆、贵州馆、山西馆、河南馆，江苏馆又分上海苏州帮、淮安扬州帮，至于号称北京菜的，却又是山东馆，近年又有介于南北菜之间的，是济南馆，纯粹北京菜，是没有这种馆子的。

　　有人认为白肉馆是北京菜，这也不尽然，试想沙锅居的"白肉烧碟"，家庭中能否做出？不过白肉馆是北京馆子中独有特制，旁处是没有的。其实白肉原是满洲吃法，北京旗族家庭喜吃煮白肉，遂有人认为是北京馆就是白肉馆，这话是不周延的。还有人认为烧鸭是北京特有食物，这是不错，不过老便宜坊仍写金陵移此，可见烧鸭也不是地道北京产物，因为北京填鸭得法，烧得得法，遂驾一切地方烧鸭之上了。

　　北京菜是北京家庭中家常菜，饭馆中是没有的，近年来旧家式微，一切老做法失传，又传入许多新菜蔬，遂使一般家庭竞仿新样，例如龙须菜、荠菜、盖蓝菜、苋菜、瓮菜、瓢儿菜，都是从先北京没有的菜，虽然龙须菜是北京特产，也没见人吃过。至于炒茭白、烧菜花、炒洋芹菜，北京三四十年前谁吃过？于非厂先生最欣赏北京家常菜，实在是有特殊风味，而且经济的。今天谈几种地道北京老家常菜，诸位能仿制一下，也是不错的，闲来命山妻做一两种，请一请知音来尝尝，也未为不可。

北京菜分日常菜、小吃、年节或犒劳菜三种。

日常菜

"**大萝卜丝汤**"　这菜最富养料，最有特别味道，现在正是吃这菜的时候，做法是：把红胡萝卜、大萝卜（红扁而辣的萝卜）擦成丝，先把胡萝卜丝入锅煎，煎出红油为止，然后用羊肉丝煸锅，放入这两种萝卜丝（胡萝卜十分之九），故汤不可太多太少，妙在拨入面鱼，撒以葱丝、香菜、椒面、生醋，味美绝伦。

"**炒胡萝卜酱**"　将胡萝卜切丁，加羊肉丁、豆腐炒之，必须酱大，也是秋末冬初果腹的食品。

"**大豆芽炒大腌白菜**"　白菜虽在南北朝时已有，但近代已成了北京特产，江南地方以北京白菜价在鱼翅以上。白菜一物，可咸可甜，可荤可素，可以任意做菜吃，切白菜成方块，以盐微腌，加大豆芽猪肉片炒之，最能下饭，久成北京菜中佳品了。

"**熬白菜**"　北京熬白菜分两种，一、羊肉熬加酱，味不太好；二、猪肉熬不加酱，味道深长，如再加炉肉、海米、猪肉丸子，将白菜熬成烂泥，汤肥似加乳汁，冬日得此，真可大快朵颐了。北京以前喜以"把钻子"熬白菜，真有几十年老钻子的，佐以玉色白米，又何斤斤于吃粉条鱼翅，脚鸡眼似的鱼唇呢！

"**炒王瓜丁**"　炒王瓜丁是夏日绝妙的食品，将鲜王瓜、水芥切丁，加豆嘴（或鲜豌豆、鲜毛豆均可），以猪肉炒之，有肉则加酱，素炒不加酱，食绿豆水饭素炒王瓜丁，顿觉暑退凉生，不必仿膳社去吃窝头了。

"炒三香菜"　切胡萝卜、芹菜、白菜为条，用羊肉酱炒，也是深秋美食。如生食，只用盐一腌，再加上些醋，可以代小菜吃。

"炒雪里红"　用腌雪里红或芥菜缨，加大豆芽，以羊肉酱炒，最能下饭。

"焖雷震芥头片"　北京老家庭，春必做酱，秋必腌菜，不是为省钱，实在为得味。腌菜是腌芥菜、雪里红，顺便还可以放入白菜，一冬一春的咸菜，可以无忧了。大雪初晴，日黄入户，捧着一碗热粥，醋泡芥缨加辣椒，肚饱身暖，真是南面王不易啊！比那持着请帖赶嘴的，绝保不能风拍食的。雷震芥菜是芥菜带叶下缸，七日取出，阴八成干，揉以五香料，放入坛中，不许透气，明年雷鸣后出坛，切片加猪肉焖食，算家常中高等菜的。水芥可以生切细丝，加花椒油生醋，名"春菜丝"，另有一种特别滋味。水芥到初春时候，切丝加黄豆芽肉炒，吃时临时加入生葱丝，也是佐饭的佳品。我以为芥类这东西，除佛手芥外，自制总比外买的味美，现在家庭，是谈不到这点的。

"炒麻豆腐"　炒麻豆腐为北京特别产物，谁也不能否认的，因为炒时用羊油羊肉，所以羊肉馆多半以此算敬菜，其实讲究一点家庭做的，比羊肉馆还要好一些，用真四眼井做的麻豆腐，以浮油、香油、脂油炒（不加脂油不算讲究），加上一点老黑酱油，加入韭菜段大豆芽，炒熟后，撒上羊肉焦丁，拌上一些辣椒油，自然味美了。不过火候作料，不容易做得恰当，厨师傅有时不如女人会做，所以就不太可口了。以外茄子、冬瓜、倭瓜、饹、豆腐，各种菜蔬，做法很多，一样韭菜，有十几种做法，不能一一说清了。

小　吃

北京的小吃，也是很有滋味，不过北京家庭，平常不注意小菜，到年节才特别做些，预待年节食用，尤其是旧历年，因为天气寒冷，食物不易腐坏，所以家家做菜，名为"年菜"。先谈小吃，生食的有：拌苔菜、拌王瓜干、拌海蜇皮等类。熟吃的有：一、"炒咸什锦"，把面筋、水芥、胡萝卜、豆腐干切成极细的丝，用香油酱油炒熟，撒上香菜，最好是凉吃。二、"炒酱瓜丁""炒酱瓜丝""炒酱王瓜丁丝"，酱瓜系酱渍老烟瓜，最好的是甜酱瓜，甜瓜非夏日香瓜，为另一种小瓜，较老烟瓜短小，酱渍以后与老烟瓜同称"酱瓜"，但比老烟瓜所制之酱瓜甜嫩，非大"京酱园"没有。切丝切丁加生葱炒之，用猪里脊或精致猪肉拌炒，如能用山鸡肉，就更好了。主要条件要用香油，肉须先用滚水焯过，葱须炒熟后再加。更有一点足能增加美味，而为人少知的，即炒时加些白糖或冰糖，自能别具一种风味，可以下粥，可以渗酒。又有"酱猪排骨""粉肠""卤口条""卤肝"等，以及"酥鱼""酥鸡""鸡冻""鱼冻"，讲究的家庭，多半在年关前做成。除夕家宴，元宵聚饮，拥红泥小火炉，燃百烛电灯，儿童点放爆竹，欢呼畅谈，或叙天伦乐事，或约一二契友作竟夜谈，一坛瓮头春，足洗一年心绪，又何必侈谈焖炉挂炉，燕窝鱼翅呢？年菜小吃中最清适的，要算凉甜菜，如"芥末墩"，又名芥末白菜，将白菜去外皮，只取内心，切成寸厚小段，用马蔺叶或线串拴牢，放锅内煮熟，取出带汤放置盘中，撒上高芥末面和白糖，凉食最好，但食时应加一些高醋才好。又有"糖素白菜"，系将白菜切成斜方块,佐以胡萝卜,入锅煮熟后加白糖,凉食但不必加醋。再有北京特有的"辣菜",入冬即有担售的,系用芥菜头(千万不可用蔓菁)切片,及大萝卜切丝,煮熟后,连汤倾入坛中,不可透气,食时加香油生醋,虽辣味钻鼻,人皆嗜食,新年大肉后,这三种实在是一服清凉剂啊!

年节及犒劳菜

年节及犒劳菜,以肉菜为主,讲究一点的,也有鸡、鱼、鸭等品,但不是家庭中习做的。第一大菜即"炖猪羊肉",以小门姜店好黄酒,加花椒大料炖之,以老黑酱油提色。至于炖牛肉,加五香料,及酱油红烧,皆入民国后才有(北京老家庭多不食牛肉)。次为"炖蘑菇肉",以猪肉切成大片,加冬蘑黄酱炖成。又有"炖吊子",炖猪大肠加肝,如饭馆熘肝肠,但不勾汁。至于猪下水,近年城内才有吃的人。最美的要算"炖羊肚心肺丝汤",即六月雪中羊肚汤,以羊肚全份,羊肺头、心、肝煮熟切丝,或加海带菜丝,炖成后,加葱丝、香菜、麻酱、醋、椒面佐料食之,实在是肉类中逸品,不过难得肚板厚丝细罢了。

选自《北京通》,大众文艺出版社1999年版

银鱼紫蟹

金受申

民国十九年冬天，有一次天降大雪，正值我为吴晦园夫子在华大代课，夫子电召赏雪，由湘乡会馆备火锅银鱼紫蟹，陶然亭赏雪，座客只有善化杨西屏先生，天垂海立，雪大如掌，坐在陶然亭茶馆中，屋矮光暗，寂静无声，举杯闲话，佐以佳肴，一时兴会异常。夫子别将十年，我也匆匆渐近不惑之年，昔年豪兴，都已消磨尽了。银鱼虽不常食，紫蟹却年年要吃的，前几天忽有雪意，我家主中馈的大师傅，为购"灯笼子"二斤，白酒一瓶，准备小园赏雪。北京吃灯笼小螃蟹，第一食法即"醉蟹"，以洗净去泥小蟹（活虾蟹螺蛤去泥，皆在水中滴一、二滴麻油，即可吐净含泥，吃活坑鱼，亦是此法），置于瓮中，撒椒盐五香料，及白酒，一二日即可食。制售的，多吝不加酒，醉之意已无，又多现制现售，上月与政贤、孤血、秀臣应李振东约在某处闲谈，索醉蟹，尚在盘中蠕蠕活动，令人不忍下箸了。醉蟹佐酒，其美无比，尤以团脐更好。第二食法即加于火锅中，名为"紫蟹"，以肥满灯笼子（石河所产最佳）刹去爪尖，揭去护脐，连盖一刀中断，置于火锅中，其汤鲜美已极，唯最宜清汤，至其蟹已不必再食。第三食法为"炸紫蟹"，舍间每旬有铁门专送调味品之人，适于此时送香油至，即以将入火锅中小蟹，入油炸食，味尤香醇，最耐咀嚼下酒，不过蟹黄易于外溢，后试以未经切为两半之蟹油炸，所得成绩，更为圆满。又试以炸过紫蟹重入火锅，更添一层厚味了。第四食法为与鳜鱼同蒸，两鲜兼并，相得益彰，清真教馆，多有此做法。连日城门检查行人，乡人多莫名真相，因之乡间亲友对住城内关起心来，老友张君由怀柔县提着一斗小米，进京存问，葭莩亲东坝刘殿起兄，率女在金盏河内网了几条大鲤鱼，命其妻进京探亲，盛意已然感过，不在话下，恰好购有紫蟹，试以和鲤鱼同蒸，居然得到意外的结果，鲜逾鳜鱼，后来才了然鱼的本质鲜否，是有关系的。马东篱套曲中曾有："煮酒烧红叶，带霜烹紫蟹，人生有限杯。"纪文达曾说："有酒须及生前饮，莫待作鬼徒歆其气也。"读之令我酒胆一壮。

选自《春明忆旧》，《北京通》，大众文艺出版社1999年版

鸡鸣馆　虾米居

金受申

鸡鸣馆

北京以前各店肆，多以别名名之，如人之有绰号者然，日久反并其真名而掩之，如肉脯徐、鸡鸣馆、虾米居、迎门冲、耳朵眼……皆是别名，能举其真名者很少。鸡鸣馆未名××轩，前曾闻乔丈亨之谈及，今已忘掉，地在安定门外笮桥北，二道桥南路东，大悲院隔壁，以油炸炒面片出名。至于得名的缘故，因外馆密迩，出口客商，皆在此收晚，打坐地尖，夜不封灶，做通宵营业，凡口外猪车，客商货车来京，无论日夜，皆到此齐集，日出上饭座时，已做过若干起营业，所以称为鸡鸣馆。自清代以至民初，二百余年，外馆最富，街道房屋，极其讲究，今已拆落殆尽。北郊又是北营泛地，即安定门外一带，鸦片烟馆已至十余家之多，大粪厂亦多在此，所以诸般营业，都很发达。鸡鸣馆除招待来往客商外，北营差弁，富户"瘾士"，多在此夜饮，当时有三馆之称，即外馆、烟馆、鸡鸣馆啊！

虾米居

　　虾米居也是关厢的一个小馆，可以说是仅存唯一无二的城厢小馆。虾米居本名永兴居，地在阜成门外箒桥东，西郊第十二派出所东隔壁，至于为什么叫虾米居？除锡酒壶上镌此三字外，别无标识，连掌柜刘某，也说不出缘故来，想是和李西涯虾菜亭的虾字，一样讲法，本不必有虾，更不必产虾的（但据评书界先辈杨云清说，五六十年以前，此地曾产青虾），虾米居专卖柳泉居的北京黄酒，也可说是仅存的黄酒馆之一。北京黄酒，分甜头、苦头二种（黄酒除绍兴南酒外，北方各地黄酒，皆分甜苦二种，晋鲁秦燕，全是如此），甜头的名"干榨儿"，苦头的名"苦清儿"（即所谓苦醁），味较山西黄山东黄为佳，苦清尤妙。虾米居以"兔肉脯""牛肉干"出名，兔肉脯以肥嫩野猫肉，臠切与猪肘同锅红炖，绝无土气，冷冻出售，渗酒最佳，也可以携走。牛肉干系选精致牛肉，切成长条，悬挂不见日光檐下，俟五分干，再酱炖焖透，仍悬檐下风干，至九分时，切小块闷贮，随时零售。虾米居是饭馆性质，所以不卖碗酒，也不炒热菜，牛肉干售罄再制，不能预先定制，也不必须要二斤。虾米居的风趣是：夏天后院临河，高搭苇棚，后墙开扇形桃形等空洞，嵌以冰镇纹窗棂，冰碗瓜桃，玉杯琥珀，西山秀色，直入座中，高槐蝉鸣，低柳拂水，足以遣此暑夏。冬日雅座中，纸窗朴古，红泥火炉，高烧蜡炬，西北风过冰吹来，烛影摇摇，又是一番闲暇境界。以前我们到此饮酒时，堂倌老崔，必给我们买红蜡两只，烛影摇红，比作一首词，还来得有味。记得有一次北风紧紧的冬夕，彤云漠漠，雪意十分，北京黄酒已干了五斤，忽然想起评书家杨云清，就住在隔河茅屋中，遣老崔约来，快谈快饮，直到三更起桥，才歪斜地走进了平则门，人生聚散，令人不忍回忆。阜成门外，以前有"阜成茶园"戏馆，在九城关厢戏馆中，可以称为特殊，唯一规模宏大的戏园，谭鑫培曾在此演戏，戏毕即在虾米居小饮，所以此地亦曾脍炙人口。

选自《春明忆旧》，《北京通》，大众文艺出版社1999年版

北平的"味儿"

纪果庵

　　若想以一个单词形容北平的话，那只有"味儿"一词。朋友们一提到北平，总是说："北平有味儿。"或是说："够味儿。"什么是"味儿"？我倒先要问你，我们吃"沙锅鱼翅"或是烤涮羊肉，大家抢着说："有点味儿，不错！"这里"味儿"当什么讲？你明白了吃饭的所谓"味儿"，则生活的所谓"味儿"，亦复如是——不，北平的"味儿"，并非专像"沙锅鱼翅"，或是烤涮羊肉，倒有些像嚼橄榄，颇有回甘，又有些像吃惯了的香烟，无论何时都离不了。要把菜来比附，还是北平自己出产而天下人人爱吃的"黄芽菜"有点近似吧。因为它是真正人人可以享受的妙品。

　　闲园鞠农《一岁货声》把北平一年到头卖东西的叫卖声都记出来了，冬晚灯下阅读，好像又回到"胡同儿"里，围着火炉谈笑一般。我想，"货声"也要算北平的"味儿"代表之一，其特点是悠然而不忙，隽永而顿挫，绝不让人想到他家里有七八口人等他卖了钱吃饭等等，这就给人一种舒适感。有时还要排成韵律，于幽默之中，寓广告之用，有时加上许多有声无义的字，大有一唱三叹的风致，例如早晨刚起床，就有卖"杏仁茶"的，其声曰："杏仁！哎！茶哟。"那是很好的早点，在别处很少吃得到。卖粥的铺子都代卖油条，北平叫"油炸烩"，《一岁货声》记其叫卖声云："喝粥咧，喝粥咧，十里香粥热的咧；炸了一个焦咧，烹了一个脆，……好大的个儿来，油炸的果咧。"（果，即脍之谐音）又云："油又香咧，面又白咧，扔在锅里漂起来咧，白又胖咧，胖又白咧，赛过烧鹅的咧，一个大的油炸的果咧。"一个大，即一文钱，亦即后来之一个铜板，而可抵今日之法币五角者也。北平之油条，要炸得脆松，故云云，但亦别有一种，是较软的，内城多不卖，而前门及宣武门一带有之，常与豆腐浆杏仁茶合租一摊，应早市者也。区区一粥一油条，而有如许花样，这就是北平的"味儿"。照此例极多，再说两个，以为参考，卖冰激凌云："你要喝，我就盛，解暑代凉冰激凌。"卖桃云："玛瑙红的蜜桃来噎哎，……块儿大，瓤儿就多，错认的蜜蜂儿去搭窝。"卖枣云："枣儿来，糖的咯哒喽，尝一个再来哎，一个光板来。"又衬字多的如卖酪："咿喓嗽……酪……喂。"卖沙锅："咿喓咦喓呕嘀嘀哧沙锅哟哧。"后者真是喷薄以出之，有点儿像言菊朋的戏词了。

观察北平的特点，总是在细微地方着眼才有发现。如吃饭，北平人是不愁没米没面的，有小米面，棒子面（即包芦），黄米面等等，小米面可以蒸"丝糕"，名字满好听，吃起来也不难，道地的北平人，可以在里面放了枣、赤糖，格外甜美；还有一种街头摊子，专用小米面作成厚约半寸的饼，放在锅边烘熟，上面是软的，下面有一层焦黄皮，很好吃；棒子面可以煮成粥，蒸为"窝头"，又可以切成小块，煮熟加一点青菜，好像我们吃汤面似的，北京叫"嘎嘎儿"，老实说，在北方，只有这些才是"人间味"，大米白面只有付之"天上"了。不过是像这些琐屑的食品，北平人也要弄出一个"谱儿"，使它格外适口些，好看些。从先我常看见贫苦的老太太到油盐店买调料及青菜（北平每胡同口皆有油盐店肉店，而油盐店都代卖青菜，或代米面，不像南方之买小菜动辄奔走数里以外也），一个铜板，要香菜（即芫荽），要虾米皮，要油，要醋，要酱油，都全了，回家用开水一冲，就是一碗极好的清汤，普通常叫这种汤为"神仙汤"，一个铜板而包罗万象，真是"神仙"！吃韭菜饺子必须佐以芥末，吃烤羊肉必有糖蒜，吃打卤面必须有羊肉卤，吃炸酱面之酱，必须是天源或六必居，抽烟要"豫丰"，买布则八大"祥"，烧酒须东路或涞水，老酒要绍陈，甚至死了人，杠房要哪一家，饭庄要哪一家，执事要全份半份，都要细细考虑，不然总会给人讪笑，这就是所谓"谱儿"，而我们在旁边的人看了，便觉得有味儿。

请放弃功利的观点，有闲的人在茶馆以一局围棋或象棋消磨五十岁以后的光阴，大约不算十分罪过吧。我觉得至少比年轻有为而姘了七八个歌女什么的对人类有益处。若然，则北平是老年人好的颐养所在了。好唱的，可以入票房，或是带玩票的茶馆，从前像什刹海一溜河沿的戏茶馆，坐半日才六至十个铜板，远处有水有山，有古刹，近处有垂杨有荷香有市声，饿了吃一套烧饼油条不过四大枚，老旗人给你说谭鑫培的佚史，说刘赶三的滑稽，说什刹海摆冰山的掌故。伙计有礼貌，不酸不大，说话可以叫人回味："三爷，你早，沏壶香片吧？你再来段，我真爱听你那几口反调！"亲切，而不包含虚伪。养鸟或养虫鱼北平也有不少行家，大清早一起先带鸟笼子到城根去遛遛，有未成名的伶人在喊嗓子，有空阔的野地，有高朗的晴空，鸽子成群地飞来，脆而悠长的哨子声划破了空气的沉寂，然后到茶馆吃杯茶，用热手巾揩把脸，假定世界不是非有航空母舰和轰炸机活不下去的话，像这样的生活还不是顶理想的境界吗？

在北平有一句话非记熟不可，是什么？就是"劳驾"。这在日文，可说是"敬语"，一定要加"果杂依妈死"的。北平的劳驾一语，应用很广，并不一定是托人做了什么事，就要表示谢意地说句"劳驾"，大街上脚踏车和包车互撞了，打得头破血流，旁人或警察来劝架，一造必说："不是，您不知道，这小子撞了人连劳驾都不道，简直不是东西！"那一造就说："他妈的，谁先撞谁？我凭什么给你道劳驾，你还应该给我道劳驾呢。"外乡人听了，会疑心到劳驾是什么宝贝东西，要不为什么争得这样厉害？其实劳驾不过一句空话，可是北平人就非常在乎这句代表礼貌的空话，所以，欠了债还不出固然可以道劳驾，就是和人借钱，也未尝不说劳驾，于是劳驾之声，"洋洋乎盈耳哉"。这种表现，十足证明了北平人之讲礼貌，好体面。七百年帝都，贵族，巨宦，达官，学者，哪一条胡同里没有几个？把这块位置在沙漠地带的北狄之国，涵茹成文教之邦，也是势有必至，理有固然的了。在《探亲相骂》一剧中，乡下亲家大受城内亲家之揶揄，这里所说城内，当即暗指北平，北平骂人常以"乡下人"三字代表之，意即谓其无礼貌与鲁莽也。有时我看见担了担子卖酪的旗人，在通衢遇见长亲，立即放下担子请一个"蹲安"，"您好！大叔？"又响亮又柔和，冲口而出，从容而不勉强，雍容而不小气，此亦他处看不到之"王化遗风"也。比邻而住，昨天晚上还见面来的，今天一清早，第一次相会，一定要问："您好，您吃茶啦？"这也是旗人的规矩，而浸淫至于一般住户者。但此风在商店里更明显，无论多大的门面，只要你进去，一定很客气地招待，即如瑞蚨祥，是北平第一等绸缎店，顾客进去敬烟敬茶，虽然翻阅许久，一点东西不买，也绝不会被骂为"猪啰"，况且，在这样殷勤招待之下，随你什么人，也不好意思不买他一点，这也未尝不是最好的广告术呢。最近十年，海派作风，才渐有流入北方者，如××实业社，××公司，××商店之类，都是带理不理，眼高于顶，道地北平人，很少有人愿意看这副嘴脸，除非大减价，一块钱可以买一条全幅被单的时候。

除去上述特殊的味道以外，北平可以咀嚼的东西太多了，最老的大学，最老的书店，仅存的皇宫苑囿，这是代表文物的；最讲究的戏剧，最漂亮的言语，最温厚的人情，这可以代表生活的艺术，……《越缦堂日记》云："都中风物有三恶：臭虫，老鸦，土妓；三苦：天苦多疾风，地苦多浮埃，人苦多贵官；三绝无：好茶绝无，好烟绝无，好诗绝无；三尚可：书尚可买，花尚可看，戏尚可听；三便：火炉，裱房，邸钞；三可吃：牛奶蒲桃，炒栗子，大白菜；三可爱：歌郎，冰桶，芦席棚，凡所区品悬之国门，当无能易一字者矣。……"李氏说话是以刻薄著称的，又特别回护其家乡（绍兴）的好处，然此处亦不能不标举可爱尚可数点，且李氏后半生几乎三十年的光阴，都住在这古老的城内，光绪以后的日记，很少谈到京师之可厌。现在去李氏之死，又五十年，他所认为多的、恶的，如今亦大都变作供人回想的对象了，所以，不要就别的说，只就历史一项说，北平已经是比任何城市"够味儿"了。

北平的味儿，不知何日再享受一番。

十二月十七日

选自《两都集》，太平书店1944年版

北平的豆汁儿之类

纪果庵

一切生活趣味，都得慢慢地汲取，才能体会到那种异样的感觉。故听不惯京戏的人，只觉大锣大鼓震得耳聋，黑脸白脸，耀得眼花，但在两厢暗陬，却尽有闭上眼睛，在那儿用两个手指敲板眼的人，听到会意处，忽然一声"好"，真会使人惧然惊讶，而他却慢慢地啜起茶来了。这种事，在有着六七百年首都历史的北平，尤为普遍，故一些外方人，乍到此地，皆感到一种没落、麻木；但一住过半年以上，就有了种种脱不开的"瘾头儿"捆住你，使你又感到这真是一个各等人全能活得很舒适的大都会了。

喝豆汁儿也是这种"瘾"之一。午后，小胡同里就会听到卖"豆汁儿粥"的吆喝，这种人往往在午前卖"油炸烩"和烧饼，若说烧饼和油炸烩是早晨的点心，则豆汁儿恰当晚茶。中国人是不作兴如西洋人一般，有定时的点心和什么"下午茶"的，这等街头的担子，就是大众咖啡馆了。豆汁儿担子一端是一个下面有着火炉的锅，另一端则当作"饭台"。古色古香的蓝花瓷筒插了二三十双竹筷，中央是一大盘红色辣椒丝拌的咸菜条，也有环状的油炸烩放在另外一只木匣里，五六只白木小凳则悬置饭台四周以备食客之用。豆汁者，磨绿豆成糊状物加水而煮之使熟也，其味入口极酸臭，如隔日泔汁。——我很想考一下这食物的起源，搜寻几册讲食物的书都没有。盖食谱膳单，都是大人先生们"郇厨"的成绩，此种只有洋车夫才是大主顾的东西，理当没有也。——初到此地的人，真觉不敢问津，我甚至因此常骂北平人为猪，盖我乡只有猪才食米泔汁耳。首先发现他的好处的，是一位邻居的×太太，她每天午后必要令她的男孩到外面去端三大杯的，并且还得要上三片切得极薄的咸水芥（这是照例要赠送的）。起初我看了她笑，后来她总向我宣传，说这东西"清瘟祛毒，散热通风"。从此我就注意起来，果然那矮矮的卖豆汁人一过胡同口，就被好多孩子以及劳苦同胞围得风雨不透，且有好多邻家穿了高跟鞋的小姐们也端了碗来买，这就大大引起我的好奇心。终于有一天妻端进一碗来，并一小碟辣咸菜。我见了那绿油油的汁液，就有点头痛，但辣椒又是我所喜吃，就闭着鼻子呷了几口，辣椒吃得太多，事后只觉口腔火烧烧而已。哪知第二天又买了，仍有辣椒咸菜，于是我又吃了些，这回就感到在臭味和酸味之余，有些清香，一如吃了王致和的臭豆腐。从此不到半月之久，一到太阳西沉，就要留心听那悠长的一声叫喊："酸，辣，——豆汁粥儿……"了。后来连我那不满三周岁的小孩子也染了这嗜好，他常常拿一个铜板，坐在那饭台下面的白色小凳上，同邻家一个女孩，吃得悠然有味。有时不去喝，必要磨着他娘，大闹一场的。

据《饮膳正要本草》一类的书，绿豆本是除烦热，和五脏，行经脉的甘寒之品。北方通常在夏天要吃绿豆糕，说是可以解暑。故豆汁虽不登大雅，却也不见得无裨卫生。北平的卫生局长方颐积先生还在报纸上发表过一篇《豆汁与精制豆浆的比较》，虽未承认此物有绝对滋补之效，但到底也没说它有害。只是说这东西没经消毒或者有不洁之弊！啊呀！我真怕所谓消毒二字。盖在中国所谓消毒者，即卖的要特别贵之谓也；若使豆汁亦经消毒，如清华园模范奶厂的牛奶之类，不是什么 Hood 氏的热蒸气法，便是什么双层纸罩的瓶子等等，怕也得用银色的牛奶车向大红色的门口里送，每月账单上要十几块了；拉车小子，更安能问津哉？

与豆汁同类街头小吃，又有豆腐浆与杏仁茶。这都在清晨才有。豆腐浆即做豆腐时豆腐凝结后所余之浆。杏仁茶则用杏仁粉和糯米粉、淀粉之类熬成。睡惯早觉的人常常在梦中就被这种小贩叫醒。担子总是那么简单，一头是"浆"，一头是"茶"，下面都有火炉，故其吆喝声为"杏仁儿茶来，——豆腐浆，——开暖锅啊——"。一端锅盖上放一大盘晶洁的白糖，看了它一定会引起你的食欲的。若在冬日，一闻此声，开门外出，先"哈"的一声呼出一口白色的水蒸气，以示天气之冷；用铜元五大枚买一大碗杏仁茶，加糖，调好，缩颈而吸之，其悠然之味，真有为吃牛尾番茄汤的人们所不及知者。豆腐浆也加糖，且有一种较嫩的豆腐，搅碎在内，故亦别具风味，尤妙在其热得烫嘴，非口中作吸吸溜溜之声不能吞入，遂使冷冻之意全消。我顶爱那种在街口摆设固定摊头的杏仁茶，因为其品质较好，且一旁必有一专炸"果子"（油炸烩）的小贩，故可佐刚出油釜的热馃子而吸之，或将馃子夹入烧饼中食之尤妙，北平人呼如此食法为"一套儿"。卖馃子的人总问你："您来几套儿？"即指此。烧饼亦分两种，一种用酵面加芝麻油做的，名曰麻酱烧饼。一种虽也用酵面做，中无油且层少，只有两面皮子，中则空空，此种名曰"马蹄儿"。以我之意，马蹄儿更好，因其中空易于夹放油炸烩之故。油炸烩，在北平往往指那种炸得焦酥的，其形细长，即南人所称油条也。若馃子则较粗，且不酥而有韧性。这种韧性吃起来格外有劲。我在上大学时顶喜欢吃西单牌楼白庙胡同口那一个摊头的烧饼和馃子，因为他做得极干净且极热也。前门大街珠宝市北口那个卖杏仁茶的贩子，生意极好，有时驻足于此，一面吃着"茶"，一面看着早晨起来就栖栖遑遑的芸芸众生，心里真说不出是怎么个味儿了。

卖小儿零吃物事者每天不知要有多少，以一种不四不六的糖担为最可厌，吹干了的面包，冒牌的朱古律糖，东洋劣质的橡胶玩具，另外还有抓彩设备，看起会让人"恶心杀"，大约中国人之糟，喜欢"不四不六"的皮毛也是原因之一，故有外面是洋楼门面而里面是暗无天日旧房的建筑，还有不中不西的广告画，有西服裤而长袍的服装，此皆前述糖担子之流也。挑这种担子的人，也往往有些土头土脑的市侩气，与其营业一致，而照顾他的也就是一些不上不下的孩子。我到底是中国人，觉得"中国本位"有时是必要。有一种打小锣卖豌豆糕的零食贩我就感到有趣，一天，只有我和小孩子在家，外面小锣鼓动，孩子就说："买鱼！买鱼！"我很怪，只好说"没有卖的！"但他仍是固执着闹，后来只好开门出去，我开玩笑似的问那小贩："有鱼吗？"我想一定要被讥笑了，谁知他却说"有"，我倒怪起来，问他多少钱一条，他说只要一大枚呢。随即一面取下一个小凳，放下他的篮子，掀开手巾，我才看到里面是蒸熟的豌豆粉，他坐下，挖出一块粉，灵巧地捏成一个鱼，如果你喜欢呢，肚子里还可以放芝麻或糖的馅子，捏完，用旧梳子打上一些鱼鳞般的细痕，又用竹枝在头部按了一个洼洞，将一小块粉面嵌进去，这就成了很生动的"龙睛鱼"了，我心中实在不胜欣喜，觉得一个铜板会买这么多的把戏看；就又叫他给捏一个兔子，孩子跳跳蹦蹦拿进门来，可惜是不到一分钟，一尾鱼和一头兔子早都进了他的食道了。

从此我才知道街头有许多巧妙的艺人。

一次，又是孩子向我要求，说要吃"江米糕"。这又使我莫名所以了，还是他母亲告诉我外面就有卖的，也只要一大枚一块。我到外面一看，果然有一副担子，一头有个铜瓶一般的锅炉，那一端则仿佛馄饨担的盛面和馅子的二屉桌。这纯朴的小贩接了我的钱，用小勺盛了一下糯米粉，打开铜瓶上的塞子，原来是一个有着小洞的蒸笼，不过只有瓶颈一般大小，瓶腹中则盛满沸水，下面也有火炉，他将一种梅花形的木型放在瓶颈上，把米粉倒入，盖了盖子，水蒸气立刻发出丝丝的细声，一分钟左右，他打开盖，那梅花式的粉糕已成熟了，他又洒上些糖，还放了两三条山楂丝，向一块纸上一倒，这滚烫的糕就在我手中。我诧异他那繁杂的手续，但并不见有几个小孩子买他的糕吃，况即买也不过一两个铜板，然则这种艰难的生意，又如何来维持他的生活呢？

夜生活的象征者是馄饨担、炸豆腐担和硬面饽饽小贩。年节前后，更有桂花元宵。深夜，远远望到大街上豆样大的灯光，和水锅里蓬勃的白色蒸气，一个人幽手幽脚地走回家去，这真是一首不能写出的诗。据说这种夜食贩，都是给赌徒预备的，抑或经验之论。卖硬面饽饽的叫卖声往往在三更左右，时常是我已睡醒一觉的时候。听了那幽厉声音，不由得浮起一个寒伧老者瑟缩在风寒中的影像。有人说这种小贩专替人家抛弃私生子，只要将孩子缚置在门前，并附以相当报酬，他自会给你掩灭得无踪无迹，若然，则这种人是残忍的、抑是慈善的？真不好说。

这古老的城池曾经过几度沧桑了，但这些微渺的人事却依然。而今我们又陷在极度苦痛的低气压下，想到什么"胃活""太阳牌橡胶鞋""大学眼药"之类布遍了全市，这些可怀念的而又极穷贫的食物，或者也要到末日吗？……

            一九三五年岁尾，写于城头号角呜呜之声中

原载《宇宙风》1936 年 6 月 16 日第 19 期

春饼庆新春

陈鸿年

　　转过年来的正二月，大买卖地儿，讲交际，论应酬。春境天要请春酒，往还酬酢，借以联欢。而一般的住家户儿，在春境天，也讲究吃春饼，就是三五人，下个小馆儿，也都喜欢来顿春饼，以资点缀明媚的春天！

　　烙春饼，要有点研究，第一面是"烫面"，如果凉水和面，烙出来的饼，比皮鞋帮子还难嚼，好牙口儿的也嚼不动。可是面烫得过了劲儿，这个饼嚼在嘴里，可又跟糟豆腐一样，而没有筋骨儿了，面要烫得合适！

　　一盒儿是两个，拿在手里，一撕两半拉，压着三分之二，把所有的"饼菜"一卷，两只手把着卷好的饼，往嘴里一送，这还有个外号儿，叫"吹喇叭"，吹完一卷又一卷，多会儿吹饱了，才算拉倒！

　　既然吃春饼吗，"饼菜"一定得弄齐了。弄齐了，也没有什么特别值钱的菜。第一在酱肘铺，要买回来，酱肉丝，小肚儿丝。油盐店里，买回来，好黄酱，好"羊角葱"。

　　家里准备的，要有盘炒黄菜，韭黄炒肉丝，炒盘儿菠菜粉条，如果再能在馆子叫回来一盘"炸小丸子儿"，来一大盘"烧脂盖儿"，更是锦上添花。再如果因为招待客人，而给便宜坊，打个电话，送来一只"烤鸭子"，这顿春饼，可就是天字号的春饼！

春天到了，正是吃春饼的时候，可是怎么也不能一上来，就吃饼啊！少不得还要喝盅儿，会喝不会喝的，无非点缀得心里高兴，也就是了！

我再给您杜撰个"酒菜儿"，虽不在谱，可是称得起经济实惠，可口而不俗气。自己不能"拉皮儿"，可以现成的粉皮儿烫上两张，切成宽条儿面似的，再烫上些菠菜，再炒上一盘里肌丝儿。

等肉丝儿炒得了，"杭八郎"一齐都倒在锅里，一翻两翻，马上起锅装在海碗里，然后放上些生芝麻酱，再加上适当的酱油醋，如果您没有太太管着您，可以再加上些烂蒜，这个"酒菜儿"的名字，叫家做的"炒肉丝拉皮儿，勺里拌，加烂蒜"。其美无比！

吃春饼，别忘了稀稀儿地，熬上一锅小米儿粥，等吃饱了饼，再喝上大半碗儿稀粥，这叫"溜溜缝"，就是肚子里有点儿空隙，也叫粥汤瓷实了，真是飞饱飞饱的。下半晌儿，午睡后，嘴里还直打"饱嗝儿"，又须破钞了，最好是"八百"一包的好茶叶，沏上一壶酽茶，好好地喝上几碗，然后西单商场一溜，真是给个知县也不换哪！

选自《故都风物》，台湾正中书局1983年版

黄花儿鱼

陈鸿年

住在北平，不但什么季节穿什么，而且什么季节吃什么，一点儿也不会乱套。大家不会来胡吃海塞地"怯吃"！

像正二月的月份，菜市上，鱼市上，混身起金颜色儿，樱桃小口，娇小玲珑的"黄花儿鱼"姗姗地上市了，金黄黄的，白嫩嫩的。小的四五寸，大的六七寸长，看样儿，就够馋人的！

刚下来的黄花儿鱼，纵然贵些，也贵不到哪儿去，在从前拿出嘟的一块钱，也可买上三四斤，鱼掌柜的，给你用个柳条儿，或是两三根儿"马蔺草"，在黄花儿鱼的下巴颏上，一穿，排成一大溜，你便提回家去。

家里人口儿多的，不用费事，最好的吃法，是"家常熬"。赶紧把鱼开肠破肚，整理干净，把锅底上垫上个"锅笽子"，把鱼一条条地码在笽子上，然后葱、姜、蒜，加上应用的佐料，下锅咕嘟去吧！时候越长越好吃！

不过"拾掇"鱼剩下的水，和乱七八糟鱼身上的东西，如果家里种的有"夹竹桃"和"石榴树"，您可以扒开一些土，把烂东西，埋在下面。洗鱼的水，浇在上面，这是最好的肥料！

从前舍间到黄花鱼季儿吃鱼，有个限制，是每人两条至三条。因为舍弟是"鱼大王"，好家伙，他拿起一条鱼，像"喝鱼"似的，一下子便是一条，都进嘴了，然后以唇齿喉一分工，好的入肚了，刺儿都从嘴角冒出来了，他一人就得十来条，受不了！

在黄花儿鱼的季节里，口儿外头原卖"炸糕"，"炸回头"的，不炸了，改卖"炸黄花儿鱼"了，一条条的鱼，裹上糊儿，下锅一炸，真是喷香酥脆，也就是两大枚一条。

举着两条"炸黄花儿鱼"，走进大酒缸，"掌柜的，来个酒，烫热了！"一吃一喝，您说这有多大的造化啊！

和"黄花儿鱼"如响斯应，似影随形的，还有"对虾"，大个儿的，鞠躬如也的大对虾，和黄花儿鱼一个锅里来炸，鲜红雪白的颜色，谁受得了这种诱惑呀？

大胖贼脱了裤子，三点浴装的明星，称为"肉感"哪，黄花儿鱼，弯腰儿的大对虾，使你"嘴感"！

从前每年春天回家，尤其经过天津老龙头车站，花上块儿来钱，能买一蒲包儿大对虾。来台之初，以为住在海中间，每天还不是净吃炒鱼翅，熬海参，拿对虾鲍鱼当点心哪！好！没想到比家里还贵三倍，哪儿说理去啊！

选自《故都风物》，台湾正中书局1983年版

北京饮馔

黄 濬

旧京呼汤圆为元宵，昔唯灯节常供，今则长年有之。中以果实蜜糖为馅，符诗所谓"桂花（香）馅裹胡桃"者是也。方海槎诗"元宵更糁糖"，此则指纯以白糖为馅者。《周礼》有糁食，谓以米屑和肉煎为饵，正是馅意。海槎此诗，题为《咏都门食物》，作俳谐体，云：

旅食京华久，肴羞亦遍尝。山珍先鹿兔，海物首鲟鳇。
烧鸭寻常荐，燔豚馈送将。鸡如春笋嫩，鱼比面条长。
火晶膏凝雉，炎炉胛熟羊。煮鸦真琐细，炙雀漫张皇。
压汁虾成卤，调羹蟹去匡。晨兔掌堪擘，夜鸽卵难藏。
驴肆嫌生脯，屠门陋贯肠。蒲抽聊时笋，蓝劈却无瓢。
出瓮怜菘白，堆盘爱韭黄。蔓菁腌作腊，薯蓣熟为粮。
钉小蘑菇掇，珠圆豌豆量。菜名跟斗异，瓜类醋葫详。
萝卜兼称水，芫荽独号香。是人皆食蒜，无品不调姜。
恶汉葱三斗，贫儿荠一筐。炊糜要和合，说饼即家常。
扁食教濡醋，元宵更糁糖。窝窝充糇糒，馎馎佐馂馓。
油馓松盘髻，牛酥莹割肪。卷蒸高饤座，和落细排床。
著手麻花腻，沾牙豆粉凉。碾缠银线短，锅炸玉砖方。
缓火诊羹担，通薪卖腐坊。茶浓和炒面，粥薄饮甜浆。

果有频婆美，仁称巴旦良。蒲桃青掇乳，柿子白留霜。
杏酪醍醐味，楂糕琥珀光。露芽烹茉莉，红唾嚼槟榔。
糖栗充饥腹，酸梅解暑汤。淡葅夸易水，苦酒说良乡。
定许供饕腹，从教慰渴羌。方言多掎摭，故实任评章。
戏作俳谐体，谈资铺醊场。诗成还一笑，匕箸早相忘。

按此诗可考证者虽多，然泰半皆眼前习见物，久居北地者率知之。唯"茶浓和炒面"句，乃指茶汤而言，茶汤以炒面和糖为之，以滚水浇食，如南方之藕粉然，乃蒙古食品，遗于朔方。旧京制此，以鲜鱼口内之天乐园对面某肆为良。馇虽入声，在月韵，然北音读作波波，此则北人读入作平之恒例也。《旧京琐记》中亦有关饮馔者，附摘数节，其一云："饮食以羊为主，豕佐之，鱼又次焉。八九月间正阳楼之烤羊肉，都人恒重视之，炽炭于盆，以铁丝罩覆之，切肉至薄，蘸醯酱而炙于火，其馨四溢。食肉亦有姿式，一足立地，一足踞小木几，持箸燎肉，傍列酒樽，且炙且啖且饮，常见一人食肉，至三十余拌，拌各肉四两，饮白酒至二十余瓶，瓶亦四两，其量可惊也。水鲜，唯大头鱼、黄鱼上市时一食之，蟹亦然。如食某鱼时，则举家以此为食，巨室或至论担，但食此一种，不须他馔，亦不须面或饼。"

其二云："饭以面为主体，而米佐之。本京人多喜食仓米，亦谓之老米。盖南漕入仓，则一经蒸变，即成红色，如苏州之冬籼然，煮之无稠质，病者为宜。"

其三云："酒肆之巨者曰饭庄，皆以堂名，如庆寿、同丰之类是也。人家有喜庆事，则筵席、铺陈、戏剧，一切包办，莫不如意。其下者曰园馆楼居，为随意宴集之所，宴毕皆记之账，并可于柜上借钱为游资，亦弗靳也。三节始归所欠，然非至年节，索亦弗急。"

其四云："南人固嗜饮食，打磨厂之口内有三胜馆者，以吴菜著名，云有苏人吴润生阁读善烹调，恒自执爨，于是所作之肴曰吴菜。余尝试，殊可口，庚子后，遂收歇矣。士大夫好集于半截胡同之广和居，张文襄在京提倡最力，其著名者为蒸山药；曰潘鱼者，制自潘炳年；曰美鱼，创自曾侯；曰吴鱼片，始自吴闰生。又有肉市之正阳楼，以善切羊肉名，片薄如纸，无一不完整。蟹亦有名，蟹自胜芳来，先经正阳楼之挑选，始上市，故独佳，然价亦倍常。城内钢瓦市有沙锅居者，专市豚肉，肆中桌椅皆白木，洗涤甚洁，旗下人喜食于此。"

其五云："月胜斋者，以售酱羊肉出名，能装匣远赍，经数月而味不变。铺在户部街，左右皆官署，此斋独立于中者数十年，竟不以公用征收之，当时官厅犹重民权也。曰二荤馆者，率为平民果腹之地，其食品不离豚鸡，无烹鲜者。其中佼佼者为煤市街之百景楼，价廉而物美，但客座嘈杂耳。"

方诗所记土宜品物，为三百年来之习俗，而夏记则近三十年者京僚所闻见，两人虽截然不同，信手捃摭，皆足流涎。夏记作时，广和居尚未歇业，今已闭七八年，相传有二百余年之账簿，及名贤字画甚多。光、宣以来，饮此肆何啻百回，及今闭目寻思，壁间赵尧生侍御之字幅，几上潘鱼、江豆腐之佳肴，犹宛然浮目而馋口也。

选自《花随人圣庵摭忆》，中华书局2008年版

北京之河鲜儿

冰　盒

　　京市为古帝王都，历辽金元明清五朝，历史悠远，人文盛蔚，一般士庶，对于一饮一食，群趋考究，因而北京食品，集南北之大成，故凡土著，于滋味之选择，莫不有一定之考究，虽微至一瓜一果，亦莫不各有其妙道。然所谓"考究"及"妙道"，非专指制法及滋味言，除制法及滋味外，所最考究者为"谱儿"。谱儿云者，即俗名之"尚讲究"，俗谚："北京人，处处有谱儿。"即此之谓也。

　　北京人对于饮食之谱儿，以出产地道，应时当令二者为最重要。有"地道拿手物"及"地道出产物"之俗谚，如酱肘子，必须西单天福号；清酱肉，必须前外煤市桥普云斋；酸梅汤，则必须琉璃厂信远斋；豌豆黄，则必前外门框胡同魁素斋。其余如阜外虾米居之兔脯，地外桥头广兴居之灌肠，前外大街都一处之炸三角，西外广通寺亿禄居之大薄脆……，皆为各商号之著名食品，是为"地道拿手物儿"。又如董四墓出产之桃，宣化出产的葡萄，北山的柿子，西山的杏儿等，皆为各地特有之著名出产物。是名为"地道出产物"，在北京最讲究吃而又有"谱儿"者，吃熟物，必须地道拿手，吃瓜果等生物，必须地道出产，此为食品选择方法上的"谱儿"。

　　除选择方法上的"谱儿"外，尚有季节的"谱儿"。

　　季节的"谱儿"，就是吃喝讲究应时当令，如点心中之玫瑰饼，为五月应节点心，绿豆糕为六月应节点心，过期即不食之。又如元宵，必自十月一日开食，至明年正月十五日即停，绝不能八月吃绿豆糕，九月吃玫瑰饼，二月吃元宵也。又如西瓜，自上市至七月十五，为应时当令期，过期为残瓜，残瓜不只不应节，且能致病。盖立秋后食瓜，必罹秋后痢也。又如肴馔中之八宝莲子江米饭，必在五月五日以前，九月九日以后，杏仁豆腐为夏秋食品，核桃酪为冬春佳肴，烧烤鸭子必过中秋节，爆烤涮必始于立秋，绝无三伏天儿内吃烧鸭子或火锅者，即小馆子中之"爆三样"及"爆羊肉宽汁儿"，亦绝无人索要；若有之，即群目之为"怯勺"。盖讲究"谱儿"者，一入三月节，除烧羊肉外，非至中秋节，绝不将大块牛羊肉入口内大嚼也。故民国后，每届立秋日，贴秋膘于正阳楼，大涮牛羊肉；初伏日，贴伏膘于全聚德，大烧肥鸭子，莫不嗤之为"花钱找罪受的傻小子"。然而在事实上，如现在饭馆，在六月内，以高加索烤肉及纯奶油香草冰糕，同时为号召，冰糕与烤肉同时入腹，是否舒服，诚为一大问题。故讲究"谱儿"者，一饮一食，皆必应时当令也。

　　吃东西讲究应时当令，因为"谱儿"中之重要条件，然若在"谱儿"中再加一层"谱儿"之讲究，成为"谱中谱"，则其方法超过应时当令，名之曰"迎节"，又曰"吃鲜儿"。

　　如藤萝饼在四月，而三月十五藤萝方含苞时，即欲饱尝。

　　玫瑰饼在五月，而四月十五即先尝之，故有"鲜花藤萝饼"及"鲜花玫瑰饼"之名称。因其皆在花初开时即尝之，故名之曰"鲜"。又因其在节令之前，故曰"迎节"，及藤萝与玫瑰盛开时，则已至应节当令，无所谓"鲜"，故名之曰"应节"。今人皆目"鲜花"云者为"尝鲜"之鲜，其实此二种食物之制

成，在应节时，其原料亦为新开之花，并非干花也。此为糕点
中之"鲜"。又如老玉米，五月初上市，名之曰"五月鲜"。
腊正月黄瓜为熏货，不名之曰"鲜"，必二月底三月初上市的
小黄瓜，方能谓之"鲜"。其余如三月的小红萝菔，四月中的
西葫芦等，皆为菜蔬中之"鲜"，及届大批货物上市，则已失
去"鲜"之意义矣。总而言之凡在节令之前，而又新嫩者，皆
得谓之为"鲜"。"吃鲜儿"虽为讲究"谱儿"中之又一层"谱
儿"，以新嫩为上乘，然而在北京最讲究之"河鲜儿"，其
"鲜"的结果，则反是。

　　京市人，俗称河塘中所产之新物，如莲藕菱茨等为"河鲜
儿"。河鲜儿在旧历六月，为正盛旺时期，至七月，则已稍失
去"鲜"之意味。然河鲜儿真正之分别法，则不若此之简单，
盖荷叶、莲蓬、藕根、荸荠、菱角、茨菇、芡米（老鸡头）等
之应时当令期（指北京一地言），多在秋季以后，甚或远至冬
季或明春，皆与"吃鲜儿"之期相距甚远。只荷叶一物，为
六七月之应节品，故河鲜儿之为"鲜"，在理由上，只可称之
为"新嫩"，而不能目之为"迎节"。然此为概括言之，若一
详细分解，则菱角、荸荠、茨菇、芡米等绝对以"老"而香为
上选，尤其是满口清气之鲜藕鲜莲子，绝无糖或蜜制或清蒸之
干莲子，与春冬之老藕，香脆而味永也。然而在"谱儿"上，
或诗人所谓"写意儿"上，若不在盛暑熏蒸之时，若不尝点儿
冰镇鲜莲子及糖拌鲜藕，使郁馥之清气沁满口齿，真仿佛没有
诗意而有些缺点，或不够摆阔"谱儿"的味儿似的。

　　京市之藕分两种：制馔用的曰"菜藕"，形状细而长，当
果品用的曰"果藕"，形状肥而短。菜藕之聚处在各菜市场，
间亦售果藕，而果藕之佳品，则在各果局子，然而精致里脊肉
丝炒新上河之果藕丝或以新上河之果藕佐甜豆酱制成三鲜烫面

饺或烧麦，都是讲究"谱儿"者之美食。盖果藕之甜香，则非菜藕所及也。

京市藕之出产地，路远如汤山者除外，只就城郊附近者言之，分"玉河藕"及"泉水藕"二种。玉河藕以静明园、万寿山、南坞村和海甸等处者为最佳。因临近玉泉山之泉水，故藕之白、嫩、香、脆、甜，可称之为五绝。故北京最大之"藕市"，以西郊海甸为一，自颐和园绣漪桥（罗锅桥）南闸口外，沿长河自长春桥（蓝靛厂）经麦庄桥，豆腐闸（广源闸也，又名斗府闸），小白石桥，大白石桥等迄至高梁桥，沿玉河两岸之莲塘，所灌溉者，虽亦为玉泉之水，然因处居下游，水之滋养力，已不若海甸以西之丰富，故所产之藕，逊于海甸以西之上游，自下游高梁桥至上游之玉泉山，藕虽有优劣，然花则多白色，红花占少数，即俗所谓之"京西白花藕"也。

自高梁桥以东，如各城门外之护城河，自德胜门迤西铁棂闸（水关），入城之净业湖（积水潭），自德胜桥出月桥，至澄清闸（又名海子闸即后海之响闸也）之后海，自后海至十刹海而至莲花泡子（即十刹海东南隅之荷塘），上述水道，虽亦为玉河一脉，然因水行地上，挟泥沙而变性，且土质亦非西郊沃壤可比，故各城门护城河及净业湖后海十刹海莲花泡子之藕，则又逊于玉河下游之藕。玉河自德胜门入城，其水名曰"金水河"，故高梁桥以东，十刹海莲花泡子以北，所产之藕，名曰"金河藕"。因其花多红而少白，又名"金河红花藕"。此种藕，在讲究"谱儿"者，恒目之为"肉藕"，不能列入河鲜之上品，因不如西郊白花藕之白香脆甜嫩也。今人游十刹海荷花市场者，每以得尝十刹海土产河鲜为目的，而事实则大误。盖十刹海所售者，皆非本地产，皆为西郊之白花藕，盖十刹海河鲜上市时，海内藕根尚未成熟，届十刹海刨藕时，则"鲜"

之期限已过，荷花市场已至收市时，尤其是藕根一动，花叶即伤，则荷花市场将无荷可观，况区区数十亩所产河鲜之全部，即皆分配于一溜河沿一带之藕局子尚且不足数日之销售，而欲自五月底至七月望，以供游人之饱腹，岂可能乎？

金水河自十刹海南之西步粮桥下，入北海，经中海入南海，为金水河之下游，所产之藕，在清时，奉宸苑向清室呈进西苑河鲜时，名曰"太液玉藕"。往时聆此名，以为必佳于西郊者，共和后，三海藕产包于商，外间人始能一尝"太液玉藕"之佳味，则所谓太液玉藕者，乃真正地道之菜藕居大多数，形细而长，名曰"藕阡子"。与硕短而肥状之西郊白花藕名"藕棒子"者，大异其趣。初见此，甚疑之，以为奉宸苑之太液玉藕种，亦随故国之鼎而革绝乎？后读奉宸苑档，则所进呈之火液玉憬不交御果房，而交于御茶膳房之菜库，至是始恍然悟，盖三海之河鲜，又次于金水河上游藕，乃玉河藕中之最劣者也。近年三海藕，亦间有白花者，然传种二年后，则亦变为藕阡子，而原有之红花藕，则往往成为藕棒子，形虽似棒子，而味则绝西郊白花藕之香脆而甜者。

以上所述，皆为玉河藕类者，其属于泉水藕者，则以南郊为第一。如万泉寺，鹅房营，水头庄，南河泡子，莲花池等处皆其著者，而以万泉寺最驰名。其在道咸以上最著名之"行宫藕"，则已无人知之。行宫藕即南苑团河藕也。泉水藕，在风雨调和之年，泉水清而冽，无论红花或白花，其香脆甜嫩，皆在西郊白花藕之上，若涝年，则脆嫩皆失，旱年则不甜，此为泉水藕之弱点。今年自春至夏雨水缺，护城河之荷叶不及锅盖大，即五塔寺以东之玉河下游，以产大荷叶著名之"伞荷"，亦不如往年之巨。以此忖之，恐今年北京藕市之牛耳，将为泉水藕所执。玉河藕，只万寿山以西，玉泉山以东，附近各村庄稻田副产物之白花藕，尚堪一述也。

北京城郊藕之产地略状，即如上述，而附属于藕之莲蓬及荷叶之生产情状，则亦如之。然荷叶，则以红花者最著名。故京谚有"白花藕，红花叶，早上河的莲蓬个个空"之说。盖藕以白花者甜嫩，叶则以红花者香馥而圆整也。莲蓬在北京有名而无实，白花者，上广下狭，形如喇叭嘴，俗曰"漏斗莲"；红花者形如碗，底部作半圆式，俗曰"盖碗儿莲"。莲味之佳否，京市有两说。因俗有"白吃藕，红看花"之谚，故谓：花莲蓬子，形肥而甜香，因红花者既以花色鲜艳称，则其果实必不劣，此一说也。其另一说，则谓："佳种生佳果，根茂果必盛"，白花藕既著名，则白花莲子亦必孔孔丰满而香甜，此又一说也。然以笔者个人之经验，则玉河莲以白者佳，泉水莲以红者为上选，读者如不信，试购城内三海或积水潭十刹海及护城河等所产之红花莲蓬，其实必十孔而九空，绝不如万泉寺红花莲蓬之莲子孔孔肥满而香嫩也。然在清代西郊玉泉山万寿山一带之奉宸苑官莲塘，如功德寺，瓮山御稻田，六郎庄，北坞村，火器营，骚达子营，黑龙潭，青龙桥，树村等内务官荷花地所产之莲蓬，则不论红白花，皆在泉水莲以上，尤其是远距玉泉水脉之龙泉坞及石景山之三旗荷花地，则更著名，此固为水质与土壤关系外，然因御用之关系，不惜大量之肥料，则为重要原因之一焉。故京市喜食河鲜者，宁肯多花钱购于果局子，绝不肯向十刹海摊贩或沿街叫卖之河鲜挑子购把儿莲蓬焉。然述至此，有一重要之声明，即十刹海各茶棚或河鲜摊子，所售之剥去外皮冰镇鲜莲子之门市货，乃有选莲子，为货真价实之鲜物，与成把儿莲蓬为两事，盖冰镇莲子之价昂，早将莲衣之消耗及"瞎子"（即有孔而无莲子者之莲蓬）之损失，计算价内矣。往往有游客，因亲口嚼尝冰镇莲子之香嫩，临去时，必恣购莲蓬十余把，及归家剥莲衣，则虽不能十孔而九空，而损失必不在少数。俗所谓——"阔秧子（阔大爷）逛十刹海，是哑巴吃黄连，有苦不能说"，即指此也。然而讲究"谱儿"者，绝不上此大当焉。

以上所述之藕荷叶莲蓬三者，为河鲜之主要食品，除此外，尚有所谓"晚鲜"及"树鲜"，为河鲜之陪衬。

晚鲜亦产于河，即菱角芡米茨菇是。此三者，皆以"老"为上选。故"老菱角"，"老鸡头（芡实）"，"老茨菇"，为北京著名之货声。然因"摆谱儿"而尝鲜儿的关系，此三老亦勉强称之为"晚三鲜"，乃对藕荷叶莲蓬之早三鲜言者。早三鲜在五月中六月初，即可上市。而晚三鲜之鲜菱角，不至六月小暑节不能熟。如节气晚，则在大暑节前，始能上市。而老鸡头，则必过立秋，或在暑节后，始能成熟。其茨菇，则愈老愈佳，最早亦必至秋分，届寒露后始大熟。盖鲜菱角为六月鲜，嫩芡米为七月鲜，茨菇为八月鲜也。俗称此三鲜为"连升三级"。其"级"字则改成"急"字，为"连升三急"，盖一鲜比一鲜晚，至茨菇上市，则已将至霜降制棉衣时矣。晚三鲜虽以愈老愈佳，然其"鲜"之妙处，则在出水不久。故有"新上河"之俗谚。货声中之"老鸡头喂！新上河哎！"之韵调，为"鲜"字之表示，而此鲜字则最使人有将迈入"秋"的势力圈内之感。除此晚三鲜外，尚有荸荠一物，此虽亦产于河，然不列入河鲜内，因荸荠之鲜者，味嫩而不甜脆，必在泥中经冬后，至明春冰化地暖，于泥淖中刨出之，其味始香嫩脆甜焉。故春季新出泥的荸荠和茨菇，较当年出水者味更隽永也。

树鲜生于树而不产于河，即鲜栗及鲜核桃是也。此二者，虽不产于河，而"讲究谱儿"者之吃河鲜，若无鲜核桃以为衬，则简直不能称之为吃河鲜，此理由为何，则殊不可解。鲜核桃与莲子及鲜菱角，同为冰镇河鲜中之上品，然剥鲜核桃及剔去嫩皮，必有专门艺术，数寸小竹刀左右挖剔，以将弯曲如云之桃穰嫩皮，块块脱去，既不准桃穰破碎，更不许皮落肉脱，此种艺术，除售此之摊贩能之外，而各饭庄饭馆及口子上之茶行人，亦颇精熟。唯剥剔整个桃穰，所谓"鲜狮子头"者，则以清宫御膳房及内果房之技术最佳。

果局及饭庄所用之莲蓬藕，内行人每日担送，其荷叶亦如之，而荷叶又分"盖荷""钱荷"二种。盖荷即大荷叶，用以包裹肉蔬及河鲜，其钱荷为小荷叶，如制荷叶粥荷叶肉等皆用之。然事实因经济关系，用钱荷者甚窄见。

沿街巷叫卖之河鲜小贩，分二种：一曰"藕桃子"，凡整藕，把儿莲，荸荠，茨菇等，皆归此类人售之，业此者与前述之内行人皆为水田之农人，因此辈所售之货，皆自种者，故价廉，然实质则非佳者；二曰"菱角筐子"，乃城内之小贩，每日赴藕市或种有荷塘之农人家，大批购莲藕及菱角，至家内，莲子剥去莲衣，藕则选其嫩芽与鲜菱角等，皆用鲜荷叶分包之，盛以长形之圆筐，筐外四周钉亮铜荷叶及大艾叶铜锁链等，筐上蒙月白布，缝五福捧寿之花纹，以宽带系左右，而斜背于肩，随行则十数枚亮铜大艾叶，锵锵叮叮摇击其筐，衬以："鲜菱角喂哎！老菱角嗳！"或"河香儿莲子儿嗳！藕芽嫩来啵！"等悠扬之货声，此种小贩，在内城多旗籍青年人，白面皮而油头，漂亮短装，细嗓滑腔，叫售于朱门宅邸之门道内，此种情形与晚香玉小贩，为四年前，京市六七月河鲜儿季节中，各街巷最有妙趣之点缀。本文所述，皆为河鲜之略状，其河鲜儿之食法，则缺略焉。

原载1941年9月《国民杂志》第9期

中秋节近的北平的"吃"

杨荫杭

北平人最讲究过节，俗说"一年三节"，即"五月初五端阳节"，"八月十五中秋节"和"腊月三十除夕"；此外还有许多小节日，并不十分注重，也不过稍有应时点缀而已。中秋节为三节中大节日之一，所以很占重要地位。北平各商家原本都随旧历三节结账、讨账，自国民政府成立以来，厉行国历，改为国历5月、8月、12月三个月结账，不遵者罚钱。可是一般商家结账奉行国历，要账仍按旧历，所以旧历三节一到，自杀，杀人，偷窃，抢劫，以及因索债讨欠而斗殴，都是因节而生。

其实过节的主要目的，无非借机大吃大喝而已，除去一般普通的吃外，还有特殊的吃，端阳吃粽子，中秋吃月饼，过年更讲究吃，有几句歌谣说："小小子，你别馋，过了腊八就是年。"可见过年更好。

现在已经在旧历八月初旬当中了，距离中秋节也不过还有十天，要过节的样子已经完全呈露出来了，在点心铺的两旁都立了两块大木牌，粘上两张大红纸，上写"中秋月饼"，南点心铺也同样立上大木牌，写上"广东月饼"，或者是"肉馅月饼"。其实无论什么地方的月饼，都没有什么好吃，但是家家到这天都要买点；不论经济如何，一年一度的中秋月饼，没有吃着，是引以为无上遗憾的。

除去点缀中秋节的主要食品"月饼"外，其次要推各种鲜果了，在北平附近所有的鲜果，如梨，枣，柿，葡萄，苹果，沙果……都次第成熟上市了，在大马路两旁的果摊，摆的红红绿绿的果子，真是鲜艳可爱。在北平的人除去必吃月饼外，果子也是中秋节的必食品。

中秋节在北平真是最好的季节，天气不冷不热，应时的食物除去点缀节日的月饼果子而外，还有螃蟹，和爆、烤、涮牛羊肉；北平的螃蟹大部来自天津附近，虽然没有长江流域的湖蟹大而味美，但也相差不多，最好最著名的要推"胜芳蟹"，真是可与湖蟹比美。在七月中旬以后，北平的街头巷隅，都可以看到食余的红甲残壳，可见北平人的嗜蟹之深。爆、烤、涮牛羊肉，更是北平唯一美品，可以说全国无可与之比美者，因为北平的羊肉又嫩又香又甜，据说是"青草羊"，其实还不是同别的地方一样，又有人说无论什么地方的羊，一走进北平的城圈，饮过北平的水，肉立刻变嫩，并且不膻。这三种牛羊肉的吃法，在南方是很少有的，"爆"是由饭馆爆好送来，愿意吃嫩一点，则少爆一会儿，加以葱蒜酱油酒，五味一烹，味儿真香；"烤"是自己动手，在一个炭盆上，支一铁箅子，吃的人一只脚站在长板凳上，用两支极长的筷子，把生牛羊肉，夹在铁箅上，烤得半生半熟，放在调好的调和汁里一蘸，往嘴里一放，味道很不坏，就是吃的方法和样子野蛮点；"涮"比较文明点，用一个铜火锅，把切好的牛羊肉一片一片地放到里面去涮，以自己所好，而定涮的时间长短，涮好后也放在调好的调和汁里一蘸，比烤的又换一个味。这三种的吃法，还是北方胡人留下的方法，方法虽野蛮，可是极易消化，颇合卫生。

在中秋节的左右，各种佳味都有，不像端阳除夕味道的单调。

民国二十二年九月十二日

原载《人言周刊》1933年9月29日第1卷第33期

燕都小食品杂咏三十首

张次溪

往岁余拟纂燕都竹枝词汇编一书。从各方搜得竹枝词数千首，凡土俗民风，形容殆尽，唯于街头食物，甚少描写，乃去书征稿于吾友鲁潍王荫斋先生，先生遂以其与友人雪印轩主合著此稿见惠，悉心刻画，点染生新，是稿存吾行囊，转瞬七载，以全书诠释需时缓，先撮要入吾笔记。

羊头肉

十月燕京冷朔风，羊头上市味无穷。盐花撒得如飞雪，薄薄切成与纸同。

冬季有售羊头肉者，白水煮羊头，切成极薄之片，撒以盐花，味颇适口。

荫斋曰，当年春明做客，亦尝嗜此，今一思之，未免触我老馋。

羊腱子

肥羊腱子佐庖饕，饮得三杯酒意浓。膻气居然无半点，风干美味在隆冬。

羊腱子为清真教人冬季所售之食品，法以羊蹄在高汤中煮熟，风干之，约早晨煮得，过午即可出售，北京羊肉名闻全国，冷食之，真无半点腥膻气也。

荫斋曰，宣南风雪中得此品，倍助酒兴，非他省人所得知也。

硬面饽饽

饽饽沿街运巧腔，余音嘹亮透灯窗。居然硬面传清夜，惊破鸳鸯梦一双。

硬面饽饽，即火烙饼饵之类，唯多于夜间售卖为可异耳。

荫斋曰，硬语一声，恐惊破海棠春睡矣。

糖哂面

全凭手艺见工奇，一握糖条细似丝，儿女喜谀齐叫买，扎花长辫各成词。

以饴糖一块，两手频扯之，顷刻成丝，口中有词曰，姑娘吃了我的糖哑面，又会扎花又会纺线，小秃儿吃了我的糖哑面，明天长头发，后天梳小辫云云，故儿童多乐就之。

荫斋曰，扎花长辫等语，可作数首山歌读。

棉花糖

沙糖经火运轮机，顷见纤维釜外飞。白絮一团棉仿佛，只堪适口不成衣。

棉花糖者，以蔗糖入，能转之釜中，下炙以火，使釜旋转，糖经热而融，借旋转之力，遂成絮状之糖丝，由釜旁出，望之真如棉絮也。

荫斋曰，较欢喜团一物，尤觉奇巧。

猪头肉

猪头不叫叫熏鱼，巧手切来片纸如，夹得火烧堪大嚼，夕阳红柜走街衢。

有卖猪头肉者，煮而熏之，兼有熏鱼，实非主品，而叫卖者，每于夕阳时，身负红柜，偏喊熏鱼，而不以猪头肉称，切时肉薄如纸，多夹其带卖之火烧（饼类）中食之。

荫斋曰，宋人咏汴京风景，有红油车子卖蒸羊之句，与之正堪伯仲。

牛奶酪

鲜新美味属燕都，敢与佳人赛雪肤，饮罢相如烦
渴解，芳生齿颊润于酥。

以牛乳合糖入碗，凝结成酪，而冷食之，置碗于木桶中，
挑担沿街叫卖，味颇美，制此者，为牛奶房也。

荫斋曰，茯苓霜、茉莉粉，均当逊此一筹。

羊肚汤

纵使荤腥胜苦荠，充饥何必饮灰尼，清贫难得肥
甘味，莫笑卫生程度低。

羊肚汤，肮脏无比，汤与羊肚及羊血灌肠，均作灰色，尘
土飞扬中，食者颇多，此亦生计艰难，有以致之也。

荫斋曰，贺兰进明且食狗屎，此犹为上等食品也。

驴打滚

红糖水馅巧安排，黄面成团豆面埋。何事群呼驴
打滚，称名未免近诙谐。

黄米粘面蒸熟，裹以红糖水馅，滚于炒豆面中，成球形，

置盘上，售之，取名驴打滚，真不可思议之称也。

荫斋曰，点心中有撒其马者，与此正堪同类。

甑儿糕

担凳炊糕亦怪哉，手和糖面口吹灰。一声吆喝沿
街过，博得儿童叫买来。

售者担高凳，一端置小火炉，一端置木柜，中实米面及糖
等，木甑中空，活底，以面及糖置甑中蒸之，顷刻即得，推
其底，则糕自甑下出，儿童颇喜之，盖以其现做现炊，甚有
趣也。

荫斋曰，都门风景，宛在目前。

粳米粥

粥称粳米趁清晨，烧饼麻花色色新。一碗果然能
果腹，争如厂里沐慈仁。

粳米粥，为清晨点心之一，将粳米熬得极烂，并附卖烧饼
麻花之类。

荫斋曰，言中有物，不徒以赋物见工。

煮豌豆

沿街雨后喊牛筋，豌豆新蒸趁夕曛。浸透五香堪
细嚼，未经吹绉已成纹。

雨后各街巷，多有儿童携小篮卖五香豌豆者，吆喝必曰赛
牛筋的豌豆。

荫斋曰，刻画入微。

汤爆肚

入汤顷刻便微温，佐料齐全酒一樽。齿钝未能都
嚼烂，囫囵下咽果生吞。

以小方块之生羊肚入汤锅中，顷刻取出，谓之汤爆肚，
以酱油葱醋麻酱汁等蘸而食之，肚既未经煮熟，自成极硬脆之
品，食之者，无法嚼烂，只整吞而已。

荫斋曰，老年人对此，但流涎耳。

酸梅汤

梅汤冰镇味甜酸，凉沁心脾六月寒。挥汗炙天难
得此，一闻铜盏热中宽。

　　暑天售梅汤者，最有名，以冰镇之，凉沁心脾，售者每敲铜碟二枚，名冰盏。

　　荫斋曰，如一服清凉散，何必嚼冰雪而茹梅花。

烤羊肉

　　浓烟重得涕潸潸，柴火光中照醉颜。盘满生膻凭一炙，如斯嗜尚近夷蛮。

　　铁算之下，烧以木柴，以羊肉之薄片，蘸酱油或卤虾油就算上烤食之。

　　荫斋曰，形容尽致，语无泛设。

煎灌肠

　　猪肠红粉一时煎，辣蒜咸盐说美鲜。已腐油腥同腊味，屠门大嚼亦堪怜。

　　市有煎灌肠者，以染红色之豆粉灌入猪肠内，煮熟后，刀削成块，猪油煎之，使焦蘸盐水烂蒜而食之。

　　荫斋曰，刘邕嗜痂，所谓别有风味也。

凉　粉

粉有拨鱼与刮条，洁明历历水中漂。凭君选择凭君饱，只管酸凉不管消。

以极稠之绿豆粉做成，不易消化，此物大概各处皆有，特不如京中名目之多耳。

荫斋曰，松凉有隽味，不啻片片云母，曩客京时，颇嗜之。

槟榔膏

小罐一面任情敲，膏合槟榔色似胶。陶母留宾曾截发，而今发竟为糖抛。

以饴糖合槟榔屑熬之成膏，摊成薄片，分块而售，云可消食消水，售者多以膏易人家之乱发，故词中云云。

荫斋曰，拼将兰花鬓，换得槟榔膏，几缕青丝，殊为幸事。

扒　糕

色恶于今属扒糕，拖泥带水一团糟。嗜痂有癖浑难解，醋蒜熏人辣欲号。

热天之扒糕，用荞麦面蒸成饼式，浸凉水中，食者以刀割成小条，拌醋蒜酱油等而食之，色灰黑，见之欲呕。色恶不食，于扒糕吾亦云然。

荫斋曰，真有此等情况，使人失笑。

爱窝窝

白黏江米入蒸锅，什锦馅儿粉面搓。浑似汤圆不待煮，清真唤作爱窝窝。

爱窝窝，回族人所售食品之一，以蒸透极烂之江米，待冷裹以各色之馅，用面粉团成圆球，大小不一，视价而异，可以冷食。

荫斋曰，确是竹枝风味。

杏仁茶

清晨市肆闹喧哗，润肺生津味亦赊。一碗琼浆真适口，香甜莫比杏仁茶。

杏仁茶以面粉及杏仁粉同熬之即成，津埠亦多售者。

荫斋曰，云英所捣者，不知较此何如。

炒 肝

稠浓汁里煮肥肠，交易公平论块尝。谚语流传猪
八戒，一声过市炒肝香。

炒肝以猪之小肠，爇切成段，团粉汁烩之，昔年每文一
块，近来则恐非一铜元一块不能买矣。名为炒肝，实则烩猪肠
耳。即无肝，更无用炒也（间有肝块，亦非炒过者），京谚有
猪八戒吃炒肝，自残骨肉之语。故诗中云云，炒肝香三字，则
卖者之吆喝声也。

荫斋曰，诙谐入妙。

豌豆黄

从来食物属燕京，豌豆黄儿久著名。红枣都嵌金
屑里，十文一块买黄琼。

以去皮之豌豆，入砂锅内煮之成粥，后入以红枣，俟水分
渐干，即可成块出锅，待冷后分切三角之块，陈列售卖，橙黄
之块，满嵌红枣，可观亦可食。

荫斋曰，张手美家点心，恐未必有此。

抓梨膏

各色梨膏列彩亭，甘酸适口有芳馨。头标抓出齐
称贺，赚得儿童暗乞灵。

梨膏，即以糖合胡桃山楂花生芝麻等煎熬而成，划成小方
块，售者作纸亭，上绘彩之名目，各得若干块，另有布袋盛纸
阄，注明彩数。儿童喜抓之。

荫斋曰，哄诱小儿，亦自有趣。

果子干

杏干柿饼镇坚冰，藕片切来又一层。劝尔多添三
两碗，保君腹泻厕频登。

夏季之果子干，系以柿饼杏干等浸水中，镇之以冰，上层
覆以藕片，食者不免有腹泻之虞。

荫斋曰，其乐也泄泄。

豆汁粥

糟粕居然可作粥，老浆风味论稀稠。无分男女齐
来坐，适口酸盐各一瓯。

豆汁，即绿豆粉浆也，其色灰绿，其味苦酸，分生熟二种，熟者担挑沿街叫卖，佐咸菜食之。

荫斋曰，得味在酸咸以外，食者自知。

冰糖子

异想天开生意寻，招摇过市奏清音。儿童个个齐争买，口嚼冰糖耳听琴。

北京有一种卖糖者，不敲锣，不口喊，携四弦胡琴，沿街拉弹，最能引诱小儿，故生意颇不恶也。

荫斋曰，既悦口，复悦耳，耍孩儿，且唱相见欢耳。

蒸芸豆

芸新豆蒸贮满篮，白红两色任咸甘。软柔最适老人口，牙齿无劳恣饱啖。

芸豆者，即扁豆之种子，蒸之极烂，或撒椒盐，或拌白糖。均可，豆分红白两种，每在晨间售卖，老人多以之为点心，因其烂已如泥，不费咀嚼也。

荫斋曰，此品亦佳。

豆渣糕

豆渣糕儿价值廉，盘中个个比鹚鹚。温凉随意凭君择，撒得白糖分外甜。

豆面蒸糕外粘豆瓣，担挑叫卖，有凉热两种，随意选买，每以箸一双扶糕二枚，故有比鹚之语。

荫斋曰，意调圆熟。

苏造肉

苏造肥鲜饱老馋，火烧汤渍肉来嵌。纵然饕餮人称腻，一脔膏油已满衫。

苏造肉者，以长条之肥猪肉，酱汁炖之极烂，其味极厚，并将火烧同煮锅中，买者多以肉嵌火烧内食之。

荫斋曰，有此一味，不羡东坡肉矣。

原载1935 年5 月《正风半月刊》第1 卷第9 期

由乳酪谈到杏酪

傅芸子

　　很久想把闲园鞠农作的《一岁货声》，标点补注一下。今秋偶然将这抄本，带到西京来了，秋窗多暇，随便补注了几例，《除夕》的部分，算是完了。后来想这一册小书，曾经岂明先生赞赏过，说："我读这本小书，深深地感到北京生活的风趣。"颇盼有人"为之订补刊行于世"，又说："不特存录一方风物，可以作志乘之一部分，抑亦有益于艺文，当不在刘同人之《景物略》下也。"所以我想还是先要去请教岂明先生，商量体例，然后再执笔罢。近来适又忙于他事，这工作便停顿了。这篇谈的乳酪和杏酪是因为这书首节《除夕》里，有卖酪和卖杏仁茶的两个货声相连着，遂想起谈谈这两种北京的食品。使我也几乎忘其旅居在东瀛了。

　　用兽类——如马牛羊的乳作饮料，在塞外游牧民族里是早已成为习惯的。自汉以来，尤不绝见之于记载，如李陵《答苏武书》中的"膻肉酪浆，以充饥渴"便是一例，五胡乱华以后，直到北魏勃兴，这饮酪浆的风俗，便随着时代的变迁也渐渐地传到中国的北方，但是汉人仍然是不能喝的。即如《洛阳伽蓝记》卷三说的："肃（王肃）初入国（元魏）不食羊肉及酪浆等。"我想这酪浆就是现在蒙古人喝的那"奶茶"，一般国人还是不能作为饮料的。

至于北京现在卖的这乳酪（通称为"酪"）却不是那流质的酪浆，乃是用牛乳和糖凝结成的一种食品。夏季用冰冰着，最为清凉适口。最好的酪，能倾碗而酪不下落，这种酪又叫做"干碗酪"。北京的"酪铺"以北新桥南一家为最佳，前门外门框胡同一家回教铺子做的也可一尝。至到普通街巷叫着："咿喓嗷，酪——嗷"的卖的那酪，好的实在太少，这因为近年物价腾贵，多混合以粉，味既不佳，质尤恶劣，不必倾碗，那酪便已稀薄快要成水了。

制酪方法，我想当是元人传留下的。今夏在西京喜获富冈文库旧藏的《居家必用事类全集》庚集，饮食类，煎酥乳酪中，便有"造酪法"，比较现在制法，烦琐多了。（文长不录）在制造时并且还有避忌的迷信，原书云：

> 若酪断不成，其屋中必有蛇虾蟆故也。宜烧人
> 发，牛羊角避之则去。

听说现在凝酪的方法是略微放些石膏在将熬成的牛乳中，便徐徐地凝结成酪了。没有那避忌的迷信。现在还有"酪干"一种食品，《一岁货声》没有言及，这也是卖酪的附带售卖，由酪铺制成的。系用牛乳和糖炼制，近年多半是混合面粉太多，所以味已逊昔了。《居家必用事类全集》庚集里，也有"晒干酪"法，那时却是完全用酪晒成的，与今大不相同。清郝懿行《证俗文》卷一页一三，酪字条下有云：

> 干者作块用，谓之干酪。

夹注云：

元《饮膳正要》：干酪法，以酪就日曝使结，掠
去浮皮，再曝至皮尽，郤入釜炒，少时器盛再曝，作
块收用。

这和《居家必用事类全集》的"晒干酪"法相同。我想北
京昔年做酪干方法，大概也是这样的。郝氏所引这条，不见今
《四部丛刊》续集本《饮膳正要》，郝氏所据或者是另外一个
钞本罢？但这书总是可以考见元人习尚的，所以不妨将它钞在
这里。

《一岁货声》里，卖酪的以后，紧接着便是卖杏仁茶的。
吆喝的是：

"杏仁茶呦——"（原注："担二细高白圆笼，
一头置锅贮火，通卖一年。大街清早有设摊者。"）

这种"杏仁茶"普通清晨街上卖的，大概为"遛早弯"的
人们预备的。至于街巷里喊着"杏仁茶呦——"的行商，却多
卖给儿童，大人饮用的反少——除了病人以外。从前杏仁原料
多，所以味很香美。近年卖的也大不如昔，还有另外加些半个
杏仁在里面的，好像表示原料丰美的，实则是近年兴的骗人的
伎俩，不可信的。前几年美国影星岛格辣斯飞般克到北京游历
来，梅浣华招待他，每天早茶里，就有这"杏仁茶"，这当然
是特备的，听说很为飞公所赏，说是："中国的美味。"

说起这杏仁茶来，却是中国古代的食品，《玉烛宝典》等书
和唐人诗里说的那"杏酪"（如储光羲有"杏酪渐香邻舍粥"句）

就是现在的杏仁茶。郝兰皋（懿行）《晒书赏笔录》卷四云：

> 杏酪古人以寒食节作之，其名见于《玉烛宝典》，《荆楚岁时记》诸书及唐人吟咏屡矣。而其作法亦至今尚传。余尝询之鹿筼谷刺史，具示云："取甜杏仁，水浸去皮，小磨（俗作磨）细，加水搅稀入锅（俗作锅）内，用糯米屑同煎，如打高粱糊法。至糖之多少，随意掺入。"

以外，郝氏《证俗文》里酪字条下，尚有较详的考释，今不具引。《笔录》又云：

> 又言："纪晓岚先生作诗三十二首，俱骂京厨烹调之坏，只一首赞其能作杏酪也。"

这三十二首诗，"纪大烟袋"作的一定很滑稽。检之《纪文达公遗集》（由孙树馨编校）、《三十六亭诗》里，可惜未收这诗。大概纪公的令孙编这集子的时候，以其太开玩笑给删去了。我想假使那位美国飞公要是能作中国诗的时候，那时一定也要来一首七绝赞美赞美北京的杏仁茶，这和"纪大烟袋"的三十二首妙诗不传，是同一可惜的事了！

一九三八，十一，八，于京都

原载《朔风》月刊1938年12月第3期

因喝豆汁再谈御膳房

崇 璋

今年春节各庙会，所售各物均以"元"字起码，尤其"豆汁"，最廉者，每碗售价五元，区区不足四两重之酸泔水，索价如此，岂不令人咋舌。

豆汁一物，创兴不久，约在乾隆中叶以后，为北京之一种特产物，因为清宫御膳房饭局档册中，在乾隆十八年（1753年）以后，始有豆汁一名词，十八年十月有谕帖一道交内务府，谓："近日京师新兴豆汁一物，已派伊立布检查是否清洁可饮，如无不洁之处，着蕴布招募制造豆汁匠人二三名，派在膳房当差，所有应用器具，准照野意膳房成例办理，并赏给拜唐二缺以专责成。"曩故宫文献馆招待京市学者，参观南三所大库时，曾见此帖，始知豆汁创兴于高宗朝，然发明者为谁，址在何街巷，则无考。

因为豆汁发祥于北京，其因水土及气候关系，亦只北京豆汁甜酸可口，故豆汁一物，只老北京人喜喝，外省旅居京市者，非有十数或二十年以上之长期居住者，绝不敢试尝之，故北京人，有"豆汁嘴"之雅号，豆汁嘴与"卤虾嘴""老米嘴"，在三四十年前，称为"北京三嘴"，尤以旗籍人为著名，卤虾即各种卤虾小菜，老米即紫色仓米，以紫色仓米熬豆汁，佐以真正关东卤虾小菜或卤虾蓁椒，甜酸而鲜辣，此为真正之十足老北京风味，今则老米已断绝，卤虾皆赝品，只豆汁一物，尚未断庄。

豆汁之原料为绿豆，发明此物时，相传与粉房为一家，制粉亦磨绿豆为汁，某粉房因天热，数桶豆汁已因酵而变味，因资本所关，弃之可惜，偶一试尝，则芬芳而酸且有甜性，熬而沸之，则甜酸各半，为稀有之珍味，因此豆汁一物乃应运出世。粉房所磨制之制粉原料，虽亦名豆汁，然为鲜豆汁，最忌酵变，而熬豆汁之豆汁，则为陈豆汁，乃利用酵变者，故粉房之售豆汁者，其贮豆汁之缸，必置迎门通风处，绝不与制粉之豆汁缸相近，盖在科学未倡兴前，酵菌借空气传播之理，已先知之矣。

豆汁本分三种，曰甜，曰酸，曰甜酸，故以真正绿豆制豆汁之"豆汁房"，贮豆汁之大缸，必三个并排而列，自光绪庚子后，生活日绌，人心亦不古，绿豆汁中，已杂入他种豆类，初为二八成，继为三七成、四六成，今则对成亦不足，故所制之豆汁，只为一种，在初制成时必味腥而微甜，腥者乃黑黄豆味也，甜则为绿豆味。第一日未售罄，再延至第二日，则味酸甜，第三日则酸而不甜，四日则酸极，五日极酸而微臭，似有汗脚泥味，六日则坏矣，盖今日之豆汁，乃日愈久而味愈酸也。

入民国后，市售之真正绿豆豆汁，虽已绝迹，而清宫御膳房饭局所制之豆汁，因为不掺赝品，故仍保存豆汁原味，且分三种滋味，名"御用三品豆汁"。俗传在乾隆时代，非秩侪三品，不准喝豆汁，此乃齐东野人之语，盖误会"三品豆汁"乃"三种豆汁"之谓也。

真正绿豆豆汁，可以生饮，能解药毒，有"吃错药，生豆汁能解"之旧法，故京俗病人服药（中药）后，例不准喝豆汁，即防解化药性也，豆汁为清热解毒妙品，虽极热时喝之亦有效。唯一般旧式卫生家，一届夏至，即戒饮热豆汁，谓能勾引暑气，其理与饮热绿豆汤相同，故清宫御膳房，自立夏后五日，即停制豆汁，至九月朔，始开缸再制。

熬豆汁之方法，有三种，曰"勾面儿"，曰"下米"，曰"清熬"。勾面儿者，即真正绿豆面粉少许，用清水调成稀薄液状，兑豆汁内而熬之，其味清甜，庙会豆汁摊所售者，即此物。其下米者，即豆汁内加入碗许之米粒而熬之，汁味甜而米味酸，另有一种新颖味道，然而用米熬豆汁，则米将酸味吸尽，米之芬芳则尽失，故不如用剩饭熬豆汁，饭香与豆汁之甜酸混合，则新颖之中，又另有新滋味。慈禧皇太后未入宫前，在新街口大二条潜邸居住时，因家贫，即日食此，美其名曰"豆汁饭"，乃用豆汁充菜，以佐老米饭也。文宗崩热河，东西两太后率穆宗奉梓宫还京师后，曾向寿膳房索此物，致一般庖人均瞠目不知为何珍馔也。

用米熬豆汁，用小米不如用白米，然白米又不如用次白碎米，而次白碎米，又不如用紫色老米，盖豆汁为贱物，不宜佐精米，米愈劣，味愈佳，老米富糠味，糠味与酸味混，则酸变成酸中甜而香，此则非亲尝者不能知之。豆汁最次者为"清熬"，即不加绿豆面，亦不加米饭，只熬其原汁，沸数次即成功，此为往时一般赤贫之熬豆汁法，既省调货又省煤，三小枚铜元，可熬一大锅，充饥而挡寒，数口可耐温饱。今则五块大洋，合钱二千三百枚，只一小糖碗之清熬豆汁，号称贱物之豆汁，已将与金汁并价，北京之豆汁嘴，亦难乎哉。

御膳房之饭局，乃承做米饭之厨房，如虾仁、木樨、肉丝等炒饭，白米饭，糯米饭，老米饭等均属之，而粥，亦为米制成，故熬粥亦列为饭局工作之一部，故饭局亦有粥局之名称。然粥不尽为米制成，如老米稀饭、白米稀饭、绿豆白米粥、江米粥、粳米粥、红豆白米粥、羊肉白米粥、羊肝白米粥、金银二米粥、小米粥、黄米粥等，均为饭局米类制成之粥，唯豆腐浆粥、玉米面粥、豆汁粥、玉米糁粥、麦糁甜浆粥等，则虽无米，而亦列入粥中。因有上述关系，故北京之沿街巷售熟豆汁小贩，及豆汁摊贩，汉族其派别分两派。其派别之分法，在形式上，即豆汁挑子上之圆笼及方木盘，或豆汁摊子上之圆形盘座，及粥锅之圆笼等，凡只有径寸之大帽黄铜钉者，其吆喝之货声，必曰："豆汁粥喂！开锅！"若大帽黄铜钉下，又缀以辉煌闪亮之黄铜大艾叶，及铜锁链，或围以蓝布白字之字号商标，则货声只曰："豆汁儿，开锅！"前者出身粥铺，与饭局之"粥案儿"有历史之渊源，故称豆汁曰粥。其后者，与一般无任何铜饰之熟豆汁摊贩或豆汁挑子，以及民国以后所兴之熟豆汁车子等，则为民间以售豆汁为业之小生意，与饭局无任何历史关系者也。

豆汁之掌故，吾所知，止于此，其粥铺与饭局粥案儿之渊源，当另文述之。

原载1945年3月25日《中华周报》第2卷第13期

北京之饮食店

穆儒丐

　　北京乃饮食之区，无论中外人，到了北京之后，也许有什么不方便的事，唯独饮食上，绝对没有什么不方便的。因为北京的饭馆，中西俱备，南北皆全，最是恰合实际生活的。通上中下阶级，都有吃饭的地方，并且不必勉强牵就，瞪着眼睛花冤钱的，在北京绝其没有的。以奉天而论，这勉强牵就的事就不能免。即如我辈措大，本无多金，而口腹之欲，又不能与劳工朋友相提并论。固然幽默哩、陶醉哩等等灵肉合一的生活，在我们是无从享受的，而肉山酒海、鬓影钗光的豪华生活，在我们更无须，也是不必企的。但是我们偶与二三知友，谈文论书的时候，有一人提倡咱们到街上喝几杯吧，这要在北京，绝对不成问题，大家也不必浪费脑筋，同时自然就有几个地方，映在面前。自然要说咱们到某家去吧，也就解决了，即或有不以为然的，而相当的地方有的是，万不至有什么勉强。在奉天就不成，也无非到常去的一个地方算了，本来没什么讲究，自然也就不必计较。假如这里面有一位生朋友，或是平日生活比较宽裕，地点问题，因而就发生了。平常小饭馆里，简直找不到一个合适的，没法子，不是南市场，就是西站，不是公记，就是鹿鸣春了。二三知友，偶尔便酌，何必到这样很贵的馆子去，一个人无故花三块多钱，太没有意思。但是你不到这里来，就有屈尊的，到这里，又有以为不必的，而又不能不牵就。北京的饮食界里，绝不会有这样的毛病。我们花钱很少得趣反多的地方，不一而足。这样的舒适而快乐的食道，除了北京，在别的地方，实在不易享受。

北京的饭馆，不讲究无谓的装饰，适可而止，向来没有踵事增华之习。饭庄子多半是旧式家屋，自然一切装饰也是旧式的。譬如一通九间的厅堂，必有隔扇分作单间。隔扇心子必有书画，但是名人的很少。四五个人到庄子去吃饭，自然一个单间就够了，人多了他们把隔扇去掉，便成了极宽敞的厅堂。墙上也有堂幅对联，案上也有炉瓶陈设，不过好的太少。但是十刹海的会贤堂，有儒二爷（溥儒，字心畬）墨笔山水两幅，篇幅虽不大，而笔势格局苍秀异常。一幅颇似大痴，而雄浑之气过之，一幅简单已极，有云林之长，而出以奇异格局，意境至为深远。余每至会贤堂，必择此室，有先据者，宁久待之。会贤生意之佳，此二画与有力焉。

东单牌楼有一家回教人所开之西餐馆，他的字号我忘了，大概是福和吧。菜和装饰，不愧一个洁字，时人书画，实在不少。有余叔岩写的兰亭，最为识者所称赏。总而言之，北京饭店，不论大小，没有一家以装饰卖钱的，毋宁维持旧样，以示字号之古老。唯独煤市街南头新开之丰泽园，窃名御苑园名，已为僭越，而门窗庭柱，又油以朱红色，亦何取乎？本来他的地方不甚大，局面狭小，又饰以朱红，黯然褪色，阴气凛然，不但不美，反益形其丑。人之不学，遂一至于此乎？

中南海公园有丰泽园，园中有颐年堂，通体楠木所造，玲珑剔透，古气盎然，乃建筑物中无价至宝。

他处饭馆，显分阶级。上级人所乐就者，中下即不敢问津。中下人所乐就者，上级人又不屑就。北京则不然，一家饭馆，每每能容上中下三级人，而中下人所乐就之处，上级人亦乐就之。如东安市场之东来顺，即为最显著者。提起东来顺，这里有个笑话，因为他的买卖太赚钱了，就有人嫉妒他，竟自说他的闲话。他的字号"东来顺"本是因着东安市场而起的，不想就有人说，东来顺是为满洲国祝福的，即如同紫气东来一样，所以又开了一个"西来顺"以镇之。但是援此例彼，西来之意又何说呢？笑话笑话。

原载1934年4月10日、11日《盛京时报》